EU ACHO QUE AMO VOCÊ

Allison Pearson

EU ACHO QUE AMO VOCÊ

Tradução de Rosana Watson

Título original
I THINK I LOVE YOU

Copyright © Allison Pearson, 2010

O direito de Allison Pearson ser reconhecida como autora desta obra foi assegurado por ela sob o Copyright, Designs and Patents Act, 1988.

Todos os direitos reservados. Nenhuma parte desta obra pode ser reproduzida ou transmitida por qualquer forma ou meio eletrônico ou mecânico, inclusive fotocópia, gravação ou sistema de armazenagem e recuperação de informação, sem a permissão escrita do editor.

Esta é uma obra de ficção. Algumas figuras da vida real, lugares e acontecimentos aparecem, mas todos os outros personagens, locais e acontecimentos neste livro são produtos da imaginação da autora. Qualquer semelhança com pessoas reais ou lugares é mera coincidência.

Copyright da edição brasileira © 2013 *by* Editora Rocco Ltda.

Direitos para a língua portuguesa reservados
com exclusividade para o Brasil à
EDITORA ROCCO LTDA.
Av. Presidente Wilson, 231 – 8º andar
20030-021 – Rio de Janeiro, RJ
Tel.: (21) 3525-2000 – Fax: (21) 3525-2001
rocco@rocco.com.br
www.rocco.com.br

Printed in Brazil/Impresso no Brasil

CIP-Brasil. Catalogação na fonte.
Sindicato Nacional dos Editores de Livros, RJ.

P552e   Pearson, Allison, 1960-
       Eu acho que amo você / Allison Pearson; tradução de Rosana Watson. – Rio de Janeiro: Rocco, 2013.

       Tradução de: I think I love you
       ISBN 978-85-325-2860-5

       1. Cassidy, David, 1950 – Apreciação – Ficção.
       2. Adolescentes (Meninas) – Gales – Ficção.
       3. Mulheres de meia-idade – Ficção. 4. Recordação (Psicologia) – Ficção. I. Watson, Rosana. II. Título.

13-02731   CDD-823
                                               CDU-821.111-3

Para meu filho, Thomas Daniel.

Em memória de meu adorado avô,
Daniel Elfed Williams.

Ele entra em pânico. Sempre deixa as cortinas fechadas. "Elas estão lá fora, mãe, estão lá fora."

Evelyn Cassidy, contando a reação de seu filho, David, com relação às fãs.

PRÓLOGO
1998

Era um guarda-roupas duplo, com quatro portas e um espelho de corpo inteiro. Dentro dele estavam o blazer de lã com gola de visom de sua mãe, saias feitas sob medida e camisas penduradas nos cabides. As malhas de lã tinham cores suaves, com camadas de papel de seda entre elas. Na parte de baixo estavam as prateleiras com sapatos.

Foi ali que ela o encontrou, atrás das prateleiras. Não estava procurando aquilo. Não buscava nada em particular. Estava apanhando um par de sapatos de verniz pretos, de saltos altos, ainda brilhando depois de 30 anos, quando seus dedos encostaram em alguma coisa mais fria que o couro. Ela retirou o objeto. Era uma lata com o desenho de um lago e montanhas na tampa. Um presente de Natal da Áustria. Dentro da lata havia cartões-postais, fotos em preto e branco de seus pais ainda jovens e um maço de cartas amarradas com uma fita vermelha.

O envelope rosa estava fora do lugar. Tinha várias carinhas sorrindo e um arco-íris na parte da frente. Estava endereçado a ela, mas havia algo de estranho naquela caligrafia. Levou algum tempo para que ela reconhecesse que aquela caligrafia era a sua. Não era sua letra de agora, mas era como escrevia muito tempo atrás, com voltinhas e floreios. O envelope fora aberto, então foi fácil puxar a carta. Leu a carta pela primeira vez, e depois uma vez mais para ter certeza.

Ela se levantou, andou pelo corredor e empurrou a porta de seu antigo quarto. O edredom marrom ainda estava sobre a cama, macio e levemente úmido ao toque. Ela se ajoelhou e puxou um rádio transistor cinza que estava debaixo da cama. Girou o botão.

Parte 1
1974

Como beijar – Parte dois

Você beijou o garoto mais importante da sua vida pela primeira vez. Será que seu beijo agradou? Ele lembrará para sempre desse beijo? Foi um beijo que o fez querer beijá-la de novo? Ou será que foi aquele beijo que ele vai lembrar pelos motivos errados? Isso é a última coisa no mundo que você quer que aconteça. Então, quando chegar a oportunidade de beijá-lo de novo, é importante ter algumas coisas em mente.
Não cometa os seguintes erros:
1. Não fique nervosa.
2. Não passe muito tempo praticando, caso contrário você não vai pensar em outra coisa quando chegar a hora.
3. Não fique agitada ou nervosa, nem deixe transparecer que está com medo.
4. Não feche totalmente os olhos até ter certeza de que seus lábios vão encontrar os dele e os dele vão encontrar os seus. Ele pode estar tão nervoso quanto você, fechar os olhos e acabar beijando seu nariz ou o canto da sua boca, a menos que você veja o que está acontecendo e movimente a cabeça para que seus lábios se encontrem.
5. Não coloque a língua na boca dele. Não desta vez.

Pense o seguinte, exatamente com essas palavras, e continue repetindo esse pensamento:
"Ele não iria querer me beijar se não me achasse bonita. Ele me acha bonita. Ele me acha bonita. Ele me acha bonita. Por isso quer me beijar. É por isso que está me beijando agora."

Revista *Loving Fashions*

1

Marrom era a sua cor favorita. Marrom é uma cor tão chique, uma cor tranquila e modesta. Não é como roxo, a cor favorita de Donny. Não uso roxo nem morta. Nem aquela boina de Donny. É preciso gostar muito de um menino para sair com ele com aquela boina roxa ridícula na cabeça.

É incrível o quanto você pode saber sobre uma pessoa que não conhece. Eu sei o dia em que ele nasceu: 12 de abril de 1950. Ele é um ariano típico, mas sem a teimosia de Áries. Eu sabia seu peso, sua altura e sua bebida favorita, 7-Up. Sabia o nome de seus pais e de sua madrasta, uma estrela da Broadway. Sabia tudo sobre a adoração dele por cavalos, o que fazia todo sentido para mim, pois quando uma pessoa é famosa deve ser um consolo estar perto de alguém que não sabe ou não se importa com o quanto você é famoso. Sei qual era o instrumento que ele aprendeu a tocar quando estava se sentindo sozinho. Bateria. Sei o nome do cachorro que ele abandonou quando teve de se mudar de New Jersey. Sei que quando ele era garoto, era baixinho para sua idade, também tinha estrabismo e teve que usar tampão de olho e óculos corretivos, o que deve ter sido difícil. Mais difícil do que para uma menina. Embora não enxergasse bem, sempre que possível eu não colocava os óculos, o que algumas vezes me trouxe problemas na rua, por sorrir para estranhos que confundia com pessoas da minha família. Só usava na sala de aula para enxergar o quadro-negro. Alguns anos depois, quando comecei a usar lentes de contato, fiquei chocada com as árvores. Elas tinham folhas, milhões de folhas com as pontas tão finas e definidas que parecia que Deus tinha feito cada uma com um cortador de massa. Basicamente, antes dos meus 16 anos, o mundo era uma grande pintura impressionista, a menos que eu apertasse muito meus olhos para trazer as imagens para um foco. Algumas coisas, descobri mais tarde, ficavam melhores desfocadas.

    Naquela época eu não estava interessada no mundo real. Não de verdade. Respondia às perguntas de meus pais, dava a entender que fazia meus deveres de casa, carregava meu violoncelo nas costas até a escola, ia ao centro da cidade aos sábados à tarde com garotas que às vezes pareciam minhas amigas e às vezes não; mas eu vivia para Ele. Toda noite espalhava meus cabelos longos e escuros sobre o travesseiro e me forçava a dormir de barriga para cima para que meu rosto estivesse pronto para receber um beijo se ele aparecesse de madrugada. As chances eram pequenas, é óbvio, porque eu morava no País de Gales e ele na Califórnia, que fica a 8 mil quilômetros de distância. Além do mais, ele nem tinha meu endereço, embora eu tenha enviado um poema para ele por intermédio de uma revista. Escolher a cor certa do papel de carta levou mais tempo do que escrever o poema em si. Decidi pelo amarelo porque me pareceu mais maduro que o rosa. Achei que todas as outras garotas fossem escolher rosa, e fazia parte do meu amor por ele encontrar novas maneiras de deixá-lo feliz, assim ele saberia o quanto eu me importava. Não existe papel de carta marrom, ou eu teria usado, porque essa era sua cor favorita. Algum tempo depois – três semanas e quatro dias, para ser mais precisa – chegou uma resposta pelo correio. Tinha 17 palavras, incluindo meu nome. Não me importei com o fato de na carta haver um pedido de desculpas por não publicarem meu poema. O mais importante é que eu sentia como se finalmente tivesse feito contato com ele. Alguém importante em Londres, alguém que já esteve na mesma sala que ele, havia tocado o mesmo papel de carta amarelo que eu tocara, datilografou meu nome em um envelope e colou o selo. Nenhum bilhete de recusa jamais foi tão apreciado, com um lugar de honra no meu livro de recortes.

    Sabia exatamente onde ele morava na Califórnia. Em um cânion. O cânion era como um dos nossos vales, só que muito maior. Nós, britânicos, dizemos *much bigger* para muito maior. David diz *way*. *Way bigger*. *Way* é a palavra americana para "muito". Os Estados Unidos são tão grandes que os americanos viajam 160 quilômetros só para jantar com outra pessoa e não acham que é demais. Nos Estados Unidos, *way to go* é quando você faz algo bom ou bem-feito. *Way to go, baby!* Os americanos falam *gas* para gasolina; no País de Gales falamos *petrol*.

Outras palavras que aprendi foram: *cool* (legal), *mad* (louco) e *bathroom* (banheiro). É preciso tomar cuidado porque nos Estados Unidos banheiro não é o lugar onde se toma banho. O que chamamos de banheiro para eles é o vaso sanitário, ou o toalete.

– Os americanos são pessoas muito educadas e não suportam vulgaridade – disse minha mãe, que é alemã, bonita e desaprova muitas coisas. Pode-se dizer que minha mãe lutou a vida toda para manter o vulgar e o feio a distância. Em nossa cidade, ela encontrou o inimigo perfeito. Sempre gostei de aprender palavras americanas porque elas me faziam ficar mais próxima de David. Quando nós nos conhecêssemos, seria importante preservar minha personalidade, que é uma das primeiras coisas que ele procura em uma garota.

Em todas as entrevistas que li, David dizia que preferia que uma garota fosse ela mesma. Mas, para ser honesta, não tinha certeza de quem eu era ou se tinha uma personalidade, mas tinha uma fé inabalável de que esse "eu" ainda desconhecido e não descoberto seria extremamente interessante para David quando finalmente nos conhecêssemos. Como eu tinha certeza? A compreensão nos olhos dele me disse. (Ah, aqueles olhos! Eram como piscinas verdes onde você podia derramar todos os seus desejos.) Ainda assim, sabia que conhecer David já seria bem estranho mesmo não havendo nenhuma confusão, por isso fazia tudo o que estava ao meu alcance para aprender o inglês americano. Seria como uma pegadinha ir ao banheiro na casa dele em Los Angeles, por exemplo, e descobrir que não havia chuveiro, não é? Ou imagine se eu dissesse que alguém está furioso (*mad*). David iria achar que eu disse que a pessoa está maluca (*crazy*). *Mad* significa maluco, louco nos Estados Unidos e furioso no País de Gales. Naquela época, eu não conseguia imaginar que David poderia ficar furioso; ele era tão gentil e sensível. Desculpe, estou parecendo maluca?

– Aquele cantor, Donny Osmond, é um idiota – Sharon disse com firmeza. Ela estava ajoelhada no chão, tirando, com a unha do dedo mindinho, os grampos de grampeador do pôster de página dupla de uma revista, tentando libertar um tronco masculino. O corpo esguio, sem cabeça, estava nu até a cintura e praticamente sem pelos, exceto por uma fina faixa dourada que descia até a altura do cinto, que ostentava uma pesada fivela dourada. A fivela parecia uma argola de metal daquelas que se vê nas portas dos templos astecas. Sharon retirou os grampos de metal do pôster e ele agora descansava sobre suas mãos, tremulando um pouco com o ar quente que soprava do aquecedor atrás dela. O quarto de Sharon era pequeno, pintado com um rosa claro enjoativo que lembrava cor de pomada de bebê e fedia a cabelo queimado, um cheiro ruim de algodão-doce que entrava nas nossas narinas e permanecia ali. Sharon secara seus cabelos em frente ao aquecedor e alguns fios ficaram presos na parte de trás do aparelho, mas na verdade não notamos o cheiro, de tão absorvidas que estávamos com nosso trabalho.

– Pra falar a verdade, não acho que Donny seja um idiota – respondi, cautelosa.

– Todos na família Osmond são idiotas. Li em uma revista – ela insistiu, sem tirar os olhos do pôster. Sharon era perita em restauração. A melhor artista da classe. Quando fosse mais velha, provavelmente poderia trabalhar em um museu ou galeria de arte. Adorava vê-la trabalhar. O modo como ela enrolava a língua fazendo um pequeno túnel quando estava concentrada, dedicando atenção aos minúsculos furinhos na barriga de David, alisando o papel amassado com as pontas dos dedos até a pele parecer selada.

– Pronto, amorzinho – ela disse, e deu um beijo barulhento no umbigo da foto do pôster, adicionando mais esse à pilha.

Fiquei com um nó na garganta, como se tivesse um pedaço de lã entalado. Queria muito corrigir Sharon com relação aos Osmonds serem idiotas, mas nossa amizade era nova demais para arriscar um desentendimento. Gostávamos uma da outra porque nos entendíamos. Nós nos entendíamos porque achávamos que David Cassidy era o garoto mais incrível da face da Terra, talvez de toda a história da humanidade. Com 13 anos de idade, eu não podia nem imaginar o luxo de ter uma amiga de quem pudesse discordar. Se discordasse dela, estaria ferrada. E, antes que pudesse perceber, estaria no pátio da escola sozinha, suspirando e olhando o relógio a cada dois segundos para indicar que estava esperando alguém para passar o recreio e não era o tipo de pessoa triste e sem amigos que tinha de fingir que estava esperando alguém que não existe.

Pior ainda era me imaginar negociando com alguma outra renegada na aula de educação física só para não ter que fazer par com Susan Davies, ou *Susan Fedida*, que tinha uma doença de pele que ninguém sabia sequer pronunciar. Seu rosto, braços e pernas eram cheios de buracos como a superfície da Lua, só que em alguns dias os buracos eram preenchidos com uma loção de calamina. Sabíamos exatamente o que era porque nossas mães nos untaram com essa loção quando tivemos catapora. Os pontos inflamados coçavam e eram como pequenos vulcões, ao redor dos quais o líquido calmante rosa endurecia, parecendo uma crosta de lava. Não coce, veja bem, ou a ferida deixará uma cicatriz. A pior coisa em Susan Davis, além de sentirmos pena dela e mesmo assim não fazermos nada para ajudá-la, era o fedor. A pobre Susan cheirava tão mal que fazia as pessoas sentirem ânsia de vômito quando ela passava pelo corredor, apesar de ela sempre andar ao lado das janelas.

– Sabia que o Donny é *mórmon*? Acho que é uma religião fundada em Utah – disse com cuidado.

Sabia exatamente o que os mórmons eram. Estudar Donny fazia parte da minha pesquisa aprofundada sobre o histórico de David. Sabia tudo sobre os outros Osmonds também, só para me garantir, até mesmo sobre Wayne. Se necessário, poderia dizer o signo de cada um dos membros do Jackson Five e os detalhes sobre a difícil criação deles, que contrastava com sua música despreocupada e alegre. Como o *"Twiddly diddly dee, twiddly diddly dee. Twiddly diddly dee. Dee dee!"*, da canção "Rockin' Robin".

Sabe, nunca consigo ouvir o coro de abertura de "Rockin' Robin" sem sentir uma pontada de tristeza pelo que aconteceu com aquele garoto incrível e toda sua doçura.

Mesmo quando era criança, sempre tive um gosto exagerado por biografias trágicas, um tipo de radar interno que estremece com o sofrimento. Acho que fui a única que não ficou nem um pouco surpresa quando Michael Jackson começou a fazer tratamentos dolorosos e pouco a pouco foi abandonando seu adorável rosto negro. Sei muito bem o que é detestar a própria aparência e querer fazer desaparecer a criança que deixou os pais zangados ou desapontados. Quando você cresce, chamam isso de empatia. Quando você tem 13 anos, isso apenas faz você sentir que não está tão sozinho.

– Você sabe que todos os mórmons têm de usar roxo porque é a cor favorita de Donny? – perguntei.

Sharon deu uma risadinha.

– Sai pra lá, Petra, você é uma figura!

Pensávamos que éramos histericamente engraçadas. Ríamos de tudo, mas ultimamente os garotos tinham se tornado o alvo principal de nossas observações espirituosas. Ríamos deles antes que eles pudessem rir de nós, ou nos ignorassem, o que curiosamente parecia machucar ainda mais do que ser provocada ou insultada. Sabe, sempre gostei mais da risada de Sharon do que da minha. Minha risada soava como uma tosse nervosa, que só consegue sair tarde demais, depois que a piada já passou. Sharon fazia aquele som feliz, soluçante, igual ao de uma boneca quando você puxa a cordinha. Minha mais nova, quem sabe, amiga parecia um pouco com uma boneca. Tinha o rosto redondo, com covinhas, e seus olhos eram de um azul incrível, da cor da campânula, debaixo de cílios pálidos, quase imperceptíveis. Seus cabelos eram loiros quase brancos, do tipo que brota em profusão, como um dente-de-leão. Quando nos sentávamos uma ao lado da outra na aula de química, seus cabelos flutuavam para os lados com a corrente invisível de ar quente que saía do Bico de Bunsen e grudava em meu macacão. Se eu tentasse tirar os fios, levava um choque com a estática e meu braço formigava.

Sharon era bonita de um jeito que todos no nosso grupo concordavam, sem se sentir mal com isso. Era um mistério. Seu peso parecia agir como um tipo de colete de proteção contra a inveja. Quando ela perdeu suas gordurinhas, todos nós percebemos que poderia ser uma história diferente. Nesse meio-tempo, ela não representava ameaça para Gillian, que foi quem nos apresentou e era a estrela do grupo. Não, não era bem assim. Gillian era nosso sol. Todas nós girávamos em torno dela e faríamos qualquer coisa, qualquer coisa mesmo, coisas realmente humilhantes e vergonhosas na esperança de que ela brilhasse sobre nós por alguns minutos, pois o calor da atenção de Gillian fazia com que você se sentisse instantaneamente mais bonita e fascinante.

Quanto a mim, o corpo de jurados ainda estava decidindo sobre minha aparência. Eu era tão magra que perto de Sharon mais parecia a garotinha do conto de fadas *A pequena vendedora de fósforos*. E não pense "Ah, isso não cola, quem não gosta de ser magra?". Ser magricela não é o mesmo que ser magra, de jeito nenhum. A magricela é uma das últimas garotas a usar sutiã porque não tem nada em cima. Deus do céu, eu odiava essa expressão. *Em cima. Ela não tem quase nada em cima, né?*

Onde morávamos, as garotas tinham "em cima" e "lá embaixo". Você não pode deixar um garoto ir "lá embaixo", mas às vezes você deixa ele ir "em cima" se não tiver nada ali.

A magricela está sempre atrasada para a educação física e os professores a mandam dar cinco voltas ao redor da quadra porque ela não tira a blusa até que todas as garotas tenham saído do vestiário para que assim ninguém veja seu sutiã ridículo de menininha, com um botão de rosa na frente.

As revistas nos dizem para identificar nossos pontos fortes. O meu era os olhos. Grandes e azul-acinzentados, mas às vezes verde-azulados salpicados de âmbar, como um lago com pedras iluminado pelo sol. Mas meus olhos também tinham umas olheiras que não havia pepino em fatias ou sono de beleza que dessem jeito. Mesmo assim, nunca parei de tentar.

– As olheiras de Petra são tão grandes que ela poderia ir a um baile de máscaras e nem precisaria de uma máscara. – Gillian cutucou e todos riram, inclusive eu. Principalmente eu. Tenha cuidado para não demonstrar aquilo que realmente a magoa, caso contrário ela saberá exatamente onde colocar a faca da próxima vez.

Meus pontos fracos eram todo o resto. Detestava meus joelhos, meu nariz, minhas orelhas, basicamente qualquer coisa que se destacasse. Tinha a pele pálida que parecia ainda mais pálida por causa de meu cabelo escuro. Se estivesse em um bom dia, eu era como a Branca de Neve no seu caixão de vidro.

Especialista no assunto, minha mãe pegou meu rosto com uma das mãos, meu queixo pinçado entre seu polegar e o indicador, inclinando-o acentuadamente na direção da luz do banheiro. Ela o apertou tanto que minha mandíbula doeu.

– Você não é sem *grraça*, Petra – minha mãe disse com frieza. – Sua estrutura física é muito boa. Se tirar as sobrancelhas quando for mais velha, aqui e aqui, assim, revelando mais os olhos. Sabe, você não é *tán sem grraça* assim.

– É *tão sem graça*, mãe. Eu não sou *tão sem graça*.

– É exatamente o que estou dizendo, Petra. Relaxe, por favor. Você não é *tán sem grraça* para uma *garrota* da sua idade.

Minha mãe achava que falava um inglês perfeito e meu pai sempre dizia que não era o momento de contar a ela. Já mencionei que minha mãe é linda? Tinha um rosto perfeito, em formato de coração, e olhos bem abertos e sonolentos ao mesmo tempo. Nunca tinha visto alguém parecido com minha mãe até um sábado à noite, quando estava na casa de Sharon e um programa passava na TV. Uma mulher estava sentada em um banquinho alto com um vestido feito de algo que brilhava como um metal, com um casaco de pele branco drapeado na altura dos ombros. Ela parecia glamourosa e implacável, mas sua voz era um ronronar suave.

– Isto sim é uma mulher completa – o pai de Sharon disse, o que me fez imaginar o que o restante das mulheres era. Eram metades ou quartos? Marlene Dietrich não parecia ter filhos, mas minha mãe também não. Se colocarem minha mãe, loira, ao lado dos parentes de meu pai que são do País de Gales, ela irá parecer um cavalo Palomino entre um monte de pôneis de carga. Adivinha qual lado da família eu puxei?

– Achei! Sabia que estava em algum lugar. – Sharon sorriu, triunfante. Ela encontrara as pernas que se encaixavam naquele tronco. A revista *Jackie* estava trazendo pôsteres de David em tamanho natural, mas vinham em três partes, um a cada semana. Na primeira semana, foi o pôster com o jeans e as botas de caubói, desta vez foi o tronco. Eles sempre deixavam a cabeça por último.

– Assim você continua comprando a revista, não é? Será que eles pensam que somos burras ou algo do tipo?

Não conseguia ver o rosto de Sharon, mas sabia que ela estava franzindo as sobrancelhas e afunilando a língua enquanto alinhava a barriga de David com a calça jeans. Aquela era a parte mais difícil. Quando ela os colocou na posição, dobrou as páginas lustrosas e eu lhe entreguei um pedaço de fita adesiva, sempre a enfermeira prestativa para o cirurgião. Ambas nos levantamos para dar uma olhada melhor em nosso trabalho. Não era uma pose típica de David. Entre os 30 ou mais pôsteres na parede de Sharon não havia algum como esse. Seus polegares estavam enfiados dentro do cós da calça. O botão de cima estava aberto e a barra da cintura da calça estava dobrada, portanto dava para ver de relance o V invertido de pelos que o zíper normalmente escondia.

Tentei pensar em alguma coisa engraçada para dizer, mas minha boca ficou seca e pastosa. A ausência de sua cabeça era definitivamente um problema. Precisávamos urgentemente do rosto sorridente de David para termos certeza do que estava acontecendo embaixo. Senti algo tremular, como se um pequeno farol estivesse sendo ligado dentro de mim, e um líquido quente se espalhou pelo meu estômago, escorrendo até minhas coxas.

Sharon já tinha visto um pênis, mas foi o de seu irmão, então não contava. Carol era a única no nosso grupo que já havia tocado um de verdade. Foi o de Chris Morgan, na casa da árvore onde os garotos iam para olhar revistas pornográficas. Carol disse que o pênis era parecido com tocar a pele da pálpebra. Será que era isso? Semanas depois de ela ter nos contado isso, eu esfregava um dedo sobre a pele acima do meu olho e ficava maravilhada por alguma coisa de um menino ser tão macia e fina como um lenço de papel.

Quando olhávamos as revistas, Sharon e eu sempre passávamos batidas pelos meninos maus. Mick Jagger e aquele David Bowie, ele era estranho. Percebíamos instintivamente que eles não eram para nós. Eles poderiam querer descer do pôster na parede e fazer alguma coisa. Exatamente o que eles fariam nós não sabíamos, mas nossas mães não aprovariam.

– É muito bizarro – Sharon disse, contemplando aquele David sem cabeça e seminu.

– Bizarro – concordei.

Essa era a nossa palavra predileta ultimamente, mas me incomodava não conseguirmos falar direito. Quando David a falava no programa que fazia na TV, era diferente. Nosso sotaque colocava a entonação na sílaba errada. Por mais que eu tentasse, ainda soava mal. No violoncelo, eu conseguia tocar a nota que quisesse. Sabia se estava errado da mesma maneira que sabia se estava com frio ou fome, mas controlar os sons que saíam da minha própria boca era diferente. O engraçado é que eu nunca tinha reparado no meu sotaque galês. Não até o ano em que fizemos um passeio com a escola até o Bristol Zoo e umas meninas inglesas, em um restaurante da estrada, imitaram nosso jeito de pedir comida:

– Legum-es.

Eu pronuncio o "e", mas os ingleses não. Eles dizem "legum-is". Por que eles põem um "e" ali se não vão pronunciá-lo? Para que pessoas, como eu, fizessem papel de boba para eles darem risada.

Sharon e eu estávamos fazendo o que havia de melhor para fazer numa tarde chuvosa de domingo, ouvindo o álbum *Cherish* de David e folheando revistas que mencionassem qualquer coisa sobre ele. Para ser sincera, depois da aula de religião, no domingo, que durava duas longas horas, não havia muito mais o que fazer na nossa cidade no dia de descanso. Todos obedeciam a alguma lei não escrita de que as pessoas deveriam ficar dentro de casa e em silêncio. Mesmo se você não fosse à capela, o que sempre fazíamos porque meu pai tocava órgão lá, parecia que a capela tinha vindo até você. Minha tia Mair nunca usava tesouras no domingo, pois Deus podia ver tudo, até a cera dos seus ouvidos e a sujeira debaixo das suas unhas. Era possível fazer nascer batatas ali embaixo. *Eca!* Nojento. E não se podia pendurar as roupas no varal por conta do que os vizinhos poderiam pensar. O julgamento dos vizinhos poderia não ser tão ruim quanto o do Senhor Nosso Deus, papai dizia, mas você saberia dele mais rápido.

Os domingos faziam baixar a temperatura das casas de pedras cinza com varanda, enfileiradas e pegadas à montanha que se erguia íngreme na nossa baía; até o mar ficava um pouco adormecido. Isso sempre me fazia pensar que seria um bom dia para Jesus andar sobre as águas. As pessoas tremiam de frio no dia de descanso, subiam para vestir uma malha e desciam para assistir à luta na TV, mas sempre com o som baixo, por respeito. Era muito bizarro olhar pelas janelas enquanto descíamos correndo a colina em direção à orla marítima, usando a parte de trás dos sapatos como breque até sentirmos o cheiro da borracha, assistindo aos homenzarrões com seus collants derrubando uns aos outros no chão, berrando silenciosamente e batendo as botas no chão do ringue.

Ficar na casa de Sharon era como um feriado para mim. Tinha um irmão mais velho, chamado Michael, que implicava com a gente, mas de um jeito engraçado, sabe, e uma irmã mais nova, Bethan, que tinha uma queda pelo pequeno Jimmy Osmond, acredite se quiser. (Nós o chamávamos de Jimmy Coelhinho, ele parecia um coelhinho, pois tinha traços bem pontudos, no meio de seu rosto redondo como um balão.) Sha também tinha um irmãozinho pequeno, chamado Jonathan, que chupava um biscoito, no alto de sua cadeirinha, até ficar com uma crosta laranja em volta da boca que podia ser retirada por inteiro quando endurecia. Só o limpávamos quando apareciam visitas para bater papo e que ficavam bastante tempo, pois estavam ocupadas demais falando para perceber a hora. A mãe de Sharon era um doce, não existia pessoa mais legal. Ela batia à porta do quarto, muito respeitosa, entrava e nos oferecia suco e biscoitos. Ela sempre lembrava que eu preferia os de groselha, que vinham na embalagem roxa, não na laranja. A sra. Lewis disse que gostava dos nossos pôsteres de David e contou que ainda tinha uma caixa de fósforos e um mexedor de bebidas da noite em que Paul McCartney apareceu em um clube na cidade de Cardiff. Foi em 1964. A mãe de Sharon era doida por Paul. Ela contou que odiava Linda por ter se casado com Paul.

– Ele era meu, sabe.

Sim, nós sabíamos.

O que mais gostava era o santuário de David atrás da porta do quarto de Sharon. Ela o conseguiu na revista *Tiger Beat*, que sua tia Mary-Ann trouxe de Cincinnati, nos Estados Unidos. Eram quatro fotos presas na altura da boca para que Sharon pudesse beijá-lo quando estivesse saindo para a escola de manhã. Como se estivesse dizendo adeus para um namorado de verdade. Na primeira foto, David estava com um corte de cabelo desordenado e um sorriso malicioso. A segunda tinha aquele olhar – você sabe. Na terceira, seus lábios estavam esperando um beijo e na quarta, bom, ele parecia muito feliz e satisfeito consigo mesmo.

Com o tempo, os quatro Davids foram ficando manchados e borrados com a vaselina que Sharon usava para amaciar os lábios, um truque que copiamos de Gillian. Às vezes, ela me deixava beijar o David número 3. Eu não podia ter pôsteres na minha parede porque minha mãe achava que a música popular poderia causar surdez, era muito comum e, por isso, atraía apenas pessoas como meu pai, que trabalhava com fundição de aço e era um grande Dean Martin em segredo, mas essa é outra história que vou lhes contar outra hora.

No início daquele ano, várias coisas aconteceram. Gillian – ela nunca era apenas Gill – emprestou Sharon para ser minha amiga especial. Fiquei muito feliz, mas sentia que o empréstimo poderia acabar a qualquer minuto se a paixão de Gillian por Angela, a menina nova da Inglaterra, esfriasse. A incerteza me dava uma sensação estranha no estômago, como se estivesse em uma balsa ou algo do tipo, sem conseguir me equilibrar. Acordei muitas noites assustada, minhas pernas chutando sob os lençóis como se estivesse tentando não cair, não cair. Outra coisa é que o diretor da escola me disse certa manhã que eu iria tocar violoncelo para a princesa Margaret quando ela viesse inaugurar o prédio novo da escola. Ela era a irmã da rainha, e o prefeito e algumas autoridades viriam. Mas a grande notícia era que David Cassidy adiara sua turnê na Grã-Bretanha depois de ter feito uma cirurgia para retirar a vesícula. Duas garotas em Manchester ficaram tão transtornadas que atearam fogo em si mesmas, segundo a revista.

Fogo! Meu Deus, ficamos semanas com aquilo na cabeça, pensando na paixão e no sacrifício daquelas garotas. Não fizemos nada tão grande por ele. Pelo menos por enquanto.

Outras duas fãs escreveram para David perguntando se poderiam ficar com uma pedra biliar cada uma como recordação. Sharon e eu fingimos estar chocadas e enojadas com a história da pedra biliar. *Eca!* Em segredo, não poderíamos ter ficado mais encantadas. Que atrevimento! Honestamente, onde estavam seus modos? Era de tremendo mau gosto e nada feminino. David, como toda verdadeira fã sabia, gostava que as meninas fossem bem femininas. Balançamos a cabeça e cruzamos os braços, indignadas, como havíamos visto nossas mães fazerem, descansando os braços na protuberância invisível onde logo nossos seios estariam. Pedindo as pedras biliares de David!

Um dos prazeres mais doces de ser uma fã, e talvez de ser do sexo feminino em geral, era quando nos sentíamos superiores às nossas rivais.

Ficamos sabendo do cancelamento e das pedras biliares pela revista *Tudo sobre David Cassidy*. Era uma revista brilhante, nossa Bíblia. A verdade sobre o deus. Custava 18 libras, bem mais cara que qualquer outra revista.

– Superchique, veja – Sharon disse. E era mesmo, com papel espesso e brilhante, fotos recentes deslumbrantes e uma carta mensal escrita pelo próprio David, dos estúdios de *A Família Dó-Ré-Mi* em Hollywood. Isso não tem preço, não é?

Colecionávamos acontecimentos das cartas de David como esquilos famintos, guardando-os para algum uso vital no futuro. Se alguém nos perguntasse o que faríamos com aquilo, não saberíamos dizer. Tudo o que sabíamos era que um dia aquilo se tornaria óbvio, como num passe de mágica, e estaríamos prontas.

– David escreve bonito – Sharon suspirou.

– David escreve *bem* – ouvi a voz de minha mãe corrigindo a fala de Sharon dentro da minha cabeça. Ela olhava torto para as pessoas que não falavam corretamente, ou seja, todos, com exceção da senhora que trabalhava na biblioteca e os apresentadores da BBC.

– Não fale do jeito certo, fale o inglês da rainha, Petra – minha mãe repreendia sempre que me pegava falando como todos na cidade falavam.

Mas ali, no quarto de Sharon, com o pequeno aquecedor preenchendo o ambiente com um calor sonolento, e David na vitrola cantando "Daydreamer", podia ignorar a voz de minha mãe e começar a aprender como ser mulher por mim mesma.

"Nothing in the world could bother me
Cos I was living in a world of make believe..."
(Nada no mundo poderia me incomodar
Porque estava vivendo no mundo do faz de conta...)

O cancelamento da turnê de Cassidy no início de 1974 foi um golpe duro, mas também um alívio. Isso me dava mais tempo para aperfeiçoar meu plano para conhecer David quando ele viesse mais para o final daquele ano. Talvez no outono. Ele diria "a estação" para outono, o que me parecia perfeito. Sabia que de algum modo teria de viajar para Londres ou Manchester, pois o País de Gales era pequeno demais e não havia nenhum local para shows grande o suficiente para comportar todos os fãs. Não sabia como chegaria lá – sem dinheiro, sem transporte, mãe que achava que qualquer cantor que não fosse Dietrich Fisher Dishcloth não deveria ser visto –, mas uma vez que estivesse lá e estivesse em segurança do lado de fora do local do show, sabia que tudo iria dar certo.

Seria atropelada por um carro. Não me machucaria a sério, claro, apenas o suficiente para ser levada para o hospital por uma ambulância. David ficaria sabendo do meu acidente e correria até meu leito. As coisas seriam estranhas no início, mas logo começaríamos a conversar e ele ficaria impressionado pelo meu profundo conhecimento de seus discos, em especial os lados B. Eu perguntaria se ele estava curtindo o outono, se precisaria usar o *banheiro*. Não seria nem um pouco *bizarro*, seria *maneiro*. David ficaria impressionado com meu domínio do inglês americano. Nossa! Ele sorriria e me convidaria para visitar sua casa no Havaí, onde eu iria conhecer seus sete cavalos, teríamos colares de flores no pescoço, nós nos beijaríamos e faríamos nosso casamento na praia. Já estava preocupada com meus chinelos.

Sim, era uma loucura. Não durou tanto tempo, não no contexto maior de uma vida, mas, enquanto eu o amava, ele era o mundo para mim.

No dia seguinte, teria escola. Eu detestava os domingos à noite, detestava a hora melancólica de quando chegava em casa depois de passar algum tempo na casa calorosa e divertida de Sharon, e detestava ter de fazer a revisão para a prova de francês na segunda-feira de manhã.

Eu amo, amarei, estava amando, amei, terei amado. *J'aurai aimé*. Futuro perfeito.

A única coisa que fazia aquilo suportável era ler as revistas de David que guardava debaixo de uma tábua do assoalho ao lado da minha cama, ouvindo as 40 músicas mais pedidas debaixo dos lençóis.

A voz de minha mãe era trazida pela escada acima:

– Petra, termine seu dever de casa de uma vez e depois estude o violoncelo.

– Estou *fazendo* meu dever.

E estava mesmo. Deitada sobre a colcha marrom bordada, lendo à luz do abajur da mesinha lateral, estudava as palavras da semana, guardando-as no coração.

Amores,

Acho que sou como todo mundo. Adoro receber cartas! Gosto de saber quem são vocês. É por isso que fico animado quando recebo uma carta SUA me contando coisas sobre você: sua cor favorita ou onde mora. De repente, sinto como se fôssemos velhos amigos. Isso é muito legal.

Acredito que devo retribuir esse favor. Bem, provavelmente vocês já sabem a minha aparência... Mas o mais importante é que estou sentado no meu trailer entre uma gravação e outra de *A Família Dó-Ré-Mi*. O trailer é como um lar para mim, com fotos da família e meus refrigerantes favoritos.

Uau! Acabei de perceber o quanto já escrevi – e essa era para ser uma mensagem curta! Acho que tinha tantas coisas para contar para VOCÊ que me deixei levar.

Viu o efeito que isso tem sobre mim? Nunca gostei de escrever cartas e tinha que fazer um esforço para escrever sete ou oito linhas. Agora mal posso esperar para entrar em contato de novo no mês que vem. Até lá!

Amor,
David

2

Uau! Acabei de perceber o quanto já escrevi – e essa era para ser uma mensagem curta! Acho que tinha tantas coisas para contar para VOCÊ que me deixei levar.

Viu o efeito que isso tem sobre mim? Nunca gostei de escrever cartas e tinha que fazer um esforço para escrever sete ou oito linhas. Agora mal posso esperar para entrar em contato de novo no mês que vem. Até lá!

Com todo amor,
Muito amor,
Amo mt vcs,
Am-

– Quanta besteira! – Bill puxou o papel da máquina de escrever com a maior força que pôde. A máquina fez o som que ele sempre pensava como o "Assobio do Escritor", algo entre o rasgar e o fechar de um zíper. Ele fez uma bola com o papel e a arremessou no cesto de lixo, ou melhor, na caixa de papelão, que era o que o escritório podia ter. A caixa tinha os dizeres "Wagon Wheels 184 pacotes" na lateral. A pontaria de Bill não era das melhores, como muitas coisas nele, e seu míssil bateu em Zelda a meio caminho do lixo. Ela se virou bem devagar, e sua túnica ondulou como a vela de um barco.

– Calma, William. Não se desespere. O homem tem de sofrer por sua arte – Zelda disse. Bill nunca entendera a palavra *casquinar* até ouvir o ruído que sua editora fazia quando estava se divertindo, principalmente com a desgraça alheia.

– O que isso tem a ver com arte? Estou inventando besteiras para colocar na boca de um garoto bonitinho cretino que não sabe cantar, provavelmente não tem nem barba ainda e com certeza não conseguiria escrever uma carta nem para salvar sua própria avó.

– O que você faz é uma ramificação respeitável da ficção – Zelda afirmou, imperturbável.

Bill às vezes pensava o que ela faria se ele subisse em cima de sua mesa, tirasse a gravata e se enforcasse no meio de um dia de trabalho, o que lhe parecia cada vez mais possível. Primeiro ela lavaria as xícaras de chá, depois esvaziaria o apontador de lápis fixado na beira de sua mesa, e finalmente, com tudo em ordem, ela pensaria em ligar para a polícia para pedir que retirassem o cadáver.

– Veja Cyrano de Bergerac – ela continuou. – Ele escrevia cartas de amor para um tolo, para que conseguisse ganhar o coração de uma honrada donzela. O tolo, quero dizer.

– Eu sei quem é Cyrano de Bergerac, Zelda. E o ponto é que ele amava a donzela, mas achava que ela não o amaria por causa de seu enorme nariz. Seu público-alvo era um só. Roxanne era uma pérola. Enquanto eu estou escrevendo para um milhão de garotas que ficam molhadas em qualquer oportunidade. E sei que não vai acreditar nisso, mas não sinto um amor platônico por elas. Nenhuma delas. E sabe por que não gosto de nenhuma delas? Porque elas são tão inteligentes quanto essa caixa de papelão. E como eu sei? Porque elas acreditam seriamente que o lixo que eu produzo aqui em minha máquina de escrever representa os dizeres sagrados do Santo David Cassidy. É assim que elas são. Elas são como camponesas do século XIV. Você dá a elas um pedaço do crânio de um texugo e diz que é um osso esquisito da Abençoada Virgem Maria, e elas cairão desmaiadas e darão tudo o que possuem, incluindo a vaca. Estou escrevendo para camponesas.

Houve uma pausa. Zelda sorriu, como faria com uma criança que estava chegando ao fim de um chilique.

– Isso significa muito para as meninas – ela disse em voz baixa. – Nós prestamos um serviço. Estamos fazendo as meninas felizes.

– Mas eu não quero que elas sejam felizes. Quero que elas caiam no túnel das escavações de uma mina.

Zelda olhou para o jovem de barba desmazelada. Ele estava inclinado para trás o máximo que sua cadeira permitia, com um par de botas que pareciam as de um minerador de carvão em cima de sua mesa transbordando de papéis. Ele deveria ter o quê – uns 22, 23 anos? Ela não conseguia se lembrar do que Bill colocara no formulário de solicitação de emprego, mas lembrava que seu currículo sugeria que ele conseguia inventar coisas a partir de um material bruto não promissor, o que se encaixaria perfeitamente ao emprego. Roy disse que ele era um veadinho arrogante e não queria contratá-lo. Jornalista das escolas mais antigas, Roy era o proprietário da editora Worldwind e recomendou ao candidato que fizesse uma visita ao barbeiro para cortar vários centímetros do cabelo. Ele caía como uma cortina loira e suja, escondendo seu rosto. Zelda achou que ele tinha um rosto maravilhoso, mas jamais teria dito isso. Na verdade, quando ele se esquecia de ser cético e pessimista, Bill possuía um charme travesso e um sorriso que faziam Zelda se lembrar de um rapaz encantador que ela vira na semana passada em um filme no Cine Odeon: *O último golpe*. De qualquer maneira, Zelda insistiu que deveriam dar uma chance a Bill e estava certa. Nos três meses que ele trabalhou como chefe, na realidade como o único redator da revista *Tudo sobre David Cassidy*, William Finn mostrou verdadeiro talento para o trabalho. As leitoras pareciam amá-lo. As vendas do "Kit do Amor de David Cassidy" subiram ao teto desde que Bill ajustara o anúncio com observações bem escolhidas e comoventes sobre as várias maneiras que uma fã poderia demonstrar sua devoção.

A matéria exclusiva sobre as duas fãs em Manchester que atearam fogo no próprio corpo depois de saber que a turnê de David fora cancelada foi genial, embora Zelda admitisse que certa licença poética havia sido adotada para um incidente que envolvera um único pôster e uma caixa de fósforos. No entanto, a mala do correio estava tão pesada que o pobre Chas não conseguia mais subir as escadas levando tudo de uma só vez. Havia qualidades em Bill que faziam com que as garotas realmente acreditassem que ele tivesse uma conexão direta com David. Não, ela não queria mesmo perder a sua galinha dos ovos de ouro, então Zelda tentou novamente, usando sua melhor voz suave de professora do jardim de infância:

– Calma, William. Você não quer de verdade jogar suas lindas leitoras no túnel de escavação de uma mina, não é?

Ele a recompensou com um sorriso de cessar-fogo.

– Tudo bem, quero que elas cresçam fortes e sãs para perceber que desperdiçaram a melhor parte da juventude tendo sonhos inúteis com um babaca que usa camisa de gaze de algodão.

– Todas as garotas fazem coisas desse tipo, William. Elas não seriam garotas se não passassem por isso. Fantasia é uma parte importante do crescimento. Não podemos ficar sentados só lendo Shakespeare, sabe.

– Pelo menos Shakespeare escreveu Shakespeare.

– Se você está dizendo. – Zelda estreitou os olhos, como alguém que está refletindo sobre um rumor misterioso.

– Ah, pelo amor de Deus. – Bill encarou Zelda. – Você não está falando sério. Você não...

– *Bacon!*

– Ah, corta essa, Zelda, só porque...

– Com torrada branca, por favor! E bastante molho. E veja se eles têm um pacote de salgadinhos Twiglets. Obrigada, Chas!

Zelda cantarolou suas instruções para o office-boy do escritório, que fazia o que lhe mandavam fazer, mas com tanta má vontade que acabavam quase desejando que ele dissesse não.

– Bill? – Ele gemeu o nome da estreita passagem para as escadas.

– Humm, peito de peru com maionese, se tiverem. Você sabe qual é, aquele que parece vômito. Valeu, Chas. Use o troco de ontem. E uma bebida.

– Cherryade? Já desistiu da Corona Fizzical?

– Cai fora.

Chas se virou e desceu as escadas pesadamente. Parecia um piano sendo movimentado.

Zelda se voltou com vivacidade para Bill.

– Onde estávamos?

– Você estava prestes a fazer um...

– Obrigada, William. Estava tentando dizer que essas garotas com as quais você é tão rude têm certos sonhos e desejos que somos capazes de realizar. Esse é o nosso negócio. Realizar desejos. Muitas pessoas criativas dariam pulos de alegria com uma chance dessas.

– *Criativas.* – Bill baixou a cabeça, envergonhado, e olhou fixamente para suas botas.

– Com certeza. E sei que você não aceitaria um elogio, sendo bom demais para nós, sr. Pretensioso Bacharel de Artes pela Universidade de Suffolk...

– É Sussex.

– O que eu acho, William, é que você tem um talento especial para escrever as cartas de David Cassidy. Diria que você tem mais do que um talento especial. Diria que é um dom.

– Dom. – Sua cabeça afundou. Seu nariz estava na altura do umbigo. As calças tinham uma mancha do formato da Venezuela.

– Um dom, sim, com toda certeza. Eu daria tudo para ter um dom como esse. No entanto, sou colocada para fazer o layout da revista e a diagramação dos textos, providenciar créditos de imagens e outras coisas que você acharia abaixo das suas capacidades.

– Eu nunca...

– Ah, não estou reclamando. Gosto do meu trabalho, o que estou dizendo é que você provou ser incrivelmente bom em fingir ser alguém que não é. Você poderia ser ator. Ou espião.

– Ou um concorrente.

– O que você disse?

– Nada. – Bill se ergueu na cadeira, levantou o olhar para Zelda e sorriu. – Desculpe. Sei que deveria me sentir agradecido. Mas francamente, Zelda... é como eu disse, não é só o que escrevo.

É *para quem* estou escrevendo. – Ele enfiou a mão dentro da pilha de papéis na sua mesa e puxou uma folha de papel A4 rosa-claro, manchado com o que ele esperava que fossem lágrimas. Um cheiro metálico envelhecido, mas agressivamente doce, subiu para as narinas de Zelda.

– Charlie – ela disse.

– Quem é Charlie?

– Charlie, o perfume. As que realmente gostam dele derramam gotas do seu perfume favorito nas cartas. Uma garota de Truro escreve oito cartas para cada edição...

– Minha nossa...

– Sim, suponho que ela esteja tentando nos vencer pela mera força dos números.

– Como um bombardeio.

– Mais ou menos, só que não funciona.

– Como um bombardeio.

– O quê? – Zelda torceu o nariz. O grande mundo era ofensivo para ela, como um dreno entupido.

– Esquece. E então essa garota da Cornualha teve sua carta publicada?

– Uma vez, e foi o suficiente. Erro meu. Isso só a encorajou. Ela mandou mais 16 cartas na semana seguinte. E as cartas dela fedem. Litros da colônia Old Spice. Acho que ela pega do pai.

– Poderia ser pior. Poderia ser Hai Karate.

– Ou Tabac.

– Não – Bill discordou solenemente. – Esse queimaria o papel. – Ele pareceu se perder em seus pensamentos por um momento, como se estivesse seguindo a memória dos aromas. Então balançou a cabeça para clareá-la e segurou a carta rosa. Ele tossiu e a leu em voz alta:

> "Preciso dizer que te quero.
> Sentimento difícil de suportar.
> Vejo suas fotos e te espero,
> Mas no pôster da parede você nunca vai estar.

Penso em você noite e dia
E rezo sem parar
Para que termine essa agonia
E seus olhos, David, eu possa encontrar.
Dizem que na verdade você não tem espinhas
E que meus peitos não deseja tocar."

Zelda engasgou, em choque, e protegeu seus próprios seios fartos com uma das mãos. Ela ficou da cor da carta.

– Inventei esse último verso – Bill disse, com um orgulho modesto.

– Humm, às vezes – ela disse por fim, engasgando com as palavras. – Fico pensando se...

– Será que essas garotas malucas não percebem que eu não tenho camisa de gaze de linho, muito menos um colar feito de conchas? Olhe para mim. Estou usando a parte de baixo de um terno marrom que custa 11 pratas. Eu não quero usar terno, mas você vive me dizendo que esse é um emprego decente. Quero usar jeans, a única coisa é que meus jeans não são como os de David Cassidy. Eu não desabotoo a parte de cima para que você possa ver meus pe...

– William!

– Bem, eu não faço isso. Eu abotoo minhas calças direito. E nem sei se tenho cílios, muito menos cílios longos. Ele parece um bezerro. E também não uso óculos escuros espelhados porque eu iria parecer um completo paspalho e porque está sempre escuro aqui, de qualquer maneira, ao contrário da maldita e ensolarada Califórnia, e também porque as pessoas iriam olhar nos óculos espelhados para tentar pentear seus cabelos. A única coisa que sei fazer igual a David Cassidy é cantar. Estava no coro da escola e fiz um solo na música "Morning Has Broken". Minha tia me fez cantar em um gravador depois. Deus do céu!

– Tudo isso prova o quanto você é bom imitador. Que era mesmo o que eu estava dizendo, para começar. – Zelda recuperara a compostura. – Qualquer um que faça uma garota escrever um poema sincero assim deve estar fazendo algo certo.

– Sincero? Zelda, elas não têm coração. Elas têm um buquê de hormônios enfurecidos e precisam seguir o que suas amigas estão fazendo para não ficar para trás, seja porque querem ou não. Elas pensam que estão apaixonadas, mas é apenas uma projeção. Elas são como... como ilusionistas, enganando a si próprias.

Zelda não tinha argumentos agora. Ela sentiu a conversa sair do prumo e do seu controle para áreas nas quais não tinha experiência e que não gostaria de adentrar. Quase três décadas trabalhando com editoras ensinou a ela o que funciona, e era isso. No ano em que Zelda começou como datilógrafa no *Picture Post*, milhares de adolescentes usando meia-soquete no teatro Paramount, em Nova York, ficaram doidas por um garoto novato chamado Frank Sinatra. As meninas se recusavam a sair dos seus lugares durante o intervalo, até mesmo para ir ao banheiro. "Não há um assento seco na casa", um repórter brincou. Aquela frase ficou na mente de Zelda, uma fala espirituosa, porém estranhamente animal e desagradável. O que isso dizia sobre as jovens mulheres é que elas estavam preparadas para fazer xixi na calça com o objetivo de negar à outra garota a chance de chegar perto de seu herói? O pobre William era um pseudointelectual. Ele ainda não acordara para o poder do que estava lidando. Ela teria que mandá-lo para um show de David Cassidy para que pudesse ver de perto as leoazinhas quando sua presa aparece. Os shows de fevereiro haviam sido cancelados porque David fez uma cirurgia. Roy ficou furioso, é claro, por ter uma van cheia de objetos para descarregar. Agora ele teria que armazená-los em um guarda-móveis na York Way até a primavera, quando então haveria dois shows já marcados. Um em Manchester e outro em Wembley.

Zelda sorriu. Imagine William de pé, como um Gulliver, com todas aquelas adolescentes brotando em volta dele. Ela adorava a ideia do falso David ficar cara a cara com o verdadeiro. Para falar a verdade, não acharia nem um pouco ruim estar lá.

– Chas chegará daqui a pouco com o lanche – ela declarou, afastando-se de maneira altiva e dirigindo-se para o refúgio de sua mesa, que indicava sua superioridade com relação aos restantes com uma divisória feita de vasos de plantas. Na sua gaveta de baixo havia um maço de cigarros John Player Specials e metade de uma barra de chocolate, para depois do sanduíche de bacon. E uma bela xícara de Nescafé. Tudo ficaria bem.

Bill não queria o emprego na editora Worldwind, mas quando Roy Palmer lhe fez a oferta ele não teve escolha. Onze meses depois de sair da faculdade com uma formação que estava abaixo de suas capacidades, mas ainda muito acima do que merecia – tendo em vista que passara o último ano afiando suas habilidades em pinball na loja de jogos eletrônicos no Brighton Pier –, Bill havia chegado ao fim da estrada. Dessa estrada longa e reluzente chamada Oportunidades dos Graduados. Depois disso, tropeçou no caminho esburacado e poeirento onde os não escolhidos têm de aceitar que, no lugar de uma carreira, terão sorte se tiverem um salário.

O mais próximo que Bill chegou de um cargo digno de seu potencial foi estar entre os candidatos finalistas para um estágio em uma das principais agências de publicidade de Londres. Ele resistiu a um processo de seleção de dois dias em um hotel em Costwolds com 15 individualistas implacáveis, todos competindo para mostrar o quanto trabalhavam bem em equipe. Bill se destacou no teste para redator, mas durante a abordagem de venda do produto ficou extremamente irritado com uma menina chamada Susie. Dava para perceber os diretores da agência empolgados e escrevendo adjetivos como "motivada" e "simpática".

Depois de um exercício de reconhecimento da marca de uma bebida com um sabor novo terrível, um dos diretores disse com um entusiasmo mal disfarçado:

– Susie me parece ser uma pessoa de verdade.

Era a primeira vez que Bill ouvia aquela expressão e a abominou de cara. Que outro tipo de pessoa havia? Uma pessoa de mentira?

Foi ruim, obviamente, que Bill tenha expressado esses pensamentos em voz alta, e pior ainda foi o silêncio, frio como noite de inverno com chuva, que caiu sobre a sala de reunião. Portanto, foi inevitavelmente mandado para casa mais cedo, deixado sem cerimônia alguma na estação Banbury com sua mochila e uma garrafa de Jungle Qwash como cortesia por não ter sido uma pessoa de verdade. No cômputo geral, Bill pensou que estava pronto para vender sua alma, mas, no fim das contas, não estava preparado ainda para anular tudo que o fazia ser quem ele era para vender uma bebida de laranja que queimava o céu da boca e o deixava com mais sede que um copo de alvejante.

Não muito tempo depois do fiasco da publicidade, houve uma entrevista promissora para uma estação de rádio local. Ele se imaginou ao microfone, de preferência no horário da noite, tocando uma lista de músicas obscuras, porém viciantes, para ouvintes chorosos agradecidos. Ele usaria fones de ouvido do tamanho de luvas de boxe e se tornaria um mito. Em vez disso, um gerente da rádio de nariz vermelho chamado Dodge deixou bem claro que os dons de Bill seriam inteiramente dedicados a arquivar – pegar discos na prateleira, não os de sua escolha, levar para a biblioteca de gravações da rádio, e recolocá-los cuidadosamente no lugar depois de terem ido ao ar. O emprego lhe foi oferecido de imediato, com cinco libras a mais sobre o pagamento semanal "se você não se importar em fazer um pouco de limpeza", e ele certamente se importava. "O orgulho vem antes da queda", sua mãe costumava dizer. Era um ditado que Bill jamais entendera, mas, naquele momento em que recusava a oferta com naturalidade, sentiu-se tanto orgulhoso quanto diminuído. Ele se recordava de ter olhado para a figura de Dodge parado na recepção, nem um pouco surpreso, assoando o nariz e olhando fixamente para o conteúdo de seu lenço.

Houve algumas recompensas. Com o passar das áridas semanas de solicitações de emprego e rejeições, Bill teve tempo, ao menos, para aperfeiçoar seu dedilhado no violão. Também deixou crescer uma barba experimental, que ele esperava que fosse interpretada, pelos que estão por dentro, como um tributo afetuoso a Eric Clapton, mas que foi descrita por sua irmã, Angie, com quem ele se encontrou por acaso na esquina da Denmark Street, como "musgo grudado em uma rocha".

Foi por volta dessa época que sua namorada, Ruth, começou a perder a paciência com ele. Quando se conheceram, no último ano da faculdade, Ruth achou que tinha encontrado um bom partido. Pensou que tinha arrumado um namorado que chegaria a algum lugar nesse mundo, e esse lugar obviamente não era a agência para pedir auxílio-desemprego.

Enquanto as semanas se arrastavam, Bill teve tempo para desenvolver uma teoria sobre empregos. Ele achava que era possível ter uma medida exata do quanto sua busca por emprego tinha sido bem-sucedida pelo número de lances de escada que você teria de subir para a entrevista. Os grandes empregos vinham com elevadores. Fileiras de elevadores a postos, com seus botões prateados, como os guardiões da fortaleza antiga de uma cidade. Elevadores que chegavam com o suspiro de uma gueixa e abriam com o agradável tilintar de dinheiro. Além dos elevadores havia as recepcionistas que lhe pediam para se sentar, que o sr. Porter logo o atenderia. Ele ainda sonhava com uma recepcionista, uma morena parecida com Ali MacGraw, vestindo uma malha de lã vermelha justa e que oferecia com voz rouca: "Chá com dois cubinhos de açúcar, William?"

Um por um, os empregos com elevadores foram escorregando de suas mãos. Ele atingira o subsolo do desespero quando, sentado com um bule de chá e uma torrada em uma lanchonete na região de Chalk Farm, em Londres, avistou um pequeno anúncio em um canto do jornal. "Oportunidade em editora para recém-formado. Conhecimento de música pop desejável. Estilo vivaz de escrita essencial. Boa localização no centro de Londres. Benefícios."

A boa localização no centro de Londres era o paredão da Tottenham Court Road, uma esquina onde as prostitutas competiam por clientes com motoristas de táxi sem licença. Os dois profissionais pareciam igualmente surpreendidos se alguém aceitasse seus serviços.

Bill levou algum tempo para localizar o edifício alto e estreito, pois não havia número, e a placa com o nome editora Worldwind era um cartão de visitas grudado entre as placas *Bunnyshop Serviços Pessoais* e *Kolossos: Importadores do Melhor Óleo de Cozinha Grego*. Onde deveria haver uma imponente porta estilo gregoriano havia agora um tapume frágil com uma maçaneta improvisada feita com barbante. Bill empurrou a porta vagarosamente, indo parar em um saguão escuro. Levou alguns segundos para que sua visão se ajustasse à escuridão. Havia uma lâmpada no teto, um lustre de cristal do tamanho de uma tigela, mas a luz que saía dali era filtrada por uma camada de insetos mortos. Conseguiu ver uma escada mais ao longe e foi em sua direção, com o carpete abafando o ruído dos passos. Era como andar sobre cogumelos. Quando Bill chegou ao sexto andar, seus ouvidos estavam estourando e os pulmões quase explodindo no peito, exigindo sair imediatamente. Inacreditavelmente, ainda havia outro lance de escadas. Subindo ao sétimo andar, o lance de escadas começava a diminuir de uma maneira que obrigava o indivíduo a girar o torso em um movimento tipo saca-rolhas para dar a volta para passar; havia uma grande possibilidade de você acabar tocando o ombro esquerdo com a mão direita.

Uma vez lá em cima, antes de entrar no escritório propriamente dito, era preciso se espremer para passar por uma muralha de caixas de papelão. Algumas caixas estavam abertas e uma quantidade enorme de revistas transbordava delas. As revistas traziam chamadas diferentes, mas todas tinham a mesma garota na capa. Definitivamente, não era seu tipo. Um sorriso tímido, cabelos na altura do ombro, de um loiro acinzentado, olhos castanho-claros, cílios que davam para limpar o vidro do carro. Bill ouviu alguém respirando com dificuldade. Era um tipo de office-boy que parecia ao mesmo tempo um adolescente envelhecido ou um aposentado jovial, mas que não poderia ser nada entre um e outro, e que tinha vindo pairar a seu lado. Ele não poderia fazer nenhum mal, Bill pensou, para ser simpático.

– Não é meu tipo.

– Quem?

– Essa fulana aqui, na capa.

O camarada fez algo estranho, contorcendo-se e piando, culminando em uma gargalhada.

– Ainda bem que não.

– O que você disse? – Dois minutos ali e Bill já estava em apuros.

– Porque esse aí é um garoto. – O duende estava se deliciando com aquilo, armazenando tudo para repetir no bar da esquina: "Então esse veado vem para uma entrevista e pensa que David Cassidy é uma fulana..."

Bill inclinou-se para as caixas abertas.

– Caramba! – Era um garoto, mas só. Não havia nada nele que Bill reconhecesse como homem. O tal garoto, fosse quem fosse, tinha uma cintura mais fina que a de Ruth. Os ídolos musicais de Bill eram Clapton, Jimi Hendrix e os Stones. Antes da entrevista ele vasculhou sua coleção de discos e fez um pouco de dever de casa. Nada muito ostensivo. O suficiente para lhes mostrar que conhecia as coisas. Se fosse convocado em sua primeira semana para entrevistar, digamos, Keith Richards, estaria pronto. Veja bem, havia um rumor sobre um jornalista da revista *NME*, especializada em música, que fora falar com Keith em março e não havia voltado até agosto.

O duende, que pelo que descobriu depois chamava-se Chas, o acompanhou até o lugar que chamou de "sanção interna". Não havia ninguém ali. Bill se sentou por dez minutos, olhando fixamente para uma fotografia autografada de Tony Jacklin e duas garrafas de Johnnie Walker no topo de um fichário. Será que realmente queria trabalhar para um alcoólatra amante de golfe?

– Não pense que esquecemos de você, querido – disse uma mulher grande e afobada, que obviamente tinha se esquecido dele. Seus cabelos grisalhos longos eram presos em um coque com alguns fios soltos e ela usava roupas que poderiam ter sido confeccionadas em uma tenda indígena. Ela se apresentou como Zelda. Depois dela veio um homem usando os maiores pares de óculos que Bill já vira: eram como duas telas de TV soldadas e ampliavam os olhos do homem, que eram tão inexpressivos, pequenos e brilhantes como os de um passarinho. Ele estendeu a mão.

– Roy Palmer – disse, como se estivesse fazendo uma ameaça.

O proprietário da Worldwind tinha os cabelos penteados para trás, pretos demais para serem da cor natural, e o rosto expressivo como o de um comediante, que imediatamente nos faz pensar que ele devia ser um cara simpático e agradável. Nesse caso, era um engano. Apenas Roy se achava engraçado.

Bill deveria ter saído fora minutos depois de descobrir que a revista para a qual estaria trabalhando era direcionada a garotas entre 11 e 16 anos. Ele já tinha saído da puberdade e não se saíra muito bem com essa fase. Não sabia absolutamente nada sobre a puberdade feminina, nem queria saber. Certa vez, em casa, procurando espuma de barbear no armário do banheiro, ele se deparou com um artigo higiênico que pertencia à sua irmã. Algum tipo de cinto com presilhas e uma caixa de Tampax. Havia um diagrama confuso de uma garota de pé em uma perna só, parecendo uma cegonha. Bill leu a palavra "inserção", fechou a porta e nunca mais a abriu.

– Pense na fase do ídolo teen como um corredor entre a adolescência e a vida adulta – dissera Zelda. – O papel da nossa revista é guiar a garota nessa jornada.

– Nosso lucro – Roy se interpôs – vem de direcionar a garota e seu dinheiro da fase de acariciar bichinhos de pelúcia para a fase das carícias mais sérias, se é que você me entende. – Quando riu, a boca de Roy revelou dentes que pareciam o sítio arqueológico de Stonehenge.

Enquanto Zelda examinava seu currículo, Bill estudava os sapatos extremamente polidos que ele pedira emprestados ao seu amigo Simon para usar na ocasião. Simon é estagiário da área contábil em uma empresa com três elevadores. Bill tinha tomado algumas liberdades no detalhamento de seu currículo e estava quase certo de que seria pego.

— Você parece ter se saído muito bem no trabalho de conclusão de curso da faculdade, William. Posso lhe perguntar qual era o tema?

Ele tossiu e cobriu a boca.

— Hum... "O Romântico Sublime — Voz e Desejo na Poesia de Amor Inglesa de 1790 a 1825".

— Menos, por favor, menos — irritou-se Roy.

Bill rapidamente mudou de assunto:

— O que exatamente eu faria aqui?

— Bem, querido, pense em uma garota de 13 anos em Manchester ou Cardiff — Zelda disse com vivacidade. — Quais são as coisas que ela quer saber enquanto está deitada na cama e olha por longas horas os pôsteres de David na parede? É onde você entra com sua poesia romântica e escrita criativa.

Ele não escondeu seu espanto:

— Eu terei de inventar?

— Ah, não o tempo todo. A gravadora fornecerá algum material, é claro. Se D.C. vier em pessoa, haverá um grande evento com a imprensa, você poderá ir, fazer algumas perguntas e trazer o máximo de fatos que conseguir. Para manter algum estoque na despensa, como se diz. Acho que você vai descobrir que a coisa engrena depois de algum tempo, quando você pegar o jeito da voz. E do desejo. — Zelda sorriu, encorajando-o.

— Terei oportunidade de falar com o senhor... David?

— Céus, não, querido, mas podemos conseguir todo tipo de informação através do seu pessoal de Los Angeles. Eles são muito úteis, embora você só possa ligar em horários estranhos do dia. Então vai depender de você. Todo tipo de informação que as garotas gostam de saber sobre os garotos, você sabe.

Bill assentiu com a cabeça. Ele não fazia ideia. O emprego era um insulto. Ele queria ser um jornalista de rock, e não fingir ser um menino com cara de menina. De qualquer forma, havia algo de doentio em brincar com os sonhos das menininhas. Era preciso ser um tipo de pervertido desesperado para levar isso em consideração. O salário era de 2.750 libras por ano, mais vale-refeição.

Começou na segunda-feira seguinte.

Em um período de duas semanas, Bill começara a se familiarizar com o histórico familiar de David Cassidy. Seu pai era um ator carismático que, apesar do sorriso igual a um teclado de piano, parecia não estar inteiramente embevecido com o repentino estrelato do filho. David, Bill supunha, quis impressionar o pai, que o havia abandonado quando criança, mas esse sucesso esmagador provavelmente apenas fez as coisas piorarem. Bill pensou no relacionamento distante que tinha com seu pai. Aos 22 anos, a idade que Bill tinha agora, Roger Finn não estava brigando com a máquina de escrever para fazer passar uma fita nova pelos ganchos minúsculos da Smith Corona. Ele passara seus dias sob o céu de South Davis lutando a Batalha da Bretanha contra a Luftwaffe. Deve haver homens mais intimidadores do que um pai piloto de avião de guerra, mas, quando você está tentando rearmar uma máquina de escrever e não consegue, é difícil pensar em um. Uma vez, apenas uma, seu pai mencionou a guerra, levando Bill e suas irmãs de trem para um museu aéreo. Em um hangar, havia um avião Spitfire de verdade, suspenso por fios. Aquele avião havia se tornado tão heroico e invencível na imaginação do garoto que ele não pensou que veria algo tão frágil. Aquilo o fez ter vontade de chorar. Era como um pardal feito de lata.

Em um impulso desesperado para parecer profissional, Bill saiu em seu horário de almoço e comprou três livros, um sobre a Califórnia, outro sobre o Havaí, onde o astro tinha uma casa, e o terceiro sobre cavalos, o hobby de David Cassidy. Bill descobriu que David tinha um problema nos olhos quando criança e teve que fazer uma cirurgia para corrigir um estrabismo. Bill sofria por ser daltônico, confundindo invariavelmente verde e marrom. Deve ter sido duro ter de usar óculos corretivos e ainda um tapa-olho, principalmente para um garoto que parecia uma menina.

Honestamente, é surpreendente as coisas que podemos saber sobre alguém que não conhecemos.

Você está destinada a David?

David ama cada uma de suas fãs, e adoraria conhecer e sair com cada uma delas. Mas como isso levaria cerca de 50 anos, não seria uma boa ideia!

O tipo de garota que David ficaria caído precisa ter algumas qualidades especiais – porque, afinal de contas, David é um cara especial! Aqui estão as qualidades principais que David procura em suas namoradas. Quais delas você possui?

David nunca se liga em uma garota só porque ela é atraente, tem o cabelo bonito ou chama a atenção. Ele sempre busca muito mais do que isso: ele procura o tipo de coisa que só se pode encontrar quando se sabe como a pessoa é por DENTRO.
David adora garotas espontâneas e felizes, que sorriem e riem com facilidade e que sempre enxergam o lado bom das coisas. É claro, se você for sair com David, terá muitos motivos para sorrir!
David gosta de garotas animadas, independentes e sociáveis, que saibam ser engraçadas de vez em quando e tenham ótimo senso de humor. Ele gosta de garotas que são elas mesmas e que não tentam ser outra pessoa. Acima de tudo, ele gosta de garotas DIVERTIDAS!
David gosta de garotas saudáveis, esbanjando energia, que curtem sair para o campo e fazer longas caminhadas ao ar livre, que gostem de andar a cavalo ou bicicleta – mas não espera que elas sejam grandes especialistas ou atletas brilhantes!
David não gosta de ver garotas usando muita maquiagem: prefere o visual natural. Não gosta de gastar seu tempo com meninas que constantemente se olham no espelho para passar mais um pouco de sombra ou correm para pentear o cabelo depois de uma leve brisa.
David gosta de meninas que sabem cozinhar!

David gosta que as meninas tenham opinião própria e jamais esperaria que uma garota concordasse com tudo o que ele diz. E isso nos leva ao assunto das brigas – o tipo de discussões amigáveis que todo mundo tem de vez em quando. David não se importa com discussões bem-humoradas, mas sua garota ideal estaria sempre pronta a "beijar e fazer as pazes" assim que a discussão terminasse. Ficar de mau humor e remoendo mágoas por horas sem fim é garantia de afastar David de qualquer garota!
David gosta mais das garotas que compartilham seu amor pela música.

Bem, essas são algumas das qualidades que David está buscando em uma namorada. Essa descrição combina com você? VOCÊ poderia ser a futura sra. Cassidy?

3

É claro, eu sonhava com ele o tempo todo, mas não comentava sobre isso com ninguém. É preciso guardar algumas coisas em segredo. Como nunca disse a verdade sobre minha música favorita. Quando Gillian disse que "Could It Be Forever" era o melhor álbum de David, disse que ela estava absolutamente certa. Era fabuloso. Romântico. O modo como David nos mantinha pairando e esperava uma batida que fazia nosso estômago revirar antes de entrar para o "But" no final. E a voz dele *derretia* nessa palavra. Juro que é possível ouvi-lo sorrir enquanto canta. Ele deveria saber que ficávamos como bobas e que esperávamos até ele gritar, implorando que dissesse... "But?"

Costumávamos ruminar essas coisas durante nosso almoço, reunidas em volta do radiador velho e pulsante no corredor do laboratório de ciências. Esse era nosso ponto de encontro quando estava chovendo, o que acontecia na maior parte do ano onde morávamos. Na primavera, o grupo de Gillian mudava-se para seu centro de operações do lado de fora, debaixo dos castanheiros, onde terminam as quadras esportivas. Eu ainda era nova no grupo, substituta recente de Karen Jones, que ofendera Gillian depois que Stuart Morris dançou uma música lenta com ela no baile do Natal. Quer dizer, ele dançou com Karen, não com Gillian. Justiça seja feita a Karen, Gillian nunca dissera que gostava de Stuart antes de pegá-los dançando juntos, portanto Karen não podia saber, não acha? Ela chorou sem parar quando Gillian a chamou de vagabunda no estacionamento.

Comparados a David, os garotos da nossa idade pareciam cretinos patéticos.

– Olhe pra ele, é só um garotinho – Sharon sacaneava, caso algum deles ousasse se aproximar.

Especialistas em romance, nunca havíamos beijado. Apenas sabíamos que David era um cavalheiro e que jamais tentaria qualquer daquelas coisas que os meninos faziam na Starlight, onde íamos dançar nos sábados à noite. Eles vinham com uma mão boba antes mesmo de te pagar uma Pepsi. Mas Stuart Morris era diferente, tinha três anos a mais que a gente e estava no primeiro colegial. Ele agora era o capitão do time de rúgbi da escola, enquanto Gareth Pugh se recuperava de uma contusão no joelho. Rúgbi era a religião local, então isso fazia de Stuart um deus. Sem que ninguém precisasse contar, quase como se tivéssemos nascido sabendo, compreendíamos um princípio matemático essencial: quanto mais atraente fosse um garoto, menores as chances de ele nos querer. Quanto menor a chance de ele nos querer, mais atraente ele ficava. Portanto, os meninos que gostavam de nós não eram atraentes. Matematicamente comprovado.

De qualquer maneira, Gillian estava saindo com Stuart agora, Karen estava fora e eu estava dentro, ou quase. Estava desesperada para ficar no grupo delas e precisava causar uma boa impressão sem ter a menor ideia de como.

– "But" não é uma palavra sexy – anunciei naquele almoço, tentando fazer parecer que "sexy" era uma palavra que eu usava todos os dias, embora fosse a primeira vez que a falasse em voz alta. – Mas em "Could it Be Forever", David faz "but" parecer bem sexy.

– David tem um "sexy butt", um bumbum sexy! – Carol deu um gritinho estridente.

Carol era a mais saidinha. Tinha ombros musculosos de nadadora e um bumbum tão arrebatado que dava para equilibrar um copo de papel em cima. Além de ter menstruado pela primeira vez com 10 anos, seus seios cresceram da noite para o dia, como se ela tivesse se cansado de esperar e os tivesse enchido com uma bomba de bicicleta, o que não seria nenhum absurdo, para ser bem honesta. Carol era apaixonada por seus seios. Ela os manuseava como se fossem hamsters, e até os tirava da blusa ocasionalmente e os afagava. Quanto a mim, eu dificilmente ousava olhar de relance para minhas tímidas azeitonas no espelho do banheiro de casa, a menos que o espelho estivesse embaçado. Meus mamilos eram achatados, macios e rosa-escuros como pétalas de rosas. Os da Carol eram parecidos com nozes, marrons e protuberantes. Dava para vê-los claramente através da blusa.

– Características sexuais secundárias – era assim que o professor de biologia se referia aos seios. E com os malditos meninos ali conosco. Muito obrigada, professor. Eles jamais nos deixavam esquecer. CSS. Características Sexuais Secundárias.

Era difícil ignorar os seios de Carol, pois ela dava um nó em sua blusa branca bem abaixo deles, mesmo sendo repreendida o tempo todo pelos professores por mostrar sua barriga, que era morena o ano todo. As sobrancelhas de Carol eram da cor de damasco, muito finas, praticamente invisíveis. Quando fazia sol, a pele embaixo das sobrancelhas ficava da cor de bacon, então ela desenhava os arcos com lápis para olhos marrom. Aquilo fazia ela parecer durona. Mais durona do que era na realidade. E tinha um jeito de usar a gravata da escola, com a ponta bem longa e pendente, o que parecia menos uma tediosa gravata, e mais a língua de um lagarto para lamber os garotos.

O que estou tentando dizer é que Carol era sexy antes mesmo de sabermos o que era ser sexy.

– *Sexy butt!* David tem um bumbum sexy! – Sharon recitou como Carol, divertindo-se com meu erro.

– Não foi isso que eu quis dizer – interferi rapidamente. – É o modo como ele para na música e ficamos esperando pelo "but"...

Tarde demais. Até mesmo para meus próprios ouvidos soava estupidamente ingênua e pedante. Não teve graça, Petra. Aprenda a aceitar uma piada; por que você não consegue?

As outras caíram na gargalhada. Até Angela e Olga, que tinham ido pegar bebida e chocolates na máquina e haviam perdido a conversa "sexy but". O riso de porquinha da Carol chegou ao seu estágio final e ela espirrou chocolate quente pelo nariz e respingou em toda sua blusa, fazendo parecer que ela tinha sido metralhada. Minha mãe teria me matado, mas Carol não estava nem aí. Havia algo de animal na Carol que me assustava às vezes.

– Petra quer dar uma passadinha de mão no bumbum sexy de David. – Ela me lançou um olhar malicioso, franzindo os lábios de desentupir pia e agarrando minha camisa.

Eu a empurrei.

– Não, eu não quero.

Deus do céu, não é horrível ficar vermelha? Uma vez que o sangue começa a subir, não tem mais jeito. É como um copo de groselha derramada se espalhando para todo lado. É claro que já havia visto o bumbum de David. Não há como não ver. Ele se destaca em todas as fotos de shows quando David usa aqueles macacões colados. No entanto, não queria ouvir piada sobre o bumbum de David. Fazer piada com um garoto qualquer era uma coisa, como dar risada de Mark Tugwell, o contrabaixista que se sentava atrás de mim na orquestra jovem da cidade. Carol disse que ele guardava um oboé extra nas calças e eu não conseguia parar de olhar sempre que ele descruzava as pernas. Mas com David era diferente. Eu estava apaixonada e detestava conversas grosseiras ou desrespeitosas sobre ele. Eu me imaginava cavalgando em sua defesa com um vestido longo de gaze de algodão, gola alta, pregas no corpete e rendas no acabamento, como o que Karen Carpenter tinha. Estaria no pônei Palomino, o mesmo que David cavalgava no meu pôster favorito na parede do quarto de Sharon. Mas cavalgaria de lado, como a rainha, para não estragar o vestido.

Piadinhas obscenas sobre David me deixavam muito brava. Acho que elas me faziam lembrar que ele era um bem comum. Que coisa mais ridícula. Não sei como alguém pode achar que um artista que tem o maior fã-clube da história, maior que o de Elvis ou dos Beatles, seja seu e só seu, mas isso acontece, acontece mesmo.

O mais difícil é que eu adorava falar sobre David, e tudo o que se relacionava a ele, mesmo de um modo bobo. Nas noites de quarta-feira, eu pegava o caminho mais comprido até a prática de orquestra para poder passar pela loja de ferragens, atrás do ponto de ônibus. Ver seu nome escrito em letras garrafais em cima da loja parecia um sinal. Quer dizer, aquilo era uma *placa*, mas para mim era um sinal. Como se o mundo soubesse que eu o amava e colocar seu nome lá em cima fosse algo muito especial. Apenas dizer seu nome em voz alta era eletrizante depois de tê-lo ouvido um milhão de vezes na minha cabeça. Falar com minhas amigas sobre ele o fazia ficar ainda mais real, mas ao mesmo tempo eu o dividia, o que era doído. Preferia ficar sozinha com ele no meu quarto.

– David é sexy, mas o quê? – Gillian exigiu saber, contraindo seu delicado e empinado nariz.

Ela estava no seu posto usual em cima do radiador, com as pernas esguias pendendo para baixo, as meias azul-marinho puxadas até a altura das coxas, deixando apenas alguns centímetros de pele exposta. Tentei não olhar para a breve visão da calcinha branca, que me fazia pensar em seu novo namorado e o que ele estaria aprontando com ela. Como eu queria ter meias bem compridas como as de Gillian! As minhas vinham somente até abaixo dos joelhos e minha mãe insistia para que eu usasse tiras elásticas para prendê-las em cima. O elástico apertava muito a pele, deixando um bracelete vermelho horroroso ao redor da batata da perna. Levava séculos para aquela marca sumir. Às vezes, quando deitava na banheira e olhava para as marcas na minha perna, gostava de fingir que era uma santa torturada. Uma santa que corajosamente manteve sua fé e resistiu aos ferros quentes de torturadores sádicos com barbas pontudas, não revelando absolutamente nada. Estigmas combinavam com aquelas marcas da cinta-liga.

– Qual a graça em David cantar "but"? Não entendi – Gillian irritou-se.

Deus fez Gillian perfeita, mas em Sua infinita sabedoria deixou de lado o senso de humor. Talvez por ser tão bonita, Ele achou que não precisasse. Deus provavelmente pensa que só é válido dar senso de humor para aqueles que precisam rir de tudo o que está errado neles.

– Não é engraçado – disse, tentando silenciar Sharon com um olhar suplicante.

Ela deveria ficar do meu lado, não do lado de Carol. Quando estávamos na casa dela fazendo nossos álbuns de David com recortes de revistas, sentia que éramos muito próximas, mas na escola nunca sabia ao certo de quem ela era amiga. A lealdade mutante de Sharon doía mais que as provocações grosseiras de Carol.

– Só estava dizendo que "Could It Be Forever" é a melhor música de David, como você falou, Gillian – continuei, esperando que o nome de Gillian pudesse fazê-las parar. Todas ficavam apavoradas em decepcioná-la, inclusive Carol.

Gillian tirou um pote de vaselina de sua bolsa e espalhou um pouco em seu lábio inferior. Tinha um jeito próprio de fazer aquilo, movimentando e apertando os lábios para conseguir uma cobertura por igual sem precisar usar os dedos. Como todas as ações de Gillian, era sedutor e hipnotizante. Todas nós tentávamos copiá-la, mas acabávamos com vaselina nos dentes.

Gillian agora me olhava como se eu fosse um produto na vitrine de uma loja que ela estivesse considerando seriamente comprar. Por um momento incrível, pensei que ela fosse sorrir. Talvez até me convidasse para ir até sua casa ouvir uns discos. Ela desceu do radiador, puxou sua saia para baixo e disse:

– Isso é irritante em você, Petra. Você está sempre concordando com tudo, não é?

Nossa sala de aula ficava em um dos prédios ao lado das quadras de basquete. O prédio também era conhecido como estábulo, congelante no inverno e um forno no verão. As paredes eram tão finas que era possível ouvir uma cadeira sendo arrastada na sala de aula ao lado. Chamavam-no também de bloco temporário, mas ele estava ali desde a guerra.

No caminho de volta para as aulas da tarde, Angela nos contou que tinha novidades. Sabia pelo sorrisinho misterioso em seu rosto que ela estivera guardando a notícia como o último biscoito do pacote. Sua prima, uma garota chamada Joanna Crampton, tinha ligado para ela na noite anterior. David viria ao Reino Unido para fazer dois shows no fim de maio. Estava confirmado. Sua prima soube disso pela revista de David, que ela recebia uma semana antes de nós porque morava em Hounslow, um distrito de Londres. Tudo demorava tanto para chegar no País de Gales! O mundo poderia acabar, Londres seria destruída por uma bomba nuclear e nós ainda estaríamos presos na dobradinha de geografia.

O show seria no dia 26 de maio, em um lugar chamado White City.

White City. Soava como um lindo palácio de mármore para mim. Como o Taj Mahal talvez. Imaginava a rua pavimentada e deslumbrante que levava até a entrada em forma de torre, e o som suave das fontes jorrando. A data ficou instantaneamente gravada no meu cérebro como se fosse o dia do meu casamento. 26 de maio.

– Estão dizendo que vai ser a última apresentação dele – Angela anunciou com um estremecimento de orgulho.

– Ele não virá de novo? *Nunca mais!* Temos que ir, Petra – Sharon gritou, cruzando seu braço com o meu. – David vai procurar por nós, amiga. Nós paramos de roer as unhas e tudo o mais. Temos 439 fotos dele e agora ele diz que é seu último show. Quanta ingratidão!

Era tão bom ouvir nossas risadas, a dela era um soprano no contratempo, a minha um contralto estridente. Sabia que Sharon estava arrependida sobre o incidente de Carol e o sexy "but".

– Se quisermos ingressos – Angela advertiu –, temos de nos mexer e mandar um vale postal. Custa uma libra cada.

– Comprei um desses da minha tia por meia-coroa – Sharon disse.

– Quanto é uma libra no dinheiro antigo, então? – alguém perguntou.

Olga fez o cálculo enquanto o restante de nós ainda estava contando nos dedos. Tinha uma cabeça fantástica para números.

Antes de mudarmos nossa moeda, 12 pence equivaliam a 1 xelim. Três anos depois, eu ainda ficava apavorada com as casas decimais. Coloque no lugar errado e você levará um prejuízo de centenas. Meu cérebro de 13 anos de idade se prendia com teimosia às libras, xelins e pences. Particularmente, eu lamentei a morte do *threepenny*, a moeda britânica agora obsoleta, que era pesada e quente nas mãos e tinha uma borda irregular muito legal. Era sem dúvida a melhor moeda para brincar dentro do bolso quando se estava nervoso.

– Socorro, só os britânicos são tão idiotas a ponto de contar de 12 em 12 – minha mãe reclamava. Qualquer evidência do atraso de sua terra adotiva era um de seus assuntos prediletos.

Gillian declarou ter 25 libras em economias com os correios. Uma pequena fortuna que nos deixou de queixo caído. Carol disse que poderia tirar um monte de moedas de seu pai, que administrava o parque de diversões do píer e sempre tinha uma sacola grande de troco.

– Então já temos um bom dinheiro. O problema é que agora temos que pensar na tarifa do trem e do metrô – Olga lembrou, denominando-se tesoureira da viagem, embora não tivesse muitas rivais para o cargo.

Enquanto as meninas acrescentavam o dinheiro que tinham e o dinheiro que pensavam que conseguiriam, senti o pânico crescer dentro de mim. Uma onda salgada que alcançou a parte de trás da minha boca e fez com que sentisse que meu almoço estava prestes a voltar. Isso não podia estar acontecendo. Eu sempre achei que haveria tempo de sobra para vê-lo. Cada célula do meu corpo estava se preparando para aquele encontro. Ele esperaria o quanto fosse preciso, eu sabia. Esperaria até que os cravos do meu rosto oleoso tivessem desaparecido. Até que meus seios valessem a pena ter um sutiã decente. (A Playtex vendia roupas íntimas para a "Mulher que Você Quer Ser". Rosa, com aros. Página 78 do Catálogo Freeman's.) Até que eu estivesse tocando as suítes de Bach no violoncelo, como elas realmente têm de ser. Dor e alegria se entrelaçavam, como quando minha mãe trançava meus cabelos até que meu couro cabeludo gritasse por clemência. Dor e alegria, dor e alegria. Um dia eu gostaria de tocar minhas peças favoritas para David. Mesmo que as palavras me faltassem, a música não falharia.

Contudo, agora não haveria mais até. O último show de David na Grã-Bretanha seria em menos de um mês. Depois disso ele não voltaria mais. Eu ficaria como aquela garota da peça que estávamos ensaiando na aula de inglês. Ela nunca falou de seu amor, mas deixou o segredo agir como um verme germinando, alimentando-se dela. Era exatamente assim que me sentia. Como se algo estivesse me corroendo por dentro. Não podia jogar fora toda minha preparação.

Eu tinha que dar um jeito de comprar um ingresso e vê-lo em White City.

Havia coisas que minha mãe não sabia. Minha mãe não sabia que havia escolhido um nome muito ruim para mim, pois Petra era também o nome de um cachorro famoso da TV infantil. Ela não sabia que toda vez que a professora me chamava e eu respondia a classe toda começava a latir, ou pelo menos todos os meninos.

Meu nome era o penúltimo da lista, então eu tinha sempre alguns minutos, durante os quais fingia que estava ocupada demais para me preocupar com o que estava por vir, colocando uma carga nova na caneta, embrulhando a antiga cuidadosamente em um mata-borrão, procurando um apontador em minha bolsa debaixo da carteira, cansada de saber que ele estava no meu estojo de pelúcia marrom.

Primeiro o sr. Griffiths tinha que passar pelo sobrenome Davies, incluindo a pobre Susan Fedida, todos os Jones, um Lewis (minha Sharon), um Morgan, o doido do Gareth Roberts, depois todos os Thomas...

– Karen Thomas?
– Aqui, senhor.

– Karl Thomas?
– Presente.
– Siân Thomas? Susan Thomas?

Havia seis alunos chamados Thomas ao todo, incluindo dois primos que pareciam ovos caipiras pintados. Os pais deles eram gêmeos idênticos que se revezavam trabalhando na máquina de presunto na cooperativa. Eles usavam redes sobre os cabelos loiros, assim a caspa não cairia no presunto. Depois do último Thomas havia uma pausa que sempre parecia uma eternidade no inferno para mim antes de...

– Petra Willi...
– Au! Au! Auuuuuuu!
– Petra Williams. Quietos! Eu disse QUIETOS!

A classe se transformava em um canil. Latindo, rosnando, brigando. Na última fileira, Jimmy Lo jogava a cabeça para trás e uivava como um lobo sob a lua cheia.

Minhas novas amigas da turma de Gillian me olhavam com rápidos e encorajadores sorrisos. Os sorrisos diziam que sentiam muito e estavam envergonhadas por mim. Na maior parte do tempo, no entanto, creio que apenas ficavam felizes por não serem elas a terem o nome de um cachorro da TV.

– Tudo bem, já chega, classe – o sr. Griffiths vociferava.

Se os latidos continuassem enquanto ele tentava chamar o nome de Steven Williams, que vinha logo após o meu, o sr. Griffiths começava a mudar de cor. Dava para ver o sangue subindo pelo colarinho de sua camisa e cobrindo seu rosto como se uma tinta vermelha tivesse sido injetada em seu pescoço.

– Eu disse que já chega disso. Comportem-se. Eu disse silêncio AGORA, classe.

O sr. Griffiths era um cara legal, mas era jovem demais para ser professor, e bonito, com suas costeletas, olhos de um *cocker spaniel* suplicantes e um bigode desleixado. Eu achava que seria bem melhor se ele fosse mais velho e feio, assim sua raiva seria assustadora, e não engraçada.

Os latidos não eram culpa da minha mãe. Ela não sabia que Petra era o nome do cachorro em *Blue Peter* porque não tínhamos TV em casa. Minha mãe não gostava de TV.

– É uma caixa para idiotas – ela dizia.

Minha mãe alegava que os cientistas haviam provado que, se você ficasse na frente da TV por muito tempo, os raios emitidos poderiam destruir seus órgãos vitais, até mesmo os rins, que estão localizados na parte de trás do corpo e abaixo da cintura. Quando contei para Sharon sobre os perigos dos raios da TV para os nossos órgãos, estávamos na sala de estar da casa dela, sentadas no sofá novo de três peças, amarelo-mostarda, esperando *A Família Dó-Ré-Mi* começar. Estávamos com nossas melhores roupas. Claro, tínhamos que estar bonitas para David. Barrados pela sra. Lewis para assistir ao programa por causa de seus comentários desrespeitosos, o irmão mais velho de Sharon, Michael, e seu amigo, Rob, estavam do lado de fora da porta, prosseguindo com seus comentários entre risinhos abafados e ameaçando violências terríveis contra David.

– Oi, veado, ouça a música que vamos cantar/Vamos lá, ele é nojento – cantavam os meninos, desafinados, junto com a canção-tema de *A Família Dó-Ré-Mi*.

– Calem a boca, vocês estão é morrendo de ciúme! – Sharon berrava de volta.

Ela riu sobre meu comentário dos raios da TV, mas alguns segundos depois foi até a cozinha e voltou segurando duas assadeiras no ar como se fossem os pratos de uma bateria. Nós nos recostamos no sofá cobrindo o peito e a barriga.

– As assadeiras irão rechaçar os raios nocivos – Sharon garantiu, com a voz metálica do Capitão Escarlate. – Não entre em pânico, está bem? Seus rins estarão a salvo comigo, Petra *fach*.

As assadeiras nos fizeram parecer soldados romanos que haviam morrido em batalha.

Na fila do lanche, do lado de fora do refeitório, Jimmy Lo, cujos pais eram os donos do restaurante chinês na Gwynber Street, gritou:

– Petra é uma pastora-alemã! – Ele pronunciava pastora *aremã*. – Entendeu? Pastora *aremã*. Petra. Au-au!
E os garotos que estavam com ele – Mark "Gato" Tugwell e Andrew "Amor" Morris começaram a cantar:

"Hitler tem uma bola só,
Goering tem duas, duas bolinhas,
A de Himmler é de dar dó..."

(Anos mais tarde, depois de eu ter entrado na faculdade em Londres, o restaurante chinês de Lo foi fechado pela vigilância sanitária porque eles serviam carne de pastor-alemão no *chop suey*. Isso é conhecido como justiça poética.)
Goering e Himmler foram membros importantes do Partido Nazista. Os alemães bombardearam nossa cidade durante a guerra e as pessoas não esquecem algo assim tão rápido. Havia uma exposição de fotos antigas e amareladas do bombardeio no corredor principal da biblioteca. Noite após noite os aviões voltavam para atingir a siderúrgica e as docas. As explosões iluminavam o mar como um flash gigante de fotografia e as pessoas diziam que dava até para ver a Irlanda. Se os pilotos não conseguissem achar o alvo, lançavam as bombas mesmo assim, para que os aviões tivessem combustível suficiente para fazer a viagem de volta à Alemanha. Sabia disso porque *Mamgu* e *Tad-cu*, meus avós, tinham uma fazenda nas montanhas que ficava atrás da cidade e, enquanto trancavam as vacas uma noite, ouviram um incrível som penetrante.
– Você teria achado que o próprio Todo-poderoso estivesse uivando como um lobo – *Mamgu*, minha avó, sempre dizia quando contava aos netos a história do bombardeio. Sabíamos que era verdade porque ainda se podia ver a cratera no campo. A cratera era tão grande que uma casa inteira caberia lá dentro.
Achava difícil acreditar que minha mãe estivesse do outro lado durante a guerra porque o nosso lado estava certo e nós vencemos. E na nossa casa, minha mãe estava sempre certa e sempre vencia.

Quando meus avós, meu pai e suas duas irmãs, tia Edna e tia Mair, estavam correndo na direção do curral com suas roupas de dormir, carregando baldes de água, o avião que causara o fogo já estava a caminho do país onde minha mãe, na época com 6 anos, estava dormindo. Uma vaca prenha perdeu seu bezerro e, durante cinco dias após o bombardeio, o leite do rebanho inteiro saiu como queijo.

Mesmo antes de meus pais se conhecerem já estavam brigando.

No meu sonho favorito com David, o professor estava fazendo a chamada na escola quando David abre a porta e entra. Era sempre depois dos seis Thomas e bem na hora em que o sr. Griffiths chamava meu nome. David estava com aquela camisa aberta no pescoço, com golas enormes e botões perolados, a mesma que está usando na capa do álbum *Cherish*.

Meu Deus, existe coisa mais maravilhosa? David Cassidy era o único ser humano, entre homens e mulheres, que fazia um cabelo repicado ficar insanamente atraente. Observando bem a capa daquele disco, percebe-se que seu olhar é tão intenso que seus olhos castanho-claros estão praticamente pretos; como a Mona Lisa, seus olhos fazem a gente querer olhar sem parar.

Uma vez na sala de aula, David se apresentaria para o sr. Griffiths, daria um sorriso lindo e simpático de Keith Partridge, seu personagem em *A Família Dó-Ré-Mi*, e diria: "Petra, que nome maneiro! Gostei."

Isso calaria a boca deles. Ficariam impressionados por um superstar como David aparecer na nossa escola. E como David é americano, não saberia que Petra é o nome de um cachorro da TV. Ele pensaria que Petra é um nome como outro qualquer, talvez até achasse um nome bonito. Quando fosse mais velha, eu iria morar nos Estados Unidos, em um cânion, e ninguém nunca mais latiria para mim.

Minhas amigas nunca falavam comigo sobre os latidos. Provavelmente era difícil ter algo para dizer. Só duas pessoas mencionaram o assunto. Uma delas foi Susan Davis.

Eu estava saindo de um dos banheiros durante o intervalo, e Susan estava perto do toalheiro de papel; ela havia feito uma dobradura de pomba muito legal com uma toalha de papel e estava ajeitando as asas para que elas abrissem e fechassem. Estávamos sozinhas.

– Você não fica chateada com aqueles latidos, não é? – Susan disse, quase para si mesma.

– Claro que não – respondi abrindo a torneira e apertando o botão da saboneteira com sabonete líquido. Sempre tentávamos conseguir alguma gota de sabonete, embora a substância viscosa cor-de-rosa com cheiro de chiclete que ficava sobre a pia tivesse acabado. O odor inconfundível de Susan (o cheiro impactante que nos forçava a respirar pela boca quando ela estava por perto) misturava-se com o fedor doce dos banheiros.

– Seu cabelo está lindo, Petra – ela disse.

Levantei o olhar e vi seu rosto no espelho. Se você se forçasse a não julgar por alguns segundos, era possível ver que uma garota de olhos castanhos, emoldurados por cílios espessos e lábios com formato de coração estava por trás daquela terrível máscara marcada por pústulas. O cabelo de Susan era bonito e brilhante como o de um anúncio de revista, e tão comprido que ela poderia se sentar nele. Os cabelos eram sua afirmação de beleza e percebi, na hora que elogiou o meu, o quanto ela cuidava dos seus, e como eram bem lavados e penteados toda noite para que estivessem perfeitos para a escola no dia seguinte. Se você visse Susan Davis de costas e não soubesse do seu problema de pele, esperaria ver uma garota linda quando se virasse. Ficava pensando como deveria ser quando você se vira ao ouvir o assobio de um garoto, com seus cabelos loiros e longos de comercial de xampu, para depois ver o choque e repugnância nos olhos dele.

– Seus cabelos... – comecei, mas a porta de entrada do banheiro feminino foi escancarada como se um caubói estivesse entrando em um bar para um tiroteio. Carol. Ela ignorou Susan, baixou a calça, sentou-se no vaso e não se importou em trancar a porta enquanto seu xixi jorrava e deixou escapar um pum barulhento.

— O pessoal daquela cantina é muito pão-duro — Carol disparou, como se estivéssemos só nós duas. Quando me voltei, a única evidência de que Susan esteve ali era uma pombinha amassada na parte de cima da lixeira. Eu a empurrei para baixo dos outros papéis. Não tinha gostado daquilo; Susan agindo como se estivéssemos no mesmo barco. Não queria que ela sentisse pena de mim. O que pensariam se Susan estivesse sentindo pena de mim?

— Quer dizer que você anda falando com Susan Davis? — Carol perguntou.

— Sai fora! — disse, prendendo meu nariz e fingindo desmaiar com o fedor imaginário.

Carol emitiu um ronco, aprovando.

Ser impopular era como um vírus contagioso. Era melhor não chegar muito perto.

A outra pessoa que também mencionou algo sobre os latidos foi Steven Williams. Foi na mesma tarde em que decidimos comprar os ingressos para o show de David, e todos estavam correndo como um bando de loucos para fora da classe depois da chamada quando Steven veio na minha direção e me entregou uma cópia da peça de Shakespeare, *Noite de reis*.

— E aí, tudo bem? Acho que isso é seu — ele disse.

Steven era alto e se inclinava sutilmente enquanto falava comigo. Eu sabia que ele era do time de rúgbi e colega do latidor maligno Jimmy Lo. Ele tinha um arranhão na bochecha debaixo do olho direito, que era do mesmo azul do mar em um dia de verão. A largura de seus ombros era incrível. Eu me sentia como uma boneca Barbie perto dele.

Não era a minha cópia da peça, eu sabia. A minha estava na mochila. Eu havia visto a minha cópia enquanto escondia meu rosto ruborizado durante a chamada.

— Obrigada — agradeci, e a peguei.

— Sinto muito sobre os latidos — Steven Williams disse. — Os garotos são um pouco doidos, é só.

Eu concordei com a cabeça.

– É por causa da cidade rosa-avermelhada?

– O quê?

– Petra. A cidade rosa-avermelhada, tão antiga quanto o tempo. – Ele disse essas palavras como se estivesse recitando um poema.

– Sei lá – respondi.

Por quê? Por quê, meu Deus? Eu nunca dissera "sei lá" antes na minha vida. Sei lá era comum. Era o vocabulário dos idiotas. Minha mãe poderia cair morta na rua se soubesse que tinha uma filha que dizia "sei lá". A mulher que devorou a revista *Reader's Digest* que trazia a matéria "Vale a Pena Aumentar o Poder da Palavra" não poderia ter produzido uma filha que dizia "sei lá".

– Tenha bons modos, Petra, pelo amor de Deus – minha mãe me repreendia.

– Muito obrigada – tentei novamente e abri um sorriso nervoso.

Steven pegou sua mochila listrada da Adidas e a arremessou sobre o ombro como se estivesse pronto para ir, mas ficou onde estava, imóvel, movendo seu peso de um pé para o outro.

Aquilo era uma armadilha? Olhei em volta para conferir se Jimmy e os outros meninos estavam de tocaia, mas eles já estavam a quase 100 metros de distância, chutando suas mochilas para a lama e caindo em cima delas.

– Pensei que você gostaria de saber... sobre a outra Petra.

– Obrigada. Eu não... sabia. A cidade rosa-avermelhada.

A mesma cor das minhas bochechas naquele momento, com certeza. O rubor viajava mais rápido que o sentimento que o impulsionava; um sentimento para o qual eu ainda não tinha um nome. Um dos sentimentos mais poderosos no mundo todo.

– Até mais, então – Steven disse, fazendo um sinal com o braço livre para me mostrar que precisava alcançar os outros meninos. Ele levantou os olhos do chão e sorriu. O sorriso dizia que os latidos não iriam parar, mas que ele não concordava com aquilo.

– Até mais.
Acho que acabávamos de ter nossa primeira conversa.

– O que Steven Williams queria com você? – Gillian indagou assim que alcancei as meninas na aula de costura.
Ela colocou toda a ênfase no "você". Como se eu fosse a última garota no mundo com quem um garoto quisesse conversar.
– Ele pegou um livro meu por engano – eu disse.
Eu detestava a aula de costura, ou, melhor dizendo, a aula de costura me detestava. Vinha tentando colocar um zíper em uma saia há três aulas e a professora continuava insistindo para que eu o tirasse e tentasse novamente. Toda vez que eu gentilmente pressionava o pedal na pequena máquina de costura, sentia-me como um cavaleiro de rodeio forçado a cavalgar uma abelha gigante. O mais leve toque no pedal e a agulha endoidava. Bbbzbzzbbzzzzz.
– Steven Williams pode entrar sob meus cobertores qualquer dia desses. – Carol deu um sorriso afetado, erguendo-se um pouco da cadeira e empinando os lábios. Olga revirou os olhos para mim. Diferente de mim, Olga usava óculos na escola e conseguia enxergar.
– É um menino bonito, bom para ele – Sharon comentou, lambendo a ponta de uma linha antes de colocá-la na agulha. Ela começou a posicionar a manga em seu exato lugar no corpete de um vestido rosa acetinado de dama de honra que iria usar no casamento de sua tia, em agosto. O vestido já tinha pregas no busto, várias nervuras e uma barra com costura invisível. As mangas longas e bufantes caíam como membros amputados na mesa; a parte de cima tinha ondulações perfeitas e estava pronta para ser costurada. O que estou querendo dizer é que o vestido de Sharon parecia de fato um *vestido*. Uma façanha mais surpreendente para mim do que escrever uma sinfonia ou fazer uma nave espacial retornar à Terra. Aquele vestido estava tão profissional que Sharon poderia vendê-lo em uma loja.

– Seja como for, esse Steven Williams beija muito mal. Bethan Clark já o beijou – Gillian confidenciou. – Ele cospe na boca da garota.

Nossa turma estava descendo a rua de braços dados. Gillian estava no meio e, naquele sábado, deixou Sharon e Angela darem os braços para ela. As segundas favoritas davam o braço para as garotas ao lado de Gillian. Eu estava na ponta, mas estranhamente feliz e agradecida por pelo menos fazer parte daquele alinhamento. Tinha de soltar o braço de Olga toda vez que nos deparávamos com um poste, descer para a sarjeta, pular de volta para a calçada e pegar seu braço novamente. A conversa continuava, portanto estava sempre um pouco atrasada. Na pressa, não notei uma sujeira de cachorro.

– Credo, Petra, é você? Tem alguma coisa no seu sapato? Pelo amor de Deus, menina!

Gillian disse que eu poderia alcançá-las depois de tirar o cocô de cachorro do meu sapato.

– Venha para minha casa depois, tá? – Angela gritou sem olhar para trás. Minhas amigas se afastaram sem quebrar a formação, parecendo uma parede.

Achei um palito de pirulito em uma cerca viva e comecei a tirar o cocô grudento e alaranjado da sola do sapato. Levou séculos, porque o cheiro me dava ânsia. Os últimos pedaços ficaram presos no solado de borracha em zigue-zague e eu tentava limpá-lo com uma folha. Céus, minhas mãos estavam fedendo e eu não tinha nenhum lenço de papel. Tudo bem, eu poderia lavar as mãos na casa da Angela, no banheiro do andar de baixo. Subi a ladeira o mais rápido que pude para alcançá-las e senti uma pontada. A dor dava agulhadas no meu lado esquerdo e tive de me sentar em uma mureta por algum tempo até passar. Depois peguei uma rua errada e tive de voltar para a rua principal de novo para me achar. Estava muito atrasada. O aroma penetrante de gordura de batata assando começou a vir das casas onde as mulheres estavam servindo o jantar. As meninas deveriam estar preocupadas, pensando que fui para casa ou algo do tipo. Por fim, encontrei as casas geminadas em formato de ferradura onde a inglesa Angela morava. A casa era linda, nova e com árvores jovens plantadas em círculos nos gramados em frente. As árvores eram ainda varetas amarradas a uma estaca, com um único galho de floração rosa pálido, como a echarpe de plumas que eu sempre quis. O lugar onde Angela morava tinha um pátio, um vestiário no andar de baixo e tudo mais. Ainda bem que eu me lembrava do número. Estava tão aliviada e feliz por saber qual era a casa de Angela que quase comecei a chorar quando sua mãe abriu a porta.

A mulher carregava uma bebezinha com cabelos cacheados e que parecia zangada, como se tivesse acabado de acordar da sua soneca. A mãe de Angela pareceu surpresa quando disse por que estava lá.

– Oh, sinto muito, amor, as meninas não estão aqui. Elas estão na casa de Gillian hoje. Vai ter uma festinha. Você esqueceu, foi?

Eu realmente esqueci de uma coisa. Esqueci de dizer qual é a minha música favorita de David. Não era "Could It Be Forever", nem mesmo com aquela parada maravilhosa e sexy para o "but". Era "I Am a Clown".

Esta música chegou só ao terceiro lugar nas paradas do Reino Unido, mas sempre fora a minha romântica número 1. Eu a adorava por ser triste, comovente, sensível e profunda, tudo ao mesmo tempo. Provavelmente o que pensava que eu era. David cantava sobre ser um palhaço em um circo sem muita importância. Ele tinha de sorrir, a qualquer preço, mesmo que estivesse morrendo por dentro. A primeira vez que ouvi "I Am a Clown", fiquei arrepiada. Sério, pensei que ele estava falando comigo por códigos. David se sentia só e preso nessa vida de artista e só eu conseguia entendê-lo. Você jamais poderia imaginar, mas sentir um pouco de pena dele era ainda melhor do que pensar que ele era perfeito. Era como perceber que ele tinha uma pele ruim e não se importar.

(Ele tinha mesmo, e eu não me importava, porque as manchas de David apareceram quando ele estava com problemas nervosos, e por causa de toda aquela maquiagem que tinha de usar. Não era acne ou algo do tipo. Era pele sensível, só isso.)

    Sentir pena de David significava que ele precisava de mim. Eu tinha um papel na vida dele. Apesar de toda a sua fama e riqueza, e milhões de garotas que poderia escolher, ele precisava de *mim*.

    David Cassidy era solitário. Esse pensamento era estranhamente excitante. Comigo ele não seria mais solitário.

    É por isso que nunca revelei minha canção favorita às outras garotas. Se eu contasse, elas copiariam minha ideia. Isso me custaria uma vantagem crucial quando David e eu finalmente nos conhecêssemos. Ele ficaria muito impressionado por eu não ter escolhido um de seus sucessos óbvios.

    – Nossa, isso é incrível, Petra. Você curte "I Am a Clown"? Uau! Ninguém repara nesta música e ela significa muito pra mim. É a que mais gosto.

    E o que eu responderia?

    Pode acreditar. Você não precisa se preocupar. O que eu quero é fazer você feliz. E se você disser "vá embora", vou fazer o que você diz. Mas acho melhor ficar e te amar. Você acha que tenho alguma chance? Quero te olhar olho no olho e saber.

    Será que você me ama?

    "I THINK I LOVE YOU."

4

Eram 17:40 e Bill estava olhando fixamente para sua segunda cerveja. Eles tinham acabado de chegar ao bar, ele e Pete, há sete minutos apenas, e ele já havia pedido e consumido o copo grande e manchado da mesma cerveja de sempre. Ele não sabia qual era a bebida de sempre: sua verdadeira bebida usual era uísque, quando tinha dinheiro para isso, ou uma cerveja Guinness quando estava com pouca grana, e até um gim-tônica, numa noite mais quente de primavera, com seus óculos escuros, quando não havia nenhum conhecido do sexo masculino dentro de um raio de pelo menos 15 quilômetros. Mas agora, no bar Desenlatado, não querendo parecer diferente, ou não querendo ser confundido com um mauricinho, ele prestou atenção ao que Pete pedira e seguiu à risca o mesmo pedido. E a "de sempre" acabou sendo nada usual: uma cerveja pálida e salgada que mais parecia ser água do canal com espuma de sujeira industrial por cima. Ele forçara aquilo abaixo, e depois um pouco mais para tirar o gosto. Cada um pagou a sua; Pete não pagou a cerveja de Bill, e Bill, que facilmente se deixava levar pela avareza, retribuiu a falta de gentileza. Bill, no entanto, havia comprado um pacote de batatas fritas, que estava agora entre eles e onde Pete, sem cerimônia, enfiava a mão. Ele parecia zangado com alguma coisa.

– É tanta besteira. É besteira demais.

Ele fez uma pausa para dar efeito ao que dizia. Bill, que estava com a cabeça em outro lugar, imaginou se deveria dar apoio.

– É, com certeza – ele começou.

– Certeza. Absoluta. E o pior é que elas nem sabem que estão fazendo isso. – Seus dedos moviam-se com rapidez entre as batatas. – Você acha que isso é coisa de menina?

– É, pode ser...

– Só pode ser. Elas se prendem a um detalhezinho e ficam completamente doidas com aquilo. Homem não faz esse tipo de coisa, pode crer. – Pete tirou os dedos das batatas e lambeu o sal. Ele tinha ido ao banheiro logo que entraram no bar, uma passagem rápida demais para ter dado tempo de lavar as mãos, Bill pensou.

– Ah, não, não – Bill disse, e tinha resolvido concordar com tudo o que seu novo amigo dizia. Como estratégia para criar empatia não era nada funcional, mas dava para o gasto até que ele viesse com alguma coisa melhor. Eles fizeram uma pausa para beber em uníssono. Pete ofereceu a Bill as batatas, mas Bill recusou. Não havia sobrado quase nenhuma.

– Você tem razão – Pete continuou, como se eles estivessem no meio de uma discussão construtiva. – É coisa de menina. Elas pegam um disco e o tocam um milhão de vezes, então o pai entra e manda desligar, e quando ele bate a porta do quarto, a agulha da vitrola pula e um risco enorme aparece na faixa, sei lá, "Could it be forever" que quer dizer "Pode ser para sempre" ou algo do tipo...

– *Poderia*.

– *Poderia* o quê?

– "Poderia ser para sempre." É isso que significa o nome da música. – Bill estava em terreno firme. Por uma fração de segundo ficou chocado por descobrir em si próprio um pouco de orgulho: o orgulho justo de um homem que conhece um assunto e não tem medo de corrigir alguém que não saiba. Com grande afobação, esvaziou seu copo quase até a última gota.

– Cai fora! – Pete disparou, sem rancor, ou quase sem. – De qualquer maneira, por uns 15 dias elas ficam totalmente piradas, como se alguém tivesse morrido, odeiam os pais e não comem nada. E então, essa é a pior, elas se sentam com as amigas, que são como elas ou piores, e incitam umas às outras até que a fera pega.

– Bicho.

– Como?

– O bicho pega – disse Bill. – "Até que o bicho pega" ou "elas ficam uma fera". São expressões diferentes. – Enquanto falava, podia ouvir sua voz diminuindo e começando a morrer. Pete deve ter ouvido, pois chegou um pouco mais perto e disse:

– Então é verdade.

– O que é verdade? – Bill sorriu, tentando amenizar as coisas. Ele se serviu de uma batata.

– O que dizem, que você é um desses babacas da universidade.

– Quem disse? – Bill perguntou com uma curiosidade ingênua, mas Pete só torceu o nariz. A batata estava úmida. Ele tinha sal nas gengivas. Não era a primeira vez que ele sentia o terror de ser inglês: sentar-se em um bar, beber com alguém que não tem nada a ver com você, sendo questionado sobre sua classe social. Ele se perguntou, não pela primeira vez, como seria para David morar na Califórnia. Mesmo que não fosse nem um décimo tão bom quanto ele fazia parecer em suas canções, mesmo que não fosse tão ensolarado e relaxado como parecia nos filmes, com certeza era melhor do que isso.

Ele pegou sua cerveja, tomou o que ainda havia no fundo, usando o líquido para enxaguar a boca. Enquanto fazia isso, sacudiu a cabeça como se estivesse tentando se livrar de um pensamento, como uma vaca com moscas nos olhos. Aqui estou, refletiu, formado, mais ou menos adulto e com inveja de David Cassidy. Em seus três primeiros meses de trabalho na editora, Bill devotara a maior parte de suas horas acordado para estudar a vida e o estilo de David Bruce Cassidy – ou, como Bill o descrevera a Pete, "aquele *filho da puta* sortudo". O xingamento soava forçado na boca de Bill, ele sabia. Ele tinha que falar mais rápido, como um cavalo tentando saltar um obstáculo de quatro varas.

Filhodaputa.

É preciso produzir um som anasalado, como em *Dirty Harry* ou *The Dirty Dozen* – *dirty* qualquer coisa – para conseguir o efeito desejado, e a versão anasalada de Bill era péssima. Ele nunca conseguira imitar sotaques, e seu sotaque americano era simplesmente patético; ele soava, e também parecia, com um homem tentando deslocar um pedaço de carne de trás dos dentes com a língua. Mas, por tudo isso, e apesar do medo de parecer ridículo demais, ele adorava falar "filhodaputa". Ele gostava de pronunciar essas palavras porque, pelo menos por um segundo, mesmo que isso não o fizesse *parecer* americano, fazia com que ele se *sentisse* americano. E isso era obviamente melhor do que ser um babaca do bairro residencial de Tolworth, duas estações de trem depois de Wimbledon.

– Desculpe, continue o que você estava dizendo sobre o disco – tentou recomeçar. Ele podia ver Pete se debatendo entre a vontade de contar sua história e a necessidade desinteressante de começar uma briga. Por fim Pete suspirou, jogou despreocupadamente o pacote vazio de batatinhas no chão e continuou. A briga podia esperar.

– Como estava dizendo, o disco está riscado e elas decidem que isso é um sinal. Como se quisesse dizer alguma coisa. As pessoas não costumavam olhar para tripas de um animal para prever o futuro? Os gregos e outros?

– Com certeza – disse Bill, deixando o pescoço balançar de modo que sua cabeça pesada subia e descia como a dos cachorros de brinquedo que ficam no lado de dentro do vidro dos carros. Quem teria forças para brigar em uma sexta-feira à noite, com o espírito exaurido depois de uma semana de trabalho árduo na revista para as fãs de David Cassidy? Pete poderia ter negado que o homem foi à Lua ou o Holocausto, e Bill teria concordado.

– Então elas decidem que o risco, que foi simplesmente causado pelo pai, é uma mensagem de Cassidy. – Pete acharia melhor ter quebrado seu copo e mastigado os cacos do que chamar um pop star, qualquer um, pelo seu primeiro nome. Eles não eram amigos, ele e Cassidy. Ele não conhecia o canalha. Nunca tomara café, ou o que quer que fosse, com ele. E não era só com pop stars e veadinhos do tipo. Era com qualquer homem. Preferia usar os sobrenomes. Para Pete, a tragédia de James Bond acontecera no ano anterior, quando Sean Connery dera lugar a Roger Moore. O australiano não contava.

— E porque o risco é naquela música, alguma coisa "Forever" — ele prosseguiu —, significa que Cassidy está percebendo, ou alguma porcaria do tipo, está mudando de opinião. Em vez de "Pode ser" — ele olhou de relance para Bill, desafiando-o —, o risco significa: dane-se a *possibilidade*. Será. Você será minha. Vocês, meninas, sentadas com suas calças roxas da moda e seus bichinhos de pelúcia ridículos. — Para Pete aquilo já tinha sido oratória suficiente, e fez um movimento de varredura, passando uma das mãos sobre o rosto como se estivesse varrendo a culpa. — Li isso — ele explicou. — Naquela porcaria de revista que fazemos.

— E Amsterdã — Bill disparou de volta. — Ele estava usando umas coisas vermelhas em toda a borda do casaco. — Ele achou que seria uma boa ideia copiar um pouco a indignação de Peter, mesmo não sentindo o mesmo. O que Pete considerava um insulto para a Inglaterra, para a masculinidade, para seu certo conhecimento sobre as mulheres, Bill tratava com certa curiosidade. Mas ele não iria admitir a tal ponto, portanto fingia concordar e dava corda. — Ele estava usando um *macacão branco* (Pete reagiu à palavra com uma demonstração vigorosa no ar simulando uma masturbação, a outra mão segurava seu copo), e tinha uns enfeites vermelhos nas bordas. E, juro, chegaram mais cartas sobre aquilo... como é que se chama mesmo? Abotoamento duplo?

Finalmente os dois tinham algo para rir. Bill estava pegando o jeito, surpreendendo a si mesmo no processo, e continuou:

— E as cartas explicavam o significado do vermelho. Uma garota tirara a foto que tínhamos e a delineou sobre um papel parafinado e enviou o traçado para informar que ele, na realidade, estava tentando escrever o nome dela com os detalhes em vermelho.

— Cristo! — Pete se inclinou por algum motivo, como se estivesse sofrendo por toda essa bobagem feminina. Seu nariz quase tocava o apoio dos copos.

— E outra pensou que o abotoamento duplo, aquela coisa no casaco de Cassidy, era um dragão.

— O quê?

— Ela achou que o desenho parecia a cabeça de um dragão.

– O quê?
– E que significava o dragão galês.
– O quê?
– E ela é de Pontypool, no País de Gales, por isso pensou que o macacão de Cassidy havia sido feito para ela. – Bill esperou que Pete respondesse, como alguém rebatendo uma bola de tênis, mas até Pete ficou em silêncio profundo. Rapidamente ele terminou sua bebida, desceu da banqueta e foi em direção à porta. Bill deu de ombros e o seguiu. Ficaram parados do lado de fora do bar, em uma rua estreita de uma mão só, onde o ar não era muito melhor do que o de dentro. A fumaça dos carros que vinha da rua encontrava o bafo da cerveja. Bill mal podia se mexer.

– Olá, companheiros.

Uma figura corcunda estava de repente ao lado deles, sorrindo. Era Chas, o office-boy sem idade definida, apressado e falando entre os dentes. Ele parecia um velho elfo inglês da capa de um disco de rock progressivo.

– Estavam no *Travado*?

Esse era o apelido do escritório para o bar Desenlatado, derivado de uma rima. Bill ficara sem entender por algum tempo, e Pete teve que soletrar para ele, aborrecido, como se estivesse explicando uma soma para uma criança.

– Desenlatado, acabado, travado. Caramba, pensei que fossem *vocês* os cérebros aqui.

Chas estava quase se dobrando agora, em meio à fermentação do anoitecer.

– Beberam todas?

– Sim, bebemos – Pete confirmou. Ele tinha ainda menos vontade de pagar uma cerveja para Chas do que para Bill. Ele não teria pago uma bebida a Chas nem depois de um mês no deserto.

– Oi, Chas – disse Bill, baixando o olhar para ele.

– Já sabem da novidade?

– Não, o quê? – Bill tinha um fraco por catástrofes. – Caiu um avião? A rainha foi baleada?

– Que nada, não temos tanta sorte – disse Chas, emitindo um breve ronco. – Notícia fresquinha. Está agendado. Parece que nosso sr. Cassidy estará exibindo seus milagres por aqui. White City, 26 de maio.
– E daí? – Esse era Pete, com toda a amargura que conseguia reunir.
– E daí que temos de animar ainda mais as mocinhas, é isso.
– O que você quer dizer com ainda mais? Elas não precisam que ninguém as anime, elas precisam é de uma mangueira para apagar o fogo delas – disse Pete. – Eu e Bill estávamos falando sobre isso. Você pode pedir qualquer coisa a elas, qualquer coisa mesmo, e elas darão, só para dar uma última olhada no seu adorado... – ele parou, irritado, seu corpo todo expressava desprezo – ... Daaaaayvid.
– Mas isso não é só uma olhada – disse Chas. – É Londres.
– White City? – Pete ecoou. – O que ele vai fazer naquela espelunca?
– Quantas pessoas cabem em White City? – Bill perguntou. – Vinte mil?
– Que nada, 30 mil, fácil, fácil – respondeu Chas.
– Com aquelas menininhas, 35 mil – Pete emendou. – Aperte-as bem, esprema as lindinhas até elas quebrarem. Elas vão adorar.
– E nós teremos alguns ingressos para oferecer como prêmio? É essa a ideia?
– É isso.
Os três homens estavam parados na beira da calçada, sendo empurrados pelos bêbados e transeuntes.
– Pode imaginar? – Bill perguntou afinal.
– Não muito – admitiu Chas.
– Imagine ser uma dessas garotas. As que ganham nossos ingressos.
Os outros dois olharam com curiosidade para ele, sem saber ao certo se tinham gostado daquela ideia, que dirá de sua imaginação.

– Como é? – Chas estava torcendo e esfregando a ponta do nariz. Estava ficando com sede, quase chegando ao ponto de usar o próprio dinheiro.

– Elas passam o dia todo em cidades como Hartlepool, Worthing ou, ou...

– Fife. Já recebemos cartas de umas doidas de Fife.

– Então, um dia, elas são escolhidas para ver o cara em pessoa. Quer dizer, essas garotas já se sentem "as escolhidas", de qualquer jeito. Sentem que ele está esperando por elas. – Bill olhou para seus colegas. – Acreditem, eu sei, eu leio as malditas cartas que elas escrevem. Esse é o meu trabalho, não é? E agora elas vão ser escolhidas. Alguma garota poderá contar qual é a cor favorita de Cassidy, qual é a cor dos seus olhos, o que ele come no café da manhã, se ele tem sardas...

– Ele não tem. – Pete soou mais firme que o normal, como um advogado de defesa negando as acusações na corte. – Ele não tem sardas. Ele tem manchas. Um monte delas. Pode acreditar, cara, eu sei, eu apago todas elas. Esse é o meu trabalho. – Ele olhou de relance para Chas, que riu na mesma hora.

– *Touché* – disse Bill.

– Para quê?

– Não importa. O ponto é que, se eu soubesse o signo do sujeito e pudesse ler meu futuro em suas estrelas e aquela bobajada toda, abriria meu envelope enviado pela revista, lambido e selado por Chas – que nesse momento colocou a língua para fora –, e iria, sei lá, desmaiar. Ou morrer.

Por um instante nenhum dos dois falou. Então Pete perguntou:

– Qual é, por falar nisso?

– Qual é o quê?

– O signo dele.

– Áries, mas não é isso que importa. O que estou tentando...

– Á-ri-es? Você *é* mesmo um babaca! Eu sabia! – disse Pete.

A exultação de Chas era tanta que ele juntou os pulsos magros e batia um contra o outro como um macaco tocando pratos. Eles tinham um colega de trabalho que sabia o signo de um pop star homem: você podia se sentar do lado de alguém por cinco anos e não encontrar nada tão comprometedor. Era como ter descoberto que Bill dorme com um ursinho de pelúcia ou penteia o cabelo de sua boneca.

Bill deixou que a alegria deles chegasse ao auge e depois diminuir. Não havia mais nada que ele pudesse fazer; eles iriam guardar aquela confissão e usá-la no futuro, sempre que quisessem envergonhá-lo. A qualquer hora.

Bill sabia que a culpa era toda dele. Naquela manhã, ele tinha terminado uma matéria sobre signos com a chamada: ESPELHO, ESPELHO MEU, QUEM É MELHOR ARIANO DO QUE EU? Bill desprezava astrologia, mas, para ser sincero, era difícil detestar algo que não existia. Era como ler uma matéria turística sobre os melhores hotéis em Atlantis. Mas as garotas gostavam, ele tinha percebido; mesmo as formadas em filosofia ou história, que conseguiam destroçar a base da fé cristã enquanto comiam camarão ao curry. Mesmo essas abriam a revista durante o trajeto de ônibus de volta para casa e pegavam uma caneta vermelha para fazer um círculo sobre a previsão que dizia que na próxima terça-feira os sagitarianos sentiriam uma melhora em sua vida pessoal, que poderia ser arriscada, mas que, se tratada com sabedoria, poderia produzir uma mudança importante. Ruth, por exemplo, estava na transição entre Câncer e Leão, então ela lia o horóscopo dos dois e ficava com o que gostava mais. Bill ficava espantado que o futuro do relacionamento dependia de sua namorada acordar se sentindo mais como uma leoa do que como um caranguejo.

Nenhuma constelação se movimentava sobre a rua. Nenhuma estrela, mesmo que brilhante, conseguiria irradiar sua mensagem de encorajamento e cuidado através do ar carregado de Londres. Bill se agitou.

– Bom, pessoal – ele disse –, já chega. Vejo vocês na...

Mas ele nunca chegou a dizer o dia. Ele parou, na beira da calçada, olhando fixamente atrás de Pete e sobre a cabeça de Chas: a vergonha era passado, seu foco estava em outro lugar. Descendo a rua vinha algo que não se via todo dia, pelo menos não nas ruas estreitas que saíam da Tottenham Court Road, com uma brisa leve soprando páginas de esporte usadas na pista e chicletes grudados no meio-fio. Era largo e plano e, enquanto passava, rosnava para as pessoas dos dois lados, que instintivamente se inclinavam para trás para abrir passagem, erguendo seus copos na altura dos ombros. Para Bill, era como se voltasse a ter 6 anos de idade, montado a cavalo, ao lado do fosso de um castelo, com um dragão vindo sobre a ponte, soltando fogo pela boca.

– Meu Deus – ele disse. – Um Lamborghini Espada.

Chas, que não estava impressionado com a visão e também não via motivo algum para que todos estivessem, captou o som.

– Aí, viva, Lamborghini Espadya – ele cantou para ninguém em particular.

– Isso não é um carro – Pete finalmente falou. – É um avião de carga. – Sua respiração saiu acelerada enquanto falava, e Bill percebeu que ele provavelmente tinha ficado sem ar.

– É um S2 – Bill afirmou.

– Pode até ser um S3. Dê uma olhada no volante quando ele passar. Foi atualizado no ano passado. – Pete e Bill vinham procurando algo que pudessem ter em comum há algumas semanas, algo que pudesse levá-los além do hábito de criticar o trabalho, e Bill, que temia a falta de amigos mais do que qualquer outra coisa, estava desesperado para estabelecer algum ponto de contato. Agora haviam encontrado.

– O que é toda essa asneira de S2, S3? – perguntou Chas.

– Bom, o motor é quase o mesmo, mas mudaram algumas coisas desde 1968, e só é possível saber olhando por dentro – Bill disse.

– Quem são eles?

– Lamborghini. – Bill estava sinceramente espantado. Ele pensava que aquela paixão era óbvia, infecciosa e compartilhada por todos os homens. – Você não reconhece o carro?

– Não enche.

Pôde ouvir risadas abafadas vindo detrás dele. Duas mulheres com copos de gim-tônica na mão estavam ouvindo. Quando Bill olhou para elas, desviaram o olhar.

– Olhe para isso. – Pete chamou. – É tão baixo.

O carro estava quase ao lado deles agora, movendo-se com cautela entre as pessoas dos dois lados da rua. Eles quase ficaram em posição de sentido, como se estivessem abrindo caminho para um carro fúnebre. A capota mal chegava ao peito de Bill, e ele teve de se abaixar para olhar para dentro. Não conseguiu ver o volante, mas viu de relance uma costeleta e um suéter de gola rolê que combinava com o interior creme. Chas, bem mais baixo, também o vira, e para ele estava decidido. Ele se esticou, fazendo beiço, e disse em voz alta: "Filhinho de papai." Bill sabia que estava certo, mas não conseguia tirar os olhos do carro. Assim que a aglomeração se desfez, o carro ganhou velocidade, o ronco se transformou em rugido, ele virou e não foi mais visto.

– Nunca tinha visto um antes. – Pete ficou olhando para a rua vazia.

– Eu também não – Bill ecoou.

– Então como vocês sabem sobre o interior e toda aquela papagaiada?

– Li na revista *Autocar*. Eles fazem uma matéria especial sobre a Lamborghini a cada dois meses – Pete explicou.

– Cara, é mesmo, você viu aquela parte em que comparam o Miura P400SV e a Ferrari Daytona?

– Incrível. Genial. Mas detestei quando tiraram os "cílios" dos faróis dianteiros do SV. Quer dizer, sei que tem um carburador melhor, mas os cílios eram a melhor parte.

– Eu sei. – Bill tinha mais a dizer, mas enquanto estava falando ficou consciente de ter passado do limite. Pete não estava nem aí: no que lhe dizia respeito, ele tinha testemunhado um milagre, e ficaria à vontade para contar a todos sobre isso pelo resto dos seus dias, mas Bill tinha reparado nas duas mulheres torcendo o nariz de perplexidade e desdém.

– Que malditos cílios são esses? – Chas ainda estava ali, mudando o apoio de um pé para outro como se precisasse fazer xixi, mas tudo o que precisava mesmo era de uma bebida. Bill estava desconfortável. Ele falava sem interesse, tentando obter de volta o favor perdido:

– Eh, é algo que tem em volta do farol do Miura. O modelo anterior tinha essa coisa preta na parte de cima e embaixo, sabe, quando as mulheres pintam os olhos, e... – Ele baixou a voz. Chas não respondeu, pelo menos não com algo que se parecesse com uma palavra. Ele contraiu a boca e fez um som de cuspe, como alguém expulsando um caroço de maçã. Então ele abaixou a cabeça, virou-se e desapareceu no meio da multidão perto da entrada do bar.

Pete também estremeceu, como se estivesse saindo de um transe, e disse com entusiasmo:

– Bem, não posso ficar mais. O jantar está na mesa. Até segunda-feira. – Pete subiu a rua na direção do metrô. Depois de um minuto ou mais, Bill, que não se despediu, seguiu para o outro lado, procurando nos bolsos por um cigarro que ele sabia não ter. De repente ficou triste, mas não sabia dizer por quê. Era como ser uma criança, incapaz, por um segundo, de encontrar seus pais na multidão. As duas mulheres observaram quando ele saiu. Uma delas, a que tinha os cabelos preso no alto, retirou do fundo do copo uma fatia de limão e começou a mordiscar.

– Como eu disse – falou para a amiga. – Homens.

Ele deveria sair com Ruth nas noites de sexta-feira. As sextas eram as noites das namoradas e curry, mas ele não fora capaz de encarar. Hoje não. Ruth estava animadíssima com o novo emprego dele: jornalista de rock. Bill não estava mais desempregado e não era mais motivo de constrangimentos, pegando comida ilicitamente da geladeira do apartamento que Ruth dividia com Lesley e Judith, duas advogadas estagiárias, no quarteirão das mansões no bairro de Bloomsbury. Além disso, Bill agora fazia algo que deixava Ruth orgulhosa. Para uma assistente de um museu, que passava seus dias tirando cópias de desenhos de túmulos anglo-saxônicos enquanto sonhava com alguma coisa menos morta, era incrível poder dizer as palavras "namorado" e "Mick Jagger" na mesma frase. Bill nunca a vira tão orgulhosa e feliz. Era repugnante.

É claro que ele jamais decepcionaria intencionalmente a garota que deveria amar, mas, quando Ruth pediu mais detalhes sobre seu trabalho incrível, ele ficou fisicamente incapacitado de pronunciar as palavras *Tudo sobre David Cassidy*. Até aquele momento, ele não percebera que a única coisa que temia em relação às mulheres era decepcioná-las. Pior do que a raiva, pior ainda do que as lágrimas, a decepção feminina tinha um poder dramático para fazer os homens se sentirem inúteis.

Quando você perguntava o que havia de errado no dia do aniversário delas e a resposta era "nada não", isso era grave. Por algum motivo, "nada não" era mais temível do que um simples "nada". Um longo aprendizado como irmão mais novo de duas garotas mais velhas, que o tratavam como um bichinho de estimação ou o mandavam parar de encher o saco, não preparou Bill para uma namorada que esperava que você lesse a mente dela mesmo que, frequentemente, parecesse que nem mesmo ela sabia o que tinha em mente.

Ruth era bastante gentil por ficar feliz por ele com relação ao trabalho. Mas ele suspeitava que, mais que tudo, ela finalmente achava que tinha valido a pena investir em Bill como seu namorado. O bobalhão que ganhara o apelido de "Meia" de suas colegas de apartamento por causa do rastro de chulé que ele deixava por onde passava subitamente se transformara em alguém a ser considerado. Lesley e Judith estavam noivas. Uma delas de um engenheiro civil, a outra de um comerciante de vinhos que trabalhava em uma região residencial nobre de Londres, Parsons Green. Ele vira Ruth se esforçando para ser educada durante o entusiasmo das colegas com o anel de noivado de Lesley – um anel de safira cravejado por enormes diamantes.

– É de ouro branco – contou ela. – Foi feito em Hatton Garden. Escolheram os diamantes e tudo o mais. – Por isso, quando chegou a hora de contar a Ruth sobre seu trabalho, Bill preferiu usar as palavras "jornalista" e "indústria da música". Não era mentira, mas também não era exatamente uma verdade.

Bill pensou que haveria tempo de sobra para lhe contar direito mais tarde. Mas na noite em que aceitou a oferta de Roy Palmer, Ruth preparou para ele uma recepção de herói quando voltou ao apartamento. Ela havia preparado um frango inteiro com batatas e, de sobremesa, pêssegos assados. Ele só conhecia pêssegos fatiados com leite condensado. Depois de tudo, fizeram sexo como jamais haviam feito antes; se esse não era exatamente o tipo de sexo que as estrelas de rock fazem, ou mesmo o tipo que ele pensou que faziam, então certamente era o tipo que ele pensou que ela pensou que eles faziam. O que era estrela de rock o suficiente para ele. Ele se sentia magnífico, estava nas nuvens. Então, depois disso, Bill não estava com tanta pressa em contar a Ruth como estava passando seus dias. Quando seria o melhor momento para revelar à sua namorada que seu trabalho era escrever cartas flertando com garotas de 13 anos apaixonadas?

Nunca seria o melhor momento.

As mentiras que Bill contava eram uma carga pesada sobre ele, mas pior ainda era pensar em todas as mentiras que ele teria que contar em um futuro próximo, mentiras maiores para encobrir as menores. Bill estava coberto até o pescoço por camadas e camadas de falsidade, como se estivesse em um dos túmulos do trabalho de Ruth no museu. Ele já havia mentido sobre estar escrevendo sob um pseudônimo quando Ruth pediu para ver uma de suas críticas, que ele não havia escrito, para uma revista que ele não trabalhava. Além do mais, havia a ameaça constante da descoberta. O museu ficava a dez minutos a pé da Worldwind. Ruth poderia facilmente aparecer durante seu horário de almoço. Somente o retrato monstruoso que ele havia pintado de Roy Palmer – uma mistura de Reggie Kray, um criminoso e lorde Beaverbrook, escritor e político influente – havia mantido a namorada afastada até agora.

Homens que levam uma vida dupla devem sentir satisfação com isso; caso contrário, por que arriscariam? Essa era a teoria, mas Bill era a triste exceção: sua vida dupla tinha todos os perigos de ser descoberta, mas nenhum dos prazeres práticos. Poderia haver coisa mais humilhante do que ter David Cassidy como sua amante?

> "You don't know how many times I wished that
> I had told you.
> You don't know how many times I wished that
> I could hold you."

> (Você não sabe quantas vezes desejei ter te contado.
> Você não sabe quantas vezes desejei ter te abraçado.)

Bill se viu cantando baixinho. Caramba. Era esse o problema com as músicas de Cassidy. Uma vez que entravam na sua cabeça, eram como chiclete. Só muito depois de ter esquecido toda a poesia de Tennyson e Keats é que ele seria capaz de dar uma chance à canção "How Can I Be Sure".

Houve um momento desagradável, duas semanas atrás, quando ele fora ao apartamento de Ruth para pegá-la para ir a uma festa, e dessa vez – o que é incomum no caso dela, pois Ruth é bem mais pontual que ele – ela não estava pronta.

– Me dê cinco minutos – dissera ela, o que queria dizer 15. Então ele matou o tempo na sala de estar das meninas, leu a lombada dos livros que estavam na prateleira, zombou de alguns títulos e depois se sentiu culpado pela zombaria. Por que uma mulher não poderia ler *Jonathan Livingston Seagull* se quisesse? Era um país livre, certo? Contanto que não fosse sua mulher. Por favor, Deus, Ruth não. Ruth, isso não.

Então, de um dos quartos, uma voz começou a cantarolar: "I'm... just... a..." As notas subiram e, quando chegaram ao máximo, uma segunda voz juntou-se à primeira, vinda do banheiro. Eram vozes distraídas, de cantoras alegremente ocupadas com alguma outra coisa, colocando um brinco na frente do espelho, nada mais que um cantarolar despretensioso. Lesley e Judith também estavam se aprontando para sair, para uma noite de or gias com o engenheiro civil. E no meio da cantoria uma terceira voz cortou, bem fora de tom:

– A pessoa que está cantando essa maldita música pode fazer o favor de parar agora?

Bill ficou paralisado de horror, ouvindo Ruth como se nunca a tivesse ouvido gritar antes, como se mal a conhecesse.

– Posso aguentar quase tudo. Posso aguentar Brotherhood of Man. Ou Terry Jacks em "Seasons in the Sun", e suporto até Demis Roussos, se você me comprar um *kebab*. Mas não vou aguentar David Cassidy no meu próprio apartamento, muito obrigada. Mesmo.

Isso se seguiu, obviamente, de estrondosas gargalhadas das outras garotas, empolgadas por terem descoberto um ponto fraco na amiga. Bill, entretanto, não deu risada. Ele não viu graça na explosão contra David. Olhou para o futuro e cobriu os olhos.

VOCÊ PODERIA SER A ESPOSA DE DAVID?

David é o primeiro a admitir que possui hábitos incomuns, coisas que ele gosta e que não gosta, que certamente levariam algum tempo para alguém se acostumar! Sim, aquela que se casar com David terá de gostar de muitas coisas que ele gosta, ou ao menos entender algumas coisas que ele faz – e que podem ser um pouco estranhas!

Por exemplo, não é raro David estar quase pronto para ir para a cama quando de repente veste suas roupas de novo! Por quê? Para um passeio à meia-noite, é claro!

Os encontros habituais de David podem ser considerados estranhos. Pode ser comum para David ligar para você às 6h da manhã, muito entusiasmado. Vamos pescar!

Portanto, se você se tornar a sra. David Bruce Cassidy, pode ser acordada às 3h da manhã com o som da guitarra.

David também é detalhista em relação ao modo como sua garota se veste ou se arruma para ele. Ele não suporta spray para cabelos – gosta de deslizar as mãos sobre seus cabelos sem aquela sensação grudenta. E quando ele pensa na esposa que terá um dia, ele a imagina entrando na cama com um roupão felpudo, o rosto recém-lavado e um lindo sorriso – NÃO pijamas de flanela, com a cabeça cheia de bobes e o rosto coberto de creme!

5

—Tudo bem, eu tenho:

    a. pigmentação propensa a sardas
    b. uma pele clara e delicada que ruboriza facilmente
    c. pele pálida com regiões oleosas ou
    d. nenhuma das anteriores?

Estávamos no Kardomah Café, ao lado da praça do mercado, tomando o café espumante que eles serviam em xícaras e pires transparentes. Não gostávamos muito do café, mas achávamos que parecia americano, então encarávamos. O café vinha escaldante e queimava a nossa garganta, depois ficava frio e com restos de espuma, sem nunca ficar gostoso para beber. O Kardomah era o café mais legal da cidade, na nossa opinião. As motos mais chamativas ficavam estacionadas em frente. O serviço era lento e os cinzeiros só eram esvaziados a cada dois dias, mas havia uma máquina de fliperama próxima à porta e flores artificiais em um vasinho sobre as mesas. O café era caro, mas Sharon e eu conseguíamos fazer com que duas xícaras e uma torrada dividida por nós duas durasse boa parte da tarde. Era só evitarmos os olhos do garçom, apenas isso. Naquele sábado, o local estava lotado e mal podíamos ouvir o que falávamos com o barulho da máquina de café limpando a garganta a cada segundo.

Estávamos usando nossos ponchos sobre camisas de gola e calças de boca larga. Meu poncho era marrom e bege, tricotado por Mamgu, e tinha também um gorro de crochê com uma aplicação de flor em dois tons de chocolate, que relutantemente tirei ao entrar. Estava usando uma gargantilha marrom de veludo, um pouco apertada, mas eu acreditava ser um acessório elegante, e deixava meu pescoço mais longo. (Meu pescoço era um dos meus pontos fracos.) Sharon estava sentada do lado oposto ao meu com um poncho vermelho com longas franjas brancas nas bordas e um emblema de David com um sorriso feliz na frente. Ela lia em voz alta o teste de múltipla escolha na página de beleza.

– Bom, o que você acha, Pet? Que tipo de pele eu tenho?
– Nenhuma das anteriores – disse com cautela.
– Você é b, sem dúvida – ela afirmou, circulando a resposta.

O aniversário de Gillian era naquela semana e estávamos todas na cidade comprando presentes. Tínhamos deixado Olga e Angela explorando, sorridentes, a liquidação da perfumaria Boots. Particularmente, tinha como certo que meu presente seria o melhor. Achei que tinha acertado em cheio na compra de um kit de sombras Mary Quant. A paleta de cores ia do azul mais claro, quase o azul-celeste da cor dos olhos de Gillian, até um maravilhoso índigo. No estojo preto laqueado com o logo da Mary Quant, o kit era de uma beleza magnífica, e parte dela vinha de pensar no quanto custou. Mais do que gastei nos presentes de Natal para meu pai e minha mãe, algo que me deixou levemente desconfortável, mas estava tão empolgada com a ideia da surpresa e gratidão de Gillian que qualquer despesa valeria a pena.

Mesmo quando não estava conosco, Gillian estava em nossas conversas. Ela pertence a um tipo de garota que deve ter existido sempre, mas isso não fazia ela ser menos fascinante. Gillian devolvendo uma bata na loja porque o bordado no busto descosturara prendia **mais** a atenção do que o restante de nós descendo as Cataratas do **Niágara** em um barril. Uma tarde inteira era gasta especulando sobre se ela voltaria com Stuart. Gillian e Stuart terminavam e voltavam com mais frequência que Elizabeth Taylor e Richard Burton. Eles eram nossos atores de cinema.

– Ei, Susan Dey. Sonhando acordada? Bom-dia! Vamos fazer o teste ou não? – Sharon batia de leve na mesa de fórmica vermelha com uma colher de chá para chamar minha atenção.

– Não diga o nome dela – protestei.

– Susan Dey, aquela vadia sortuda – sibilou Sharon sem malícia, ou pelo menos sem muita.

Todo grupo precisa de um inimigo em comum. Para os fãs de Cassidy, era Susan Dey, a atriz que fazia a irmã de David em *A Família Dó-Ré-Mi*. Na verdade, não odiávamos Susan Dey. Eu ficava irritada porque queria ser ela e não poderia haver duas de nós e ela era afrontosamente bonita – e, para completar, a gota d'água: obviamente uma pessoa meiga. Nas entrevistas, Susan sempre negava que havia alguma coisa entre ela e David. Embora trabalhasse com David todos os dias, Susan dizia não ser nem um pouquinho afetada pelo charme que derrubava metade das garotas do planeta.

Sharon e eu tínhamos nossas suspeitas, mas preferíamos dar a Susan o benefício da dúvida. A outra opção era frustrante demais para ser considerada. Passamos bastante tempo estudando fotos dela e, apesar de nunca termos dito em voz alta, acho que teríamos concordado que, em concorrência direta, David deveria preferir a beleza californiana estonteante de Susan a duas fedelhas do País de Gales que tinham que estar na cama por volta das 20:30.

Nossa implicância não era só com Susan, veja bem. Qualquer mulher na vida de David era fonte de uma especulação angustiada. Em agosto, nossa revista publicou a foto de uma garota magra, muito bonita, de cabelos castanhos curtos usando um biquíni, sentada ao lado dele em uma piscina. A chamada dizia: David relaxando com uma amiga.

Que amiga? Que tipo de amiga? A garota me deixou doente de ciúmes. O nome dela era Beverly Wilshire. Não consegui descansar até a edição de setembro, quando a revista publicou outra foto da mesma garota, desta vez usando uma camisa masculina e jeans. Descobrimos que ela não se chamava Beverly Wilshire, no fim das contas. Esse era o nome do hotel em que David estava! Ela se chamava Jan Freeman e era a substituta de David nas filmagens de *A Família Dó-Ré-Mi*. Então tudo bem. De qualquer maneira, nunca pensei que ele iria gostar de uma garota com um cabelo curto daqueles.

– Escuta isso – Sharon continuava pressionando com o teste de beleza, rapidamente circulando as respostas enquanto a caneta descia a página.

Uma das coisas que eu adorava em Sharon era como as coisas eram definidas para ela, não parecia lhe ocorrer que o mundo era desconcertante ou assustador de forma alguma. Estávamos sempre fazendo esses testes de múltipla escolha que deveriam revelar como ficar mais bonita ou mais atraente, ou definir seu tipo de personalidade. Os garotos não ficavam fazendo testes sobre o que poderiam fazer para que nós gostássemos deles, não é? Mas nós continuávamos fazendo testes mesmo assim. Acho que éramos muito desesperadas por dicas sobre como crescer e nos tornarmos desejáveis.

Sharon sempre assinalava a resposta que achava que era a certa. Destemidamente, dizia a verdade sobre ela. Quanto a mim, ficava olhando para as alternativas a, b, c e d por uma eternidade e tentava um olhar furtivo para as respostas que estavam de cabeça para baixo no rodapé da página. Sempre ponderava que escolhas provariam que eu era o melhor tipo de garota, e depois trocava as respostas se o resultado não fosse o tipo de personalidade certo. Quando finalmente fazia uma escolha, mesmo que fosse a correta, ficava imaginando onde as outras teriam levado.

Vou lhe dizer o que é realmente contraditório: eu trapaceava em testes de múltipla escolha, até quando estava sozinha. Fingir ser melhor do que se é pode parecer normal para outras pessoas, mas tentar enganar a si mesma era muito esquisito. Soava dissimulado e vergonhoso, como da vez em que colei a maioria das respostas de Olga, quando ela se sentou ao meu lado durante a prova de física e, por completa sorte, minha nota foi melhor que a dela. Ela sabia o que eu havia feito, mas nunca disse uma palavra. Simplesmente tirou os óculos e massageou o osso do nariz de um modo que expressava sua decepção. Parece que não conseguia me conter. Como poderia explicar? O fato é que as outras garotas pareciam reais para mim de uma maneira que eu não sentia que era. Sentia como se ainda estivesse tentando me formar, apressadamente, improvisando minuto a minuto. Mas o mais engraçado era que não me importava por estar assustada e inacabada quando estava com Sharon: ela era forte e definida o suficiente por nós duas.

Meus pensamentos foram perturbados por um guincho alto:

– Oh, você não vai acreditar, Petra. Escuta só: "Você fez de 8 a 13 pontos. Você é muito desencanada com sua aparência!" – Sharon riu e deu uma mordida na torrada antes de passar o último pedaço para mim. As uvas-passas estavam queimadas e tinham gosto de carvão, mas eu estava faminta.

– Sha, pare de ler, tá? Isso está me dando urticária.

– Espere um pouco. Agora vem a parte boa. Diz: "Mesmo que você ache que é a garota mais sem graça e cheia de problemas do mundo, nos dias de hoje não tem mais desculpa. É fácil criar uma nova imagem para si mesma, pois é caráter e téc..."

– Técnica.

– ... "técnica que importam de verdade."

Sharon sempre tirava dúvidas sobre palavras comigo. Eu ajudava com as palavras e ela com os desenhos, esse era nosso acordo. Ela virou a página da revista. A sujeira do chá dos clientes que se sentaram antes de nós ainda estava sobre a mesa, e um saquinho aberto estava espalhando açúcar em uma área grande.

– O que é técnica?

Mergulhei um dedo na espuma do café frio, depois o rolei no açúcar derramado e lentamente o lambi.

– Hum. O modo como você faz alguma coisa. Como quando você pinta um quadro ou eu toco violoncelo. Ter boa técnica é segurar o arco direito e se sentar corretamente. Uma técnica ruim é ser desleixado, como só usar uma parte do arco, tocando toda tensa e arqueada. Basicamente, se você tem boa técnica, consegue um som melhor.

Ressonância. Eu me lembrava da palavra que a srta. Fairfax me ensinara. Quando o violoncelo ressoa, ele parece tão belo quanto uma floresta, se as florestas pudessem revelar seus segredos.

Sharon assentiu com a cabeça.

– Você precisa tocar para aquela princesa Margaret, não é?

– Depois de voltarmos do show de David. Temos que pensar nas roupas para White City primeiro. Acho que vou usar minha calça de veludo e minha camiseta creme com meu casaco de couro marrom. O que você acha?

Eu era especialista quando o assunto era me esquivar de perguntas sobre o violoncelo. Amava meu instrumento tanto quanto detestava falar sobre ele. Queria falar sobre coisas que fizessem com que eu me sentisse igual aos outros. O problema é que o violoncelo não é um bom instrumento se você quer ser invisível. Fique com a flauta, é o meu conselho. A reação padrão das outras pessoas quando eu estava carregando o violoncelo era: "Como você consegue colocar esse violino debaixo do queixo?" Não era nada engraçado depois da vigésima vez; não foi engraçado da primeira vez. Há algumas semanas eu estava carregando o enorme estojo do violoncelo até o ônibus da escola e um garoto no banco de trás se levantou e gritou:

– Ei, magrela, toca um pouco do seu banjo pra gente!

Desde então, parei de levar o violoncelo para casa e o guardava atrás do piano na sala de prática musical da escola. Tanto minha mãe quanto a srta. Fairfax pensaram que eu estava praticando para o concerto em todos os intervalos e almoços, e eu queria, queria mesmo, mas não ia arriscar deixar minhas amigas. Elas poderiam ficar se perguntando onde eu estava. Pior ainda, a preocupação que eu não queria admitir, nem para mim mesma, era que elas poderiam não sentir minha falta – e um dia eu voltaria e descobriria que meu lugar tinha sido tomado. Como em uma sala onde retiraram uma cadeira e reorganizaram a mobília, e então você nem se lembra de que a cadeira um dia esteve ali. Karen Jones desaparecera do dia para a noite, como um abajur que ninguém mais gosta. Outro dia na educação física, Karen teve de fazer dupla com Susan Fedida. Aquilo era um aviso ou talvez um pressentimento. Além do mais, não queria que Gillian me visse como uma "nariz em pé" arrogante da música clássica.

Impressionar a princesa Margaret ou Gillian Edwards? Não era nem uma disputa.

– Por acaso vocês duas terminaram? – A garçonete estava parada ao lado da nossa mesa com a mão no queixo.

– Ainda não – respondeu Sharon. Ela havia colocado o chá frio do bule do cliente anterior em sua xícara vazia e a ergueu com um sorriso bem-humorado na direção da garçonete, que saiu andando com altivez.

– Essa mulher tem a cara de um traseiro amassado.

– Sha-rrron.

– É sim. Só porque somos pobres demais para pedir uma comida decente. Se você pede pernil e batatas fritas, eles te deixam em paz. Você gastou uma grana com o presente da Gillian, não foi?

– Não muito. Não tinha muito depois de comprar o ingresso para o show.

Meu pé tocou a sacola debaixo da mesa e senti um arrepio de prazer pensando na carga preciosa que havia ali. Tinha certeza de que o kit sofisticado de sombras Mary Quant logo mudaria minha vida para melhor. Em minha mente, já estava prevendo várias cenas afetuosas. Gillian chamando as outras garotas em seu quarto fabuloso no seu aniversário.

– Você viu o que *Petra* me deu?

Gillian recebendo elogios por sua maquiagem no sábado à noite na Starlight.

– Sim, é índigo, do estojo de sombras Mary Quant que *Petra* me deu de aniversário.

Quando a câmera virava, lá estava eu no centro do palco dessa vez. Petra seria promovida para melhor amiga de Gillian, para o espanto do restante da turma. Petra como a sábia e espontaneamente engraçada confidente no quarto de Gillian. Petra seria até, quem sabe, convidada para acompanhar a família Edwards para o acampamento das férias de verão na França. Eles eram os únicos que viajavam para o exterior.

As fantasias com Gillian mais ou menos se confundiam com meus sonhos com David, preenchendo muito do meu tempo acordada conforme seu aniversário se aproximava, e então Bach teve que ficar em segundo plano. Sempre fui meticulosa com relação à prática. Agora, sempre que olhava para meu violoncelo, me sentia culpada, como se o instrumento soubesse que não vinha mais em primeiro lugar.

– Comprei um creme Ponds para ela – Sharon estava dizendo. – Limpa sem ressecar a pele, deixando-a radiante, o anúncio dizia.

Aos 13 anos, nossa noção de sofisticação era totalmente influenciada pelas revistas. Éramos consumidoras perfeitas, Sharon e eu, acreditando em absolutamente tudo o que as revistas diziam. Eu tinha a zona T oleosa, e obedientemente tentava domá-la com Leite de Limpeza Anne French. Um frasco custava muito, mas a tampinha azul e pontuda, com seus sulcos agradáveis, causava uma sensação boa e significativa quando você o abria. Fazia com que eu sentisse que tinha uma série de cuidados com a pele, do tipo que os editores de beleza dizem ser vital. Nunca era cedo demais para começar a cuidar da pele.

Compramos um daqueles pequenos barris marrons de xampu Linco Beer porque Sharon lera que dava incrível brilho aos cabelos. Ficamos parecidas com aquela morena do anúncio que tinha uma cortina de cabelo tão brilhante que você podia ver seu reflexo nele? Claro que não. Cheirávamos a lúpulo e, se você quer saber, isso empata na competição do pior cheiro do mundo com ovos podres. O cheiro é tão ruim que faz suas *orelhas* doerem. Durante nosso período de Linco Beer, o tio de Sharon, Jim, perguntou se tínhamos começado a fermentar nossa própria cerveja. Não era o tipo de atenção masculina que tínhamos em mente.

Havia tantos problemas que garotas como nós podíamos ter. E as mulheres elegantes de Londres... bom, elas tinham todas as respostas:

> A tendência atual é de sobrancelhas delicadas e bastante curvas, não como as suas, que crescem grossas, escuras e cerradas! Qual das alternativas a seguir você faz?

a. Arranca-as ferozmente até se transformarem em linhas finas e modernas.
b. Deixa-as como estão, modernas ou não.
c. Apara o que está desalinhado na parte interna, afina a parte externa para ficar mais estreita e ilumina o todo com tintura marrom de uma cor mais clara.
d. Arranca as sobrancelhas por igual no comprimento todo, tirando fios principalmente da parte de baixo.

Um número surpreendente ficou com a última alternativa. Nós nos preocupávamos muito com as sobrancelhas. As minhas eram como lagartas peludas, herdadas do lado da família do meu pai. Minha mãe não. Tinha os arcos da Grace Kelly, é claro. Mas eu não queria cometer o mesmo erro de Angela. Ela as arrancou na parte de cima, e agora não cresciam mais. As sobrancelhas são como pontuações no seu rosto; você só percebe o quanto elas fazem sentido quando está sem elas.

As revistas geralmente tinham sete páginas de coisas que você tem de errado na sua aparência, seguidas de um artigo chamado "Confiança: como consegui-la". Um dia, quando fôssemos bem mais velhas, poderíamos dar risada daquilo tudo, mas ainda não. Se nossa pele ainda era problemática e sujeita a erupções incontroláveis, nossos corações também eram; extremamente delicados e se machucavam facilmente.

As revistas podem influenciar você a fazer loucuras, veja. Aquela tarde no Kardomah, Sharon anunciou que iria fazer permanente nos cabelos. Ela estava lendo sobre "Formatos dos Rostos e seus problemas":

> Um rosto redondo pode facilmente parecer uma lua cheia, especialmente se você tem o corte de cabelo errado. Franjas e cortes mais curtos não favorecem rostos redondos. Os cabelos são importantíssimos, portanto tenha como objetivo volume dos lados. Um permanen-

te leve dará volume ao cabelo, fazendo com que fique levemente ondulado, se você não gosta de uma cabeça cheia de cachos.

– Para com isso, você tem os cabelos maravilhosos, o que está dizendo? – discordei.

O rosto alegre de Sha foi subitamente escurecido pela dúvida. Sua cabeleira loira de bebê era tão linda que eu não conseguia imaginá-la de outra forma. De todas nós, Sharon era a que chegava mais perto do ideal de uma princesa Disney. Não era apenas os longos cabelos dourados que cacheavam alegremente nas pontas. Havia tanta doçura nela que não ficaria surpresa se ela escancarasse a janela e começasse a cantar para os pássaros a qualquer minuto, que entrariam e a ajudariam a fazer um vestido.

– Tudo bem pra você com as bochechas que tem. – Sharon sugou suas bochechas até ficarem côncavas. Ela parecia minha avó quando estava sem a dentadura. – Meu rosto parece uma lua.

– Pare com isso. Eu pareço aquele cachorro magricela, o Whippet, que precisa de uma bela refeição.

– Você precisa de um exame de cabeça, Petra Williams, só pode ser. Você parece uma modelo. Eu sou gorda – ela disse de maneira direta.

– Não, não é. Você perdeu muitos quilos. Olhe para a sua blusa, está larga em você.

E assim levávamos o jogo, o eterno pingue-pongue da amizade feminina, o tipo de apoio que não apoia verdadeiramente, mas que queremos mesmo assim. O jogo que sempre termina em empate se você quiser manter a amiga.

A garçonete veio e depositou ruidosamente o prato de metal com a conta.

– Isso aqui não é um hotel, sabiam?

Pagamos e fomos caminhando pela rua até a beira-mar. Em poucos minutos estávamos nos degraus de concreto que levavam à praia coberta de pedrinhas. Depois do ar quente e úmido do café, a brisa do mar era como um tapa. Quando abri a boca, o ar salgado entrou nos meus pulmões. Do outro lado da baía veio o som fúnebre da sirene que dizia que estava na hora do intervalo dos trabalhadores da usina siderúrgica. Ao longe, podia ver a chama tremulando no topo da torre de gás. Ela nunca apagava. Meu pai agora devia estar comendo os sanduíches que minha mãe fez para ele. Presunto e queijo todos os dias. *Schinken mit Kase*, minha mãe dizia baixinho enquanto os embrulhava. Papai pediu com menos manteiga, uma camada muito grossa o deixava enjoado. A mim também. Ele nunca mais pediu nada.

Sharon estava examinando as pedrinhas na praia e eu me sentei ao lado dela com os joelhos enfiados debaixo do meu queixo e meu poncho apertado ao meu redor. Ela estava sempre procurando a pedra ideal, principalmente as que ela dizia que pareciam com ovos de melro. Eram verde-azuladas, bem pálidas, salpicadas de pintinhas pretas. Ela gostava de desenhá-las. Preenchia páginas e páginas de um livro de desenhos com elas.

Contei a Sha que temia que meu plano de ver David nunca desse certo. As mentirinhas inofensivas que contara para minha mãe estavam ficando maiores e mais complicadas. Eu escrevera a história que contara para minha mãe até então no meu diário e o coloquei em um esconderijo debaixo da minha cama, assim poderia me lembrar de todas as lorotas. Só de imaginar minha mãe descobrindo que eu ia a um show de música pop já me doía tanto quanto não ir com as outras meninas para White City.

Sharon disse que daria tudo certo, ela e a mãe me cobririam. Essa era a vantagem de minha mãe se recusar a se misturar com qualquer outra mulher na cidade porque elas eram todas comuns e iam até o furgão de chinelos e bobes nos cabelos para comprar peixe. Pelo menos ela não podia conferir nada com as outras mães.

Eu adorava o píer. Minha mãe achava o mar deprimente. *Ach*, sempre indo e voltando e nos lembrando que ia e voltava antes de você nascer e que continuará indo e voltando séculos depois de você ter morrido. O mar era indiferente ao sofrimento humano, minha mãe dizia. Eu, contudo, achava consolo nas coisas que ela odiava. O mar sugando enquanto tomava fôlego para vir para a frente, e depois o rugido quando recuava, arrastando as pedrinhas com ele. Era a canção de ninar da natureza, como a mãe fazendo "shhh" para sempre para um bebê chorando. Shuuussssh. Shhooooossh. Se você se deitasse com a cabeça para trás, moldando seus braços e suas pernas nas pedras, podia sentir a si próprio desaparecendo. Era um sentimento bom; não estar mais ali. Gostava de fazer isso no verão, quando o calor das pedras penetrava nos ossos.

Cada vez que íamos à praia, o pôr do sol era diferente. Às vezes as nuvens eram tão bonitas e malucas que se você as pintasse como realmente eram, diriam que você estava inventando. Naquela tarde, o sol parecia uma pastilha redonda que fora chupada até ficar bem fina, prestes a quebrar.

– Olhe – disse para Sharon –, um sol de pastilha de vitamina C.

Disse para minha mãe que iríamos ver *O Messias*, um concerto de Handel.

Sabia que ela aprovaria. Ela gostava da alta cultura. Na verdade, aprovava a altitude em geral. Saltos altos, a alta ópera, copos altos que ela comprava com selos que juntava da loja Green Shield e enchia com limão, Cinzano Bianco e muito gelo picado.

– O coquetel das mulheres pobres – chamava. Homens altos em lugares altos teriam sido o ideal da minha mãe.

Não era uma mentira completa sobre *O Messias*. Haveria música e adoração de certo tipo, precisaríamos pegar o trem e precisaríamos de dinheiro para comer alguma coisa. Descobri o concerto na seção "Próximos Eventos" da revista *South Wales Echo*. Era na mesma noite do show de David no White City, só que seria em Cardiff, não em Londres. Então, era realmente perfeito.

O problema é que essa era a primeira grande mentira que contava a ela na minha vida e eu estava apavorada. Se não quisesse tanto ir, nunca teria me atrevido.

– Handel é sublime – minha mãe dissera quando contei. – Qual vai ser o coro, Petra?

– The Cwmbran Orpheus – disse.

– Nada mau. Eles não são os melhores, mas não é tão ruim – ela disse, retirando uma luva de couro e passando a mão pelos cabelos loiros ondulados. – Fico feliz por você fazer esse esforço, Petra. Suas amigas são meninas legais, eu espero, de boa família e tudo mais?

– Sim. – Tentei imaginar minha mãe conhecendo a família de Sharon, mas minha mente ficou em branco só em pensar na possibilidade.

Estávamos em um pedaço estreito de terra, na parte de trás da casa, que meu pai havia transformado em um canteiro de frutas e legumes. Era uma horta para nossa alimentação. A única concessão à decoração era uma fileira de ervilhas-de-cheiro ao longo da parede de tijolos que nos separava do sr. e sra. Hughes, da casa ao lado. (Mesmo depois de 17 anos, meus pais ainda não chamavam os vizinhos pelo primeiro nome, e nunca chamariam, não no País de Gales.) Os caules verdes das ervilhas subiam e enrolavam-se ao redor de estacas feitas de bambu. Quando as flores surgiam – nas cores rosa, branca e violeta –, pareciam as mais lindas rosetas de papel. Ervilhas-de-cheiro eram o tipo de flor nas quais as fadas dormiam. Um dia Carol falou que não acreditava em Deus. Ele fora inventado por homens velhos para impedir os jovens de se divertirem. Mas, pergunto a você, por que a Natureza iria se importar em fazer algo tão inutilmente belo quanto a ervilha-de-cheiro?

O aroma era delicado e intenso ao mesmo tempo. *Inebriante*. Essa era uma palavra de "Aumente seu Poder com as Palavras". *Substantivo*: encantamento, um estado anormal que é essencialmente inebriante. A condição de estar embriagado. Forte excitação ou euforia.

Minha mãe me ensinou a cortar as flores todos os dias do verão; fazendo isso, elas voltariam sempre. Ela admirava as ervilhas-de-cheiro por sua abundância, acho, mas também por sua determinação em não deixar a beleza morrer.

Para qualquer outra pessoa, suponho que não seria muito mais do que um simples jardim, mas eu adorava ficar ali com meu pai. Era o nosso lugar. Ele fumava seu cachimbo e, quando ele apagava, eu corria para dentro para pegar seus fósforos. Ele tinha uma bolsa para guardar o fumo, e nós costumávamos nos sentar no último degrau, atrás dos fertilizantes, enquanto papai raspava o fumo preto e pegajoso que sobrava no interior do cachimbo com um fósforo e então levava um tempão pressionando o fumo novo, empurrando a folha marrom para baixo até que ficasse como um ninho. Papai dizia que eu era inteligente como minha mãe porque eu sabia ler música e tirava notas boas. Mas ele era o mais inteligente de nós, isso eu garanto.

Quando papai tinha a minha idade, aprendeu sozinho o sol-fá tônico e conseguia tocar qualquer coisa que quisesse. Comprou o piano que ficava na nossa sala de visitas com os salários que economizou até os 18 anos. Não achava certo meu pai quando menino ter que entrar em um buraco e rastejar apoiado nos cotovelos e joelhos para pegar carvão. Mas papai dizia que foram dias de herói.

– Os melhores do mundo, querida, você não acharia nenhum melhor.

Ele ficou triste quando teve de voltar à superfície para trabalhar na siderúrgica, por conta de seus pulmões ruins. Seis sílabas. Pneu-mo-co-ni-o-se. Era a palavra mais comprida que conhecia. Pneumoconiose. Era um risco ocupacional.

Lá fora no jardim, onde não perturbaríamos minha mãe, meu pai costumava aquecer a voz:

– Doh, reh, mi, fah, soh, lah, si, doh.

Era preciso respirar a partir do diafragma, dar a cada nota seu peso total.

Na parte de baixo dos degraus do jardim havia um pequeno anexo de tijolos que era um sanitário antes de pegarem um canto dos nossos três quartos e o transformarem em um banheiro. Quando eu era pequena, papai costumava me carregar para fora à noite, subir minha camisola e me sentar no assento de madeira.

Tentava segurar o xixi e soltá-lo silenciosamente, porque não queria acordar as aranhas. As aranhas eram enormes e suas teias cobriam as paredes de tijolos como uma cortina para fantasmas.

Suba até o topo da nossa horta e terá uma visão incrível. O mar espalhava-se como um manto reluzente até Pendine Sands, onde um homem estabeleceu o recorde mundial de velocidade em terra. Era sempre possível saber quando uma tempestade estava a caminho. O céu sobre o mar ficava da cor de chumbo e as nuvens se transformavam em um amarelo sinistro, como se o sol atrás delas estivesse enfraquecendo por algum motivo.

– Rápido, por favor. Segure esse arbusto enquanto eu o amarro, Petra.

Os arbustos de groselheira-preta estavam se debatendo ao vento, um sábado antes de irmos a White City. Minha mãe me fez segurar cada arbusto enquanto ela os fixava ao bambu com um pequeno pedaço de cordão. O cordão ficava no bolso da frente de seu casaco e ela o cortava com uma faca. Mesmo quando estava cuidando do jardim, minha mãe era chique. Naquela manhã, ela estava usando calça justa estilo camponesa, que teria feito qualquer outra mulher parecer um búfalo d'água, e uma camisa masculina para dentro da calça, presa por um cinto dois tons mais escuro. O cachecol de lã estava solto com um nó na altura do busto. Ela estava tão elegante quanto Amelia Earhart ao lado de seu avião.

– Certo como a chuva! – minha mãe gritou para o céu. – O que há de tão certo sobre a chuva? Por que os britânicos dizem isso? As frutas precisam de sol.

Ela pegou a enxada e pareceu esticar a ponta enferrujada de maneira acusadora para meu pai, que estava sentado no degrau de cima fumando seu cachimbo e apenas olhando para ela. O tempo era culpa dele. Tudo era culpa dele. Ele sorriu e ergueu as mãos para o alto, como se estivesse se rendendo.

– É apenas um ditado, Greta. Não leve para o lado pessoal, amor. Estamos em maio. Haverá tempo suficiente para que as frutas amadureçam.

– *Ach*, mas elas não terão sabor. Terão sabor de chuva.

Se pudesse, ele iria até o céu e traria o sol nas costas para ela, sei que iria. Meu pai adorava minha mãe, embora ele nunca tenha descoberto os sacrifícios certos para satisfazê-la. Segundo minha mãe, ele a conquistou com falsas promessas e ela jamais lhe perdoaria por isso. Quando eles se conheceram, Glynn Williams era a estrela na ópera da cidade e minha mãe era uma jovem soprano. O dueto que eles fizeram no musical *Kismet* recebeu uma excelente crítica no jornal local.

Minha mãe cometeu um erro. Ela pensou que meu pai subiria na vida, mas o que aconteceu foi que ele apenas escalou a montanha para olhar a vista.

Meu pai tinha o olhar do Clark Gable, ou pelo menos foi isso que Gwennie, da mercearia, disse à sra. Price. Nunca vi Clark Gable, por isso não sei. Todas as manhãs, quando meu pai saía de casa para ir para a siderúrgica de motocicleta, eu ia até a janela no patamar das escadas para vê-lo partir. O acordo que tinha com Deus era que, se eu ficasse observando meu pai chegar ao fim da rua, sem jamais tirar os olhos dele um segundo, até que ele virasse a esquina, Deus o traria de volta são e salvo para mim. Isso sempre funcionou, portanto nunca me atrevi a parar de olhar.

A família do lado do meu pai era baixa e morena. Nas fotos antigas de casamento, você diria que eram sicilianos. Minha mãe achou que a aparência forte de meu pai significasse virilidade e coragem. Ele, por sua vez, achou que seus cabelos loiros angelicais e lábios carnudos significassem doçura. A decepção de minha mãe com ele tomou conta dos nossos dias.

A história é que os pais dela compraram uma passagem de Hamburgo para Nova York, mas o navio aportou na cidade de Cardiff certa noite e eles desceram apressados pensando que era Manhattan. (Neblina, cansaço, um bebê chorando no momento errado.) Foi um embaraçoso erro de cálculo para uma família de relojoeiros alemães renomados. Criada em uma casa de quatro cômodos sobre uma relojoaria na High Street, minha mãe achou que fora traída pelo destino. Ela ansiava pelo estrelato, aquele que seu rosto merecia. A vida para a qual sua beleza havia sido planejada estava lá fora, em algum lugar, perdendo-se enquanto os relógios da loja tiquetaqueavam.

É muito difícil para uma criança entender a infelicidade dos pais. Meus pais, quem dera eu soubesse, foram infectados pelo vírus da incompatibilidade. Ninguém morria disso, mas ninguém vivia também. Minha mãe ficou quieta no seu lugar, e você pensaria que ela era uma esposa e mãe normal, mas seu espírito ofendido se vingou. Qualquer coisa a deixava irritada. Se eu lesse um livro ou se eu não lesse livro algum. Cabelo oleoso, cravos, que ela achava que eu mesma tinha causado, mesmo que todas as pessoas da minha idade os tivessem, meninas e meninos. Costumava imaginar se era filha única porque tinha sido uma grande decepção.

Muitas vezes quis contar para minha mãe sobre os garotos que latiam para mim na classe, mas isso significava ter de contar a ela sobre a cadela da TV chamada Petra, e sabia o quanto isso a deixaria nervosa. Ela suspeitaria que eu estivesse assistindo a caixa para idiotas. Em vez disso, certa noite, depois de um dia terrível na escola, perguntei se poderia ser chamada pelo meu segundo nome, Maria.

Ela levantou a espátula que estava usando para desenformar um cheesecake e apontou-a para mim, por pouco não acertando minha bochecha.

– Não. Por que está perguntando isso, sua garota estúpida? Já lhe disse que Petra é um lindo nome, era o nome da minha tia, uma pessoa muito sofisticada em Heidelberg. Se você me perguntar isso mais uma vez, será castigada, garota estúpida, você entendeu?

Quando ela saía, meu pai gostava de dançar comigo na sala de visitas. Não podíamos entrar ali de sapatos. Havia uma grande radiola preta com uma tela na frente, bordas douradas e três botões na cor creme. Geralmente a radiola era ligada para ouvir concertos de música clássica, mas aos domingos pela manhã podíamos girar o botão para ouvir o programa *Family Favourites*. Minha mãe aprovava o *Family Favourites* porque algumas vezes ele era transmitido da Alemanha. Os soldados enviavam pedidos de músicas para seus entes amados que estavam em casa.

Todas as sextas-feiras à noite, minha mãe pegava o salário do meu pai e lhe dava alguns trocados para que ele fosse ao clube. "Seu pai não é confiável com dinheiro", ela dizia. Ele sempre era *meu pai* quando ela estava zangada. Você tinha de ouvi-lo cantar. Mesmo em uma terra famosa por suas canções, a voz de barítono do papai se destacava. "I've got a cruuuussh on you, sweetie pie." Essa era a música que ele cantava para mim. Um dia, com Dean Martin cantarolando "That's Amore" na radiola da casa vizinha, meu pai me pegou em seus braços e rodopiou comigo pela cozinha. Eu me imaginava em um lugar de clima quente com meus cabelos enfeitados com uma flor vermelha. Eu me imaginava glamourosa.

– Bem, vamos ver o concerto de Handel, *O Messias*. Mais ou menos isso.

Sharon desabou de rir. Ela achou que o álibi que tinha dado à minha mãe sobre onde estaria no dia 26 de maio tinha sido brilhante.

Estávamos sentadas com Gillian na grama acima da quadra de rúgbi, falando dos planos para White City.

– Genial, Pet – Sharon disse. – David é um deus para nós e você pode usar suas roupas da escola dominical para sair de casa e depois se trocar na minha casa. Depois você pode dormir em casa, quando voltarmos, e sua mãe nunca vai desconfiar, não é?

O tio de Sharon, Jim, trabalhava na via ferroviária, na torre de sinalização na estação de Port Talbot, então nos informou o horário do último trem de volta. Era especialmente para as pessoas que iam para Londres para ver os shows. Tínhamos certeza de que conseguiríamos pegar o trem das 23:45 se saíssemos no minuto em que o show terminasse.

– O que vocês vão usar para ir a Londres? – Gillian perguntou. Seus olhos azuis estavam fixos no jogo lá embaixo, onde Stuart atuava como capitão do time da escola.

Sharon deixou escapar um gemido:

– Oh, que Deus nos ajude. Pense só no que a Carol vai usar para ver David. – Franzindo os lábios como se fossem um desentupidor de pia, Sha juntou seus pequenos seios com as duas mãos e os empurrou para cima, até que se parecessem com dois manjares brancos balançando na parte de cima da blusa da escola. Ela ficou de pé e começou a desfilar com seu queixo esticado para a frente e o traseiro para trás, imitando o andar empertigado de Carol.

– Ela vai usar um biquíni e todas seremos presas – eu disse.

Nós duas rimos, mas não indelicadamente, ao pensarmos em nossa amiga sexy. Gillian ignorou nossa brincadeira. Ela estava fazendo o tipo refinado que sempre fazia quando os garotos estavam por perto.

Lá embaixo no campo, o jogo estava ficando violento. Nosso time, de vermelho e branco, jogava contra um time de Valleys. Eles eram uns brutamontes. O agrupamento de jogadores estava se desfazendo e um brutamontes, do tamanho de um boi, veio bramindo do emaranhado de braços e pernas e foi para cima do nosso pilar, até que os dois tivessem sangue na boca.

Subitamente a bola ficou livre e um dos nossos meninos a pegou. Ele a abraçou em seu peito, saiu de lado e arrancou com velocidade. Céus, como ele era rápido. Os caras que se arremessaram atrás dele pareciam estar mergulhando no nada. Por um instante, no meio daquilo tudo, o garoto conseguiu avançar. Foi mágico o modo como ele parecia estar correndo em câmera lenta dentro da sua bolha particular enquanto os outros se debatiam ao seu redor. Ele cruzou a linha, tocou de leve a bola no chão e se virou, com um sorriso largo no seu rosto bonito. Steven Williams.

– Ei, ele está acenando para você, Petra – Sharon disse.

– Ele está acenando para nós – disse Gillian de pé, batendo palmas.

A vida toda eu me lembraria daquela jogada. Ver Steven correndo pela lateral do campo, fazendo com que os grandalhões virassem piada.

Algumas coisas não morrem jamais.

6

— É você. Você é David Cassidy.

Zelda estava de pé ao lado da mesa de Bill, segurando um suéter. Não tinha mangas e foi tricotado com lã, formando listras vermelhas e brancas, com uma fileira de botões na parte da frente que pareciam prateados com a luz. Em volta da bainha havia uma faixa de um azul estranho, com estrelinhas brancas mal desenhadas.

— E olhe as costas. — Ela o virou para mostrar a letra D maiúscula feita com um tecido prata acetinado, costurada entre os ombros. — Levante-se — disse Zelda, e Bill, sentindo-se com 10 anos de idade, pôs-se de pé sem hesitar. Que poder aquela mulher majestosa tinha sobre ele, pensou, que fazia ele se levantar com um chamado dela? Ela pressionou o suéter sobre seu peito. Bill estava com o segundo botão de sua camisa desabotoado, como os homens nos comerciais de loção pós-barba, e por um segundo ele pôde sentir os pelos de seu peito grudando na letra D prateada. Não foi uma sensação agradável.

— E serve, Billy! — ela continuou. — Como eu disse, é você! — Como assim, Billy? Ninguém nunca o chamara de Billy, a não ser um garoto chamado Newsome, no terceiro ano, que tinha acabado com o nariz sangrando.

— Não me chame de Billy — ele disse em voz baixa. — Por favor. — Ele podia ver Pete Espinhento, no fundo da sala, preparando um sorriso zombeteiro.

— Desculpe, William querido — disse Zelda. Tudo a sobressaltava, incluindo desfeitas e mágoas de qualquer aspecto, fossem elas dadas ou recebidas. Ela sacudiu o suéter. — Olhe para o brilho disso. E você percebeu que as estrelas e as listras foram feitas para lembrar a bandeira amer...

– Sim, eu notei. Mas parece estar de cabeça para baixo. – Juntos, eles se maravilharam com o impressionante objeto. Ali, finalmente, estava a prova de que o tricô podia arruinar seus olhos. Chegara naquela manhã em uma caixa marrom cheia de selos baratos. A caixa agora estava aos pés dela. – Quem enviou?

– Clare Possit. – Zelda colocou o suéter sobre a mesa e pegou um envelope rosa-choque de um bolso oculto de seu vestido cor de tangerina que ia até o chão, parecendo ter vindo de Marrakesh, e balançava quando ela se movimentava. – Clare Possit, 47 Lucknow Road, Shrewsbury. Catorze anos, cabelos castanhos, 27 pôsteres, um coelho chamado Partridge.

– Caramba!

– Sim, vamos ver. Ela gosta de sanduíches feitos na chapa e também gosta de tricô. Por isso, aí está este lindo suéter. Gostaria de se tornar a sra. David Cassidy quando crescer.

– Se ela crescer. E se *ele* crescer.

– Ora, ora. Clare teve bastante trabalho, saiba disso. Além do suéter, ela manda um gorro de lã para ser usado em Manchester.

– Claro. Em maio, no verão.

– E também um par de meias. – Zelda investigou a caixa e segurou cautelosamente, longe dela, como faria com um par de lagartas venenosas. Bill chegou mais perto, sinceramente interessado.

– Nessa meia aqui está escrito "CHE" – ele disse. – Como Guevara. Será que Claire é marxista? O pai dela sabe disso? Existe apoio à Revolução Cubana em Shrewsbury? Eu nunca soube disso. – Ele fez uma pausa e sua expressão murchou. – Ah, entendi. – Zelda estava segurando a triste irmã gêmea da meia. Ela trazia escrito "RISH". *Cherish*, o nome de um álbum de David.

– Juntas – Zelda disse com animação – elas formam...

– Sim, já sei. – Bill examinou as meias. Para sua surpresa, ele ainda não havia parado de se espantar com as loucuras pelo amor a Cassidy. David ainda era basicamente uma criança e a probabilidade de algum dia ser autorizado a se tornar homem parecia mínima; ou ele seria feito em pedaços por suas fãs, como um cervo em meio aos cães de caça, ou congelado para a juventude eterna, daquele jeito que os californianos ricos armazenavam seus corpos em gelo seco. Além do mais, ele não sabe cantar; não como Mick Jagger, David Bowie ou qualquer um desses deuses adultos. Perto de Cassidy, até Marc Bolan podia ser considerado homem adulto, e olha que ele usava maquiagem, pelo amor de Deus! E uma echarpe de plumas. Mas – só de pensar nisso Bill ficava irritado, e a irritação não ia embora – Cassidy merecia aplausos: ele conseguia provocar amor. Era como uma bruxa com um caldeirão. Bill achava que tinha conhecido um pouco sobre o amor quando estava na faculdade – não aquele amor que vem do coração (Deus o livre), mas a tática que poetas e pintores usavam, uma estratégia artística para levar as mulheres para a cama, ou ser levado para a cama delas. Porém esse garoto, esse americano veadinho, conseguia produzir emoção do nada, de lugar nenhum, comprimindo-a em uma canção, como Clare Possit comprimindo as meias naquela caixa marrom. E quando as meninas a desembrulhavam na outra ponta – quando escutavam a música, sozinhas em seus quartos –, elas não apenas acreditavam naquilo, mas acreditavam que ele acreditava também; elas achavam que a música havia sido feita para elas.

Tolas, inúmeras tolas. Shakespeare teve sua Dama Negra dos sonetos, talvez até uma amante nas horas vagas, mas quantas garotas David conseguia ganhar com apenas um verso, um uivo daquela voz aguada, uma jogada de quadril para o lado? Milhões, bilhões de Clares, Judiths e Christines, todas totalmente convencidas de que ele gostava delas, de que estão apaixonadas, estejam elas na cidade de Shrewsbury, Wigan ou Weston-super-Mare; do mesmo modo, também estão convencidas de que são amadas. O pop domina o mundo. Poetas são coisa do passado.

– O melhor tratamento para espinhas.

Ele saiu do seu devaneio com um pulo. Por um instante, sua cabeça rodopiou. Pete estava ao seu lado, colocando uma foto em seu campo de visão. Onde estava Zelda? Enquanto Bill estava sonhando ela deve ter saído de fininho.

— Olhe para isso. — Pete apontou para alguma coisa com seu dedo acinzentado de grafite; suas unhas também tinham manchas brancas, o que a avó de Bill costumava dizer que era evidência de uma alimentação ruim. Bom, ela estava certa. Dois dias atrás, Bill vira Pete forçar um KitKat para dentro do buraco vazio de um enroladinho feito com massa de milho, e depois comer aquilo tudo. Será que ele já tinha comido o recheio de carne e legumes de dentro, ou simplesmente os tirou com seus dedos estreitos e os jogou fora? E ali estava ele, inclinado, mostrando a Bill uma fotografia. Não, eram duas fotos.

— Antes e depois — ele disse. — Como nos anúncios imbecis de perda de peso. — Ele fungou e esfregou o nariz com a articulação de um dedo. — Normalmente eu não faria uma cópia, sacou? Eu só trabalharia a original. Mas essa ficou tão boa que pensei que você deveria ver o original antes de eu começar a trabalhar. Porque você é novo.

Pelo que Bill entendeu, aquela deveria ser uma oferta gentil, uma ajuda de alguém mais experiente, mas de algum modo soou como um insulto. Tudo o que saía da boca de Pete era assim.

— Primeiro o "depois".

Era uma fotografia em preto e branco de David Cassidy. Ele estava de costas para a câmera, mas tinha se virado de um modo falsamente modesto, olhando sobre o ombro para dizer às mulheres do mundo para gozarem de sua companhia. Ou, se quisessem, apenas gozarem. O sexo deve entrar em algum lugar. Seus cílios, com uma curvatura graciosa, eram absurdamente longos, e sua pele era perfeita como uma tigela cheia de leite.

— Certo, e daí? É um menino-menina.

— Agora olhe para ela. — Pete deu um sorriso terrível, e deslizou a outra imagem para frente. — O "antes". — Bill olhou.

— Meu Deus!

Todo adolescente tem espinhas, mas aquele cara tinha um problema sério. Suas bochechas em erupção e esburacadas poderiam ter despertado a curiosidade de um vulcanologista.

– Meu Deus – Bill repetiu. – É como olhar para a lua. – Então, percebendo que um elogio seria de bom tom, ele se voltou para Pete. – Ótimo trabalho, cara. Você fez mágica. Cassidy não o conhece, mas ele precisa muito de você.
– Vai se ferrar! – Pete disse, para indicar que estava contente.
– Como você fez isso?
– Tinta, branqueador, pequenos pincéis. Lápis e borracha, às vezes. É como... dar um retoque nas imperfeições.

Sem comoção, cauteloso para falar de sua arte ou qualquer coisa que pudesse dar a impressão de arte, ele puxou as imagens da mão de Bill e saiu andando. Ele viera para exibir seu trabalho e recebeu o devido crédito, porém foi embora mais zangado do que quando chegou. Como muitos funcionários do escritório, Pete agia como uma criança mal-humorada e mimada. Isso seria falta de gerenciamento, Bill se perguntava, ou era apenas o trabalho: o resultado inevitável de ficar até o pescoço rodeado por sonhos adolescentes de outras pessoas?

O telefone tocou. Ele era bege e todo feito de ângulos, em vez de curvas, leve demais para se manter no lugar. Bill pegou o fone e o aparelho, reagindo ao seu puxão, caiu da beirada da mesa.
– Merda! – disse Bill, bem alto. Zelda, que estava passando, lançou-lhe um olhar severo. Outras pessoas apenas apertariam os lábios, mas ela sabia fazer isso com o rosto todo.
– Não xingue – disse a voz do outro lado da linha.
– Quem é? – Bill perguntou. – Ah, Ruth, oi. Não, desculpe, eu deixei cair o... espere um momento, só um minuto.

Ele pegou o aparelho e tentou equilibrá-lo em uma pilha de cartas.
– Não, eu posso falar. Eu só... Sim. Sim, tudo bem. Como?

Zelda havia parado agora e o observava lutar com o telefone. De repente, ela colocou a língua para fora.
– Cristo – disse Bill. – Desculpe... não, amor. É só a Zelda fazendo uma coisa com a língua. Não, a língua. Zelda. Ela é minha. O que você disse? Não, é minha chefe...

Zelda colocara um dedo na boca, fingiu lambê-lo, depois o usou para fazer pequenos movimentos em espiral no ar. Bill não sabia para onde olhar. Por que sua superior imediata estava escolhendo esse momento, entre tantos, para oferecer o que pareciam serviços sexuais íntimos? Será que ela não gostava de Ruth? Nenhuma das duas coisas fazia sentido. Na semana anterior, afinal, Zelda tinha se recusado a aceitar um chocolate Cadbury alegando que o anúncio era "um pouco grosseiro".

– Não, amor, eu estou, estou, estou ocupado com... programações da turnê, marcando entrevistas. Sim. Com quem? Ah, você sabe, grandes nomes. Não, não tão grande. Quero dizer, não por enquanto.

Ele estava consciente de que estava começando a se contorcer. Zelda estava olhando para ele de maneira estranha, ainda fazendo algo insondável com a mão.

– Não, nossa, seria muito legal. Ou Jimmy Page, eu sei. Você sabia que censuraram o último álbum deles na Espanha? Por causa das crianças na capa? Sim, eu sei...

Bill observou enquanto Zelda pegava o telefone e o tirava da pilha de papéis. A carta de cima tinha os dizeres "EU ODEIO JIMMY OSMOND" colados na parte de baixo com fita adesiva azul. Zelda lambeu o dedo novamente, virou o telefone e usou a ponta da unha para umedecer os pés de borracha da base. Finalmente ela abriu um espaço na mesa de Bill e colocou ruidosamente o aparelho sobre a mesa, pressionando-o até fixá-lo.

– Aí está – ela disse com orgulho e se foi, cantando, com sua voz grave e vibrante: – Stair-air-way to heah-uh-ven. – Bill colocou a cabeça nas mãos, o fone ainda contra o crânio. Percebeu vagamente que Ruth ainda estava falando. A voz dela zunia em sua cabeça.

– Hum, é. Bom, eu vou sair com o pessoal depois do trabalho. O quê? Você sabe, os outros caras.

Ele baixou a cabeça, arriscou um olhar ao redor, afundando sua voz em um sussurro:

– A banda. O quê? Eu estou falando alto. Eu disse a banda.
– Alguém, duas mesas adiante, levantou o olhar. Ninguém que ele conhecesse, um novato segurando um grampeador gigante; ainda assim, ele não estava sendo cuidadoso o suficiente.
– Não, acaba por volta das 21:30, 22h – Bill continuou, com a voz normal agora. – Sim, o Grapes, o pub. Vejo você depois. Preciso desligar. Ah, você sabe. O rock nunca dorme. É. Tudo bem, tchau.

Bill inclinou a cabeça para trás e pensou em Ruth por um instante. Do lado de fora, a luz do sol empalidecera e a chuva batia na janela. O escritório estava ficando mais escuro, mas as luzes ainda não tinham sido acesas. Não por causa da nota que circulara na semana anterior, alertando sobre os custos da energia elétrica, mas porque ninguém se incomodava em ir até o interruptor. Alguns, como Chas, preferiam abertamente a escuridão.

Bill se inclinou sobre a máquina de escrever novamente e tornou-se outra pessoa. Escreveu sobre sua adoração ao sol e sobre sua dificuldade de viver sem seus instrumentos ("se alguém quisesse me torturar, era só me tirar a bateria e a guitarra"), e se desculpou por seus garranchos. Então parou e contou quantas palavras tinha até o momento. Mil cento e trinta palavras. Perfeito. Será que deveria ficar orgulhoso como jornalista, ou envergonhado, como homem, criando coisas desse tipo – no prazo, no tamanho certo, preciso? Ainda tinha espaço suficiente para o fechamento: *"Não se exqueça... Deixe um lugar especial para mim no seu coração para quando eu chegar. Até lá. Com amor, ..."*

Ele percebeu uma sombra movendo-se na sua frente, ao redor e às suas costas, mas ele estava tão arrebatado no ato da personificação que nem se incomodou em olhar. Estava tão entretido que levou um choque quando as palavras foram pronunciadas ao lado da sua nuca, em um rosnado baixo:

– Chegue logo.

Bill deu um pulo, ficou metade em pé, metade para trás, tentando interromper o giro em sua mente.

– Uau! – ele disse.

– Desculpe, amigão – disse Roy, muito satisfeito com o efeito que sua interrupção provocou. O editor veio intimar.

– Não, desculpe, foi culpa minha – disse Bill, tentando ficar de pé, como um velho em um bar sendo apresentado a uma garota. Por que o dia de hoje, que não começara tão mal, terminou em um monte de desculpas? – Desculpe, você estava dizendo...

– Eu estava di-zeeen-ndo – Roy prosseguiu, com o tom sagaz que guardava para os funcionários mais lentos e mais jovens – que você não viu nada, filho. Seu belo garotinho aí, sr. Cassidy, é muito certinho, mas dizem as meninas que espiam por entre as grades do seu portão que a coisa é diferente.

– Com certeza não. Ele não é assim – Bill respondeu, soando inesperadamente como sua avó.

– De qualquer maneira, agora você terá uma chance de descobrir, não é? Porque o sr. Certinho está vindo para a velha Inglaterra...

– Sim, eu sei. Temos ingressos.

– Ah, mas você tem ingressos para o show, meu rapaz. Estou falando sobre a entrevista coletiva antes. E não apenas isso. Estou falando de você e o sr. Verão, cara a cara, em carne e osso, só os dois durante 15 adoráveis minutos. Você e Cassidy, juntos em um quarto de hotel. Há garotas nesse país, vou lhe dizer, há garotas no polo Norte que dariam suas calcinhas de pele de animal por um minuto com esse veadinho em um quarto de hotel. E você vai ter um quarto de hora, meu rapaz. Não o desperdice. Você não é gay, é?

– Eu...

– Bom. Porque não vou mandar um veado para ver o boiola quando todas as nossas leitoras querem beijá-lo, não é? Não quero que você ponha suas luvas encardidas por baixo da roupa marrom dele, certo?

– Sai fora, senhor...

– Tudo bem, tudo bem. Você tem feito um excelente trabalho. Nasceu para isso. Só não pergunte o que ele pensa, nem nada daquele besteirol artístico. Nada que tenha a ver com a alma. De qualquer maneira, duvido que o bocó tenha tempo para isso.

– Tempo para quê?

– Para a alma. Ele é apenas uma voz dentro de uma camisa, não é? E não vai se dar ao trabalho de fechar os botões até em cima. Como algumas pessoas que eu conheço.

Com isso, Roy saiu andando, fazendo um ruído de mastigação. Bill discretamente levou a mão ao peito e abotoou um dos botões. Ele sabia o que o chefe pensava dele. Bill sabia muito bem que Roy olhava para ele e via um fedelho esnobe: um metido a esperto com uma camisa gay e um diploma (como se esse servisse para alguma coisa), um assalariado com medo demais da vida para entrar de cabeça nela, inocente demais para admitir o que acontece quando, na frase preferida e muito repetida por Roy, "a merda é jogada no ventilador".

Provavelmente ele estava certo. Apesar de tudo, Bill não sabia em que acreditar sobre uma pessoa como David Cassidy; ele não sabia no que queria acreditar. Nos momentos ociosos, talvez com Ruth dormindo ao seu lado, ele imaginava o que acontecia quando um homem de 24 anos se achava na situação de receber adoração em massa; o que literalmente acontecia, não na cabeça do cara, mas na sua cama e aos seus pés, em hotéis, piscinas, nos camarins dos estádios e programas de TV. Quando as fãs encontravam o garoto-deus, qual era o resultado provável? Elas desmaiavam ou ficavam tímidas, como as heroínas das ficções românticas, incapazes de suportar a fantasia se tornando realidade; ou os atos não românticos tiravam o melhor delas, forçando-as a ficar de joelhos?

Bill ouvira rumores sobre David, não podia evitá-los, ainda que algo nele escolhesse não ouvi-los: algo que não era apenas moralismo excessivo e caretice, mas protetor dos direitos dos sonhadores de qualquer lugar.

Ele deve ter passado anos de sua vida, no fim das contas, pensando sobre Paul McCartney – não sobre ser Paul McCartney ou sobre se tornar Paul McCartney, mas se agarrando a uma imagem de Paul em algum lugar ali ao seu lado, brincalhão e animado, mostrando-lhe o dedilhado de "I Wanna Hold Your Hand" e o encorajando: "Legal, cara, vai com calma, sem pressa. Está ótimo, Bill, percebi que você tem praticado."

E se Bill havia ficado ali, sonhando com essas tolices, e sabendo no seu íntimo que essas tolices faziam sentido, mais sentido do que qualquer outra coisa; bem, então que direito tinha de zombar das garotas tolas, que tricotavam suéteres com as iniciais DC e mandavam poemas e cachos de cabelo?

– Pise delicadamente, William, pois está pisando nos sonhos delas. – As palavras de Zelda que, no momento em que foram proferidas, fizeram com que ele engasgasse com uma bala de menta, voltaram para ele com a toda a gentileza zombeteira de quem as falou.

Ele olhou para o relógio. Quase três horas. Mais duas horas e vai cair fora. Dentro de três horas, se Zelda não tentar segurá-lo até tarde, se o metrô não estiver entupido e se conseguir tomar um uísque antes para acalmar os nervos e os dedos – se tudo der certo, quando forem seis horas, o jornalista de música fará sua própria música.

Bill tocava baixo em uma banda chamada Spirit Level. Não era uma banda conhecida, nem mesmo para os familiares um pouco mais distantes. Nunca ficariam conhecidos, a menos que fossem acidentalmente mantidos como reféns em alguma tragédia ou fizessem o papel de heróis evacuando um pub durante uma ameaça de bomba, ou ainda se eles mesmos fossem bombardeados. Isso seria bem típico, não seria? Conquistar a imortalidade, em vez da fama, vendendo montanhas de discos por terem morrido. Todas aquelas tietes vagando, deslumbradas, e ninguém com quem dormir.

Eles se formaram durante a escola.

– Vocês ainda são um bando de moleques, não são? – Foi a observação de Ruth, na única ocasião completamente impensada em que ele a convidara para assistir a uma apresentação. Eles tocaram durante 20 minutos em um pub chamado Duke of York, no bairro de Acton, e Ruth ficou parada ali, com sua bebida na mão, imóvel; jamais um ser humano, Bill pensou, ficou tão sem ação diante das batidas tão profundas e libertadoras do rock popular britânico. Ela nem ao menos piscou. Mais tarde, depois que lentamente foram deixando o palco para dar espaço para os Space Hopper ou os Spikenard, ou seja lá quem fosse o próximo, ele deu um gole em sua cerveja e, reunindo coragem, perguntou o que ela havia achado.

– O que posso dizer? – perguntou ela de volta, com um sorriso largo demais, e aquela frase ficou em sua cabeça desde então, como uma faca de dois gumes. Porém, ela estava certa sobre uma coisa: eles eram moleques. Não eram adultos revivendo sua juventude, o que já teria sido triste o suficiente, considerando o que era a juventude, mas adultos usando as armas da juventude – gritando, cantando, brigando, fazendo besteiras – para fingir que poderiam fugir das responsabilidades indesejáveis da vida adulta.

O vocalista chamava-se David Crockett, igual àquele soldado e político famoso. As pessoas iam até ele depois de uma apresentação e perguntavam:

– Como é seu nome mesmo?

E ele respondia:

– David Crockett.

– Não, seu nome verdadeiro.

– É Crockett, sério. David Crockett. – E então, sem exceção, todos diziam:

– Ah, sai fora! – E iam embora, sacudindo a cabeça.

Na escola tinha sido diferente; todos sabiam seu nome, e a banda decidira não ocultar o fato, mas, espertamente, fazer disso um ponto forte de publicidade.

– Vocês poderiam se chamar "David Crockett e os Reis da Fronteira" – disse a mãe de David quando estavam sentados à mesa da cozinha uma tarde. Ela sempre insistia em chamá-lo de David, e não Davy, o que – Bill acreditava – fazia com que ficasse um pouco mais difícil manter a pose de pioneiros americanos. Tolworth, uma das áreas residenciais de Londres, era bem longe de Oklahoma. Faltava-lhes a Corrida do Ouro, para começo de conversa. O bairro ficava na extremidade sudoeste de Londres, agarrada à margem da capital.

Estavam todos no andar de cima da casa dos Crockett discutindo o quanto seria rápido o caminho para a glória, agora que Derek, um vidente em formação, e também o melhor guitarrista da escola, juntara-se a eles. Segundo o baterista, Colin Hobbs, o melhor deles em matemática, a primeira música a atingir o topo nas paradas seria no começo de abril de 1971. A sra. Crockett bateu à porta do quarto e, aparecendo com a cabeça detrás da porta, disse animadamente: "Chá e bolo quando vocês quiserem, meninos!" Eles interromperam a conversa sobre jatinhos particulares e marcharam para baixo obedientemente, como escoteiros.

Bill não sabia onde estavam os membros originais da banda hoje em dia. Depois de terminada a escola, onde todos tinham medo dele, Derek começara a ter problemas com alguns meninos da escola – na verdade, rapazes – que eram tão ressentidos quanto ele, por motivos que ninguém podia imaginar, quanto mais resolver. No inverno de 1970, quando Bill estava começando a pensar no significado do beijo nas poesias de John Keats, Derek entrou em uma briga na estação Wimbledon. O outro garoto acabou nos trilhos, com metade do queixo esfolado, escapando por pouco. Derek pegou 18 meses de prisão em um lugar para menores infratores e ninguém mais ouviu falar dele. Bill às vezes se preocupava e ficava pensando nele, tarde da noite.

Até podia ter dois estiletes presos com fita adesiva na parte interna do estojo da guitarra de Derek, no entanto, de todos os garotos que tentavam tocar o refrão choroso de George Harrison em "Something", e erravam, Derek era o que errava menos. Mas Derek sumiu da vida deles, e – o mais importante – abriu vaga na banda, deixando seu lugar para Colin Dougall, que fumava mais maconha do que qualquer um que Bill já conhecera, com frequência aparecendo do meio de um tipo de nuvem, mas que também era a única pessoa que ele conhecia que ainda ia à igreja. A combinação parecia improvável, ou simplesmente equivocada, embora Colin, o baterista, tivesse uma teoria complexa sobre a frente quente da maconha se encontrar com a umidade do ar do incenso, fazendo chover na nave da igreja. O problema de Colin Hobbs, além de ser inteligente, foi se chamar Colin e, como David observara, não se pode ter uma banda com dois Colins. Todos aceitaram a lógica desse argumento, até mesmo Colin Hobbs, que se mandou para a cidade de Southampton e se tornou, como disse sua mãe, "muito envolvido com computadores". O lugar dele atrás da bateria foi para John Priscumbe, que era jovem demais, depois para Michael "Fedorento" Sturrock, que fedia, depois para uma criatura chamada simplesmente Brillo, que durou uma semana e, finalmente, para o alívio de todos, para um cara de Lancaster, Geoff Hymes, que viera para Londres para fazer fortuna e acabou consertando geladeiras em Maida Vale. Ninguém poderia dizer que ele era um grande baterista, e ninguém disse, mas ele era simpático e pontual, e o melhor, a cada 15 dias ele tinha direito a usar um Ford Transit.

Nesse meio-tempo, a banda mudou mais de nome do que de integrantes. Ninguém gostava de "Reis da Fronteira" e até a sra. Crockett desistiu desse nome depois de um tempo. Então, sem motivo algum, a banda virou Black Coffee ("o grupo mais branco que conheço", disse o DJ na apresentação da escola). E então Jetleg. Depois Eagle, um tributo ao módulo lunar logo após as aterrissagens na Lua. ("Se tivéssemos ficado com esse nome", David costumava dizer praticamente todos os meses desde então, "poderíamos ter esperado até que os Eagles ficassem famosos e processá-los por roubarem nosso nome." "Mas o deles é no plural", Bill sempre respondia. "É diferente. E o deles tem o 'The' antes do nome." Era a conversa mais sem sentido de sua carreira, Bill pensava.) Foram também Mandrake Root, quando o segundo Colin ainda estava na banda. Por um breve período foram Stitches. Agora eram Spirit Level e, como Bill anunciava com algo mais do que modéstia, para quem quisesse ouvir, eles ainda eram tão ruins e dispersos como quando a sra. Crockett lhes deu uma fatia de bolo e um garfo para cada um. Os nomes iam e vinham, o talento subia e descia, mas o Spirit Level era, e sempre seria, decepcionante. A versão cover de "All Right Now", repetida e sempre mal-acabada, depois de tocada em muitos casamentos com todos já alcoolizados, ainda soava "como um ônibus de dois andares passando por cima de uma boiada", como Bill confidenciou a um amigo da faculdade. A banda era algo constante e confiável em sua vida, mas era mais que isso. Ela era – apesar de que ele nunca admitiria tanto para si próprio como para Ruth – seu único amor verdadeiro.

– Exqueça.
– Como?
– Exqueça. – Zelda ergueu o papel. Tinha passado por ali, viu Bill tomando um café e puxou o papel da sua máquina de escrever com um ruído alto.
– Erro de datilografia, perto do fim. Você escreveu "exqueça", em vez de "esqueça". E não assinou.
– Acho que vão saber de quem é.
– Não tenha tanta certeza – retrucou Zelda, que parecia que a qualquer momento iria apontar o dedo para ele. – O rapaz antes de você, não, dois antes de você, sem contar o pervertido, uma vez terminou uma carta de David e assinou "Brian".
– Por quê?
– Porque esse era o nome dele, bobinho. Ele estava tão... envolvido, como vocês dizem, que se esqueceu de quem era quem.
– Como Método.
– O que você disse? – Para Zelda, a palavra parecia suspeita, como se estivesse relacionada com sexo.
– Nada – Bill disse. – Era ele o pervertido?
– Não, o perver... Olhe, não tenho tempo para esse tipo de... de... conversa fiada. – Zelda estava ruborizada. – Apenas faça as correções, por favor.

– Ele era pervertido com o quê?
– William, estou falando sério, tenho muito que fazer... Se você pudesse só revisar isso mais uma vez.
– Então está bom?
– É um texto encantador, simplesmente encantador. – Zelda estava em terreno seguro agora. – Gosto particularmente da parte em que ele é um menestrel medieval. Muito... criativo.
– Bem, ele disse alguma coisa sobre isso uma vez. Estou só seguindo seus passos. Não estou inventando. Estou? – Ele continuou, mais como uma súplica vazia do que por curiosidade.
– Você está fazendo um ótimo trabalho. Muito melhor do que Brian, que, se tinha algum defeito, era deixar que tudo subisse à sua cabeça.
– De que forma? Ele começou a usar o kit?
– Como assim?
– Você entendeu, o macacão justo, o colar de conchas. Ele usava tudo isso aqui, na mesa? Em plena terça-feira?
Zelda preferiu não responder. Ela simplesmente pegou o tubo de corretivo e o entregou a Bill.
– Corrija. – E foi embora.
A tampa do corretivo estava emperrada. Bill a girou, xingou e girou novamente. O tubo voou e o líquido branco escapou, sujando a mão direita e o pulso de Bill. Chas, passando naquele exato momento, não deixou a piada para depois:
– Garoto obsceno. Bem aqui onde qualquer um pode ver.
– O quê?
Chas perdeu o fôlego e começou a gargalhar, como fazem os aliados dos vilões, e fugiu para o banheiro masculino. Bill ficou sentado ali, tentando limpar as mãos. O telefone tocou e ele foi atender. Quando tirou o fone do gancho, o aparelho se soltou da mesa com um som fraco e abafado, caindo no chão.
– Merda! – disse Bill, bem alto. – Merda! – O telefone estava coberto com líquido corretivo, então ele disse apenas: – Desculpe – e deixou o fone cair no chão, onde ficou grasnando por um instante. Usando a mão esquerda, ele recolocou o papel na

máquina de escrever, rolou-o para baixo e, com um único dedo, escreveu a palavra "David". – E vá à merda! – disse, novamente em voz alta. – Idiota.

– Com quem você está falando? – disse o homem que ele não conhecia, algumas mesas adiante.

– Ninguém.

O homem deu um sorriso rápido e gozador.

– O rock nunca dorme, não é?

Bill já não tinha mais forças para ficar bravo. Ele apenas ignorou e suspirou.

– Está mais para o pop nunca acorda – disse o homem. Ele riu de sua própria piada e baixou a cabeça para o seu trabalho. A chuva lá fora estava mais grossa agora: zangada, porém sem ritmo, como a bateria de Colin Hobbs. Subitamente Bill não tinha mais vontade de tocar com seus amigos. Queria ir para casa e dormir.

O grasnido não parava. Bill resgatou o telefone que estava debaixo de seus pés.

– Sim?

– William, é Zelda. – Aquilo não era bom. O escritório de Zelda ficava a apenas 20 segundos de distância e, como regra, ela gostava de se lançar no espaço entre as divisórias com vasos de plantas e navegar pelas mesas de seus colegas. Outro dia Bill apresentara a ela a expressão "dar um rolé", com a qual ela nunca havia se deparado – o vocabulário de Zelda, e até mesmo seu mundo, parava logo após a fronteira das regiões leste e sudeste de Londres – e ela ficou pensando naquilo, experimentando as palavras, e por fim declarou: "Gostei." Dali em diante, se pudesse dar um rolé, ela dava, e a única coisa que a impedia eram notícias indesejáveis. Quando forçada a produzir ondas ruins, ela as mandava por telefone.

– William, sinto muito. Acabamos de ter uma reunião no editorial – isso queria dizer que ela e Roy rasparam o fundo do vidro de Nescafé – e ficou decidido adiantar o teste para a próxima edição. Como você deve saber, estávamos planejando fazê-lo para as leitoras no meio do verão, mas agora que David anunciou as datas dos shows, achamos que chegou a hora...

– Que teste?

– Ah, não é nada de mais. – Estava ficando pior do que Bill pensara.

– Que teste? – perguntou ele novamente.

– Bem, vendo quantos fãs de David leem nossa revista, que como você sabe é a principal publicação nesse assunto...

– Que teste?

– O Superteste de David Cassidy. Duas páginas, altamente especializado, não para qualquer garota passando na rua. Coisas que somente as fãs de verdade saberiam. Então Roy e eu pensamos, na verdade praticamente decidimos, que você tem mostrado tanta dedicação ao seu trabalho, e já sabe tanto sobre David, que você seria obviamente...

– Para quando?

– Segunda-feira.

– Não.

– Como disse?

– Não dá tempo. É preciso pesquisar...

– Sim, bem, isso quer dizer fazer um trabalhinho extra, e sabemos perfeitamente...

– Não consigo fazer no fim de semana.

– É por isso – Zelda prosseguiu, triunfante em sua lógica – que estou ligando para você agora. Para que você possa começar imediatamente. Eu ficarei até mais tarde também, e Peter, do Departamento Fotográfico, também.

– Até mais tarde?

– E pensei que se tivéssemos terminado por volta das nove ou dez, poderíamos os três ir até o Odyssei Grill. Por conta da empresa, cortesia do Roy. Muito generoso, acho que você concorda.

– É que essa noite era...

– Era o quê, querido? – Zelda fez uma pausa. Bill ficou mudo. – Bem, seja lá o que for, estou certa de que você poderá remanejar. – Zelda falava com animação agora, passando pela pior parte e apressando-se para um fechamento. – Muito obrigada.

Sabíamos que poderíamos contar com você. O layout vai passar daqui a pouco para uma conversa.

O telefone ficou mudo. Bill colocou o fone no gancho. Ele não sabia o que mais temia: ligar para David Crockett para dizer que não conseguiria ir ao ensaio da banda ou comer um *kebab* malfeito de carne de cabra com Pete Espinhento, tarde da noite. Tinha de fazer ambos, de qualquer forma; recusar a exigência de Zelda assim tão cedo na carreira na Worldwind poderia significar não ter carreira nenhuma. Mas não deixava de ser um pensamento tentador. No entanto, estava economizando para comprar um carro e fazer uma viagem à Grécia com Ruth. Embora não pudesse dar nome, forma ou feição ao seu futuro, sabia que queria ter futuro. Qualquer coisa era melhor que ver o tempo se arrastando.

Bill procurou um lenço para assoar o nariz. Ele estendeu a mão para pegar o telefone novamente, mas o aparelho tocou assim que encostou nele. Ele pulou e agarrou o fone, um tanto irritado.

– O que foi?

– Desculpe, William, é Zelda novamente. Esqueci de acrescentar o mais importante. Para ser colocado no topo. Se você pudesse, sabe, fazer algo chamativo. De todos aqui, você é o mais poético.

– Sim? – Ele viu a si mesmo curvando-se para frente, como se estivesse se preparando para uma briga.

– O prêmio máximo para esse seu teste. – Já havia se tornado o seu teste?

– Continue.

– Bem, geralmente oferecemos discos, pôsteres ou ingressos e coisas do tipo, mas dessa vez, sendo o teste algo tão especial, a sortuda vencedora e uma amiga vão conhecer David em pessoa no estúdio onde é filmada a série de *A Família Dó-Ré-Mi*.

– Isso é ser sortuda?

– Claro. Imagine-se como uma garota de 13 anos. Imagine como você ficaria empolgado.

– Posso imaginar.

Apenas imaginar.

7

O Superteste sobre David Cassidy dominou nossas vidas nos dias que culminariam em White City. Sharon e eu nos ocupamos com ele cada minuto livre que tínhamos. Arrastamos todos os nossos recortes de fotos e caixas de sapatos que ficavam debaixo da sua cama; a camada de poeira neles parecia uma pele de camurça. A primavera estava completamente maluca naquele ano, precipitando-se por todo lado, como diz a canção, e o tempo ficou tão quente que o pequeno aquecedor que cheirava a cabelo queimado foi colocado de lado. As duas janelas do quarto rosa de Sharon foram totalmente abertas e pudemos tirar toda aquela roupa para usar nossas camisetas de mangas bem curtas, ajoelhadas no tapete enquanto vasculhávamos centenas de recortes, alguns tão familiares quanto as fotografias de família. Gostava de pensar que estávamos empreendendo essa tarefa como um exército que está pronto para a batalha. É isso, esse é o momento para o qual vínhamos treinando. Nossa devoção a David estava sendo posta à prova. Iríamos aniquilar nossas inimigas, como Annete Smith, que disse à revista *Jackie* que tinha 9.345 fotografias de David. Huh. Nós que estávamos em posse de cada edição da revista *Tudo sobre David Cassidy*, incluindo a rara e limitada edição especial de aniversário de abril de 1973, não tínhamos nada a temer para essas exibidas de Sevenoaks, onde quer que fosse esse lugar. A derrota era impensável. A mãe de Sharon nos trouxe um energético, bolachas de água e sal e queijo para manter nosso ânimo.

O verão nos pegou de surpresa. As luzes na castanheira-da-índia tremulavam à noite. O grupo de Gillian já tinha deixado o corredor de ciências, indo para o ponto de encontro debaixo da castanheira, no final das quadras de esporte. Era o melhor ponto para fingir estar ignorando os garotos. Com extraordinário desdém, assistíamos – ou deliberadamente não olhávamos – enquanto os meninos chutavam a bola por cima das traves, abaixando e mergulhando por sua posse e geralmente fingindo ser Barry John ou Gareth Edwards, que tinham frequentado uma escola em Pontardawe, a poucos quilômetros de distância, subindo a rua. No ano anterior, Gareth Edwards, nosso herói local, fizera a maior pontuação da história do rúgbi no estádio de Cardiff Arms Park. Muitos séculos depois, criaturas de galáxias distantes ainda estariam ouvindo os gritos de animação que nossa cidade produziu naquela tarde de 1973. Nosso país era pequeno e pobre, mas quando eu era criança sempre nos sentíamos ricos porque homens como Gareth Edwards estavam do nosso lado. Até o dia de sua morte, meu pai adorava lembrar o comentarista da partida, repetindo a animação e o orgulho em sua voz: "Se o maior escritor da literatura escrevesse uma história assim, ninguém acreditaria."

Então, secretamente, assistíamos aos garotos do rúgbi, escondidas debaixo da cobertura das árvores. Eu ainda estava loucamente apaixonada por David, contando os dias para vê-lo em Londres: o que eu não poderia saber é que as coisas em breve iriam mudar.

Durante o intervalo, Sharon e eu deitamos à sombra, apoiadas nos cotovelos, examinando minuciosamente a revista que ela trouxe para a escola dentro de uma bolsa. Estávamos chegando bem perto. Apenas quatro respostas das 40 ainda nos confundiam.

– Tenho certeza de que vi algo sobre o brasão do anel de David em algum lugar – disse Sharon, folheando outra revista já conferida do nosso cheklist principal.

– O que vocês ganham se vencerem? – perguntou Olga, que tinha acabado de voltar com Angela da máquina de bebidas e entregou-as com chocolate.

– Pet e eu vamos para Los Angeles passar algumas horas com David nos estúdios de filmagem de *A Família Dó-Ré-Mi* – anunciou Sharon com total convicção na voz.

– Sai dessa. Vocês duas nunca irão para Los Angeles – Carol retrucou com uma desaprovação alta e prolongada. Ela estava tomando sol, deitada de barriga para cima a alguns metros de nós; ela enfiara a blusa debaixo do sutiã para deixar a barriga à mostra, a saia estava virada para dentro da calcinha e suas pernas amplamente abertas. Os meninos estavam olhando para ela como o chacal observando um antílope.

– Nós *vamos* para Los Angeles – disse Sharon. – Só temos quatro respostas para terminar.

Olga me passou meu chocolate. Tentei quebrá-lo exatamente na metade para dividi-lo com Sharon, mas o centro estava duro como uma pedra. Continuei tentando, até que a cobertura se fragmentou, expondo o caramelo de dentro e espalhando lascas de chocolate por toda a minha roupa. Lambi o dedo e com ele peguei os pedaços de chocolate, um por um, antes de dar a Sharon o pedaço maior.

– Mesmo que vocês acertem todas, estatisticamente é muito improvável que vocês vençam – disse Olga, que naquela época já não era uma sonhadora.

– Claro, milhões de garotas vão participar – zombou Carol.

Angela disse que sua prima, Joanna, que vamos conhecer em Londres, iria participar.

– Esse não é um teste *qualquer*. – Sharon estava exasperada com a absoluta ignorância delas. – É como um nível avançado em David Cassidy – ela explicou. – Mesmo que você pense que conhece David virado do avesso, ainda assim é muito, muito difícil. De qualquer jeito, Pet sugeriu uma coisa fabulosa para o desempate. A revista disse que a fã que escrever o desempate vencedor deve revelar um certo "Jenê". O que é mesmo, Petra?

– O quê?

– Qual é aquele ditado? Eu não sei o quê?

– O que você não sabe?
– Francês. Você sabe. Jenê disse alguma coisa.
– *Je ne sais quoi.*
– É isso.
– Qual é a frase de desempate de Petra, então? – Gillian rolou sobre a grama, virando as costas para Stuart e o rúgbi. Com os cílios semicerrados, ela vinha analisando sua presa, mas agora outra vez nós nos tornáramos seu interesse por um curto período de tempo.
– Não vou contar. – Sharon riu, com um lampejo de desconfiança. – É segredo nosso. Petra e meu. Vamos mandar vários cartões-postais de Beverly Wilshire para vocês.
– Quem é Beverly Wilshire? – Carol exigiu saber.

Os olhos de Sharon se cruzaram com os meus e caímos na gargalhada. De repente me dei conta do que era aquele sentimento estranho com o qual estava lutando nomear. Estava feliz. Não era apenas a castanheira-da-índia que estava cheia de esperanças. Íamos vencer o teste, mas, melhor que isso, eu começara a ser aceita por quem eu era, talvez até gostassem de mim, um dos melhores sentimentos que se pode ter. Será que Gillian percebeu? Será que decidiu ali, naquele momento, tirar isso de mim?

Só porque ela podia.

Quando se começa a aprender a tocar violoncelo, o som produzido é irritante e desafinado. O instrumento é um desafio. Ele machuca os dedos e deixa um vermelho vivo nas pontas. Eu chorava. Minha mãe me disse que eu tinha de perseverar. Sua tia Petra fora violoncelista em Berlim. Tia Petra tocava de maneira tão bela, ela dizia, que fazia a família toda chorar. Imagino como seria fazer minha mãe chorar. A pele dos meus dedos calejou. Eu perseverei.

A srta. Fairfax era minha professora de violoncelo. Minha melhor professora, mas também a mais esquisita. Tinha cabelos grisalhos curtos e o rosto enrugado com pelos no queixo, e era uma daquelas pessoas tão velhas que fica difícil saber ao certo se é homem ou mulher. Ela dava aulas de latim também, mas ninguém lhe dava ouvidos. Na aula, Jimmy Lo disse que a srta. Fairfax parecia uma tartaruga de peruca. Mesmo rindo com todos os outros, sabia que aquilo era uma traição terrível. Ela merecia mais de mim. Na verdade, ela merecia tudo o que tivesse para dar. Diziam que a srta. Fairfax perdera o noivo durante a Primeira Guerra Mundial, já há tanto tempo que ela não poderia estar viva ainda. A srta. Fairfax tocou violoncelo em Londres por muito tempo em um quarteto que se apresentou no Wigmore Hall. Eu havia visto em um pôster emoldurado em sua casa. *Jane Fairfax: violoncelo.*

Depois que passei para o 8º ano, aos 12 anos, ela disse:

– Agora, Petra, estamos entrando em outro país. – Ela não mencionou o nome do país, mas assim que ela me introduziu às suítes de Bach para violoncelo, acho que soube que era o país no qual queria morar.

Antes de entrar para a turma de Gillian, costumava praticar pelo menos duas a três horas por dia. Vinha me esforçando bastante para a apresentação à princesa Margaret, e a srta. Fairfax sabia disso.

– Seu violoncelo não é um asno, Petra. É um cavalo de corrida. Quero ouvir esse violoncelo ressoar. Nesse momento, o pobre violoncelo está muito taciturno e triste. – A srta. Fairfax fez uma careta trágica de palhaço tristonho.

Sua boca virada para baixo, com todas as rugas ao redor, parecia com aquelas bolsas fechadas por um cordão. Pensei: é assim que ela vai ficar quando estiver morta.

Estávamos na pequena sala de prática de música, dez dias antes de White City e exatamente três semanas antes da princesa Margaret. Atrás de seus óculos, os olhos azuis da srta. Fairfax tinham um brilho leitoso que lembrava o mármore. Fiquei imaginando se um dia ela já havia sido bonita.

– Não consigo, srta. Fairfax – disse, infeliz. Queria que ela dissesse que eu não teria que fazer aquilo.

Ela fez um leve toc-toc, ajustou minha mão no arco, puxou meus ombros para baixo e para trás, e deixou sua mão descansando ali por um instante. Sua mão não tinha peso, seus ossos eram tão leves quanto os de um rato, mas os tendões ainda eram poderosos devido aos anos de prática. Veias azuis saltavam da pele mosqueada, como fios elétricos.

– Petra, quero que suas costas fiquem tão firmes quanto um tronco de árvore e seus pés e suas pernas sejam como raízes entrando no solo. Ótimo, bem melhor. Dessa forma a cabeça fica livre e seus ouvidos podem escutar a sala. Durante a apresentação vai haver muita distração e você terá de encontrar um ponto de calma no saguão. E seu braço direito – assim –, o braço direito tem de ficar livre como água corrente. Pode sentir a diferença?

– Sim, srta. Fairfax.

– Ótimo. Dessa forma seu corpo estará se movimentando naturalmente, mas seus ouvidos e sua mente estarão totalmente focados. Sabe, Bach nunca deixava passar uma única nota. Você *deve* tocar cada nota conscientemente.

Ela deve ter sentido minha dúvida, pois colocou um dedo no meio da minha testa.

– Todas as notas estão aqui dentro – disse ela. – Agora, devemos usar nossa imaginação. Em música, jamais se diz a mesma coisa do mesmo modo duas vezes. Você entende, Petra?

Balancei a cabeça. Ela pediu que eu pensasse no título de uma canção.

– A primeira que vier à sua cabeça.

– Você quer dizer uma música normal ou clássica?

Quando ela sorriu, achei ter visto a menina. A que tinha dito adeus ao namorado soldado há mais de 50 anos e que nunca se casou. Ela se sentava como Paciência em um monumento, sorrindo para a dor, como na peça. Como aquilo era triste. Sentar-se em um monumento de guerra com o nome de seu namorado escrito nele.

– Uma música normal está bem – riu a srta. Fairfax. – Qual é o título da música?

— "I Think I Love You".
— É uma música popular?
— Sim.
— Perfeito. Então, na primeira vez, tocamos simplesmente "I Think I Love You", exatamente como é. "I Think I Love You". Na segunda vez é "*I* think I love you". Porque com certeza ninguém mais ama você da mesma maneira. A terceira vez é "I *think* I love you". O violoncelo está dizendo, humm, talvez eu te ame, talvez não, vamos esperar e ver. E a quarta vez tocamos o quê, Petra?
— "I think *I* love you"?
— Certo. Certamente ninguém mais poderá amá-lo, não é? Ele é seu. Ou poderia ser, "I think I *love* you", eu amo você, não é apenas gostar, é estar apaixonada. Ou, a última, "I think I love *YOU*".
— Sim, e não há mais ninguém — disse.
— Exatamente — disse a srta. Fairfax com um breve bater das mãos. — Boa menina. Uma pequena frase e todas essas diferentes maneiras de dizê-la e senti-la. Agora, quando tocar a peça, quero que tente fazer de cada nota uma pérola, depois faça de cada compasso um colar de pérolas.

Ela perguntou o que imaginava quando tocava Bach. Disse que pensava em uma história triste, talvez alguém morrendo. (Não disse o que realmente pensava, que era uma garota tentando trazer de volta um menino que tinha ido embora, incitando a música a trazê-lo de volta para que ela pudesse abraçá-lo uma vez mais; ele volta e a beija, e eles caem nos braços um do outro e eles meio que *explodem* de alegria e tristeza, e então morrem de êxtase porque seu amor é perfeito demais para este mundo. Eu não poderia dizer isso a ela, não é?)

— Sim, perda. Luto. — A srta. Fairfax tirou os óculos e esfregou seus velhos olhos. — Mas podemos ficar de luto por pessoas que estão vivas, Petra. A princesa Margaret. Olhamos para ela e pensamos que ela é linda, é a irmã da rainha usando roupas belíssimas, chega na nossa escola em um Rolls-Royce e todos a aclamam e aplaudem. O que ela sabe sobre a tristeza?

A srta. Fairfax me contou que a princesa Margaret certa vez amou um homem, o capitão Peter alguma coisa, e teve de desistir dele porque ele era divorciado. Ela teve que *renunciar* a ele porque era seu dever. A Igreja decidiu assim.

Uma princesa de carne e osso com um coração partido. Essa era uma novidade eletrizante de outro planeta.

– Ela é feliz agora?

A srta. Fairfax pegou um pouco de resina e passou-a em meu arco, esfregando um pouco mais no começo e no fim.

– Não, querida, não acho que ela seja feliz.

O amor era algo tão difícil de aprender. Era sorte não ter de fazer um teste sobre ele.

– Agora do começo, se você não se importar. Bach não quer que você tenha medo dele, Petra. Vamos lhe mostrar respeito tocando cada nota como você imagina que ele queria que fosse. Uma pérola de cada vez.

Comecei a tocar, tentando fazer exatamente o que ela havia dito, sentindo sua mão me guiar. Ela pediu que eu parasse depois de 20 compassos e disse que estava melhor. Muito melhor.

– Agora continue praticando assim. Pelos próximos 25 anos.

Quando vi o quarto de Gillian pela primeira vez, quis erguer uma bandeira branca.

– Certo, você venceu – disse bem baixinho.

Só de pensar em Gillian com seu quarto perfeito e beleza invencível, sentia vontade de me render. Ao seu aparelho de som com a tampa de vidro fumê e alto-falantes separados, ao tapete branco felpudo, à óbvia superioridade da garota. Além disso, havia uma penteadeira com três espelhos na qual Gillian podia se ver de frente, de lado e de costas. Era do tamanho do nosso carro compacto.

As sombras Mary Quant que dei de presente pareciam ter feito sua mágica, justamente como pensei. Na fila do almoço, um dia depois de seu aniversário, Gillian me convidou para ir à casa dela ouvir discos. Minha mãe ficou tão impressionada por eu ter uma amiga que morava na Parklands Avenue que fez meu pai usar uma gravata para me deixar na porta, mesmo não tendo sido convidado para entrar.

Sabe, eu vinha fantasiando sobre esse convite há muito tempo. Imaginara conversas inteiras com Gillian e, de repente, descobriríamos o quanto tínhamos em comum. Via nós duas sentadas em sua cama, rindo juntas; experimentávamos suas roupas e as deixávamos espalhadas em montes pelo chão.

Ela enrolaria meu novo corte de cabelo chanel para baixo com seu babyliss e daria um nó com sua echarpe em volta do meu pescoço enquanto me dava conselhos sobre o que me caía melhor. "Essa blusa verde fica fabulosa em você, Petra." Eu nos via como duas garotas de uma tira em quadrinhos de *Jackie*, com os balões aguardando para serem preenchidos.

Quando aconteceu de verdade, subitamente não tinha certeza de que queria ir. Não era porque o quarto legendário de Gillian seria uma decepção – como poderia ser? Eu seria a decepção. Eu falharia em engatar em uma conversa de meninas, permaneceria eu mesma em vez de ser transformada na Petra popular, engraçada e ilusória com quem as outras garotas gostariam de andar – meninas como Angela Norton, que ainda era considerada a melhor amiga de Gillian, mas que parecia estar prestes a chorar quando ficou sabendo que eu estava indo lá para um lanche.

No fim das contas, eu não precisaria ter me preocupado com o meu lado da conversa. Tudo o que Gillian queria era falar de Stuart.

Eu achava que ele gostava dela?

Achava.

Mas por que Stuart gostava dela se ele poderia ter qualquer garota da escola?

Porque ela era incrivelmente bonita e fabulosa.

Certo, mas eu tinha mesmo, mesmo 100 por cento de certeza de que ele gostava dela?

Não havia dúvidas quanto a isso. Ele seria um completo idiota se não gostasse, não é?

Mas Gillian disse que tinha terminado com Stuart na sexta-feira e jogado seu medalhão na rua porque ele quis ir longe demais e ela não se sentia pronta. Deixar que ele desabotoasse seu sutiã, tudo bem, mas o que eu achava sobre os meninos pegando em sua calcinha? Isso faria dela uma vadia?

Eu realmente não sabia.

Ah, então eu achava que ela era uma vadia.

Não, claro que não. Não achava.

Eu achava que Stuart iria ligar para ela para pedir desculpas ou ele iria começar a sair com uma garota do seu ano, como Debbie Guest, que deixaria que ele fizesse qualquer coisa?

Eu achava que ele iria ligar para ela e pedir desculpas.

Então eu achava que ela deveria ligar para ele naquele minuto e dizer que ela lhe perdoava, e dar a ele outra chance?

Não tinha certeza.

– É, acho que você tem razão – Gillian concluiu, feliz. – Vou ligar para ele agora. – Era inacreditável, tinha um telefone só para ela ao lado da cama.

– É, eu também senti sua falta, gato – ela sussurrou. Enquanto Gillian deitava em seu travesseiro rendado para o que obviamente seria uma longa conversa, fiquei na beirada da cama, com um pé enfiado debaixo de mim, o outro no chão, pensando quando seria um bom momento para levantar e dar uma desculpa para ir embora.

– Não, eu não, *você* é. Sim, claro que eu quero. Garoto safado.

Com dificuldade, consegui encontrar os olhos de Gillian e apontei primeiro para mim e depois para a porta, sinalizando meu desejo de ir embora, mas ela sacudiu a cabeça duas vezes com um tom sério. Seja lá qual fosse o teatro se desenrolando entre ela e Stuart, aquilo obviamente requeria uma plateia. Sem dizer uma palavra, voluntariamente aceitei meu papel. Gillian tinha três espelhos para se ver, e agora tinha quatro.

Fui me arrastando, constrangida, para fora da cama e fui até a estante de discos ao lado do aparelho de som, tentando ficar invisível. O primeiro disco que peguei, um *single*, tinha o centro laranja vivo. Era "Without You", de Harry Nilsson. Eu me lembrava de quando essa canção havia sido a número um durante cinco semanas inteiras. Cinco noites de domingo, noite das mais pedidas, quando o acorde desesperançoso do piano saía da janela de todas as casas, em todas as ruas do mundo todo. Na quinta semana, ficamos enjoados e começamos a pensar que a música era lamuriosa e até um pouco chata. Toquei os acordes em minha cabeça e me lembrei o quanto era legal.

Aquele "não" do começo era perfeito. Como se Harry estivesse no meio de uma conversa consigo mesmo e começasse a cantar em voz alta. Pensei na srta. Fairfax. Nunca toque o mesmo compasso da mesma maneira.

A risada de Gillian atravessou minhas lembranças da música e olhei para ela. Ela estava reclinando contra a cabeceira acolchoada da cama, rodando o fio ondulado do telefone no dedo indicador, cuja unha estava pintada com esmalte rosa-claro. Tudo nela era sofisticado. Ela parecia ser o tipo mais caro de garota que já existiu. Como um manequim de porcelana. Comparadas à Gillian, as outras garotas pareciam mal-acabadas e disformes, como se todas nós tivéssemos sido feitas por algum ceramista amador do curso noturno.

De qualquer maneira que se olhasse para ela, Gillian pontuava mais alto – na nota para aparência, para porte, nota por simplesmente existir. Quando Gillian corava, parecia um ato de extrema delicadeza, como o desmaio de uma heroína de uma história romântica. Quando eu corava, era quente, vermelho e humilhante. Até o fato de seus seios não serem nada demais – eles ainda ficavam na faixa entre uma picada de abelha e uma maçã –, de algum modo fazia com que ela parecesse misteriosa e desejável. O inchaço gracioso debaixo da blusa branca do uniforme de Gillian me lembrava a plumagem de um cisne.

Ninguém ousaria chamar Gillian Edwards de vaca de peito achatado, que foi o que Ian Roberts gritou para mim no inverno passado, quando corri atrasada para o campo de hóquei. Um comentário que doeu como uma ferroada, doeu mais que o vento de inverno cruel do hóquei, que esfola nossas bochechas e joelhos. Não importa o quanto tentasse, não conseguia esquecer, pois toda vez que eu forçava o comentário para trás da minha mente ele surgia novamente como o brinquedo do palhaço com molas que pula para fora da caixa. Vaca de peito achatado. Um comentário que me fez perceber o quanto era solitária, antes de ser amiga de Sharon, pois não havia uma única garota com quem eu ousasse dividir aquilo. Nenhuma amiga que ajudasse a rir daquela grosseria e juntar-se a mim para especular sobre as trágicas proporções do minúsculo e insignificante pênis de Ian Robert.

É mais fácil ser bonita. Não é mais profundo, não é melhor, apenas mais fácil. Descobri isso com o passar dos meses durante aquele ano de 1974, quando consegui examinar Gillian mais de perto. A beleza a fazia preguiçosa, como um cachorrinho mimado no sofá que só é alimentado com a comida mais selecionada. As pessoas vinham prestar homenagens à sua beleza e ela os aceitava como se aquilo lhe fosse devido. Os meninos faziam papel de bobo na frente dela. Calmamente ela os assistia com seus belos olhos azuis.

Quando uma garota não é bonita, as pessoas dizem "Ah, você tem cabelos lindos, você tem olhos lindos, pernas maravilhosas". Toda mulher quer um pedacinho de beleza para chamar de seu; um tornozelo bem torneado que ela possa admirar enquanto experimenta sapatos novos ou uma pele acetinada que os amigos elogiam; mas a beleza de Gillian era completa, absolutamente correta e por inteiro: tudo se encaixava. Ela não tinha olhos lindos, pernas lindas, cabelos lindos: ela era linda.

Na categoria personalidade, era visível que as notas de Gillian não eram as melhores, nem de longe. Mas, como aluna aplicada de testes de múltipla escolha, sabia muito bem que a categoria da personalidade era prêmio de consolação, algo que ficava para as garotas que ninguém queria beijar. Sentada naquele quarto, ouvindo Gillian se derreter ao telefone com Stuart e sentindo-me como uma boba, tão bebezinha sem um namorado, percebi que queria muito ser beijada. Não queria estar na plateia. Queria ver o mesmo olhar do capitão Von Trapp em *A noviça rebelde*, quando ele leva Julie Andrews para o terraço durante o baile, e sabe, apenas *sabe*. Ela desanda a tagarelar sem parar, nervosa como ela só, pois também sabe e pensa: *Se eu mantiver minha boca em movimento, ele não conseguirá me beijar.*

E ele começa a cantar para ela, dizendo que ele deve ter feito algo de bom na vida, porque Julie Andrews, que consegue vestir seus sete filhos com as cortinas do quarto, simplesmente o adora.

Homens orgulhosos e arrogantes, humilhados por amor, presos debaixo da influência intoxicante desse sentimento. Ah, sim, eu sempre ficarei caidinha por esses. Esperava que ainda pudesse haver alguma chance com David; eu o veria pela primeira vez, em pessoa, em apenas quatro dias em White City. Tinha certeza de que sempre o amaria, mas não queria mais beijar o santuário de Sharon. O papel era grudento e frio. Queria um garoto de verdade que me puxasse para ele e dissesse "Venha aqui, *você*".

– O que você acha desse? – Gillian tinha finalmente desligado o telefone depois de reatar com seu namorado e estava inspecionando dentro do armário branco que cobria toda a extensão da parede oposta à janela. Ela veio com um sorriso. O sorriso de Gillian fazia raras aparições, por isso fiquei impressionada ao ver o quanto seus dentes eram pequenos e brancos, como os dentes de um bebê.

– Aqui está – ela disse. – Experimente esses, Petra. Seu tamanho é o 34, o mesmo que o meu, não é?

Era um par de sapatos plataforma, maravilhoso, em um tom de marrom-avermelhado, o mesmo que vinha admirando há pelo menos dois meses na vitrine da loja Freeman Hardy Willis. Honestamente, havia mais chance de eu me tornar esposa de David Cassidy do que minha mãe me comprar sapatos como aqueles, de saltos altos e modernos. (Embora ela sempre usasse saltos altos, minha mãe preferia me manter com o tipo baixo e arredondado na frente, que mais pareciam empanadas, muito usados por mulheres idosas com andadores.)

– Pode ficar com eles – disse Gillian, assim, como se um par de sapatos que custava tão caro fosse apenas troco. Ela escancarou outra porta e começou a puxar para fora blusas e saias. Fiquei espantada em ver um pôster de uma forma de vida alienígena pendurado na parte de dentro do armário.

– Não sabia que você gostava do Bay City Rollers – disse, incapaz de disfarçar meu espanto.

Gillian soltou uma risada.

– É melhor estar preparada. Esteja aberta para outras opções quando se trata de garotos para amar – ela disse. – David está de saída, não está? Ele será carta fora do baralho até o Natal. Os outros Rollers são meio escrotos, mas Les McKeown, o vocalista principal, até que é bonitinho, não é? De qualquer jeito – continuou –, gosto de "Shang-A-Lang".

"Shang-A-Lang"? Essa música era terrível. Uma afronta para o rock'n'roll. Era essa a mesma Gillian que uma vez se recusou a dormir na casa de Karen Jones porque Karen tinha um pôster de Donny Osmond no teto do quarto e Gillian achava desleal dormir olhando para outro pop star?

Os heróis das outras pessoas eram sempre um mistério. Mas trocar David por um grupo de garotos de rosto pálido e que usavam calça xadrez tão curta que parte da perna peluda e branca deles ficava à mostra? Impossível. Enquanto ainda estava tentando processar sua traição, Gillian jogou um monte de roupas em mim. Havia uma jardineira azul-celeste com o desenho de uma âncora vermelha na frente, dois vestidos psicodélicos com estampas em forma de espiral, um laranja e outro rosa; havia também um cinto de corrente com anéis dourados e pedras preciosas falsas, uma jaqueta de seda rosa e uma gargantilha roxa com um broche de camafeu. Era o tipo de roupa que as modelos usavam na capa da revista *Jackie*. Era o tipo de roupa que você poderia chamar de alta produção.

– Vista alguma coisa, rápido – ela ordenou –, Stuart está vindo com alguns dos garotos. Vão nos levar até a praia. Carol estará aqui em cinco minutos.

Depois do almoço na escola ainda não tínhamos comido nada; eu comera apenas um chocolate Twix porque estava economizando dinheiro para o show. Estava desmaiando de fome. A coisa mais inteligente a fazer seria dizer que eu tinha de ir para casa, mas, aparentemente sob algum tipo de feitiço, peguei o vestido rosa com estampa em espiral e a jaqueta rosa, decidindo depois acrescentar o lenço para alongar meu pescoço curto. No maior espelho dos três, avistei uma figura desconhecida. Uma garota atraente com pernas finas como varetas que terminavam em um par de plataformas sensacional. Eu mal a conhecia.

Gillian vestiu sua jaqueta e desligou a lâmpada que ficava ao lado da cama. O quarto ficou escuro, com exceção de uma luz fraca que vinha do patamar da escada, quando disse:

– Pet, estava pensando que podíamos entrar juntas para o teste de David Cassidy.

– O que você quer dizer?

– Bem, nós duas somos mais inteligentes que as outras, de longe, e acho que faríamos uma ótima dupla. Seria tão divertido se ganhássemos. Imagine nossa foto nos jornais e tudo o mais. O que você acha?

A sensação de ser querida por Gillian era tão nova e deliciosa que não a examinara com atenção. A natureza daquele pedido me pegou tão desprevenida que me senti fisicamente sem ar, como no dia em que uma onda monstro bateu no meu peito e me derrubou na praia de Three Cliffs Bay. Minha mente estava zunindo. Fiquei tentando calcular em que momento ela planejara aquilo. Senti a desolação de estar frente a frente com um oponente superior.

Ainda havia tempo, entretanto. Ali na minha frente, ao meu alcance, havia um galho com várias boas respostas penduradas. As respostas eram mais ou menos assim: "Não, não posso", "Acho que vai ser impossível" e "Desculpe, mas Sharon e eu já estamos juntas".

Mais tarde, disse a mim mesma que tentara alcançar o galho. A verdade é que a cilada fora tão rápida e ardilosa que a resistência soaria quase grosseira. Até isso não é bem a verdade. Por fim, compreendi que estava mais apavorada de dizer não do que dizer sim. Há tanto tempo queria estar no lugar de Gillian. Agora estava amarrada a ela por um par de sandálias plataforma e condenada a dançar conforme sua música.

– Não tenho certeza – disse, meu tom de voz já admitindo a derrota. Foi tudo o que consegui em defesa das centenas de horas que Sharon e eu passamos montando nosso valioso arquivo e tentando resolver o Superteste de David Cassidy.

Por quanto você traiu sua adorável e gentil amiga, Petra?

Por um par de sapatos caros. Por causa de uma garota que acha que, depois do Natal, David Cassidy seria passado.

8

— Não me deixe esquecer – Bill pediu. Ele olhou para dentro da sua xícara. Alguma coisa estava escondida no meio da borra de café.
— Esquecer o quê, querido? – perguntou Zelda.
— Ah, desculpe. Não me deixe esquecer de jamais chegar perto do hotel Paraíso novamente, pelo resto da minha vida. Quer dizer, irei para lá de qualquer maneira depois de morrer, como todos, para passar milhões de anos ali, sendo purificado. – Ele tomou um gole do café, esperando não engolir o que quer que estivesse escondido ali. – Tenho muitos motivos para não ir enquanto estiver vivo.
— Bem, você não precisou se hospedar lá, não é? Foi apenas uma coletiva de imprensa. Quanto tempo durou?
— Menos de uma hora.
— Ora, então! – Zelda bateu as palmas das mãos de leve, como costumava fazer quando uma discussão estava resolvida – para ela não se tratava de *ganhar* a discussão, esse não era o jogo dela, mas apenas deixar educadamente o assunto esfriar.

Bill ficou parado no escritório de Zelda, atrás das plantas, de onde ela o avistara assim que ele apareceu sorrateiramente, e para onde o havia chamado como faria com uma criança que fez algo errado. Havia um boato de que Zelda fora professora primária quando jovem, mas o boato estava errado. Ela queria ser enfermeira.
— Não – disse Bill.
— Como disse?

– Não acredito! – Ele pegou alguma coisa de dentro da xícara. – Zelda, sou muito agradecido por esse emprego e entendo realmente que é uma boa experiência e tudo o mais, mas, francamente, não pode esperar que eu engula tachinhas. – Ele mostrou a tachinha.

– São migalhas.

– Foi o que pensei. Um pedaço de biscoito de gengibre. Até os restos de um lápis apontado não teria sido tão ruim. Pelo menos é tudo carbono. Mas aquela coisa podia ter me matado. Por sorte não sou um daqueles americanos da Nova Inglaterra, ou já teria processado você.

– Minha nossa, é mesmo. – O que seria preciso para fazer essa mulher xingar, mas xingar decentemente, como qualquer outro jornalista na face da Terra? Bill imaginou como seria deixar uma tachinha na cadeira dela, como na verdade deixou, e depois ficar escutando o que acontece. Mas ela provavelmente só daria um pulo e gritaria "Santo Deus", como alguém que saiu de um livro de Charles Dickens, guardando a tachinha para usar no futuro.

– Coma um biscoito, William. Tenho cookies e biscoitos recheados. Estão ali, na frente das canetinhas. Não? Então. Sr. Cassidy. Ele foi simpático? Alguma coisa que você possa usar?

Bill se sentou, sem ser convidado.

– Acho que ele está cheio.

– Como é?

– Bom, você sabe que ele disse que essa é sua última turnê. Ele vai parar de fazer shows.

– Ele diz que sim.

– Ele disse mesmo. E acredito nele.

– Bom, não vamos nos deixar levar pelas emoções. Esse é apenas um lado de sua atratividade, as apresentações ao vivo. – Zelda mudou de posição em sua cadeira. Esse tipo de conversa a deixava desconfortável. Se a atratividade de David Cassidy chegasse ao fim, a revista também chegaria, e com ela o emprego de todos – o de Bill, Chas, Pete e todos os que estão a serviço da indústria que se aglomerou ao redor do astro. E ela, para onde iria? Para a revista mensal da banda Mott the Hoople? Os Wizzard Fazine? Imagine trabalhar para promover uma banda que escrevia "wizard" errado, com dois Zs.

– Estou feliz que tenha acabado.

– Perdão, não há nada acabado. E para você dizer isso, William, é franca...

– Não sou *eu* que estou dizendo que acabou. Ele disse, Cassidy disse. – Bill enfiou a mão no bolso de sua jaqueta e tirou um bloco de anotações. Ruth comprara para ele um pacote com seis. Na frente do bloco estava escrito "Caderno do Repórter", com letras um pouco maiores do que Bill teria gostado, e ele pensou duas vezes antes de levar o bloco para a coletiva de imprensa, na frente de repórteres de verdade.

– "Estou feliz por ter terminado, estou feliz por estar quase terminando." Então alguém perguntou a ele o motivo pelo qual não estaria mais fazendo apresentações no palco, e ele disse espere um pouco, está aqui em algum lugar... – Bill virou as páginas. Zelda sorriu e olhou de relance para os cookies.

– Está aqui. "A única maneira de eu realmente poder crescer" – isso ainda é ele: – "A única maneira de eu realmente poder crescer e dedicar tempo suficiente para fazer um bom álbum não é fazendo turnê durante seis meses do ano, ficando..." – Desculpe, estou tentando entender minha letra. Parece "acabar". – Zelda manteve o sorriso.

– Ah, sim, "ficando acabado, cansado e enfraquecido". Fecha aspas. Viu o que eu queria dizer sobre ele estar cheio? Olha só, eu não posso simplesmente soltar essa bomba na próxima carta às fãs, posso? "Oi, garotas, preciso contar uma coisa: estou acabado e me sentindo fraco no momento, tá uma barra. Querem me ajudar a aliviar esse peso?"

Bill fizera a melhor imitação de sotaque americano que conseguia, considerada pela grande maioria como a pior imitação do escritório.

– Não, entendo o que está dizendo. – Zelda tamborilou suas unhas no mata-borrão sobre sua mesa. – Mas aquela parte sobre crescer você poderia fazer alguma coisa com aquilo, não acha? Tenho certeza de que nossas garotas iriam adorar isso. – Ela soava como uma diretora de escola falando sobre um novo bebedouro no corredor. – É tão... – Zelda inclinou a cabeça para um lado, procurando pelo adjetivo mais exagerado – ... tão californiano.

– Ah, claro – Bill retrucou, consciente apenas em parte do completo absurdo que era dois adultos britânicos discutindo calmamente um estado – na verdade, uma nação – que nenhum deles havia visitado. Eles poderiam muito bem estar falando sobre a lua.

– Bom, mas como ele é? Fale! – Zelda estava mais animada agora, de volta ao terreno seguro.

– Difícil dizer. Até que o cara é legal. Não consegui saber como foi a coisa toda, porque sempre que os fotógrafos começavam a disparar seus flashes, o que basicamente era toda vez que ele levantava os olhos, ele piscava um pouco e depois colocava aqueles óculos espelhados.

– Que máximo! – disse Zelda, que gostava de pensar que estava atualizada com a cabeça das leitoras.

– Humm. É... Bom, o que ele disse foi o seguinte, ele falou sobre todas essas, o que era, ah, "essas pequenas coisas, coisas sobre nossas personalidades, que escondemos e mantemos guardadas dentro de nós".

– Perfeito! – Zelda juntou as mãos, como se estivesse se preparando para rezar. – E o que eram essas pequenas coisas?

– Foi só isso. Ele disse "Com certeza não vou revelar o que é para 850 mil pessoas".

– Ooh, que malvado. E de onde ele tirou esse número, posso saber? Por que toda essa gente não estava lendo essa revista? – Bill não sabia dizer se Zelda estava falando sério. Tudo parecia bom para ela, até as más notícias. Principalmente as más notícias. Quando chegasse o fim do mundo, ela iria anunciá-lo como um jingle de um CD gospel.

– Alguma coisa sobre a Inglaterra? – continuou ela.

– Sim, ele disse estar encantadora. Desculpe, que ela é encantadora e que ele estava encantado.

– Excelente. Aí está praticamente metade do seu trabalho escrito para você. O interesse patriota.
– Só que ele disse exatamente a mesma coisa sobre a Austrália. E a Alemanha. E agradeceu aos fãs pelo apoio.
– Muito bom. Gosto quando os artistas famosos são educados.
– Alguém perguntou a ele sobre a histeria, você sabe, o rastro de destruição que ele deixa por onde passa. Não uma destruição no sentido literal, ninguém morre, mas com o que ele precisa lidar, a choradeira das meninas e aquela coisa toda.
– E o que ele disse?
– Ele disse que odeia ficar indiferente com relação a isso, mas que acontece, é parte da vida dele. E, o que era aquilo... Espere um segundo... – Bill virou as páginas novamente. – Ah, está aqui: "Acho que é algo que passa, tudo passa." – Bill fechou suas anotações. – Bastante filosófico, nosso Dave.
– Muito. – Zelda estava incomodada, era perceptível. Ela baixou o olhar para o mata-borrão. A conversa sobre "tudo passa" fez com que ela sentisse estar discutindo a morte de um ente querido. Então ela se lembrou de algo mais animador e levantou o olhar para Bill.
– E como foi ir até a suíte dele no hotel para uma conversa cara a cara? Só para nossas meninas. Foi tudo bem?
Foi a vez de Bill hesitar. Ele se movimentou um pouco, acalmou os nervos e respondeu:
– Não tive sorte. Fizeram uma confusão com o horário. Duas pessoas puderam dar uma palavra rápida e mandaram o restante de nós embora. Fiquei furioso, você pode imaginar. Fiz um estardalhaço, mas ele aparentemente já tinha saído do prédio. Foi visto pegando a direção de Queensway em uma BMW, com duas garotas de um convento penduradas em seu escapamento.
– Obrigada, William. Que pena. De qualquer maneira – Zelda se levantou de sua cadeira –, devemos usar aquilo que temos. Você tem o suficiente para continuar, não tem? Não é preciso inventar um monte de coisas. O sentimento de David é o que

queremos transmitir, afinal, sua essência, e isso deve ficar mais fácil agora que você o viu de perto. Estou certa?

– Totalmente.

– É engraçado dizer isso, William, com seu trabalho sendo o que é, mas... – Ela esticou os braços, como se fosse começar a cantar, e disse: – Tente dizer a verdade.

– David *Cassidy*? – Ruth se sentou na cama. – David Cassidy?

– Bom, como eu disse...

– David *Cassidy*? – Era como se alguém estivesse anunciando seu nome em um aeroporto. – Você foi ver David Cassidy? O que você é, uma menina de 12 anos de idade?

Ela se levantou e andou até a pia, deixou a água fria correr dentro da xícara usada para enxaguar a boca e bebeu. Então ela se virou para encarar Bill.

– David Cassidy?

– Esse é o nome dele, eu admito.

– Não banque o espertinho comigo, Bill. Eu sei que no seu trabalho você tem que fazer a cobertura de um monte de coisas, mas... David Cassidy? – Ruth fazia gestos com suas mãos que ele mal podia ver à meia-luz.

Eles haviam acordado com a chuva da primavera batendo no telhado de zinco do galpão no jardim do vizinho e, já que estavam acordados, fizeram amor. Sendo extremamente inglês, Bill pensou enquanto estava deitado ali: sexo não por uma louca urgência, como o pulsar de algo irrefreável e forte, mas como algo trazido pelo tempo – mau tempo, no caso – para preencher o tempo. Por outro lado, fazer amor às três da madrugada (a hora mais misteriosa de todas, quando você geralmente acorda, se é que acorda, para ficar ruminando sobre a falta de dinheiro ou a morte prematura) dava ao acontecimento um ar suspenso e estranho e Bill pensava se, quando amanhecesse, não seria difícil lembrar, como um sonho. Para que isso acontecesse, ele teria que cair no sono de novo, mas até agora isso não aconteceu; eles ficaram deitados ali, aconchegados um ao outro, falando de banalidades, agradáveis ou não, e Bill de algum modo se convencera de que seria um bom momento para tocar em um assunto delicado. Aquilo, ele via agora, fora seu primeiro grande erro do dia, e ainda nem havia amanhecido. Cedo demais para um erro, com certeza, até mesmo para seus padrões falhos.

– David Cassidy?

– Olha, amor, como eu disse, foi uma exceção. Geralmente é outra pessoa que lida com esse tipo de coisa. Você me conhece. Eu só funciono quando estou trabalhando nas coisas que conheço, sabe, bandas que eu realmente gosto. – Ele tossiu, como se sua respiração não pudesse suportar o fluxo abrupto de mentiras que estavam sendo despejadas por ele, no rastro de uma pequena verdade. – Então, fui escolhido para fazer o trabalho com o Led Zeppelin, uma chance fantástica de falar com eles, nada a ver com um show, portanto não havia pressa envolvida, só eu e eles em algum lugar. – Ruth estava sentada na beira da cama agora, olhando para ele. Ela estava usando uma das camisetas dele, uma com a barra queimada devido ao encontro azarado com um incenso um pouco antes das provas finais.

– E, e... e então esse cara, Scott, do escritório, ele chega e diz: "Você pode me fazer um favor, Bill? Tenho um horário marcado no médico e minha namorada não pode saber, e precisa ser hoje. Preciso fazer um exame sacal." Provavelmente algo a ver com o saco, pra falar a verdade. – Ruth suspirou, e Bill se apressou:

– Bem, ele disse "Você pode ir à coletiva de imprensa por mim? Talvez haja também uma entrevista individual. É com David Cassidy, aquele que todas as meninas gostam. É só fazer algumas anotações, trazê-las de volta para cá e eu farei o texto para a revista. Por favor, por favor, e blá-blá-blá." Portanto, como sou um babaca, eu disse sim, e ele prometeu me substituir um dia desses. Ficar no meu lugar na turnê de ônibus dos Stones durante três dias na Suécia. – Bill fez uma pausa para dar uma risada, que não saiu. Ruth estava mais muda que a chuva. – Então eu fui, e quer saber de uma coisa? Na realidade, é bem interessante, sabe, é como um documentário sobre animais selvagens. Ver pop stars no seu habitat natural. Você entra na coletiva de imprensa e todos aqueles caras esquisitos estão sentados ali com suas listas de perguntas. Ruth, você precisava vê-los. Esses caras das... sei lá, revistas chamadas *Sintonize-se!*, *Arquivo do Rock* e *Sha-La-La*. Não apenas a *NME* e a *Melody Maker*, esses caras até que são relativamente normais, mas revistas das quais você nunca ouviu falar. E ninguém sorri, ninguém toma banho, e está na cara que todos eles vão voltar para casa à noite, ficar chapados e ouvir Kraftwerk. Sinceramente, eu era o cara mais normal ali. Você ficaria orgulhosa de mim.

Ruth puxou a manga de sua camiseta e coçou o ombro, bocejando.

– Todos fazem a Cassidy as mesmas velhas perguntas, o que você vai fazer depois, que tipo de som você estava tentando fazer no seu disco novo, blá-blá-blá, e o coitado, quer dizer, o cara, fica sentado ali respondendo às perguntas, e você percebe o quanto ele está desanimado com aquilo tudo. Então uma mulher com o cabelo da Carole King se levanta e pergunta o que ele realmente detesta na sua vida, o que eu achei meio ousado, nenhum dos homens faria uma pergunta dessas. Em primeiro lugar, achamos que é rude ser tão pessoal assim. Em segundo lugar, todos nós pensamos: que vida boa, trilhões de discos vendidos, tem seu próprio jatinho, o que há para reclamar? E David a olha e diz...

– David? Ele agora é David? Onde isso vai parar, Bill? – Ele não saberia dizer se Ruth estava completamente zangada ou se estava se divertindo, saboreando sua humilhação com uma risada. Será que contaria para suas amigas durante o café? Será que iria para a cama com ele de novo?

– OK, você venceu – disse ele. – Olha, Ruth, sinto muito, tá? Sei que você queria que eu passasse cada minuto do meu dia escrevendo sobre Pink Floyd ou Fleetwood Mac, ou atendendo a ligação de John Lennon pedindo apoio para sua manifestação contra a guerra, mas, pense bem, amor...

Bill não era bom com ira. Não tinha habilidade para isso, nem resistência, principalmente quando seus motivos eram fracos. Ele lidava bem com a decepção; inveja também, na época em que fumava maconha, quando meninos saíam com meninas; a preguiça precisava ser trabalhada, era preciso colocar mais esforço, ele ainda não era lá muito dedicado; a ira, contudo, nunca seria uma arma para ele. Imaginava se Cassidy ficava com raiva, enfurecido com sua comitiva, se batia portas e destruía guitarras. Sem chance. E o que isso importava, de qualquer maneira?

– Quer uma xícara de chá? – Bill ofereceu. Era assim que os ingleses, nos últimos 200 anos, gentilmente tentavam apagar as chamas de uma briga. Quando estavam na dúvida, quando estavam nervosos, quando abandonados pela sorte e aos olhos de outros homens: coloque a água para ferver.

– É um pouco cedo – Ruth respondeu, irritada consigo mesma por aceitar a oferta de paz, mas morrendo de vontade de uma xícara.

– Bem – disse Bill, arriscando, enquanto se levantava –, estou com sede depois de todo esse exercício. A culpa é sua por ter me acordado e exigido esforço físico.

– Ah, é? – Ruth jogou um travesseiro nele, errando por metade do quarto. As mulheres podiam fazer tudo, e logo iriam mesmo fazer tudo, boa sorte para elas, mas ainda assim, mesmo com a melhor das intenções, não tinham mira nenhuma. Jamais teriam. Aquilo era algo a que o sexo masculino podia se agarrar, Bill pensava.

Ele encheu a chaleira elétrica que compartilhava a mesma tomada do aparelho de som de Ruth e seu secador de cabelos, e fez o chá. O leite de caixinha já tinha tido dias melhores, ele podia sentir os pedaços coagulados enquanto servia, mas os retirou com uma colher e mexeu. De volta à cama, Ruth agarrou sua xícara com as duas mãos e soprou o vapor: outra marca inevitável das mulheres. Nenhum homem jamais usaria as duas mãos para segurar uma xícara de chá, a menos que estivesse no polo Sul, com um amigo morto na neve e seis dedos quase caindo. E ainda assim ele iria olhar ao redor da tenda vazia para checar, caso alguém pensasse que ele fosse veado.

– Bill, posso falar uma coisa?

– O quê?

– Eu te amo, mas... não, escute. Você é engraçado e inteligente, até mais inteligente do que eu, de um modo estranho, embora você me irrite com sua invenção de palavras anglo-saxônicas. E acho que, não importa o que você diga, lá no fundo você leva jeito para ser romântico, mas alguém terá de cavar durante anos para chegar lá. E só Deus sabe o que irá encontrar.

– Moedas.

– Fica quieto, estou falando. – Ruth pôs seu chá de lado e olhou para o namorado. A claridade do amanhecer passava por entre as venezianas, deixando a luz do quarto dourada e granulosa. A luz pousava no corpo nu de Bill, delineando seu ombro, seu braço e a curva do seu bumbum. Exposto, seu pênis, que estivera sem energia e adormecido, começou a acordar, curioso para ver se haveria mais. Bill era muito bonito, mas jamais seria mulherengo, Ruth pensou com satisfação. Para ser mulherengo, era preciso ter um senso masculino completamente destituído de ironia. E Bill tinha uma armadura de ironia. Tinha também um radar que detectava a chegada de qualquer tipo de seriedade, derrubando-a antes que chegasse perto demais. Se ele parasse de brincar, se tirasse a armadura, Ruth não tinha certeza do que iria sobrar. Uma pequena parte de Ruth, secreta até para ela mesma, suspeitava de que ele não a amava; ela estava a salvo, contudo, pois ele era educado demais para terminar com ela. O uniforme diário de Bill era uma jaqueta de couro e calça de boca larga, mas ela sabia que no fundo ele era um cavalheiro que poderia muito bem estar vestindo gravata e fraque. Era hereditário. O pai dele, que trabalhou para uma empresa de seguros depois de se aposentar prematuramente da Força Aérea Real, pode não ter lido nenhum dos poetas que Bill adorava, mas tinha a mesma nobreza. Saber que Bill nunca a deixaria, a menos que ela lhe pedisse educadamente e com firmeza, fazia Ruth se sentir poderosa e triste ao mesmo tempo.

– Continue – ele disse, bocejando e puxando os lençóis sobre eles. – Você me pediu para ficar quieto e depois parou.

– Estava pensando que toda essa história de música significa muito para você. Pode ser, estou só supondo, acho que a música pode na verdade lhe trazer dinheiro. Pois é, Jimi Hendrix pode acabar se tornando o seu tesouro enterrado. Seu amor verdadeiro. O que para mim tudo bem, ele já está morto mesmo. E queimou todas as suas guitarras. Ou se não for ele, então outra pessoa. Mas, pelo amor de Deus, Bill, odeio dizer isso, mas David Cassidy. – Ela soltou um suspiro profundo e afundou os ombros.

– Eu sei, eu sei. Mas foi uma única vez, pelo amor de Deus! – Bill escutou a si próprio, um pouco confuso. Ele soava como se Ruth o tivesse pego dormindo com alguém famoso, e não escrevendo anotações em um bloco. – E além do mais... – Essa era sua última cartada, embora pudesse dar terrivelmente errado. Decidiu jogá-la mesmo assim: – Ele gosta de Jimi Hendrix.

– Quem?

– David. Quer dizer, Cassidy.

– Sério? – Ruth levantou a cabeça e o encarou, curiosa. A estratégia funcionara. – Como você sabe?

– Ele me disse. Melhor que isso, ele me mostrou.

– Você quer dizer que fez uma pergunta na tal coletiva?

– Não, depois, no quarto dele.

– Você foi ao quarto dele? Ao quarto do hotel? O quê, ele reservou um quarto naquela tarde para vocês dois? – Ruth teve a elegância de rir disso. – Ele deixou você usar o frigobar depois? Espero que ele tenha pago.

– Bem, com certeza eu fiquei bastante desapontado por isso não ter acontecido – Bill disse. Ele tomou um gole de chá e sentiu que estava despertando. – O que aconteceu foi o seguinte: antes que sua mente deturpada vá longe demais, basicamente eles pegam um andar inteiro daquele lugar horrível, e todos se sentam ali na antessala da sua suíte...

– Como aquelas fãs fanáticas que andam atrás dos famosos.

– Exatamente. E também sem sutiã, como a maioria delas. Você espera sua vez e a cada 15 minutos mais ou menos vem um cara, do tipo bem-vestido e educado, mas truculento também, do tipo que usa gravata e paletó, e o chama para entrar. Então você tem seu tempo e pergunta a Cassidy em que direção sua música está indo, se ele gosta da Inglaterra, se tem alguma mensagem para as fãs. Depois você se levanta, troca um aperto de mãos e sai.

– Mas não foi isso o que aconteceu com você.

– Não foi o que aconteceu comigo. Houve um pequeno intervalo na rotina, por algum motivo. Então eu ouvi música, por incrível que pareça...

– Música? De um pop star?

– Eu sei. É a última coisa que você esperaria. Então o cara de paletó sai e me leva para dentro, depois dá um aceno de cabeça para Cassidy e vai embora. E, Ruth, juro, o cara estava sentado ali, no sofá, com a guitarra atravessada sobre os joelhos e fazendo...

Bill começou a tocar no ar, na claridade do amanhecer, cantarolando uma nota aguda. Ruth franziu as sobrancelhas, não entendendo muito bem, e então ele cantou para ela, com a voz ainda rouca, a música "The Wind Cries Mary", de Jimi Hendrix.

– Não brinca.

– Não. Juro.

– Deixa ver se eu entendi direito. – Ruth tinha as mãos estendidas, com alguns centímetros de distância, como gostava de fazer quando estava confirmando um ponto importante. Não era a primeira vez que Bill pensava que deveria estar dirigindo uma empresa, em vez de escavando montanhas de livros. – Você foi ver esse, esse adolescentezinho bobo, e ele...

– Bom, ele já tem 24 anos, mas...

– E ele estava tocando "The Wind Cries Mary".

– Isso aí.

– Que por acaso é uma das suas músicas favoritas de Hendrix.

– Uma das minhas músicas favoritas. Período. É como os americanos dizem "ponto final".

Ruth estreitou os olhos para ele.

— Ele faz isso para todos os repórteres? — ela perguntou. — Descobre qual é o disco que o cara mais gosta e, por pura coincidência, está dedilhando a música quando ele entra, para amansá-lo, para que escreva algo legal em sua matéria? Quanto trabalho! Imagine se o cara depois de você gostasse de Wagner ou algo do tipo.

Bill pensou naquilo. Tomou um gole do chá, que estava começando a ficar frio.

— Não, eu acho... considerando tudo... — Ele baixou o nariz para olhar para Ruth, com óculos imaginários. Era um jogo de dissimulação que eles, de maneira indolente e semiconsciente, criaram entre si, durante meses, para desarmar a ameaça de parecer pomposos. — Eu acho, *milady*, que o acusado concebeu uma genuína e bem-informada admiração pelos trabalhos do falecido sr. James Hendrix.

— O cavalheiro da névoa púrpura? — Ruth falou no tom de voz mais baixo que conseguiu e seu rosnado a fez tossir. Sempre fazia.

— O próprio, *milady*.

— E qual foi a sua reação, me diga, quando o acusado, hum... expressou, ou melhor, deu vazão, às mais calorosas, hum... devoções?

— Bem, *milady*. Não querendo enrolar, entende, e com todos os pré-requisitos e advertências levados em plena consideração, eu, hum... cantei.

— Você o quê? — Ruth parou a encenação. — Que merda você fez? — Ela raramente xingava, e Bill ficou levemente chocado por ela, por ouvir a palavra emergir, e secretamente envergonhado, de sua parte, **por a**quilo o ter excitado. — Você cantou com David Cassidy?

— Como fiz com você agora. Cantei um pedaço da música.

— E ele fez o quê? Chamou o segurança? Acionou o alarme de incêndio? Diga que ele riu. Diga pelo menos que ele riu.

— Nem um pouco. Ele disse "Ei". Não "Ei!", como se fosse um integrante da banda The Monkees, mas apenas "Ei". Como em uma cena de reconhecimento.

– Como as que Shakespeare escrevia.
– Exato.
– E depois? – Ruth havia caído, sem dúvida alguma. Ele já estava começando a se preocupar se ela contaria para suas companheiras de apartamento, e para quem elas contariam durante um happy-hour depois de um dia de trabalho. Até segunda-feira, com muitos floreios acrescentados, a história completamente fictícia sobre seu encontro com David Cassidy já estaria espalhada pela capital. Na terça-feira, chegaria até seus pais. Na quarta, obviamente, ele teria de se matar, embora, Deus seja testemunha, esse fosse um preço pequeno a pagar. Seria possível continuar envergonhado depois da morte?

– Bom, nós falamos sobre Hendrix. E, caramba, ele sabe muito sobre isso, sabe mesmo. Todos os álbuns, claro, e rumores sobre piratarias e gravações perdidas de Hendrix. Quero dizer, se tivesse fechado os olhos, seria como se estivesse falando com uma pessoa de 35 anos com informações abundantes, um especialista. Como meu amigo Carl, da faculdade, aquele que tem partes da letra de Cream gravadas na parte de dentro do carro. Você está dirigindo e abaixa o quebra-sol, ou abre o porta-luvas, e está escrito "Restless Diesels" ou algo do tipo, em letras góticas. Loucura total. E tem mais isso. Ele não sabia sobre Cream.

– Quem, Carl?

– Não, David. Ele sabia tudo sobre Hendrix, Muddy Waters e B.B. King; é um superfã de B.B. King, pelo que pude perceber. Mas a cena na qual Hendrix se envolveu aqui era novidade para ele. Porque é claro que ele não conhece esse lugar. Ele vem para cá e fica em hotéis e anda em limusines, não pode nem sair para comprar um par de meias, pois pode ser violentado por meia dúzia. Está cheio de patricinhas na esquina da Carnaby Street. Ele também conhece muito bem os Beatles e me contou que vai fazer uma versão de "Please Please Me" no domingo à noite, mas... tá bom, eu sei.

Ruth fez uma careta.

– Você quer ouvi-lo arruinando as músicas dos Beatles? Mesmo sendo seu mais novo melhor amigo?

– Bom...

– Bill – Ruth disse, de uma forma tão rígida quanto sua mãe lhe dizendo para escovar os cabelos. – Além do mais – continuou –, o que vai haver no domingo à noite? Você marcou um encontro com ele? Ele vai levá-lo para a sessão de fotos?

– Sai fora! Não, é um show. Em White City. O último de sua vida. – Bill desatou em um choro falso. Ruth não se deixou enganar:

– Você vai a esse show, não é? Você quer ir, na verdade.

– Não, a menos que eu seja obrigado – Bill disse, empolgado pelo fervor de dizer a verdade. – Além do mais, eu não sobreviveria. Seria agarrado pelas patricinhas por ser o único homem além dele.

– Você quer.

– Bom, eu iria, se achasse que ele poderia ficar doidão ou ter algum tipo de ataque. "Cassidy quebra a guitarra." "Ídolo *teen* incendeia as fãs." Eu seria o único jornalista ali. Seu último show, meu primeiro furo de reportagem.

– Mas ele não vai fazer isso, vai?

– Que nada. Ele é um profissional e a produtora o esfolaria vivo. Acho que ele até gostaria, pense só: mandar todos pro inferno. Dizer a eles: vocês me fizeram cantar essas músicas ridículas sobre sonhar acordado e ser carinhoso, nada de drogas ou de sexo, e por muitos anos eu aguentei isso, mas agora vou cantar as músicas que eu gosto. É uma apresentação ao vivo, minha última, e portanto vocês não podem me impedir, então aqui vai: "The Wind Cries Mary", "Cocaine", "Killing Floor" do Howlin' Wolf, algumas dos asquerosos Stones, com minha língua para fora como Mick Jagger. Deus do céu, amor, já imaginou a cara das meninas? Suas pobres cabecinhas explodiriam.

Bill se levantou e abriu as cortinas. A luz do dia em Londres, fatigada e impura, inundou um canto do quarto. Ele se deitou ao lado de Ruth e beijou seu cabelo.

– Como eu disse, ele não vai fazer, mas aposto que sonha com isso. Eu sonho com isso. – Ruth esticou os braços para cima, fechou os dedos das mãos e se espreguiçou.

– E então, como isso tudo terminou?

– Como o que terminou?

– Sua linda amizade. Você e *Davey*. Deram um aperto de mãos? Trocaram números de telefone?

– Bom, você não vai acreditar nisso, mas...

– Oh, céus. Lá vai você de novo.

– Ele me fez uma pergunta. Meus 15 minutos já haviam terminado e eu ainda tinha de fazer uma pergunta decente. Que droga de repórter eu sou. Então, nosso tempo estava estourado, o grandão entra e faz um aceno de cabeça para ele para dizer que nosso tempo se esgotara, e Cassidy diz não, faça o próximo cara esperar. Ele se vira para mim e pergunta como sei tanto sobre Jimi Hendrix e tudo o mais. Digo a ele que tenho uma banda. "Como chama a sua banda?", ele pergunta. "Spirit Level", digo.

– E então, é claro, ele pergunta – Ruth diz – o que você toca. E você responde que toca baixo, então ele vai até a outra porta, pega um baixo e o pluga, e depois, durante a próxima hora, enquanto jornalistas frustrados batem à porta, você e David Cassidy improvisam um som juntos, fumam maconha e paqueram as garotas. Foi isso o que aconteceu?

– Nos seus sonhos.

– Nos *seus* sonhos. – Ruth sorriu para Bill. – E sobre aquilo que ele não gostava na vida dele?

– O quê?

– Na coletiva de imprensa, antes, quando a mulher perguntou o que ele odiava. O que ele disse?

– Por que você quer saber?

– Porque sim.

– Bom, primeiro ele disse que detestava coletivas de imprensa como essa, brincando. Mais ou menos brincando. Depois ele olhou para a mulher, olhou bem para ela, e ela foi ficando sem jeito. Houve uma longa e embaraçosa pausa, e ele disse, com uma voz toda sexy: "Desonestidade."

– Sério?

– Claro. "Eu detesto desonestidade." Aparentemente temos de viver na verdade ou algo parecido. – Bill coçou seu antebraço. – Como se ele se importasse. Vamos encarar os fatos, ele é um cara legal e até muito bom na guitarra, mas, no fim das contas, *milady*, ele é um artista pop. Se ele quer a verdade, escolheu a profissão errada.

– Desonestidade – Ruth repetiu, deitando-se e olhando para o teto. A pia pingou. Ruth pensou em tirar sua camiseta, mas mudou de ideia. O quarto estava frio após a noite longa. – Bill – ela chamou.

– Hum?

– Ah, nada. É que... – Ela esfregou o rosto como alguém que estivesse emergindo de um sonho.

– É que o quê?

– Eu quase te chamei de... David. – Então, enquanto ficou ali deitado, rindo, ela girou as pernas para fora da cama. – Mais chá?

QUE TIPO DE GAROTA DEIXA DAVID LIGADO?

"Gosto das loiras porque acho os cabelos claros e dourados atraentes, principalmente se forem longos. Gosto das meninas de cabelo escuro porque acho esse tipo de cabelo romântico. Curto demais as garotas de cabelos castanho-claros, como o meu, acho charmosos, especialmente se forem brilhantes e bem cuidados. Ah, e quase esqueci de dizer que gosto das ruivas também. Parece que simplesmente adoro todas as garotas. Período!"

9

A palavra *período* não quer dizer período menstrual, como você pode estar pensando. No inglês americano, significa "ponto final". É preciso ter cuidado com essas coisas se um dia você for para Los Angeles.

– LA – disse, experimentando os sons na minha boca. Él-êi.

Certa vez expliquei a Sharon que nos Estados Unidos eles dizem *período, em vez de dizer* ponto final.

– Você está me gozando, Petra. Isso é ridículo. Será que eles não sabem o que significa?

Tive o meu primeiro período menstrual – o *período* britânico – *um* dia antes de irmos para White City. Foi cruel, a última coisa que precisava, além de todo o resto que estava acontecendo. Talvez a excitação tenha provocado isso, ou o medo. Para falar a verdade, estava morta de medo. Amar David me dava tanta energia e certeza de que um dia teríamos um encontro no mundo real, em vez dos encontros amorosos cada vez mais insatisfatórios imaginados na colcha marrom bordada da minha cama. Agora que o momento estava próximo, sentia como se eu fosse uma daquelas personagens de desenho animado que corre tanto que não vê a beira do penhasco e, de repente, olha para baixo e percebe que está pedalando em pleno ar sobre um abismo. Eu continuava pedalando, mas não sabia por quanto tempo aguentaria sem cair.

Até então, o mais longe que já tinha ido fora até Cardiff, que ficava a 61 quilômetros de distância. Minha mãe me levara com ela para ajudá-la a comprar uma roupa nova para o casamento de meu primo Nonny. O vestido era francês, azul-marinho, com pregas: escolhido, eu acho, para mostrar como ela se sentia tranquila com relação a um casamento forçado que seria feito no cartório. Minha mãe anunciara que Deus não estaria presente no cartório. Eu disse que pensava que Deus deveria estar em todo lugar. (Que Deus esteja na minha cabeça e na minha compreensão. Deus esteja em meus olhos e no meu olhar, ou assim dizia o hino que o coral de nossa capela cantava.)

Mas minha mãe murmurou de uma maneira ameaçadora que o teto do cartório era baixo demais.

– Desde quando as obras de Deus são restringidas pela altura, Greta? – Meu pai riu. – Por acaso agora Ele é um estacionamento com vários andares?

Depois de comprar na Cardiff, tivemos tempo para tomar um chá com creme na Howells e ainda pegamos o trem das 5h de volta. Aquilo foi o mais longe de casa que já estivera. Portanto, uma viagem para Londres durante cinco horas no trem, e centenas de quilômetros de distância, seguida de mais uma viagem atravessando a cidade grande, soava tão natural quanto uma viagem para Vênus.

Ainda por cima tinha o problema da menstruação para lidar. O mais triste é que eu deveria ter ficado animada com isso: há tanto tempo queria a prova de que era uma mulher. Eu até menti para Carol quando ela estava matando tempo no vestiário usando uma caixa de Tampax como um fantoche apoiado nos dedos. Disse a ela que já tinha ficado menstruada, e na verdade não tinha. É muito ridículo, eu sei, mas não pude encarar o fato de ser a última a usar sutiã e a última a ficar menstruada.

Minha mãe pegara o que seria necessário no armário debaixo da pia do banheiro e, pelo menos uma vez, fiquei grata pelo pouco-caso que ela fez de mim. Quando coloquei o absorvente pela primeira vez, achei tão largo e volumoso entre minhas pernas que pensei que qualquer um perceberia que estava usando um. Aquele volume nos fazia andar de maneira estranha, como um daqueles caubóis nos filmes de faroeste americano, com as pernas separadas, balançando os quadris. Coloco dois absorventes extras para ir para Londres, para evitar os acidentes que já ouvi outras pessoas comentando.

Também estava achando incrivelmente difícil lembrar de todas as mentiras que havia dito para minha mãe. Quando ela dizia coisas do tipo: "A mãe de Sharon não vai se importar em pegá-las na estação de trem tão tarde? A que horas o concerto começa?", eu tinha que pensar cuidadosamente e repassar os horários que tinha na cabeça para o show de David e *O Messias*. Um dia, no café da manhã, eu disse Londres em vez de Cardiff, por engano, e imediatamente comecei a cantar bem alto "Every valley shall be exalted" para despistá-la.

Meu pai, sabendo que Hendel não era o compositor que eu mais gostava, levantou uma sobrancelha, mas eu me abaixei atrás da embalagem de cereais. Acho que meu pai sabia que algo estava acontecendo. Quando minha mãe não estava olhando, ele colocou uma nota de 10 pratas na minha mão, que era todo o dinheiro que ele tinha para gastar em uma semana, e disse que era para ser usado no caso de uma emergência. Era demais, eu disse, não podia pegar, mas ele me fez dobrar a nota e guardá-la dentro do compartimento com zíper da minha bolsa. Quis contar a ele que finalmente estava indo ver David. Queria compartilhar todo o amor que vinha sentindo e o desejo enorme por aquele momento.

No entanto, contar a meu pai o faria cúmplice do crime e, se algo desse errado, minha mãe o mataria. Ela mataria os dois.

E ainda havia Sharon. Ela estava tão orgulhosa e empolgada com o teste. Nunca a vira tão feliz. Era horrível.

Incrivelmente, parece que conseguimos juntas encontrar a resposta para as duas impossíveis perguntas finais. No canto mais distante da vasta biblioteca sobre David que guardava no meu cérebro, consegui lembrar o nome do cachorro que foi deixado para trás em New Jersey, quando David e sua mãe se mudaram para a Califórnia depois do divórcio.

– Tips? Tem certeza? – Sharon perguntou com hesitação.

– Não tenho 100 por cento de certeza – disse –, mas 99 por cento. Tenho certeza de que Bullseye e Sheesh são os dois outros cães que David teve recentemente, e Tips é o único nome de cachorro que me lembro.

Resolvemos arriscar e decidimos pelo nome Tips. Três dias tensos, antes do prazo final para a entrega dos testes, Sharon achou um recorte de revista atrás de sua cama que respondia à pergunta sobre o anel. O pai de David lhe dera o anel quando ele estava com 15 anos, e David o daria para seu filho quando este completasse a mesma idade.

Era uma ótima resposta, a resposta para todas as nossas preces, ainda que eu a tenha escrito no formulário em silêncio, enquanto Sharon caprichava na letra 3-D para fazer uma borda ao redor da margem. Pensar em David tendo um *filho* era difícil para nós. Significava que ele também teria de ter uma esposa, e a futura esposa, bem, poderia não ser nenhuma de nós. Mas o papel de David como pai parecia estar em um futuro distante e não valia a pena se preocupar no momento.

O que eu realmente precisava me preocupar com urgência era com Sharon. Sua alegre convicção de que nós iríamos vencer o teste e logo estaríamos com David nos estúdios de *A Família Dó-Ré-Mi* era um tormento diário. Continuava esperando uma oportunidade para contar o que havia acontecido naquela noite na casa de Gillian. A artimanha usada por ela para que eu pusesse seu nome junto com o meu no teste. Às vezes, por um minuto completo, conseguia não pensar no que fizera. Mantinha-me ocupada. Ficava preocupada com minha mãe e arrumava meu quarto. Praticava Bach até meus ombros ficarem doloridos e as pontas dos dedos ficarem avermelhadas e inchadas como framboesas. Descia a ladeira correndo até a beira-mar: a brisa do mar sempre levava os pensamentos ruins embora, o que aconteceu por um tempo. Da vez seguinte em que vi Sharon, ela estava usando seu cardigã rosa transpassado na frente, do balé, abraçando a si mesma de empolgação. Senti um frio na barriga e meu estômago encolheu.

– Ei, Pet, se você quiser, pode usar no show o outro cachecol do David que eu tenho. Ele vai nos ver e dizer: "Ei, cara, quem são aquelas duas galesas fabulosas? Chame-as para vir ao camarim me conhecer."

A natureza confiante de Sharon fazia com que eu me sentisse mais miserável do que a crueldade casual de Gillian. O sofrimento infligido por nós mesmos é o mais doloroso, como estava aprendendo, porque, junto com a dor, é preciso carregar a culpa.

Quando seria o melhor momento para revelar à sua melhor amiga que você disse a outra garota que ela poderia ficar com metade do crédito pelo projeto especial em que vocês duas vêm trabalhando juntas?

Nunca. Essa seria a melhor hora.

"Não consigo suportar o pensamento de como isso tudo vai acabar", escrevi no meu diário. A única pessoa no mundo que confio o suficiente para contar o que fiz é Sharon, e não posso contar a ela, pois foi ela quem eu traí, só que ela não sabe ainda.

Algumas lembranças ainda conseguem nos fazer estremecer de vergonha anos depois, mas eu não precisei que o tempo passasse para que sentisse a pontada de vergonha por trair Sharon. Ainda carregava esse sentimento uma noite, antes de irmos para White City, sentada na cama de seu quarto rosa cor de pomada de bebê, enquanto minha melhor amiga remexia em suas coisas para me ajudar a me produzir com minhas escassas posses. Gillian sempre fora o assunto principal das nossas conversas. Cada movimento dela era de um fascínio sem fim. Fofocar sobre Gillian com Sharon, contudo, não era mais um prazer para mim porque, quando se tratava do conhecimento sobre Gillian, Sharon e eu não estávamos mais empatadas.

Naquela noite, o irmão de Sha, Michael, que estava no mesmo ano de Stuart Morris na escola, entrou com tudo no quarto para nos contar que Stuart estava traindo Gillian com Debbie Guest. Gillian descobrira, mas Stuart terminou com ela antes que ela terminasse com ele.

Qualquer satisfação que eu pudesse ter com a humilhação de Gillian foi anulada pelo sentimento de que eu, assim como Stuart, também era culpada por infidelidade. Eu traíra Sharon com Gillian.

Muitas vezes, quando estava na casa de Sharon, sua mãe nos deixava levar bolachas de água e sal e queijo para o quarto enquanto cantávamos versões fragmentadas das músicas de David, espalhando migalhas sobre o carpete. Naquela noite, uma ao lado da outra na cama, cantamos todas as nossas favoritas, preparando-nos para o dia seguinte. Sharon pegava o tom de "Cherish" enquanto eu a acompanhava.

– *And I do-ooo. I cherish youu-ooo.* – Nessa parte eu não aguentei. Eu tinha apenas 13 anos, mas sentia como se carregasse dentro de mim a dor de alguém que já vivera muito mais.

– Ei, Pet, por que você está chorando? Não chore, *bach* – Sharon disse, acariciando meu cabelo. – Nós vamos vê-lo amanhã. Nós vamos ver David.

As coisas aconteceram muito rápido naquele dia. Rápido demais. Talvez se tivéssemos tido mais tempo as coisas não tivessem tomado o rumo que tomaram.

Combinamos que Michael nos levaria, Sharon, eu, Gillian e Olga, de carro até a estação, que ficava bem no fim da rua principal. Quando apareci na casa de Sharon, troquei rapidamente o vestido tipo jardineira de florzinhas e a blusa branca de baixo, a roupa que minha mãe acreditava que eu fosse usar no concerto em Cardiff. Dobrei minhas roupas e deixei-as organizadas em uma pilha sobre a cama, vestindo as roupas para o show de David que havia escondido na gaveta de Sharon na noite anterior. Um vestido marrom de mangas curtas e capuz sobre uma camisa creme de gola alta, ajustado na cintura por um cinto de couro – estava muito bem, pensei –, meias longas marrons e a produção toda realçada pelos meus sapatos plataforma novos. As plataformas de Judas. Aquelas que Gillian me dera. E, por cima, uma jaqueta marrom de couro com um distintivo de David e a echarpe de seda branca que Sharon me doara com DAVID escrito em letras garrafais. Quando fiquei pronta, desci para a sala para dar um oi à mãe de Sharon e vi uma figura familiar esparramada no sofá mostarda. Ele deu um pulo e ficou de pé. Steven Williams.

Era coisa demais para processar. Aquele era meu dia com David. A colisão dos dois garotos que eu gostava soava como dois Natais consecutivos. Steven disse que ele e Michael estavam indo jogar em Bridgend, e então pensou em pedir carona.

— Será que tem lugar para um baixinho? — disse ele com o sorriso tímido que reconheci daquela tarde em que ele fez o ponto mágico.

O Mini Cooper de Michael Lewis já estava perto do chão antes de nós quatro entrarmos. Sharon, Steven e eu nos espremamos no banco de trás. Ia deixar Sha no meio, mas ela entrou na frente de propósito, então fiquei ao lado de Steven, tudo bem, mas ela não precisava piscar tão devagar para mim. Steven e Michael viram e deram risada.

No caminho para a estação, pegamos Olga. O pai de Carol iria levá-la de moto, e Angela disse que nos encontraria em frente às catracas da entrada. Olga entrou atrás, portanto haveria lugar para Gillian na frente. Sharon estava achatada contra a janela e Olga curvada no meio. Quando Olga entrou, Steven me levantou, sem qualquer estardalhado ou esforço, sentando-me em seu colo. Fiquei empoleirada ali em um estado de delicioso terror, tentando deixar o "acolchoado" no meio das minhas pernas alguns centímetros acima do seu jeans, onde achei que detectara uma comoção. Pelo menos eu estava virada para frente, assim Stuart não poderia me ver corando.

Quando estacionamos entre os pilares de pedra da entrada de carros da casa de Gillian, todos estavam rindo de um modo meio doido. As risadas aumentaram quando Gillian saiu de casa usando uma blusa de *chiffon* com babados e calça branca imaculada, e olhou com curiosidade para dentro do carro.

— Quantas fãs de David Cassidy podem caber em um Mini Cooper? — Sharon gritou, estridente, para dar as boas-vindas.

Gillian não respondeu. Pensei em me oferecer para sair, mas teria levado anos e estava começando a relaxar na minha posição no colo de Steven. O espaço limitado o forçara a colocar seu braço esquerdo sobre meu ombro e não queria perder a sensação nova de ser protegida, não ainda. Então Gillian teve de se sentar na frente sozinha. Bem, na verdade com Michael, que estava dirigindo. Com a visão de Gillian, Michael ficou de queixo caído, sentado ali sorrindo como o Pateta, só que bem menos inteligente. Gillian, por outro lado, deu uma olhada para Michael, com seu cabelo ruivo emaranhado e suas sardas vermelhas conflitantes, e afundou-se em um silêncio perturbador.

Fazendo força para ser ouvida acima do motor do carro, elogiei o cabelo de Gillian – sabia que ela ainda estaria perturbada por Stuart ter terminado com ela –, mas fiquei sem resposta.

O humor de Gillian era como o tempo: podia instantaneamente deixar todos em volta com frio ou calor. Mas naquela manhã não. Nossa felicidade por ver David era mais forte que sua desaprovação.

Ao chegar à estação, saímos e esticamos as pernas.

– Até mais, gata – Steven disse, e Gillian se virou para receber o tributo de costume. Entretanto, foi em minha bochecha que ele colocou sua mão e acariciou. – Até mais então, isso aí. – Era uma afirmação, não uma pergunta. Gillian desceu as escadas batendo os pés e eu me apressei para alcançá-la.

– Calma, Petra, pra que tanta pressa! – Sharon me chamou.

Na estação, Olga entregou nossos ingressos. Estávamos tão felizes que parecia que havia um balão inflando nossos corações. Tudo parecia histericamente engraçado. Uma pomba gorda nos fez gargalhar, o mesmo aconteceu com um porteiro com a bagagem empilhada sobre um carrinho.

– Aonde vão, mocinhas? – gritou ele, enquanto as seis corriam sobre a ponte de ferro, mesmo havendo tempo de sobra até a chegada do trem. Na plataforma, compramos batatas, chocolate e pipocas em um quiosque. Olga disse que tomou uma garrafa térmica inteira de chá com leite, o que disparou nossos uivos de alegria novamente. Essa era a Olga. Quando o alto-falante despertou para a vida e anunciou o próximo trem para Londres, juro por Deus, nós pulamos como se fosse o fim da guerra.

Gillian estava na sala de espera conversando com Carol. Elas me olharam de relance e, por um segundo, tive a sensação de que minha avó chamava alguém andando sobre seu túmulo. O que aquele ditado queria dizer? Para mim, naquela plataforma, significava um pressentimento de que eu estava prestes a morrer dolorosamente, de uma maneira ainda não identificada. O balão no meu coração estourou, deixando-me sufocada. Quando o trem chegou, um trem azul-escuro, ruidoso e monstruoso, Gillian gritou para mim se eu poderia trazer a sacola que ela esquecera na sala de espera. Dizendo isso, ela desapareceu para dentro do trem.

Por que ela mesma não podia pegar a sacola? Não ousei discutir. Talvez, se eu fizesse o que ela estava querendo agora, o dia pudesse melhorar.

Tudo bem, respire fundo, caminhe confiante até a sala de espera, não deixe ela perceber que você está em pânico. Perceba que a sala de espera está praticamente lotada, olhe debaixo das mesas e cadeiras, peça para a mãe, por favor, mover o carrinho onde seu filho está dormindo. Tentando controlar as lágrimas na voz, pergunte aos adultos se eles viram uma sacola da loja Etam. Fique atenta; lá fora na plataforma o guarda começou a fechar as portas do trem. No momento em que você está pensando que Gillian mentiu, veja a sacola no peitoril da janela, agarre-a e corra para o trem, que agora só está com uma porta aberta e, graças a Deus, essa porta está bem na sua frente. Pule para dentro enquanto o guarda apita e a porta se fecha com uma pancada atrás de você. Aperte com força a sacola contra seu peito palpitante e perceba que ela está estranhamente leve. Espiando ali dentro, você vê o conteúdo – uma embalagem de chocolate vazia, um grampo de cabelo e três envelopes para revelação grátis de fotos. Você percebe também, agora de maneira bem clara, o que a espera quando você vai se sentar.

Levei vários minutos para encontrá-las. O trem parecia tão comprido quanto caminhar até a forca.

Elas estavam no fim da segunda classe. Minhas amigas estavam com a cabeça inclinada para baixo, como se estivessem rezando. Somente Gillian olhou para cima.

– Ah, Petra, eu acabei de contar para Sharon que você me inscreveu com você para o teste de David Cassidy.

– Não é verdade – afirmei.

Sharon, que estava no assento da janela ao lado de Gillian, não olhou para mim, mas pude ver que ela havia chorado. Ela havia colocado máscara nos cílios, pela primeira vez, antes de sairmos – cuspindo na pequena bandeja preta primeiro, e depois passando o aplicador nos cílios, como tínhamos visto as meninas mais velhas fazerem no banheiro da escola. A máscara de cílios escorrera e o borrão em sua bochecha a fazia parecer um bebê que havia brincado com carvão.

– Bem, você *disse* que iria me inscrever – insistiu Gillian, soando como se não tivesse culpa alguma naquele acordo injusto.

– Bom, eu não inscrevi você.

– Então você é uma mentirosa e também uma vaca, não é? – ela concluiu, triunfante.

Gillian estava sentada à mesa para quatro pessoas com Sharon, Angela e Olga. Carol estava sozinha, na mesa do outro lado do corredor. Senti vontade de sair correndo. Nenhuma delas me queria ali, mas elas eram tudo o que eu tinha, minhas únicas amigas. Apoiei minha bolsa sobre a mesa de Carol e sentei do lado oposto. Suas sobrancelhas estavam desenhadas grosseiramente com lápis marrom; suas narinas se expandiam levemente. Ela estava feia e assustadora.

– Petra vai tocar em um concerto para a princesa Margaret com seu violoncelo – Gillian anunciou, empolgada, como se fosse a diretora de escola lendo uma notícia em voz alta durante a reunião.

– Como é abrir as pernas e ter algo tão grande no meio? – Carol soltou uma risada de desdém. – Não que você entenda alguma coisa sobre isso, Petra.

Todas riram, menos Sharon, que parecia ter encolhido pela metade, ocupada puxando as franjas do seu casaco novo.

– Sharon, eu inscrevi nós duas no teste, eu juro – disse. Era tarde demais agora, eu sabia, mas quis que me escutasse dizendo isso.

Ela balançou a cabeça e se voltou para a janela, onde nossos vales e montanhas estavam rapidamente desaparecendo em um borrão verde desolador. Logo estaríamos na Inglaterra.

Escolhemos o tipo de amigos que queremos porque esperamos ser como eles, e não como somos. Para melhorarmos nossa imagem, ficamos mais burros e menos gentis. Conforme os meses se passavam, o acordo para fazer parte de um grupo começava a pesar demais. O bloqueio de uma parte vital de si mesmo, apenas para ser incluída na viagem de compras à cidade, não ter de se sentar sozinha no almoço ou ter companhia para voltar para casa. Agora, entre amigas, estava com frequência mais solitária do que antes. A hierarquia das meninas era muito mais brutal do que a dos meninos. Os meninos brigavam por supremacia no campo e, depois, deixavam as diferenças no chuveiro. As meninas jogavam mais sujo. Para as meninas, não era somente um jogo.

10

19:50. Ele se sentia como Gulliver. Ao seu redor era um formigueiro de pessoinhas. A maioria delas batia na altura do seu peito. Outras batiam na cintura. Algumas ele mal podia ver, apenas as sentia passando com suas cotoveladas, seus berros e gritinhos abafados. O que os liliputianos fizeram com Gulliver? Amarraram o homenzarrão pelos cabelos, pregando-o ao chão e jogando cordas minúsculas sobre seus membros gigantes. A probabilidade de isso acontecer hoje, Bill pensou, aumentava a cada minuto. Ele fora até lá para trabalhar e dar algumas risadas. Só agora percebia que a questão era sair dali vivo.

Não era preciso dizer que ele era o único homem. Aquela comunidade de liliputianos era totalmente feminina, e os homens, com exceção de um, não eram necessários nem bem-vindos. Bill avistara ao longe, ou achou que tinha visto, a cabeça careca do homem da ambulância, que perdera seu quepe, sua calma e sua compostura, tudo de uma vez só; mas até ele desaparecera na multidão, talvez para sempre. Pobre homem. Na maioria das vezes, ele recolhia ciclistas com a clavícula quebrada ou despejava água na garganta dos corredores; nada na sua experiência, ou na sua boa-fé, poderia tê-lo preparado para 35 mil adolescentes, enfurecidas como abelhas na colmeia de White City em um domingo à noite. Céus, que barulho!

Bill cometera um erro, e já estava pagando por ele.

– Fique ali no meio das menininhas – Roy dissera, esfregando as mãos de um modo desagradável. – Chegue cedo, leve um lanche, uma barraca, muita água, boné. Infiltre-se no meio delas e pergunte o que estão fazendo ali.

– Elas estão indo ver seu artista favorito – Bill respondeu, desconcertado.
– Eu sei, bobão. Mas vá e pergunte na cara delas, veja que tipo de besteira elas falam. Pegue um daqueles aparelhos que medem o som, como se chamam mesmo? Nível de débil-béis?
– Decibéis.
– Esse mesmo. Veja se consegue fazer a leitura dos gritos. Poderíamos fazer uma tabela, dar um prêmio para aquela que grita mais alto, esse tipo de asneira. Ester, a histérica. Grace, aos gritos.
– Mas eu pensei que haveria uma área reservada para a imprensa.
– Sim, se você for veado. – Roy lhe deu o mesmo olhar que dava a qualquer um que usasse o cinto de segurança no carro.
– Mas é mais perto do palco – Bill continuou, prolongando uma discussão que não seria vencida.
– E daí? Para você poder ver a calça roxa dele de cima? Escuta, camarada, não é sempre que temos a chance de ver nossas leitoras em carne e osso, então, pelo amor de Deus, vá e faça a reportagem. Esprema-se entre elas e me conte tudo depois. Tudo bem?

Bill obedecera, em parte. Ele havia conseguido um ingresso especial para a imprensa depois de nove ligações para o escritório do promotor do show. Isso significaria ficar confinado como um macaco, ele suspeitava, atrás de algum tipo de gaiola, embora sua suspeita maior fosse de que a atividade humana do lado de fora seria a mais animal de todas. As meninas iriam enlouquecer, e ele ficaria agradecido por estar protegido pelas grades. Por outro lado, por algum tempo faria o que seu chefe havia pedido: chegar bem antes do show, misturando-se com elas enquanto a animação crescia, pegar algumas falas e depois seguir para o refúgio seguro dos seus colegas jornalistas antes do show principal começar. O segredo seria calcular o tempo direito. Um cotovelo o acertou abaixo das costelas e ele ficou sem ar, vendo estrelas. Ele se inclinou para frente, acertando seu queixo na cabeça da garota à frente.

– Ei – ela disse, virando a cabeça para trás –, cuidado aí, tá? – Tinha os cabelos curtos e usava óculos, e por um segundo Bill achou, com uma estranha pontada de sentimento de solidariedade, que era um menino. Mas o que um menino estaria fazendo ali com uma echarpe do David Cassidy?

– Desculpe – Bill disse, ou tentou dizer. Ele ainda estava tentando recuperar o fôlego da pancada nas costelas e a palavra saiu torta.

A menina estava com uma amiga, que deu uma risadinha. Ela tinha o rosto redondo e rosado, e usava um sobretudo amarelo.

– O que você faz por aqui?

– Ehh, escrevendo. Sou escritor.

– O que você escreve, poemas?

– Não, escrevo para revistas – Bill respondeu, caindo fácil e mentirosamente para o plural. O som de conversas e ruídos por todo lado era ensurdecedor, mas os três estavam tão espremidos que praticamente estavam falando diretamente um na orelha do outro. Bill inclinou a cabeça até a altura delas.

– Você escreve para revistas pop? – a garota cheinha perguntou.

Ele tossiu, ainda respirando com um pouco de dificuldade.

– Ah-hã, eu cubro boa parte do cenário musical, na verdade. Rock, jazz. Um pouco de pop.

– Você faz entrevistas?

– Às vezes. Se o editor achar que devo.

– É o que você veio fazer aqui, então?

– Acho que sim.

– Então por que nós é que estamos fazendo as perguntas?

Bill não tinha resposta. Ele livrou sua cara, como sempre fazia, aumentando o nível das mentiras.

– Bem, às vezes entrevistar não é só perguntar e responder, sabe. É como, como uma conversa. Como você faria com um amigo... – As meninas estavam franzindo as sobrancelhas. Elas eram novas, mas podiam sentir o cheiro de enrolação. Sabiam quando um garoto – ou, nesse caso, um adulto – estava tentando parecer o que não era.

A outra garota de repente falou, aquela em que ele bateu a cabeça. Uma haste dos seus óculos estava remendada com fita adesiva.

– Você não entrevistou David, né?

Houve uma pausa. A multidão sumia e surgia em volta deles, com Bill parado ali como um farol. A coisa mais inteligente, é claro, seria negar tudo, deixar a pergunta pra lá. Quem poderia saber como essas meninas reagiriam se ele contasse tudo? Não seria apenas inútil dizer que ele conhecera o cara; poderia ser perigoso.

– Três dias atrás – ele disse.

Ele não sabia que seres humanos explodiam. Ele sabia que podiam gritar, bradar, arremessar sua cólera contra os céus. Sabia que algumas pessoas, quando começam a rir ou choramingar, não conseguem parar: mas aquilo era diferente. Aquilo era como um campo minado. As meninas arremessaram as mãos à lateral da cabeça, como se estivessem tentando impedir seus miolos de estourar. Elas o olhavam de uma maneira que poderia, a distância, ter parecido com horror, gritando. Deus do céu, elas gritaram. Quanto fôlego naqueles pulmões ainda não desenvolvidos completamente...

– Oh, meu Deus, meu Deeeeeeus! – Outras garotas olharam de lado para elas e depois para Bill, sentindo o calor da histeria se espalhando. Ele já estava se arrependendo de ter falado. Isso é o que dá falar a verdade.

– Esse cara encontrou *Dei-vi-di*! – gritou a garota de amarelo. Instantaneamente a algazarra dobrou sua força, derramada em sua direção.

– Como foi, o que ele estava usando, ele estava com a guitarra, ele cheira bem, ele comeu algum salgadinho, os salgadinhos eram americanos, ele comeu Twinkles, não é Twinkles, é Twinkies, sua bocó, ele estava usando alguma joia, ele estava usando um colar, por favor, não diga que ele estava usando anéis...

Bill estava se afastando, mas elas o agarravam – não exatamente ele, ele nada mais era do que um vaso, mas parecia que elas queriam raspar qualquer resíduo de David que pudesse ter ficado nele. Metade de uma impressão digital já estaria de bom tamanho. Uma garota de tranças chegou mais perto e segurou a mão de Bill, dizendo: "Se eu apertar sua mão e você apertou a dele..." Então ela tirou a mão e a colocou na bochecha. Outra tinha um livro de autógrafos aberto com uma caneta e um elástico preso na ponta com os dizeres "Amar É". Ninguém jamais lhe pedira um autógrafo quando ele tocava com o Spirit Level, isso era certo, embora os donos de alguns bares o pedissem para assinar a comanda de bebidas antes da apresentação, assim ninguém da banda poderia tentar beber alguma cerveja de graça.

Bill olhou em volta, só para checar se não havia nenhum conhecido, nenhuma ex-namorada, colegas de trabalho, qualquer um com quem ele já tivesse falado, morado ou dormido, à vista. Tudo o que ele podia ver, no entanto, eram cabeças e ombros de adolescentes desconhecidas, então ele se virou, pegou a caneta e rapidamente assinou seu nome na página amarela, usando o que esperava que fosse o tipo de floreio doido que os cantores de rock fazem, ou de alguém que conheceu um cantor de rock um dia. A garota de tranças pegou o livro de volta e olhou para o garrancho, depois para Bill.

– Como é seu nome?

– Bill.

– Não parece Bill. Parece o número 87. – A garota ao lado deu uma espiada. – Escrito por um retardado – ela acrescentou, ajudando.

Bill deu um sorriso amarelo, o sorriso que os bêbados dão um pouco antes de começar a vomitar e sair de cena. Em algum lugar havia uma barreira, a fronteira óbvia que dividia a imprensa dos fãs, mas para encontrá-la teria de se arremessar para frente como um touro, com a cabeça abaixada; a melhor opção era a menos lógica – voltar passando por toda a fila, sair pela entrada e seguir para fora do estádio até outro portão. Bill escolheu a segunda rota, e parou de lutar para conseguir passar. Em vez disso, respirou fundo, deixou-se cair para trás na multidão e continuou caindo. Os corpos o mantinham mais ou menos de pé, e o movimento o levava. Em algum lugar uma música começou a tocar, com urgência e sem voz. Alguém o abraçou e o passou para frente. Algumas vezes você é salvo naufragando.

20:11. – Com licença, essa é minha cabeça. Licença, por favor, você pode sair de cima de mim?

Estava acostumada com um tipo de tratamento mais rude da parte de minha mãe, mas aquela era a primeira vez que eu era usada como escada. Uma garota de cabelos ruivos compridos colocou uma bota na minha bochecha, a outra estava bloqueando minha orelha, o que eu quase não notei porque não podia ouvir nada mesmo, a gritaria era alta demais. Tentei tirar a garota de mim, mas não havia espaço para ela sair. Eu quase não conseguia mover meu corpo um centímetro para cada lado, então tentei andar de ré e desbancar minha passageira, como já vira cavalos fazerem na TV. A garota fincou os saltos e ficou reta sobre os ombros que, até pouco tempo atrás, eram meus, só meus.

– David, quero ter um bebê seu! – a estranha nos meus ombros gritou, balançando de um lado para outro.

– Desce daí, sua vagabunda! – Carol disse, golpeando a cabeça vermelha na parte de trás, o que fez com que ela voasse para fora de mim, com a cabeça em cima das meninas à nossa frente. Ela não caiu porque não havia espaço suficiente para uma queda: em vez disso, assistimos à garota ser transportada como uma surfista na onda que estava surgindo na direção do palco.

Muitas vezes, na praia onde moro, havia sentido a enorme força da maré. Sabia como era estar nadando sozinha na parte rasa e, de repente, ser arrastada e arremessada sobre os seixos na beira do mar, sentindo cada osso do corpo sacolejando, procurando me agarrar e correr por cima das pedras para me ver longe do puxão possessivo da água. Mas esse era um tipo completamente diferente de poder. Era como estar presa a um vício. Parecia que de uma hora para outra Petra Williams, fã de David Cassidy, 13 anos e nove meses, do País de Gales, não existia mais. Eu era uma gota em um mar de fãs e a única maneira de sobreviver era me deixando levar pela corrente que no momento nos forçava a ir contra uma barreira. Sharon estava agarrada ao meu braço, seus olhos brilhavam de excitação, sua boca estava fixa em um "O" de admiração constante.

Você deve estar surpreso em saber que nós duas estávamos nos falando. A cena horrível no trem ainda estava presente e colocara uma barreira entre nós, mas agora, no estado de esmagamento no qual nos encontrávamos, fomos atiradas uma ao lado da outra. Sharon não conseguiria manter uma mínima distância por ressentimento, mesmo se tentasse. Nunca estivemos tão próximas, ou tão distantes. Do outro lado da barreira, a cerca de 600 metros de distância, pude ver um fotógrafo que estava tirando fotos de nós e da vasta multidão de garotas. Um homem de barba estava rindo e apontando para nós como se fôssemos animais em um zoológico ou algo parecido.

O mais assustador, no entanto, era que David não aparecera ainda. No palco estava uma banda fazendo a abertura, com uma menina loira cantando blues. A garota era boa, mas o som estava horrível, todo distorcido, e os gritos abafavam sua voz. Senti pena dela.

Aquela noite era dedicada a Ele, a chegar o mais próximo possível de David. Como eu tinha esperado por esse momento! Durante 18 meses, David colonizara meu cérebro até eu sentir que meus pensamentos não eram mais meus, e ainda tudo o que eu pensava era "obrigada, Deus, por eu ter ido ao banheiro e trocado meu absorvente antes de chegarmos ao portão". Não queria ter um acidente. Não havia como sair agora, nem em um futuro próximo. Olga, Angela e sua prima, Joanna, saíram para ir ao banheiro imundo na parte de trás há cerca de uma hora, e nem sinal delas ainda.

– É ELE? – Sharon estava gritando e apontando para o palco. Li os lábios dela.

– NÃO. ELE ENTRARÁ AGORA, A QUALQUER MINUTO.

Gillian estava segurando a outra ponta do cachecol escrito David Cassidy de Sharon, e as duas o sacudiam como uma bandeira. Não queria acenar com meu cachecol. Pensei que poderia não ser apropriado, que era algo que David não gostasse em uma garota. Ele iria preferir que ouvíssemos respeitosamente suas músicas, em vez de ficarmos vociferando. Gillian se recusava a olhar para mim e de qualquer forma eu a estava evitando. A viagem para Londres não fora perdoada, e nem seria, dos dois lados, mas estava temporariamente esquecida porque, ali entre as milhares de garotas naquele formigueiro, nós, do País de Gales, éramos tudo uma para a outra. Vendo-se rodeada por uma adversária estrangeira, Carol estava fazendo tudo o que os brutamontes galeses faziam em qualquer jogo fora de casa: pisava furiosamente no pé de qualquer rival que ousasse invadir nosso metro quadrado.

Quando chegamos, achamos assentos no terraço, embora já não fossem mais assentos quando os pegamos. Todos estavam de pé. Todos mesmo. Se você tentasse se sentar, ficaria encrencada. Falando sério, ficar de pé já era bem difícil. Outras meninas passaram por nós com rapidez, descendo os degraus em direção ao gramado no meio da arena, e nós saímos atrás delas, determinadas a não deixar ninguém ter mais chance de tocar David.

De pé ali no meio daquele imenso espaço, olhei ao redor, espantada. Não sabia que o amor podia afetar tantas pessoas. É claro que sabia que David tinha milhares de fãs, mas geralmente as tirávamos da mente. Hoje não. Antes, fora sempre ele e eu. Agora, era ele e nós. Muitas de nós, até onde os olhos podiam alcançar.

Do lado de fora, na fila para comprar lembranças de David, comecei a falar com uma loirinha baixinha usando uma capa cinza com capuz. Moira. Ela viera de carona desde a cidade de Dundee, e não tinha onde ficar. Estava assombrada com sua coragem. Ela dormiu em um banco do lado de fora do hotel Paraíso, onde todos pensaram que David estava hospedado. Moira disse que o preço dos produtos era um roubo, e era mesmo, mas dei a nota de 10 libras de meu pai por uma camiseta que valia 2 libras, com uma foto de David usando a jaqueta jeans que eu adorava. Precisava desesperadamente de uma prova de que estivera ali, que aquele não era mais um sonho acordada.

– Queremos David! Queremos David! – Todas nos juntamos ao coro que encheu White City. Estávamos impacientes agora. Trinta mil pares de sapatos plataforma batendo no chão soavam como cascos.

– Vocês são demais, uma plateia maravilhosa, muito obrigada! – A voz da cantora loira de blues tremia no sistema de som.

– Fora! – gritamos.

Mais à frente, vi o homem careca da ambulância levantar uma garota sobre sua cabeça como se ela fosse uma boneca de pano, passando-a sobre a barreira para os braços dos que estavam do outro lado. Nesse momento, dois seguranças de uniforme preto passaram por mim empurrando, forçando caminho até o palco.

– Uma das sacanas está ali – ouvi o segurança maior gritar. Que sujeito detestável. – Elas estão fingindo desmaiar para serem levadas à frente.

E, de repente, Ele estava lá. Do meio das ondas de fumaça ele apareceu, como um gênio ou um deus. Oh, meu Deus, David. Meu. Deus. Sorrindo o sorriso de David, com uma roupa vermelha incrível. David. Você nunca viu nada igual. Aquele fraque vermelho, calça vermelha e uma gravata-borboleta que cintilava com diamantes. David. E um cinto de diamantes. Ele estava inacreditavelmente maravilhoso. David. Ele estava rindo, alguém estava fazendo palhaçada. Dayyvvvidd. Dayyy-vvvidddd.

Sharon começou a chorar de felicidade. Reconheci a música já no compasso de abertura. "If I Didn't Care". E sua linda voz macia nos acariciando, fazendo-nos derreter por dentro. Balançando de um lado para outro cantamos juntas, as meninas do País de Gales, melhor do que qualquer uma daquele estádio todo.

Então a gaita entrou, e seu som era tão dolorosamente triste que eu comecei a me mover na direção dele. Não seria fácil chegar até o palco, mas eu não tinha escolha, tinha? Tinha de fazer aquilo. David era solitário, disso eu tinha certeza absoluta. "Estou indo", disse-lhe. Comigo ele não estaria mais sozinho.

Possuídas por esse pensamento único, 30 mil garotas abriam caminho na direção do seu amor. Foi nessa hora que senti a mão de Sharon soltar a minha.

20:36. Fraque vermelho? Tudo bem usar vermelho, como fazem os idosos que moram no asilo Chelsea, ou como os jogadores do Liverpool. Tudo bem usar fraque, como Fred Astaire, mas os dois juntos? As únicas pessoas até agora que ousaram fazer isso foram os palhaços de circo, pedalando com uma bicicleta minúscula, ou então – e Bill não conseguia se lembrar exatamente de como sabia disso, mas parecia instintivamente verdadeiro – o demônio encarnado.

Mas era isso o que o garoto Cassidy decidira usar, em uma noite no mês de maio. Um fraque escarlate e calça combinando, com as lapelas realçadas com fileiras de imitação de diamantes (ou diamantes, como todas as meninas que estavam lá insistiam). Seu cinto brilhava com as mesmas pedras, e também – que Deus nos proteja – sua gravata-borboleta. O olhar de Bill a todo momento voltava naquela gravata, com medo e esperança de que, em um adeus final ao bom gosto, a gravata começaria a girar, com as pedras piscando vertiginosamente. O que significava aquela roupa toda? Qual era a mensagem que aquelas luvas brancas e a bengala girando queriam passar: um mágico, um *megastar*, um animador de crianças, um idiota completo?

Bill ficou ali de pé e assistiu ao lado de outros jornalistas, a maioria homens, nenhum deles fã de Cassidy; não em público, de jeito nenhum. Foi surpreendente, entretanto, ver os lábios dos jornalistas se movimentando em sincronia com metade das músicas, como se fossem versados nas músicas de David pelo poder da sugestão hipnótica. Talvez não conseguissem evitar; talvez tivessem apenas ficado com o rádio ligado na cozinha de casa o dia todo ao lado do escorredor de pratos, e no escritório, perto de uma janela aberta. As músicas de Cassidy iam e vinham em um dia comum do rádio, e com o passar das semanas entravam no seu sistema nervoso, querendo você ou não, e você se pegava cantarolando uma canção. É impossível controlar, como acontece com os surtos violentos.

Por alguns instantes pareceu (para o alívio de Bill e, provavelmente, para o terror das fãs, apesar de elas estarem gritando demais para ouvir a música) que seria impossível ouvir David naquela noite. Ele estava no palco; surgira ali por entre ondas de fumaça branca, como se estivesse tentando personificar o sol saindo de trás de uma nuvem, e começara a cantar – cantar enquanto sorria, o que Bill sempre pensara ser impossível. O vocalista do Slade, Noddy Holder, até que tentava sorrir, mas terminava parecido com uma daquelas bruxas de *Macbeth*, olhando atravessado para a boca do caldeirão.

Com relação à afinação, quem saberia dizer? O sistema de som em White City estava tão ruim, ou a instalação dos fios era tão amadora, que tudo o que se ouvia era um zumbido: um ruído assustador que saía dos alto-falantes com uma leve sugestão da melodia escondida atrás daquele zunido. Para piorar a situação, na segunda música, seja lá qual fosse, havia uma apresentação humorística. Aquilo deve ter sido descrito dessa maneira no roteiro de músicas do show, embora seja difícil imaginar algo mais sem graça: um dançarino vestido de cachorro, com quem o artista dava cambalhotas. "O nome dele é Tempestade", ele confidenciou para a plateia depois que o idiota tinha ido embora. Elas rolaram de rir mesmo assim. Não tinham ouvido música ainda, apenas um trecho de algo supostamente engraçado com um cara vestido com uma roupa de pelos: para elas, tudo era revelação. Tudo era David.

Então, Bill imaginou, alguém atrás do palco ligou um aparelho na tomada ou mexeu em um botão, porque, sem aviso, a voz voltou à vida. "If I didn't care..." Até que não era uma voz ruim, apesar de algumas vezes dar uns tropeços aqui e ali, e a sra. Hoderness, a diretora do coral da escola primária de Bill, teria algo a corrigir sobre a afinação. (Mais alto, David! Somos uma pipa. Ficamos nos ares quando estamos cantando, não é?) Ele tinha a ajuda de duas *backing vocals* que usavam saias com fenda, profissionais de voz aguda e precisa que jamais perdiam uma nota. Elas o sustentavam em notas agudas quando ele subia a voz, e brilhavam quando ele corria pelo palco e quando os gritos de desejo jorravam da multidão.

– Ele se movimenta muito bem, não é?

Bill olhou de relance para a sua esquerda e encontrou um homem compacto, que não demonstrava a idade que tinha, vestido com uma camisa índigo e dono de uma barba que mais parecia um ninho. Ele gritou para ser ouvido, mas não alto o suficiente.

– Como disse? – Bill gritou de volta.

– O garoto. Veja só. Ele se movimenta bem, temos de reconhecer. Veja agora, ele vai para frente rápido, aí está, e agora espere, olhe o que ele faz com seu traseiro.

Bill ficou olhando e viu a figura de vermelho mover-se rapidamente na direção deles, quase até a beira do palco. Os gritos das garotas ficavam mais altos. O vulto girava, uma volta e meia, e depois, antes de ir para a parte de cima do palco, balançava o traseiro, sacudindo de leve. As duas metades do fraque se separavam para emoldurar o gesto. Os gritos triplicavam, até soarem como lamentos. Bill sentia, mais do que nunca, que estava no lugar errado: no jogo errado, na profissão errada. Com certeza, no corpo errado também.

– Vagabundo! – gritou o homem ao seu lado. Bill franziu as sobrancelhas.

– Quem?

– Ele. Quanta encenação. É como assistir a um *stripper*.

– Um o quê?

– Um *stripper*.

E ele tinha razão. Se Zelda estivesse ali, ou até mesmo Roy, ele teria apontado para o palco e lhes mostrado a razão para o trabalho deles, o que pagava o salário de todos eles todo mês. Não era apenas as músicas; às vezes não eram as músicas mesmo. Era a encenação. Não era um fingimento ou uma fraude. Ele era um ator, não era? Foi assim que tudo começara, na TV, com *A Famí-*

lia Dó-Ré-Mi, e agora havia aumentado e crescido, só que dessa vez ele não estava fingindo ser outra pessoa. Estava fingindo ser David Cassidy. Era de tirar o chapéu para o filho da mãe, ele era muito bom nisso.

A luz no céu começara a esvanecer. Em resposta, as luzes no estádio se acenderam, inundando a tigela funda e longa de massa humana. Bill olhou em volta, distante do palco. Ele estava perto da barreira agora, tinha dado a volta nela; em algum lugar estava a garota desapontada do livro de autógrafos. Todos levantaram o rosto para a claridade, que passava por eles e chegava ao seu destino – o homem pequeno no palco, esguio como uma pena, agora preso em uma aura ofuscante.

Dessa vez, contudo, o garoto em evidência, que não era bobo, estava fazendo algo novo. Ele teve a perspicácia de perceber, Bill achou, que todo artista precisa inovar, mesmo que sua arte seja inferior. A capacidade de convencer passava como inovação. O moleque lhes dava as músicas porque elas as conheciam e adoravam, mas ele não somente as interpretava, ele brincava com as músicas, colocava o tempero certo para fazer as garotas acreditarem que as estavam experimentando pela primeira vez.

"Breaking up is hard to do-ooo..." foi feita na metade da velocidade, com o astro arranhando a guitarra em volta do pescoço suavemente, emprestando à letra um toque de tristeza, e o baterista segurando a batida rápida que as meninas ouviam no disco, usando a vassoura no lugar da baqueta comum.

– Legal – disse o homem peludo ao lado de Bill. – O filho da mãe é esperto.

As meninas atrás de Bill reagiram à mudança da velocidade como se uma escovinha massageadora estivesse sendo passada suavemente nas costas delas. O que ele próprio havia escrito, na voz de David, duas edições atrás? "Sabe quando você ouve uma música lenta e tem arrepios? Bem, vou te contar um segredo, então. Acontece o mesmo quando você CANTA. Sério! Eu posso estar lá em cima, segurando o microfone, e tenho o mesmo sentimento. Se você já teve alguém bem perto, em uma pista de dança, vai saber exatamente o que estou dizendo!" O que, Bill pensou, era tão bom quanto escrever sobre um beijo sem na verdade dizer a palavra. Pete Espinhento chamava isso de "transa em câmera lenta", como se ele soubesse do que estava falando. Ele teria dado um sorriso obsceno se estivesse aqui agora com Bill, e ouvisse os gemidos e gritos.

Havia algo de errado com os gemidos, entretanto.

Existe a dor das emoções que você não espera dominar, cuja força e significado você mal entende, irrompendo de dentro de você em um domingo à noite, com uma canção no seu coração; e existe a dor, a dor real, tão real quanto uma agulha. E Bill, ouvindo o ruído constante e indefinido, não conseguia mais distinguir o que era o quê. Seu estômago revirava.

– Qual é seu nome? – Bill perguntou ao homem peludo.

– Jerry. Da revista *Rock On*. – O que isso importa?

– Venha comigo – disse Bill, virando e o puxando. Eles passaram por quatro ou cinco fileiras de jornalistas, todos olhando fixamente para o cantor, e todos irritados por terem de se mover ou serem empurrados para o lado, dizendo a Bill para olhar por onde andava. E então ele e Jerry estavam no espaço vazio ao fundo, olhando diretamente para a barreira.

– Meu Deus!

A primeira coisa que ele notou, sem saber por quê, foi uma mulher de branco. Não era uma menina, era uma mulher, definitivamente. Talvez por volta dos vinte e poucos anos, a mesma idade dele, mas ela tentara se vestir como as mais novas, como alguém vestida de anjo para a peça de teatro da escola: tênis brancos com cadarços brancos, calça jeans branca, camiseta branca com "David Cassidy" impresso sobre o peito. A única coisa que não era branca nela era o rosto. Até mesmo na sombra o vermelho do seu rosto era visível. Estava pressionada entre as barras, não de uma forma ansiosa, e estava vermelha. Era de um vermelho quase roxo, como uma ameixa, como se ela estivesse sem ar.

Por todo o caminho era a mesma coisa. As pessoas amontoadas atrás não tinham para onde ir, nenhuma válvula de escape, nenhuma outra direção, a não ser em frente, na direção da fonte de sua felicidade: o amontoado humano estava aumentando, uma onda sobre a onda já pressionada, e as pessoas na barreira estavam recebendo todo o peso. Uma garota de verde estava quase na horizontal; ela deve ter se arrastado de lado para encontrar espaço e ficou presa. Algumas garotas estavam de costas para as grades, como se tivessem se virado e tentado desesperadamente fugir. A maioria das garotas estava gritando, mas o ruído ficava preso no grito geral, perdido. Ninguém a mais de 20 metros de distância faria alguma ideia do que estava acontecendo. David não sabia de nada, não ainda.

– Me ajudem! Eu perdi minha amiga!

Bill olhou para a direita e viu uma garota magra, perto da parte de cima da barreira, com uma perna sobre a grade. Se ela conseguisse pular para dentro da sala de imprensa, estaria a salvo. Um dos seus sapatos caíra do lado dele. Ele forçou passagem para chegar até ela e agarrar sua mão, percebendo a pressão dos corpos a centímetros de distância do outro lado das grades. Ele ouviu súplicas enquanto escalava, vozes gritando "Saia da frente", "Não posso ver". Atrás dele, David continuava cantando: "Remember whe-e-en you would held me tight..."

Ele chegou até a garota e desajeitadamente pegou-a nos braços.

– Me ajude, por favor! – ela gemeu. – Minha amiga. Por favor, você precisa nos ajudar!

Antes que Bill pudesse puxá-la para ficar a salvo, ele foi puxado para baixo das grades e aterrissou de mau jeito. Ele sentiu algo cedendo em sua coluna, o estiramento de um músculo bem abaixo das costelas.

– O que você está fazendo? – Era um segurança, chateado e musculoso. Sua camisa branca estava manchada de suor.

– Que diabos *você* está fazendo? – Bill retrucou.

– Senhor, não nos cause mais problemas. Espera-se que o pessoal desse pedaço seja o mais inteligente. Já tivemos problemas demais com as lunáticas lá dentro. – Ele sinalizou com a cabeça para a multidão.

– Elas vão morrer.
– Como é?
– As que estão na frente não conseguem respirar. Estão sufocadas, olhe para elas.
– Está um pouco quente.
– O quê?
– Vou pegar água. Há um balde ali.
– Ah, pelo amor de Deus! – Bill observou o homenzarrão seguir apressado, depois virou para as grades. Ele viu uma garota bem pequena com o rosto contorcido e a boca aberta, sem emitir som algum, em choque, enquanto a multidão atrás dela continuava a empurrar. Um de seus braços curvado para o lado errado. Outro empurrão. A multidão era como um monstro projetando-se para frente e se agitando. E agora? Então Bill percebeu que David terminara a canção. Elas estavam vibrando, chorando e mandando para ele seu amor. Seu amor interminável.

21:59. A água nos acertou no rosto. Algumas vinham implorando por água e foi isso o que tivemos. Um balde jogado por um segurança. Depois outro. Estava muito zangada, sabe. Continuava pensando em um zoológico, só que os funcionários não estavam cuidando dos animais. Centenas de garotas estavam esmagadas contra as grades agora e ninguém as abria para nos deixar passar. Eu já havia perdido um sapato tentando passar por cima delas para pedir ajuda. Um dos sapatos plataforma que Gillian me dera. O homem bonito me ouviu gritar e tentou me pegar nos braços, mas foi puxado por um dos seguranças asquerosos.
    Ao longe eu ainda ouvia David cantando.
    Por que alguém não contava para ele o que estava acontecendo, pelo amor de Deus? Se David soubesse o que estava acontecendo conosco, ele pararia o show e viria ajudar. Onde estava Sharon? Era só o que me importava agora. Completamente apavorada, passei os olhos pela multidão de meninas, mas a cabeça loira de Sharon não estava em lugar algum. Isso queria dizer que

ela estava em algum lugar no chão. Gritei esse pensamento terrível para Carol, que simplesmente balançou a cabeça. A vida de Carol tinha sido tão cheia de catástrofes que essa não a pegaria de surpresa. Ela sabia como eram as coisas ruins, o que fazia com que fosse mais durona do que qualquer jovem deveria ser, mas também a fazia crer que era possível ver a luz no fim do túnel.

Separando as mãos, Carol fez uma mímica mostrando que se ela abrisse espaço eu poderia me abaixar e olhar. Eu assenti com a cabeça. Estava pronta para tentar qualquer coisa. Gillian ficou parada ali, com seu rosto bonito paralisado com o choque, enquanto Carol se virava e se lançava para a parede de garotas atrás dela, fincando suas pernas como árvores e empurrando-as para trás com toda a força dos ombros, como se estivesse no alinhamento de uma massa de jogadores amontoados no rúgbi. Um pequeno buraco se abriu entre Carol e a parede, e fiquei de joelhos para rastejar debaixo do aglomerado de pernas, na floresta densa de calças de veludo. Estava escuro ali embaixo, mas bem mais calmo, pois os gritos eram abafados. Logo à minha esquerda, vislumbrei algo. A cabeça loira platinada de Sharon. Era inconfundível. Estiquei um braço. Um sapato veio de cima e pisou na minha mão. Gritei. O sapato me soltou. Estiquei-me o mais que pude para colocar minha mão nos cabelos longos de Sharon, e puxei. Uma mecha saiu na minha mão. Agora foi a vez de Sharon gritar.

– Desculpe – disse. – Desculpe, *bach*.

Na tentativa seguinte, consegui agarrar a mão de Sharon e puxá-la na direção do espaço que Carol ainda estava abrindo para nós.

– Minha costela – gemeu Sharon.

Dentro de alguns segundos, não soube dizer como, estava subindo pelas pernas de Carol e Sharon vinha atrás, até nós duas estarmos de pé no espaço que tínhamos. Nós nos jogamos nos braços uma da outra, mas o abraço fez Sharon colocar a mão no lado esquerdo de seu corpo, contraindo o rosto. Precisávamos tirá-la dali. Todas nós precisávamos sair. Subitamente percebi que alguma coisa estava faltando. David deixara o palco. Um homem que eu pensei ter visto na revista *Jackie* estava dizendo à multidão que se não nos movêssemos para trás e nos controlássemos, o show não continuaria. A música parou, mas o som dos gritos ficou mais alto.

21:24. Em relação a sofrimento, ele estava quase sempre enganado e, para ser honesto, vira pouquíssimo da realidade, mas isso Bill sabia com certeza: sempre, seja onde for que haja pessoas sofrendo, elas não serão ajudadas pela presença de Tony Blackburn, uma personalidade do rádio inglês. Se Tony tivesse se curvado aos pés da cruz, falando besteiras ao microfone, será que o lamento das mulheres teria sido menos profundo? O *Titanic* teria afundado mais facilmente e com menos gritos de agonia se o animado DJ da Rádio 1 da BBC, de cabelos até os ombros, tivesse anunciado a mensagem final e edificante do deque superior, com aquele sorriso brilhante, insubmergível? Se não é o caso, então o que ele estava fazendo ali, insistindo para que milhares de fãs de David Cassidy se contivessem? Em uma crise dessas, com o ar sendo forçado para fora delas, era improvável obedecerem aos conselhos de um homem que, da última vez que ouviram, dissera a elas para comprarem o último *single* da banda Mud. Elas não precisavam de um DJ, pelo amor de Deus. Elas precisavam de um guarda de trânsito.

Bill ficou ali no meio da área reservada à imprensa, com corpos curvados e esparramados para todo lado. Alguém, finalmente, havia tido o bom senso, ou a compaixão, de abrir o único portão na barreira; ou isso, ou ele havia se escancarado sob a força da multidão. As garotas se lançaram por ele, impulsionadas pela fuga desordenada de quem vinha atrás, e se deitaram na grama, em choque. Não havia mais música agora, somente os sons da natureza humana, nem calma nem triste. Uma garota gritava por sua mãe, que, ou estava do outro lado das grades, em pânico também, ou a muitos quilômetros de distância, calmamente assistindo à TV.

Bill andou sobre coisas pelo chão. Programas amassados, palitos de pirulito tingidos de laranja, um elástico de cabelo com lantejoulas, uma malha de lã amarela com um rasgo, um pedaço de curativo com sangue. Uma haste de óculos. Ele levantou o olhar e o baixou novamente. Seu sapato havia chutado outro sapato. Ele o pegou e inspecionou a cena. Dois homens da ambulância estavam tentando colocar uma garota na maca. Ela não estava se mexendo e seus olhos estavam fechados. Devia haver pelo menos umas 30 outras gemendo em macas.

– Posso ajudar? – Bill ofereceu.

– Não, filho. – O homem da ambulância não olhou para cima.

– Ela vai ficar bem?

– Só tenho de levá-la para fora.

Ele continuou andando e se aproximou de duas garotas que estavam descansando contra a barreira, uma sentada com as costas apoiadas, a outra deitada sobre o colo da amiga. Ele olhou para o sapato. Era pesado como um tijolo e gasto no dedão, com a palavra "Dolcis" visível do lado de dentro.

– É seu? Acho que você perdeu um pé.

– Ah, obrigada, não. O meu era de outra marca.

– Quer que eu procure? Deve estar por aqui.

– Não, obrigada, de coração. – A garota morena sorriu. – Não tem mais importância.

Bill olhou para a amiga. Elas eram a imagem da *Pietá* de Michelangelo. A garota morena segurando a loira, mais baixa e gordinha, em seu colo.

– Você está bem? – Ele achara que elas estavam assim apenas por conforto. Então viu o rosto da outra garota. – O que houve?

– Minha costela. – Ela era loira, uma menina realmente baixinha, com um sotaque galês mais forte que o da amiga.

– Que costela?

– Esquerda.

– Por isso eu a estou segurando assim. Dói menos. Li em um livro de primeiros socorros que não se deve colocar pressão quando você quebra uma costela. É ruim para a respiração. É melhor ficar deitada, sem se mexer.

– Você acha que foi isso mesmo? Costela quebrada?

– Talvez. Ela foi pisoteada.

Bill ficou de pé.

– Vou chamar o pessoal da ambulância. Você precisa ser imobilizada.

– Não, estou bem – disse a garota machucada.

– E precisamos tirar vocês daqui.

– Nãaaao – ela disse, enérgica demais, tossindo com o esforço. Seu rosto se contorceu.

– Pelo amor de Deus – Bill disse. – O que há de errado com *todas vocês*? Vocês estão machucadas, algumas quase morreram, e ninguém faz nada. – Ele parou. – Desculpe. Desculpe. É que, vocês sabem, se eu estivesse machucado, e meus pais não estivessem aqui...

A morena olhou para ele.

– Tem razão – ela disse, baixinho. – Eu disse para irmos embora e procurar ajuda, mas...

– Mas eu disse para ficarmos aqui – disse a loira. – Ele ainda nem tocou "How Can I Be Sure", não é? Não podemos perder essa. Tenho o resto da vida para ficar doente.

Bill sorriu. Ele não entendia, ainda mais agora, com todo aquele estrago ao seu redor, mas o que ele poderia fazer? Resignar-se à vida dos outros e suas estranhas formas de amor. Ele se inclinou para frente e tocou a garota loira no ombro.

– Se cuida, tá? Fique deitada. Deixe sua amiga cuidar de você.

– Eu sempre deixo, não é, Pet?

A morena encantadora olhou para ele.

– *Diolch yn fawr* – ela disse.

Dee olk in o quê?

– Até mais – Bill falou, virando-se. Havia meninas passando por cima da barreira agora; elas haviam conseguido algum tipo de escada para subir e alguém poderia cair e ter de ser levantado.

– Até mais – veio uma voz por trás dele. Ele não tinha certeza de quem era, com todo aquele ruído. O barulho aumentou. Alguma coisa estava acontecendo lá em cima. Os gritos retornaram. As luzes estavam sendo irradiadas novamente na direção do palco. David estava voltando.

21:24. Nós nos sentamos novamente, só nós duas, eu apoiada contra a barreira com Sharon no meu colo, tentando processar o que acontecera. O cenário ao nosso redor era o mais próximo que já havíamos visto do final de uma batalha, só que os soldados feridos eram todos meninas. Muitas delas estavam sendo carregadas em macas, algumas gemendo e tremendo. As que não estavam gritando eram as que preocupavam. Na grama toda remexida havia centenas sentadas, enroladas em cobertores, menos chocadas com a perda da vida do que pela perda de David.
– Você arruinou minha vida, David – gemeu uma.
Carol levara Gillian para fora para tentar achar uma bebida quente. Pensei que Sharon precisava de um chá com açúcar, por causa do choque, e eu não acharia nada mal um também. Minha mão direita estava latejando e devagar meu coração estava voltando ao ritmo normal. Gillian se portara como um pavão em meio àquilo tudo, um pavão, belo e inútil. Talvez a categoria "Personalidade" daqueles testes de múltipla escolha valesse para alguma coisa, no fim das contas. Vi a personalidade de Carol e nunca mais iria olhar para ela da mesma forma. Uma crise pode dizer muito sobre as pessoas, separar os homens dos meninos, ou das meninas, nesse caso. É isso aí, Carol, é isso aí.
Ainda estávamos sentadas ali, Sha e eu, quando aquele moço chegou, aquele com o rosto bonito que me pegara quando estava escalando a barreira. Ele tinha cabelos um pouco compridos e claros, porém mais escuros que os de Sharon. Não sei quantos anos ele tinha; não conseguia adivinhar a idade de ninguém com mais de 19 anos, as pessoas apenas ficavam mais velhas. Ele quis me dar o pé de um sapato. Engraçado, ele se lembrava que havia perdido o meu. De qualquer forma, não foi o sapato Judas

plataforma que disparara todo aquele problema. Sentia que era justo ter perdido aquele maldito sapato enquanto estava tentando resgatar Sharon.

O moço nos disse que precisávamos ir embora, mas Sharon estava bem o suficiente para dizer que ficaríamos para ouvir David. Eu sorri e fiquei ao lado dela. Afinal, ela já tinha passado por muitas coisas, sabe, mas eu não sentia da mesma forma. Aquilo tudo, os gritos e as pessoas machucadas, nada era culpa de David, mas *por causa* dele. Dele e nossa. As garotas o amavam tanto que estavam sendo levadas em ambulâncias...

O moço bonito disse para Sharon se cuidar e colocou a mão em seu ombro. Eu quis que ele colocasse a mão no meu ombro também, mas se ele tivesse feito isso eu começaria a chorar e não pararia nunca mais.

– Se cuida, tá? Fique deitada. Deixe sua amiga cuidar de você.

– Eu sempre deixo, não é, Pet?

Estava tão cansada e tão agradecida que respondi *diolch yn fawr*, em vez de obrigada. Ele me olhou de um jeito engraçado. O que ele deve ter pensado de mim? O galês era uma língua estranha para ele. Esqueci que não devemos falar galês com pessoas que não conhecemos. De algum modo ele parecia familiar. Como se eu o conhecesse.

– Até mais! – gritei atrás dele. – Até mais!

11

Não sabíamos que uma garota havia morrido. Ela deveria estar a alguns metros de nós e não sabíamos. Algo tão importante, tão terrível, e nós nem ficamos sabendo. Era chocante. Pensei muito naquilo. Repassei muitas vezes na minha mente o momento em que me abaixei para procurar Sharon, com a multidão convulsionando e gritando acima de nós como um animal com dor. Era possível se afogar ali, pensei, mas Sha e eu subimos pelo buraco que Carol deixou aberto para nós. Do contrário, já éramos.

Do lado de fora do estádio estava frio demais. As roupas que escolhêramos naquela manhã agora pareciam estupidez, roupas de verão. Não conseguia parar de bater os dentes; era como se eles tivessem vida própria, como a dentadura de *mamgu* no copo ao lado de sua cama, sorrindo aquele sorriso assustador. Um sorriso sem rosto me fazia pensar na morte. Uma garota havia morrido. Poderia ter sido Sharon. Ela era a única entre nós que estava aquecida porque estava usando seu novo sobretudo de lã. Nós o colocamos de volta sobre ela logo depois que o médico enfaixara sua costela.

White City foi uma loucura, pode ter certeza. Algumas garotas ainda estavam chorando e outras paravam o carro para ver se David estava escondido no porta-malas. Gillian ficou parada do lado de fora da entrada, com duas lágrimas de cristal rolando por suas bochechas, como uma boneca Tiny Tears. Ela disse que sua vida estava acabada porque David iria parar.

– Não tenho mais nada para gostar – ela se lamentou.

Pensei no pôster do Bay City Rollers dentro do seu armário e o que ela havia dito sobre estar aberta a opções quando o assunto é garotos. Ela jamais amou David como Sharon e eu amamos. Garotas como Gillian não precisavam de David. Garotas como ela não precisavam esconder o quanto ficavam apavoradas por serem paqueradas por um menino de verdade, e o quanto ficavam apavoradas de pensar que nenhum menino de verdade jamais gostaria delas.

A estação do metrô estava fechada quando chegamos, com um monte de policiais do lado de fora do portão mandando as meninas embora. Gillian disse que iria passar a noite em Londres com sua nova amiga, a prima de Angela, Joanna. Ela ligaria para seus pais da casa de Joanna. Ficamos olhando enquanto Gillian e Jo andavam de braços dados, com Angela e Olga marchando alguns passos atrás.

Quando conseguimos encontrar um táxi e chegar em Paddington, o último trem já havia saído. O seguinte sairia somente cinco horas depois. Tínhamos um pouco de dinheiro sobrando, e Sharon ligou para sua mãe de um telefone público para explicar o que acontecera. Tive de discar o número, pois o braço dela estava ruim. Com o restante das moedas, Carol pegou chocolate quente em uma máquina e nos sentamos em um banco, só nós três, apertando o copo de plástico branco no peito para nos aquecer. Não liguei para casa. Só de pensar no novo telefone verde tocando no hall de entrada de casa, e na conversa que teria de ter com minha mãe quando ela atendesse, bom, simplesmente não pude, né? As mentiras que havia dito pesavam como uma lápide no meu peito.

Já dentro do trem, tudo o que conseguia pensar era na princesa Margaret. Minha mão, a que fora pisoteada, estava latejando, e uma mancha roxa estava se espalhando como se uma tinta tivesse sido injetada sob a pele. Doía quando eu fechava o pulso. Não sabia como iria conseguir tocar as suítes de Bach. No assento do lado oposto, Carol roncava seu ronco de porquinho; ela assoviava de um jeito engraçado, como uma chaleira, ao final de cada respiração. Eu estava exausta, mas também muito alerta, com uma dor de cabeça terrível. Ao meu lado, Sharon estava cochilando com a cabeça encostada em meu ombro. Seus cabelos finos e loiros, como os de um bebê, espalhavam-se na minha jaqueta de couro. A estática em seus cabelos me deu um choque quando ela acordou com um pulo na estação de Swindon. O céu sobre a estação era da cor de groselha. Não parecia real, nada parecia real.

– Está tendo um incêndio, Pet? – ela perguntou.
– Claro que não, é só o dia amanhecendo. Volte a dormir.
– Sabia que você não se inscreveria com ela – ela murmurou.
– Gillian nem gosta tanto do David.
– Eu sei.
– De qualquer maneira, nós não vamos vencer – ela disse, bocejando.
– Por que não?

Por algum tempo pensei que ela apagara novamente, e então ela disse:
– Garotas como nós não ganham nada. Eles vão dar para alguma garota de Londres.
– Annette Smith, de Sevenoaks.
– CDF vagabunda! – Sharon riu, e depois se contraiu porque rir era doloroso. – A verdade é que – ela disse – o desempate de Annette Smith não chegará aos pés do seu.

Eu estava falando a verdade quando disse às meninas que não havia inscrito Gillian no teste. Minha mão hesitou na seção que pedia o nome da amiga que você gostaria que fosse conhecer David Cassidy com você. Por que não coloquei o nome de Gillian? Eu estava definitivamente assustada o bastante para fazê-lo. Sabia qual seria o preço por desagradá-la e sabia que o pagaria enquanto nós duas estivéssemos na mesma escola. No fim, foi algo tão pequeno, na verdade, pequeno e ao mesmo tempo grande. Na beira do formulário, em toda a volta, Sharon fizera uma decoração linda e intrincada com o nome de David e sua data de nascimento repetida diversas vezes, como um manuscrito medieval, para que nosso formulário saltasse aos olhos dos juízes. Em um canto, com a letra mais romântica que eu já vira, ela havia escrito algo que fizera meu coração pular:

PETRA CASSIDY

Eu era a única que sabia o quanto lhe custara escrever aquilo.

Saímos na primeira página do *South Wales Echo*. PRÉ-ADOLESCENTES EM TRAGÉDIA DE CASSIDY. Havia uma festa de boas-vindas quando finalmente chegamos à estação. A mãe de Sharon correu e nos deu um tipo de abraço, sacudindo-nos ao mesmo tempo. A sra. Lewis estava rindo e chorando. Um homem negro, bonito, vestindo calça jeans, estava ao lado dela. Ele colocou um cobertor em volta de Carol, que caiu em seus braços e chorou como uma menininha que eu não conhecia. Nenhuma de nós havia colocado os olhos no pai de Carol antes. Ele era a peça que estava faltando nela, e no minuto em que o vi o quebra-cabeça de Carol se resolveu na minha mente.
    Sobre o ombro da sra. Lewis, vi minha mãe cintilando no final da plataforma. Ela estava usando seu terno de tweed, o que ela usava na reunião de pais e no crematório. Meu pai estava atrás dela, mas não pude vê-lo direito.
    Sei que o que fiz foi ruim, sabe, mas não acho que ela deveria ter me batido. Não no rosto, não com todas aquelas pessoas olhando e tudo mais.
    Nos três dias seguintes, ela me colocou de castigo no quarto. Minha comida era deixada em uma bandeja do lado de fora com um guardanapo de papel; ela não deixava nem meu pai falar comigo. No andar de baixo, a briga deles era furiosa como uma batalha distante. Às vezes, ouvia batidas na porta, gritos e depois silêncio, até tudo recomeçar. A mãe de Sharon ligou para dizer a meus pais que nos atrasáramos em Londres por causa do tumulto do show de David Cassidy, essa parte eu consegui saber pelo que foi dito no carro. A sra. Lewis estava apenas tentando

ser útil, não é? Qualquer temor que minha mãe poderia ter sentido por mim lhe causou menos dor do que a humilhação de outra mulher saber que ela tinha perdido o controle de sua filha.

– Você está realmente me fazendo de boba, Petra – ela disse duas vezes no caminho para casa. Vi os olhos de papai me olhando pelo espelho retrovisor.

Ficar presa no quarto não foi tão ruim quanto parece. Tinha minhas edições da revista *Tudo sobre David Cassidy* escondidas debaixo das tábuas de madeira do chão e do rádio transistor cinza com seus pequenos fones de ouvido. Não tinha com quem conversar, mas tinha muitas pessoas para cantar para mim. The Isley Brothers cantaram "Summer Breeze", e eu cantei junto o mais baixo que pude, mesmo não sabendo como o jasmim poderia entrar na sua mente ou como era o cheiro dele. "Kissing in the Back Row of the Movies". Era The Drifters e eu adorava, mesmo nunca tendo beijado ninguém, em lugar nenhum. *Justamente* porque nunca havia beijado. Minha música favorita no rádio era "She". Era como uma piada: "Havia uma menina galesa trancada no quarto, chorando, porque um francês estava cantando em inglês enquanto ela pensava em um garoto..." Ele.

Solitária como uma princesa em sua torre, sem tranças para jogar, tive tempo para pensar no que aconteceu e como deveria ter visto o modo como as coisas seriam com Gillian como minha nova melhor amiga.

Na sexta-feira antes do show, fui ao banheiro das meninas e lá estava Angela na frente do espelho em meio à nuvem do spray irritante que ela havia passado para fixar seu novo corte de cabelo repicado, virado para fora. Você sabia que tinha passado fixador suficiente quando o repicado ficava duro como uma cartolina e projetado para fora como os faróis traseiros de um carro. Angela não poderia ter ficado mais feliz se tivesse, propositalmente, armado essa cilada para mim, e logo descobri por quê.

– Venha ver o que Gillian me deu, Petra. – Havia um tom de triunfo em sua voz enquanto ela procurava alguma coisa em sua bolsa jeans, como se fosse um bilhete de loteria.

– Gillian é mesmo muito generosa, você não acha?

Nas mãos de Angela estava o estojo de maquiagem Mary Quant. Ela abriu a tampa laqueada preta e usou a esponjinha, ainda intacta, para aplicar uma camada de azul índigo sobre os olhos castanhos afundados.

– Gillian disse que são exatamente as minhas cores.

– Legal – respondi.

Pensei em contar para Angela, ali, naquela hora, que seu maravilhoso presente custara todo o meu dinheiro do Natal. Mas pude ver o prazer que lhe dera estar à minha frente na batalha pelo afeto de Gillian, a batalha pela amizade que ela deve ter pensado que estava perdendo até colocar as mãos no estojo de sombras. A própria Gillian deveria adorar nossas ceninhas de ciúme, tramando para deixar o enredo mais emocionante. Sentia os fios atados aos meus membros serem agitados, mas pela primeira vez me recusei a responder ao puxão da bela comandante de fantoches. Pobre Angela, tão esperançosa e feliz com aquela sombra azul nos olhos.

Se eu pensei em David durante esses três dias de prisão na solitária? Bom, eu repassei o show na minha cabeça, pensei muito em Sharon e no que poderia ter acontecido. Mas o mais engraçado foi que a pessoa em quem mais pensei foi em Steven Williams. Sentar no joelho de Steven no carro, no caminho até a estação, com seu braço em volta dos meus ombros, e imaginar se ele falava sério sobre me ver depois.

No terceiro dia, a campainha da porta da frente tocou. Ninguém nunca visitava nossa casa e, quando tínhamos visitas, elas normalmente vinham pela porta dos fundos. A passagem da frente estava bloqueada com caixas e minha mãe teve de tirá-las do caminho para abrir a porta para o diretor. Ela ficou tão surpresa que simplesmente o deixou entrar. Serviu chá ao sr. Pugh na sala de estar com o jogo de chá de prata que seus pais tinham trazido no navio de Hamburgo.

– Petra, por favor, venha aqui embaixo para cumprimentar o sr. Pugh.

Ela me chamou como se nada tivesse acontecido e não estivesse zangada. Apertei a mão do sr. Pugh, tão lisa e fria que parecia ter talco, não era áspera e quente como a mão de papai. O diretor disse que seria uma grande decepção para a escola se Petra não tocasse para a princesa Margaret na abertura do novo salão. Entendia que minha mão ainda estava um pouco machucada, mas o programa do evento já havia seguido para impressão. Não podíamos brincar com a realeza, não é? Minha mãe concordou, encantada por ter seu papel no programa VIP.

– A família real é alemã, sabia? De Hanover – ela anunciou no café da manhã.

– Isso explica tudo – meu pai disse, deslizando um envelope rosa para debaixo do meu prato de torrada.

Querida Petra,
Há seis meses você vem sendo uma grande amiga. A melhor que já tive. Você tem me ajudado MUITO, pode acreditar.
    Sinto muito que as coisas estejam ruins com sua mãe e espero que ela deixe passar o que já é passado...
    Sei que você vai arrasar no concerto, você sempre me deixa arrepiada quando declama alguma poesia ou toca seu violoncelo.
    Lembre-se do que você disse no desempate do teste. "Não importa o que aconteça nas nossas vidas, sempre teremos David."

Beijos,
Sharon

Disseram para eu começar a tocar no minuto em que a princesa entrasse no salão, mas o plano deu errado, porque a princesa entrou e começou a falar comigo:

– Que maravilhoso tocar tão bem na sua idade – disse a princesa.

Mar-rrá-vilhoso.

Nunca tinha ouvido ninguém falar assim antes. A princesa era miudinha, e seus cabelos eram escuros e presos no topo da cabeça, com muitos cachos perfeitamente no lugar, provavelmente feitos por uma dama de companhia. Ela usava um vestido vermelho curto, um casaco vermelho com botões pretos por cima, sapatos de verniz e uma bolsa de mão. Achei que ela se parecia com a Elizabeth Taylor, apesar dos joelhos gordos, mas Sharon achou que ela se parecia mais com a Sophia Loren. Foi muito bom a princesa ter falado comigo, isso acalmou meus nervos e eu estava relaxada quando comecei.

O salão novo estava completamente lotado de crianças e pais. A animação da conversa era tanta que foi quase possível cortá-la como se corta um bolo de frutas secas. Tentei não levantar o olhar, mas pude ver algumas pessoas conhecidas. Meu pai tirou a tarde de folga e vestiu seu blazer esportivo. Ele estava nas cadeiras mais altas, bem atrás de Steven Williams. Eu me sentia estranha vendo os dois tão próximos; os rostos dos melhores caras do mundo, meu pai e Steven. É sério.

Tudo aconteceu como a srta. Fairfax disse que seria. Meu braço direito fluiu como água corrente, as costas firmes como o tronco de uma árvore, os pés como raízes entrando pelo chão e meus ouvidos procurando – como era mesmo? – o ponto imóvel de calma no salão. Estava *bem ali*. Sabia onde a srta. Fairfax estava sentada, na lateral, em direção ao fundo, mas não toquei na sua direção, não era preciso. Eu a levava na minha cabeça, sempre levaria. Em vez disso, toquei na direção dele. Steven. Ele.

A menina pedindo para o menino voltar, muito calmamente no início, você pode, por favor, voltar para mim? Você não faz ideia do quanto eu quero que você volte para mim. E depois com muita empolgação. Ele está voltando. Ele está *voltando*. Tenha controle. Controle suas emoções, Petra. Cada nota como uma pérola. "*I* Think I Love You". "I *Think* I Love You". "I Think *I* Love You". "I Think I *Love* You". "I Think I Love *You*".

O diretor disse que eu era motivo de orgulho para a escola. A srta. Fairfax se curvou levemente. "De uma artista para outra artista", ela dissera. Meu pai chorou. Minha mãe achou que a princesa Margaret tinha ganho peso e que estava meio desleixada.

– Sua mãe acha que até a maldita Helena de Troia é desleixada – disse Sharon.

Alguns dias depois do concerto, estava na pequena sala de prática de música da escola, que fica atrás da quadra de basquete, quando olhei pela janela. Estava tão envolvida com minha nova peça que perdi a noção de quem era e onde estava. Vi Steven passando pela trilha lá fora, e meu coração disparou, como sempre acontecia quando o via. Levantei a mão para acenar, mas a baixei de volta bem na hora em que vi quem estava segurando seu braço.

Gillian.

Só porque ela podia.

Vários anos se passaram até que eu subisse novamente no trem para Londres. Dessa vez faria a viagem sozinha, somente eu e meu violoncelo, para uma entrevista na Royal Academy of Music. Pensei que estava mais forte, mas minha força não havia sido testada de novo, não como naquele dia com a turma de Gillian.

Há uma foto com todas nós que foi tirada na manhã do show em White City. Estamos na frente da bilheteria da estação de trem. Angela pediu ao carregador para tirar a foto com sua Kodak Instamatic. Carol está extraordinária, como uma artista. Vulgar, minha mãe diria. Tinha mechas loiras na parte da frente do seu cabelo castanho-avermelhado arrepiado, destoando da sua calça vermelha. Nos pés, Carol estava usando botas de verniz brancas, que deixavam uma extensão grande da perna de fora, morena da cor de canela. Ela se apoiou com um dos joelhos na frente do grupo, com as mãos esticadas no ar, enquanto sua expressão dizia: "Ta-raaá! Olhe para nós. Não somos sensacionais?"

Sharon estava usando seu sobretudo de lã. O casaco estava lindo na modelo da revista, mas como Sha era baixinha e cheinha, ficou parecendo uma ovelha, principalmente com o corte de cabelo repicado que tinha feito em homenagem a David. As camadas nunca funcionaram com os cabelos de Sharon, finos como os de um bebê – mesmo com litros e mais litros de spray que ela comprava para segurá-lo no lugar. Acho que o spray fixador de Sharon foi responsável por começar o buraco na camada de ozônio; nunca tínhamos ouvido falar sobre a camada de ozônio antes de inventarem o cabelo repicado, não é?

Ela está tão cheia de vida naquela foto! Esse é o dom de Sharon e ela o compartilhava com generosidade com aqueles que não nasceram com talento para a felicidade.

Meu cabelo está ainda pior que o de Sha. Nunca peguei o jeito de secar meu corte Chanel; então, na noite antes do show, usei bobes no cabelo para ter certeza de que as pontas ficariam viradas para baixo. Dormi de barriga para cima, como uma santa na tumba. O velcro pinicava meu coro cabeludo toda vez que eu me mexia. Achava que valeria a pena qualquer sofrimento para ter um cabelo bonito. Meu cabelo era um dos meus pontos fortes, embora tenha ficado óbvia a marca onde os bobes estiveram durante a noite. Não fiquei parecida com Susan Dey, como esperava. Nas roupas, estava vestida dos pés à cabeça com a cor favorita de David, o que o ajudaria a me escolher na multidão, é óbvio. Com meu tom de pele claro, fico horrível de marrom. Fico *amarela* vestida de marrom.

Olga está atrás de mim, um pouco para o lado, com uma expressão pensativa, que sempre foi sua postura em relação ao grupo. Abençoadas, ou amaldiçoadas, com nomes estrangeiros, Olga e eu estávamos destinadas a sermos amigas – ela era musical também, tocava viola, e seu pai era um russo bastante rigoroso. Mas nós nos evitávamos. Era como se sentíssemos que a soma das duas seria demais. Uma garota esquisita, estrangeira e estudante de música era uma aberração aceitável. Duas era esquisitice demais. Acho que teria me dado bem com Olga e ela comigo. Às vezes a via sorrindo pelas mesmas coisas que eu.

No centro da turma de Gillian estava a própria. Angela está escondida ao lado com o olhar abatido e resignado da melhor amiga que sabe que sua posição em breve será anunciada nos classificados. Com uma blusa de *chiffon* com babados, calça branca de boca larga, imaculada, e um chapéu em forma de sino com um broche de flor, Gillian tem a indiferença opressiva de Bianca Jagger. A câmera olha para ela e você sabe que quer continuar olhando cada vez mais. Bebendo de sua beleza. Gillian é a única que não está se empenhando em sorrir. Ela deixa sua boca abrir só um pouco, como uma modelo. Talvez seja minha imaginação, mas o rosto de Gillian parece estar tremulando com o ressentimento que estava prestes a ferver e queimar todas nós.

Há tantas coisas que as meninas naquela foto não sabiam. Não sabíamos que a famosa White City da nossa imaginação seria concreto cinza úmido fedendo a urina. Não sabíamos que uma garota morreria. Nem que milhares ficariam feridas, e que Sharon seria uma delas. Não sabíamos, não ainda, quanto o amor poderia custar. Estávamos apaixonadas pela ideia da paixão. Estávamos experimentando. E suspirando.

Não muito tempo depois daquela foto, meu amor por David iria recuar como a maré. Logo depois ficaria envergonhada em admitir que um dia gostei dele, assim como, por um curto período, fiquei com vergonha do meu violoncelo. No meu aniversário de 14 anos, Sharon me deu o álbum *Original Soundtrack* da banda inglesa 10cc. Fiquei arrepiada com aquele LP, pois aquilo queria dizer que havia pessoas que ouviam coisas do modo como eu ouvia. Palavras e música, dor e alegria.

Os inchados e confusos acordes de abertura de "I'm Not in Love", com a bateria como uma batida de coração, era o que pensar em garotos de verdade havia começado a fazer com todas as células do meu corpo.

Entretanto, ainda era grata a David, sempre seria, só não sabia disso naquela época. Por estar comigo quando ninguém mais estava; por dar voz a sentimentos que mal haviam nascido; por me ajudar a crescer, o que é muito, muito difícil de se fazer. Por me dar um garoto para amar, que jamais me magoaria, mesmo que fosse apenas porque ele nunca me amaria de volta. *Poderia ser para sempre?*

Talvez sim.

No show de David Cassidy em White City, que aconteceu no dia 26 de maio de 1974, a parte central da multidão de 35 mil fãs avançou freneticamente quando Cassidy apareceu; muitas fãs desmaiaram, foram pisoteadas ou prensadas. Um dos funcionários do serviço de ambulância disse que a quantidade de feridos o fez lembrar da Blitz, o bombardeio alemão sobre os ingleses durante a Segunda Grande Guerra. O diretor do Conselho Britânico de Segurança chamou o evento de "show suicida".

Cerca de 750 garotas foram tratadas de histeria ou de ferimentos naquela noite. Alguns dias depois, Bernadette Whealan, uma fã de 14 anos que estava inconsciente desde o tumulto, tornou-se a primeira fatalidade em um show de música pop na Grã-Bretanha.

David Cassidy enviou uma carta de pêsames aos pais de Bernadette, mas não compareceu ao funeral por receio de causar outro tumulto.

No exame de autópsia, o médico-legista registrou a causa como sendo por morte acidental devido a asfixia. Disse que Bernadette foi "vítima de histeria coletiva" e sugeriu que "os sapatos altos tipo plataforma" foram um dos fatores contribuintes para o grande número de garotas caídas no meio da multidão.

David Cassidy interrompeu sua carreira pouco tempo depois.

Parte 2
1998

Ecoam passos na memória
Pelos corredores que não seguimos
Em direção à porta que nunca abrimos
Para o roseiral

        T.S. Eliot, *Quatro Quartetos*

Peço perdão,
Nunca lhe prometi um jardim de rosas.
Junto com o sol,
Tem de haver um pouco de chuva em algum momento.

        Lynn Anderson,
        (*I Never Promised You A*) Rose Garden

12

No dia que sua mãe morreu, ela ficou sabendo que seu marido estava indo embora. Com certeza isso fez com que o enterro ficasse bastante interessante.

Petra estava na primeira fileira da capela usando um chapéu preto de abas largas. Seu marido estava sentado ao seu lado, chorando. Um dia ainda vai haver um detetive de lágrimas. É sobre isso que Petra está pensando. Ela havia lido recentemente em uma revista que cientistas descobriram que as lágrimas de verdade, lágrimas de sofrimento genuíno, vindas do coração, possuem uma composição química diferente daquelas que as pessoas choram quando estão assistindo a um filme triste. Ou daquelas que caem quando alguém é pego fazendo amor com uma pessoa que não deveria. Uma mulher que não é sua esposa, por exemplo. Existem oceanos de lágrimas falsas por aí, e agora há uma maneira de descobrirmos.

Petra acha que o detetive iria sugerir uma maneira de pegar as lágrimas de seu marido. Talvez em um lenço de papel que você lhe entregasse enquanto ele explica o quanto odeia pensar em deixar você e sua filha de 13 anos.

– Vocês são meu mundo. Posso estar ausente fisicamente, mas emocionalmente ainda estou aqui – o marido diria, exatamente como Marcus dissera para Petra, enxugando os olhos.

Ela gentilmente pegaria o lenço dele, colocando-o em um saco plástico. Mais tarde, o detetive levaria o lencinho de papel até um laboratório, onde os técnicos vestidos de jaleco branco reconstituiriam as lágrimas secas em um tubo de ensaio. Um relatório com os resultados chegaria depois de uma semana. Então você saberia. De uma forma ou de outra, você ficaria sabendo o que as lágrimas de seu marido significaram. A proporção exata de sofrimento e culpa, de arrependimento e alívio, de sal e água. Bem me quer, mal me quer...

Petra ouve as ondas lá fora estourando contra os seixos da praia. A capela fica em frente à praia, do outro lado da rua. Lá fora faz um belo dia de verão, fato que mal é registrado do lado de dentro da construção marrom, que parece ter sido projetada para manter a escuridão e a umidade. Ela pode ouvir as vozes e gritos dos turistas, captados por seus ouvidos mais como gritos de dor que de prazer.

Petra tenta fazer sua mente parar de vagar. Esse é o enterro de minha mãe, ela diz a si mesma. Minha mãe está morta. Impossível. Minha mãe está naquele caixão. Greta ocupou um espaço tão grande em sua vida que será preciso mais que um enterro e um atestado de óbito para convencer Petra de que ela se foi.

Ela tem consciência de que Marcus está ao seu lado no banco. Homens não choram com a mesma facilidade que as mulheres. Eles não derramam lágrimas sem uma briga. Os ombros de seu marido sacodem sutilmente debaixo de seu casaco cinza com lapelas de veludo, o que ela escolheu antes de ele fazer uma série de recitais na Alemanha e Áustria no ano passado. Petra mal se lembra de tê-lo visto chorar, pelo menos não desde que Molly nasceu. Nesse último mês, entretanto, Marcus chorou tantas vezes que Petra perdeu a conta. Desde aquela tarde de sábado em que ela chegou em casa de surpresa depois de ter feito uma palestra em um workshop em Chiswick e o telefone da cozinha tocou duas vezes, parou por alguns segundos e tocou novamente. Petra atendeu esperando ouvir a voz de sua mãe. Em vez disso, uma garota disse: "Você não me conhece."

Petra sente o impulso conjugal de consolar Marcus, um instinto poderoso, mas fica surpresa ao observar que sua mão se recusa terminantemente a obedecer à instrução que o cérebro está mandando. Seus dedos se flexionam dentro das luvas pretas compradas em uma barraca no mercado do centro da cidade há menos de duas horas. Ela só pensara no último minuto que sua mãe ficaria decepcionada se ela não usasse luvas. As luvas lhe dão a sensação de ter membranas entre os dedos. Ela pensa nos pés pretos de plástico do ganso-do-norte. Pela primeira vez lhe ocorre que agora ela é fonte de infelicidade para o homem com quem passou a maior parte de sua vida adulta, um obstáculo à sua felicidade. Marcus provavelmente deseja que fosse ela no caixão.

Petra fecha rapidamente os olhos para cortar esse pensamento e olha ao redor para o aglomerado de pessoas. Até que para uma mulher idosa, bastante reservada e que durante a infância de Petra desencorajava os visitantes ignorando a campainha da porta da frente e atendendo somente aqueles que perseveravam indo até a porta dos fundos, sua mãe havia reunido uma multidão razoável. Havia funcionários e frequentadores da capela, duas senhoras imaculadas da loja de departamentos onde sua mãe havia trabalhado por algum tempo na seção de chapéus, luvas e bolsas, e algumas presenças surpreendentes da família de seu pai, a maioria das quais sua mãe detestava por trabalharem com as mãos. Provavelmente estavam ali para ouvir a famosa violoncelista.

Do outro lado do corredor, a tia de Petra, Mair, já debilitada e com uma perna cheia de curativos, dá a Marcus o sorriso que as pessoas sorriem para aqueles que viram na TV: muito familiar e incerto. Em resposta, Marcus confere a tia Mair o sorriso que se esperaria – simpático o suficiente para não parecer vaidoso ou arrogante, mas suficientemente frio e distante para sugerir que qualquer tentativa de aproximação não seria prudente. Petra quase sente pena dele. Um enterro deve ser um lugar cruel e embaraçoso para se estar quando sua sogra está no caixão e sua única filha acabou de descobrir que você está apaixonado por outra pessoa.

Depois de encerrar a ligação com a garota, o telefone tocou de novo, quase que imediatamente, e Petra o apanhou de repente, pronta para dizer tudo o que ficara engasgado por estar chocada demais para dizer na hora. Ela pegou o fone desajeitadamente, e ele se soltou da parede e ficou pendurado pelo fio a alguns centímetros de distância da tigela de comida do gato. Quando Petra finalmente conseguiu segurar o telefone no ouvido, descobriu que não era a garota, era Glenys, a vizinha de sua mãe.

– Eu sinto muito, ela se foi – Glenys disse.

– O quê? Quem se foi? Oh, Deus!

Nenhuma notícia poderia ser tão terrível, mas Glenys queria ser a primeira a dá-la.

Petra sentiu necessidade de ligar para alguém. A luz benéfica de junho que entrava sorrateiramente pela veneziana verde-maçã era a mesma de segundos atrás. As inocentes escovas de lavar louça estavam a postos em seu balde metálico, a fotografia de Molly no mural próximo ao telefone, sorridente e sardenta no Dia Mundial do Livro, usando sua fantasia de Pippi Meialonga, um personagem de livros infantis. Sua mãe era genial para fazer tranças, um talento que parecia estar no DNA alemão. Ela costumava pentear os cabelos vigorosamente até ficarem brilhando, depois puxá-los bem apertado desde a raiz, até o couro cabeludo de Petra implorar por clemência.

Ela experimenta a ideia de pensar em sua mãe no passado, mas não, seu cérebro não permite. E aquela garota, amante de Marcus? Com certeza deveria ser possível chamar algum tipo de serviço de emergência e dizer: "Olha só, sinto muitíssimo, mas não sou capaz de processar essas duas bombas pavorosas ao mesmo tempo. Podemos dar um jeito de tirar uma delas da frente?"

Na capela, na tarde sonolenta, com seu púlpito reluzente ornamentado com asas de águia e suas janelas altas sem visão, dois tipos de tristeza estão trançadas de maneira rígida no coração de Petra: a tristeza pela mãe e a tristeza pelo casamento. E talvez, para completar a trança, uma terceira: uma dor sem nome que lentamente vai tomando forma em sua mente.

– Vamos orar – ela ouve o ministro dizer ao longe.

Quando marido e mulher se ajoelham, um odor de mofo é exalado da tapeçaria do genuflexório, que, para Petra, sempre tivera o cheiro de Deus e da chuva. Ela deve conhecer cada almofada daquele lugar. Sua mãe bordou várias delas até começar a amaldiçoar sua vista ruim. Os problemas de vista, Petra herdou. Aos 38 anos, tem problemas para enxergar de perto e de longe. Descobriu há pouco tempo que estava no grupo daqueles que no supermercado trazem as latas até o nariz e depois esticam os braços para tentar ler o rótulo. Hoje, mesmo com as lentes de contato, ela precisa apertar os olhos para conseguir ler as palavras dos hinos.

Como a capela é bem próxima ao mar, praticamente *dentro* da água, quando a maré está alta, os livros de oração sempre foram salgados pela umidade. Nos domingos de inverno durante sua infância, ela se lembra de desgrudar as páginas para encontrar o salmo. As páginas eram tão frágeis que se pareciam mais com pele do que com papel. Sempre que cantavam "Aqueles em Perigo no Mar", o coro encarava uma luta desigual com as gaivotas que guinchavam no telhado e seu pai dizia sempre a mesma coisa: "Maravilha! Temos efeitos especiais!"

"Maravilha" era a palavra que seu pai usava para expressar tudo o que somava à felicidade humana, e a exclamação vinha sempre acompanhada de um alegre esfregar de mãos, como se ele fosse um escoteiro tentando acender o fogo.

– Maravilha, Petra *fach*.

As pessoas reclamam que os velhos sempre repetem as mesmas histórias, muitas e muitas vezes, e fazem isso mesmo, ah, como fazem, mas Petra aprendeu da maneira mais difícil que toda a irritação é instantaneamente perdoada quando os velhos não estão mais por aqui para contar a história mais uma vez. Ela daria tudo para ter seu pai de volta aqui com ela, mesmo que fosse por cinco minutos, e ouvi-lo fazer a brincadeira sem graça das gaivotas cantoras. O organista que o substituiu, no momento tentando tocar com afinco no mezanino no fundo da capela, não chega nem aos pés de papai. Depois de seis anos, ela ainda acha que Eric é novo na igreja. Ele tem problemas com os pedais. Cada verso termina de uma a duas batidas depois do canto, com um chiado brônquico, como que pedindo desculpas. Petra faz uma careta; ela consegue aguentar qualquer coisa: olhos ruins, tempo ruim, marido ruim, mas música ruim ela jamais será capaz de suportar.

"Pai Eterno, Salvador,
Cujos braços detêm as ondas em torpor,
Ofereceu-nos o oceano, poderoso e profundo
E seus limites designou.
Oh, Senhor, que nosso chamado Tu possas escutar
Em socorro aos que estão em perigo no mar."

As palavras em inglês não soam familiares. Ela percebe que só conhece o hino em galês. A tradução deve ser para Marcus. É exatamente o tipo de detalhe no qual sua mãe se ligava, sempre se preocupando se iriam parecer provincianos e comuns perante a família de Marcus, que morava em um moinho convertido em Costwolds e que fazia grandes esforços para que os Williams se sentissem à vontade. Como se Greta conseguisse relaxar perto de uma mulher chamada Arabella, que iniciava uma conversa sobre combinações de cores. Sua mãe não gostou de Arabella à primeira vista, e nenhuma das duas mulheres sabia que era porque a mãe de Marcus deixava claro para Greta que ela tinha feito um casamento abaixo da sua classe social.

Depois do primeiro verso, Petra não conseguia mais cantar, embora sua boca continuasse a mímica das palavras em galês.

Você não me conhece, a garota disse.

Não conhecia? Não pessoalmente, talvez, mas Petra acha que em um nível mais animal, um nível molecular da química corporal, ela conhecia exatamente. Não sabia quem a garota era, mas sabia de sua existência. Não havia nenhuma das dicas óbvias. Marcus era detalhista demais para deixar que batom no colarinho ou um recibo de floricultura suspeito fosse visto. Longe de agir de forma culpada ou de estar avoado como os homens que têm casos costumam ficar, ele parecia cheio de energia e atencioso; inclusive começou a levar Molly na casa de amigas para dormir e para as aulas de piano, o que deixou Petra encantada, pois ela sempre foi a motorista da família, apesar de sua falta de confiança atrás do volante. Entretanto, algumas coisas estavam diferentes. Quando estavam fazendo sexo, Marcus tinha dificuldade para terminar e pegou o hábito de virá-la de bruços para conseguir. Quando ela lhe perguntou sobre isso, depois de algumas taças de vinho e mantendo o tom intencionalmente casual, ele deu aquele sorriso arrependido dele dizendo que aquilo o excitava. Ela ficou aliviada com aquela explicação, ao mesmo tempo que não se convenceu. A verdade, pensou, era que ele não conseguia gozar se estivesse olhando para o rosto dela. Era muito mais fácil imaginar outro rosto se sua esposa estivesse com a cara enterrada no travesseiro. De volta de um concerto em Oxford certa noite, ele rolou sobre a cama e disse: "Quero foder sua boca." Aquela não era uma fala que pertencia à vida conjugal deles – aquele era um roteiro totalmente diferente –, e assim que ele disse aquilo ela deveria ter entendido o que significava, mas preferiu trancar o acontecido na gaveta do casamento chamada de "Particular", e esqueceu.

O pai de Petra nunca teve muita certeza sobre Marcus. Sempre dizia "Mark" e depois fazia uma pausa antes do "us", como um cavalo relinchando diante de uma cerca difícil, um tique que deixava sua mãe furiosa, pois adorava seu genro sem reservas. A combinação do talento de Marcus, sua sensibilidade apurada, seu temperamento explosivo e arrogância eram fascinantes para Greta, pois ela acreditava que eram os ingredientes do temperamento de um gênio. Muito poderia ser perdoado de um homem assim. Homens gentis e fracassados devotados, como o pai de Petra, não poderiam ser tolerados. Será que sua mãe pensava que foder com uma violinista de 25 anos era mais um benefício da condição de artista?

Não, não era fodendo. "Flertando", Petra corrigiu-se, vendo o olhar frio de desaprovação de sua mãe.

Greta não tolerava palavras de baixo calão de nenhum tipo. Ela parou de ler *The Times* depois que o jornal começou a escrever "sexo" no lugar de "relacionamento sexual". Você jamais ouviria "bastardo" saindo de seus lábios, somente "ilegítimo". Muito tempo depois de a palavra ter perdido seu estigma, sua mãe apontava para aquele bebê lindo dentro do carrinho, com bochechas rosadas, e murmurava secretamente: "Esse é o bebê ilegítimo da Kerry." Sua mãe estava presa no passado. A palavra "bastardo" tinha agora um sentido totalmente diferente.

Como o marido de Petra, por exemplo. Enquanto Marcus se retira de seu banco na igreja e caminha com segurança à frente da capela, Petra é capaz de observar seu parceiro de quase 15 anos de casamento como os outros na congregação provavelmente o veem. A idade não o afetou; para falar a verdade, o envelhecimento está lutando para colocar um dedo nesse homem. "Bonito e sensível. E ainda por cima é homem que não acaba mais! Como você é sortuda", uma amiga dissera nos velhos tempos, fazendo Petra corar; era como se a amiga os tivesse visto dormir e acordar. Como se tivesse observado Petra sendo envolvida por aqueles braços e pernas preguiçosos e nem um pouco desengonçados. Marcus não tinha nada da palidez tradicional dos artistas. Sua saúde é inabalável, sempre foi, com uma estrutura forte que jamais o deixaria ficar abatido ou – e isso, Petra observou, é um destino comum e terrível entre os homens de meia-idade – gordo, ou cair em declínio até que a beleza do jovem seja transformada num cavalheiro gorducho de bochechas vermelhas. Marcus não. Olhe só para ele. Fez 40 anos no ano passado, mas ainda tem uma vasta cabeleira escura e ondulada pela qual, de vez em quando, ele passa a mão distraidamente, mais para despentear do que pentear. Ele tem um quê do Ted Hughes, alguém disse, e é verdade. Sob a decência, e apesar do requinte, há algo selvagem não muito abaixo da superfície. Algo em que não se pode confiar.

Marcus se senta, puxa o violoncelo e passa o arco pelas cordas com um único movimento. Quem disse que a música foi inventada para confirmar a solidão humana obviamente nunca ouviu seu marido tocar. Quando ele tocou o Edward Elgar no Bristol, ano passado, um dos críticos disse que a performance dele era "ao mesmo tempo vigorosa e sensível de maneira sublime". Certo, e quem ficou com a maior parte desse vigor?

Conforme o arco se movia e a música crescia, a raiva dela ia e vinha. Mesmo se o detetive de lágrimas pudesse pegar uma amostra das lágrimas de seu marido, Petra não tinha certeza se iria querer saber se eram verdadeiras. Quando ele disse que ainda a amava, será que queria dizer isso mesmo? Vivemos em tempos estranhos, Petra pensa. A ciência está resolvendo todos os segredos da humanidade, um por um – predisposições a doenças, a química do cérebro de criminosos, testes de DNA para comprovar paternidade, o motivo pelo qual as mulheres preferem acasalar com homens do tipo alfa e viver com homens do tipo beta. Acontece que a natureza humana não está dando conta de toda essa informação. Não de uma vez só. Às vezes não saber é o que se pode suportar.

Petra sente um súbito desejo por ele. Não pelo homem fraco e evasivo que vem fazendo terapia de casal com ela enquanto está indo morar com uma violinista que se parece de maneira ultrajante com Petra quando tinha a mesma idade. Marcus, o homem que sempre desprezou clichês de traições burguesas, montou um lar com sua jovem amante em uma casa flutuante perto de Teddington.

– Uma casa flutuante – Petra repetira de maneira aborrecida. Será que havia algum ninho de amor nos anais do adultério mais bem-planejado para fazer você ter vontade de chamar um submarino nuclear?

– Mamãe, está tudo bem. Vai ficar tudo bem.

Molly está de pé ao lado dela, acariciando seu braço, falando gentilmente. Somente quando sua filha coloca um lenço de papel em sua mão enluvada é que Petra percebe que é ela quem está chorando. As lágrimas estão correndo sobre seu rosto em tal profusão que dão a sensação de estarem formando um laço feito com água debaixo de seu queixo. Ela sente a umidade se infiltrando sob o colarinho de sua nova camisa preta de linho. Era duas vezes mais cara do que qualquer peça do seu guarda-roupa, mas ela não poderia decepcionar sua mãe nesse dia importante.

– Petra, tenha controle de suas emoções, por favor – diz sua mãe, e automaticamente ela sente seu queixo se erguer e a espinha ficar ereta.

A postura pode fazer muito por uma mulher, sua mãe sempre foi muito específica quanto a isso. Se você tem a postura correta, se contrai a barriga usando os músculos do corpo como sua própria cinta, ficar cheinha na meia-idade não é algo inevitável como alguns gostam de fingir que é. Durante toda sua vida de casada, sua mãe se orgulhava do fato de ter exatamente o mesmo peso que tinha no dia do seu casamento. Greta seguia a filosofia de Helena Rubinstein: não existem mulheres feias, só preguiçosas.

De um dia de verão distante vem o din-don da van vendendo sorvete. A música composta por Henrique VIII para sua futura rainha acabou se transformando em uma melodia de sinos para chamar a atenção de turistas em um resort à beira-mar no País de Gales. Quais eram as chances?

– Mãe?

– Estou bem – Petra sussurra de volta, e coloca a mão no cabelo de sua filha. Molly é tão mais bonita que Petra, abençoada com as cores de sua avó e o mesmo rosto angelical em formato de coração.

– *Mamgu* iria adorar saber que papai está tocando Bach para ela – diz Molly, e Petra dá um sorriso molhado de confirmação.

Molly tem só 13 anos e já está de luto por sua avó. Um luto compassivo e descomplicado. Aquele era um bônus inesperado da maternidade, o modo como a mãe e a filha de Petra se amavam incondicionalmente, capazes de demonstrar esse amor de uma maneira que ela achava tão difícil fazer com Greta. Na rara ocasião em que Greta colocou a mão no braço de Petra, ela o sentiu quase como um choque elétrico.

A música chega ao seu final solene, como uma vida bem vivida, e Marcus levanta o arco e joga a cabeça para trás como se estivesse se sacudindo de um transe. É perceptível que a congregação quer aplaudir, mas alguma lei não escrita diz que não se pode aplaudir na igreja. Será que pensam que Deus ficará com ciúme do talento de Sua própria criação?

Marcus volta a se reunir com os outros no banco da igreja e olha de relance para ver seu triunfo refletido nos olhos de sua esposa. Ela não olha para ele. *Ora, meu amor, você me interpreta mal me descartando dessa forma tão grosseira.* Petra estuda seus dedos palmados enquanto os homens que carregam o caixão o levantam sobre os ombros. Qual seria o conselho de sua mãe enquanto vai para seu túmulo? Ela diria a Petra para reconquistar Marcus, sem dúvida. Greta não deixaria um homem desse calibre ir embora sem lutar. "Primeiríssima linha", era assim que ela chamava Marcus. A família de Marcus não fazia parte dessa primeiríssima linha. Doeu em Petra ouvi-la dizer isso; o modo como sua mãe, uma aristocrata por natureza, ficava tão impressionada pela classe na qual sua filha se casara.

A família segue o caixão até o lado de fora. No fundo da capela, em uma fileira na lateral, Petra nota uma loira bonita e gordinha mais ou menos da idade dela. Ela retribui o sorriso da mulher. Somente quando estão do lado de fora, ao lado do portão, e o caixão está sendo colocado dentro do carro fúnebre, é que Petra volta à realidade e percebe que ela não conseguiu registrar um rosto que conhecia como o dela própria.

Sharon.

Elas mantiveram contato. Em aniversários e Natais, atualizando-se sobre as novidades, inevitavelmente sobre as crianças, conforme os anos foram se passando. A menina de Petra, os dois meninos de Sharon, David e Gareth. Todo mês de dezembro, cartões de Natal viajavam do País de Gales para Londres, e vice-versa, cartões em que ambas expressavam o desejo de que aquele fosse o ano em que finalmente se encontrariam. Depois de algum tempo, Petra não sabia exatamente quanto, ela começou a esquecer de anotar o aniversário de Sha e, alguns anos depois, ficou chocada ao descobrir que ela não conseguia mais se lembrar do dia exato. Em 3 ou 5 de julho? Quando foi para o País de Gales para o enterro de sua professora de violoncelo, a srta. Fairfax, levou o número novo do telefone de Sharon. A empresa elétrica de Mal havia prosperado e a família se mudara para uma casa um pouco mais acima da costa, para um condomínio de casas afastadas umas das outras, com abrigo para carros e vista para o mar. O vizinho de um lado era diretor de escola, o do outro lado era um famoso jogador galês de rúgbi que morava com a esposa completamente reformada por um cirurgião plástico.

É um lugar elegante, Sharon tinha escrito no cartão de Natal. Petra não ligou para a amiga naquela visita ao País de Gales. Tinha pouco tempo, ela disse a si mesma, mas era a distância entre elas que parecia grande demais. No mercado, comprando flores para o túmulo da srta. Fairfax, Petra avistou uma figura familiar com uma coroa de cabelos loiros de bebê usando uma capa de chuva roxa, e levantou a mão instintivamente para acenar – É *você*! –, mas então se escondeu atrás de um pilar. Petra não sabia se era de si mesma que estava se escondendo. Ficou envergonhada por estar evitando a sua melhor amiga de infância, mas Sharon teria lido sua dor e sua decepção com apenas um olhar. Petra não estava preparada para enfrentar Sharon olhando para ela.

A amizade delas sobreviveu ao fato de Sha ter deixado a escola aos 16 anos para ir para um curso técnico aprender taquigrafia e datilografia, enquanto Petra ficou para atingir os níveis A, além de trabalhar aos sábados em uma loja da rede de farmácias Boots. Elas ainda riam muito juntas, como ninguém. Experimentavam todos os lançamentos de produtos de beleza da loja onde Petra trabalhava, incluindo uma máquina de bronzeamento de rosto que solicitava o uso de óculos como os de natação enquanto você estivesse sentado em frente a ela. Elas entenderam mal as instruções, é claro, e o rosto de Sharon foi tostado até ficar da cor de terracota flamejante, com exceção das áreas brancas ao redor dos olhos. Durante várias semanas ela parecia uma aviadora de antigamente.

Antes de sair da escola, no projeto final de artes, Sharon pintou meninas divertidas de olhos negros puxados em caixas de papelão. Elas estavam vestidas com cores incríveis, enfeitadas com brilhos, sempre em um ambiente onde o mar era visível através de uma janela.

Petra ficou boquiaberta.

– São incríveis. Como Matisse.

– Quem é esse? – Sharon riu. – Para com isso, Petra. Tudo tem que ser parecido com alguma coisa para você, não é? Algumas coisas são simplesmente elas mesmas, sabe.

Sharon deveria ter ido para a faculdade de artes plásticas, alguma faculdade boa, mas, apesar de ter uma imensa capacidade natural, faltava-lhe o reconhecimento do seu talento. Modéstia e humor gentil estavam entre as virtudes mais adoráveis de sua família, mas eram também sua maldição.

– Posso pintar em casa sempre que quiser, não posso? – Mas ela não pintava.

O casamento de Petra e Marcus foi o divisor de águas. Depois disso, as coisas nunca mais foram as mesmas entre as duas. Sharon estava fazendo os vestidos das madrinhas, mas os ajustes foram um problema porque Petra havia concordado em fazer tudo em Gloucestershire, a vila de Marcus, porque, bem, porque eles iriam montar uma tenda no jardim, a igreja era tão antiga e tão bonita e seus amigos de Londres poderiam chegar mais facilmente em vez de fazerem uma viagem pela Severn Bridge até o País de Gales, o que seria custoso, em vários sentidos.

O motivo verdadeiro era Greta. Entretenimento de qualquer tipo e, em particular, o medo do fracasso social sempre fizeram com que a mãe de Petra ficasse zangada. Greta seria obrigada a partir para o ataque, começando por combater qualquer crítica ou humilhação perceptível. Além do mais, Petra nem podia imaginar colocar toda a família de Marcus na capela marrom e fria com as irmãs de seu pai e um ministro batista que, com toda certeza, mencionaria pecado pelo menos duas vezes, e talvez até fornicação. A Igreja de Londres, que não via pecado que não pudesse ser perdoado e, de qualquer maneira, era cortês demais para mencionar qualquer coisa, era um local muito mais relaxante.

Na noite anterior ao casamento, Sharon chegou na casa do moinho em Costwold com seu antigo Mini Cooper, todo enferrujado e explodindo de vestidos embalados em sacolas de lavagem a seco. Feito com um cetim da cor de bronze que ela encontrara no mercado Llanelli, os vestidos das madrinhas tinham um corte belíssimo, quase escultural, com um decote profundo com delicadas pedrinhas reluzentes na borda. A irmã de Marcus, Georgina, foi a primeira a experimentar seu vestido.

– Que *estranho* – Georgie disse. – Eu poderia ir a uma balada com esse vestido.

A mãe de Marcus entrou e deu uma olhada para Sharon e seus vestidos.

– Oh, que estranho. Acho que podemos achar um corpete para deixar o vestido um pouco mais respeitável, você não acha?

Petra deveria ter ido embora dali naquela hora. Deveria ter pulado na lata-velha com Sha e pisado fundo no acelerador para a grama verde de casa. Contudo, sua paixão cega por Marcus a tinha roubado; ela se sentia superior por ser escolhida por aquele inglês emocionalmente indisponível de primeiríssima linha. Será que ela não desconfiava que estava se casando com o homem dos sonhos de sua mãe? Não conscientemente. O gosto do triunfo era tão forte que mascarava todas as outras sensações.

No altar, ela se virou para entregar seu buquê para a madrinha principal e viu lágrimas nos olhos sorridentes de Sharon. Por um segundo, não mais, Petra sentiu que estava caindo, caindo, enquanto os laços de sua melhor e mais antiga amizade começavam a se desfazer.

No dia seguinte ao funeral, Petra vai até a casa para começar a separar algumas coisas. Marcus levou Molly para um passeio na praia e depois iriam comer alguma coisa no novo café que havia sido inaugurado, com vista panorâmica para a baía. O café serve as mesmas saladas e sanduíches em baguetes dos cafés de Londres. Marcus sempre reclamava de como a comida era horrível por ali; ele aperta seu peito e diz que aquilo é o "Programa de Dieta para a Morte", que é o mesmo que dizer que as pessoas buscam consolo na comida. Pessoalmente, Petra acha que se você se vê morando em uma cidade que extrai minério e ferro durante o período que os historiadores sociais chamam de Declínio Pós-Industrial, com certeza merece um pouco de consolo. (O porto que já foi o orgulho da cidade poderia agora mudar seu nome para Extinto: seu futuro estava totalmente no passado.) Certamente não é coincidência que, no final do século XX, os ricos sejam os mais bem-sucedidos em serem magros; eles não precisam de consolo, tendo já uma vida bastante confortável. Andando pela rua, ela nota que as pessoas se tornaram gordas de uma forma chocante e lastimosa. Quando ela era criança, se você fosse pobre, era magro.

– Pele e osso. Não sobrou nada dele – suas tias costumavam relatar com um contentamento sinistro de um vizinho que perdera o emprego na mina.

Ela está feliz por Marcus e Molly não estarem com ela. Quando ela abre a porta da frente, o odor da última doença de sua mãe desce as escadas para cumprimentá-la. Obviamente, Greta se recusara terminantemente a ficar doente. Nas últimas semanas, quando seu equilíbrio "não estava tão bom", como até ela teve de admitir, ela ainda insistia em subir as escadas sozinha, mesmo Petra tendo arrumado o sofá na sala de estar. Greta lutou a última batalha com suas armas preferidas: a austeridade alemã e o perfume Blue Grass, de Estée Lauder.

Petra empurra a porta de vidro que dá para a cozinha. Os armários, da cor de damasco com puxadores de anéis de metal e a pia rechonchuda têm a idade da construção da casa, mais de 70 anos. Ela abre a geladeira e registra seu conteúdo: três fatias de presunto embrulhadas em papel alumínio, metade de um iogurte com a tampa, três tomates e algumas ervilhas da horta, ainda na vagem. Seus pais cresceram durante a guerra – sua mãe na Alemanha, seu pai em uma fazenda local. Para aquela geração, ela acha, não era apenas a comida que era racionada. Os sentimentos eram racionados também. Eles eram mais comedidos nas emoções, sempre mantendo algo na reserva.

Há muito tempo, ela se lembra de sua mãe entrando furiosa nessa cozinha depois de Petra ter perambulado enquanto fazia a revisão para uma prova e distraidamente se servira de um pedaço grande de queijo.

– Quando eu tinha a sua idade, teria feito esse pedaço durar uma semana – sua mãe disparou, arrancando a vasilha de Tupperware da mão de Petra e batendo a porta da geladeira com força.

Naquela mesma noite, seu pai, o pacífico, parado ao pé de sua cama, disse:

– O que você precisa entender, *cariad fach*, é que as pessoas que já passaram fome, muita fome, veja bem, não são iguais às pessoas que não sabem o que é isso.

Tudo na casa continua exatamente como Petra se lembra. O piano que ficava na sala de estar tem um prelúdio de Chopin aberto no apoio para partituras; Petra tenta algumas notas, mas ouvir o piano de seu pai traz uma agonia inesperada, como cortar um dedo bem fundo. Depois que seu pai morreu, sua mãe começou a gostar dele e a valorizá-lo; ela poliu a memória do homem que foi sempre o zangão de sua abelha-rainha enquanto vivo.

De volta ao hall de entrada, o telefone na mesa de vime é o mesmo que seus pais instalaram 30 anos atrás. Houve um surto de animação quando ele foi instalado. Era tão raro terem visitas que o técnico que fez a instalação causou uma impressão duradoura. Um homem alegre de macacão azul, ele aqueceu a casa alguns graus só de entrar nela.

– A senhora tem uma casa encantadora, sra. Williams. Muito bem, então.

Petra adorou o telefone novo: trouxe um pouco de glamour futurista para uma casa que poderia estar na Prússia do século XIX. O telefone era verde-abacate com o disco de um tom verde mais escuro. Petra se lembra de ter feito ligações naquele telefone que pareciam tão urgentes que o disco parecia levar anos para voltar. "Três, dois, cinco, oito", sua mãe respondia, bem depois que esse tipo de formalidade começou a soar artificial e ligeiramente cômica, e o número em si foi sendo aumentado diversas vezes por companhias telefônicas, sempre mudando.

Nem sempre é fácil reconhecer os momentos significativos da vida enquanto você os está vivendo, mas Petra sabe que este é um deles. Estar ali, na entrada da casa, e compreender que nenhum de seus pais atenderá o telefone novamente. E que ela não discará mais o número deles. A morte é algo grande demais para processar, ela percebe isso; a perda nos chega em infinitas pequenas parcelas que não serão recuperadas.

No andar de cima, no quarto de seus pais, ela fecha as pesadas cortinas. A pequena horta que fica embaixo, sempre tão bonita quando seu pai era vivo, agora está em plena rebelião, como se, ao se verem livres do olhar reprovador de sua mãe, as plantas subitamente tivessem resolvido fazer uma festa selvagem. Subindo pela parede de tijolos aparentes e cheia de fuligem, a profusão de flores das ervilhas-de-cheiro está definhando com a própria abundância. As ervilhas-de-cheiro precisam ser colhidas para que as flores continuem brotando. Sua mãe lhe ensinara isso. Petra cuidará disso depois.

Primeiro, o armário de sua mãe, que domina o quarto do casal. É um armário de duas portas, de mogno, tem um espelho de corpo inteiro com uma bela moldura chanfrada que brilha como diamante quando capta a luz. Coisas pesadas assim saíram de moda. Móveis escuros, assim são chamados hoje. Na casa de Petra em Londres, Molly guarda seus jeans *skinny* e suas roupas da Topshop em um armário portátil de lona fechado por um zíper. Ele se parece com algo que os cientistas da perícia forense erguem na cena do crime. A pequena tenda passa a mensagem de que as roupas são joviais, baratas e descartáveis. Não o armário de Greta, que mais parece uma capela construída para celebrar a eterna feminilidade. Petra gira a chave de metal e ouve um satisfatório clique.

O interior poderia fazer parte de uma matéria de revista sobre "Como Uma Mulher Deve Cuidar de Suas Roupas". Prateleiras de sapatos e botas muito organizadas na parte de baixo. As fôrmas de sapatos sobressalentes parecem um pouco sinistras, como fantoches sem os fios. Não se veem suéteres embolados como os que Petra deixa em suas prateleiras quando está com pressa. Ela acaricia um blazer de lã acinturado, cuja gola parece ser de visom. Poderia ter sido usado pela atriz Eva Marie Saint no filme *Intriga internacional*, de 1959. Um blazer tão maravilhoso exige que Cary Grant, no mínimo, escale apressadamente a face de um penhasco para mostrar admiração pela peça de roupa. Petra enterra o rosto no denso tecido caramelo onde ainda consegue sentir o cheiro de sua mãe. Echt Kolnisch Wasser N.º 4.711. Eau de cologne N.º 4.711, o fantasma penetrante de gim e frésias. Nesse momento, ela começa a chorar como se deve. Chorar pelos lugares que o blazer encantador nunca viajou, pela bela mulher que teria amado esses lugares, se tivesse tido a chance. Nas gavetas de um lado do guarda-roupa, ela encontra cachecóis, dobrados e passados no formado de perfeitas miniaturas de velas de um barco.

Sua mãe acreditava no que agora são chamadas de peças de investimento: suéteres de lã em cores neutras atemporais, envoltos em papéis de seda que crepitavam quando tocados, duas boas camisas brancas de algodão em cabides acolchoados. Petra planejava guardar algumas coisas para si e para Molly, e carregar o carro com o restante das coisas para levar à igreja, mas essas não eram roupas de segunda mão, eram *vintage*. Sua mãe merecia um museu de roupas, não um brechó.

Petra estava apalpando para ver se havia alguma coisa atrás dos casacos quando encontra algo. Não está procurando aquilo. Não busca nada em particular. Está apanhando um par de sapatos de verniz pretos, de saltos altos, ainda brilhando depois de 30 anos, quando seus dedos encostam em alguma coisa mais fria que o couro. Ela retira o objeto. É uma lata com o desenho de um lago e montanhas na tampa. Um presente de Natal da Áustria. Dentro da lata há cartões-postais, fotos em preto e branco de seus pais ainda jovens e um maço de cartas amarradas com uma fita vermelha.

O envelope rosa está fora do lugar. Tem várias carinhas sorrindo e um arco-íris na parte da frente. Seu coração dispara quando percebe que está endereçado a ela, mas há algo de estranho naquela caligrafia. Leva algum tempo para que ela reconheça que aquela caligrafia é a sua. Não era sua letra de agora, mas como escrevia muito tempo atrás, com voltinhas e floreios. O envelope fora aberto, então foi fácil puxar a carta. Lê a carta pela primeira vez, e depois uma vez mais para ter certeza.

Ela se levanta, anda pelo corredor e empurra a porta de seu antigo quarto. O edredom marrom bordado ainda está sobre a cama, levemente úmido ao toque, embora os 25 anos de luz entrando pelos caixilhos da janela tenham desbotado a cor chocolate e a transformado em um amarelo mofado. Ela se ajoelha, estica o braço para debaixo da cama e coloca o dedo na abertura entre as tábuas de madeira, levantando uma delas e puxando uma pilha de revistas e um rádio transistor cinza. Gira o botão.

Ridículo. Completamente insano. Ela meio que esperava ouvir a voz dele.

> *"Cherish is the word I use to describe,*
> *All the feelings that I have hiding here for you inside."*
> (Amor é a palavra que uso para descrever
> Todos os sentimentos que venho guardando para você.)

Mas não há nada. Ela abre a tampa da parte de trás do rádio com a unha e torce o nariz; havia ácido vertido pelas pilhas e o plástico estava corroído.

Petra tira os sapatos que usou no enterro e se deita na cama, apertando a carta e as revistas contra o peito. Como sua mãe pôde esconder isso dela? Ela deveria saber o que aquelas palavras significavam. "Você, Petra Williams, é a vencedora do Superteste de David Cassidy." A revista tem enorme prazer em dizer que ela ganhou a viagem da vida dela para viajar com sua amiga, Sharon Lewis, para conhecer David pessoalmente nos estúdios de *A Família Dó-Ré-Mi* em Los Angeles.

Na parte de baixo da carta, um nome foi datilografado com tanto entusiasmo que perfurou o papel. Zelda Franklin. A data era 22 de julho de 1974, quase 24 anos atrás. Esta nova perda, tão boba e insignificante, se comparada às outras, tão grandes e devastadoras, irrompe dentro dela. Seus pulmões parecem estar sendo lambidos por uma chama que clama por justiça. Petra, uma menina tão boazinha por tanto tempo, queima com essa injustiça. A felicidade chegara em um envelope cor-de-rosa e isso lhe fora roubado. Eu venci, pensa, fascinada. *Eu sou* a vencedora.

Como ela pôde fazer isso? Como *pôde*? A tristeza que sente por Greta não tem a ver apenas com a morte; mãe e filha se perderam uma da outra muito antes de a mulher ter escapado com graciosa firmeza da plataforma de desembarque. Misturado com a ferida do sofrimento está o desgosto em saber que sua mãe na verdade escolheu esconder esse prazer dela. Greta via a música pop como um fungo no rosto da civilização e, pior, uma praga no futuro de sua filha como artista. Petra corre os dedos para cima e para baixo da trilha felpuda da colcha, sentindo a força deles.

– É preciso praticar todos os dias, se você quer ser a melhor – sua mãe dissera, e ela nunca desobedecera.

Greta tinha razão. A prática levava à perfeição, mas o que 30 anos de prática fizeram com Petra? Deixaram-na perfeitamente triste. Ela não sabe ao certo durante quanto tempo ficou deitada ali, ou quando um plano começou a tomar forma em sua mente.

Sentando-se, recoloca os sapatos e recolhe as revistas que desenterrou de seu velho esconderijo. Quem sabe elas fariam Molly dar boas risadas? No espelho acima da prateleira, com sua fileira de livros da inglesa Enid Blytons, Petra se olha no espelho. É seu pai quem vê olhando para ela. Papai jamais teria escondido um sonho realizado em uma caixa, guardando-o como se fosse um segredo criminoso.

Descendo as escadas com a carta enfiada em segurança no bolso, ela imagina o que aconteceria se ligasse para a revista e dissesse: posso receber meu prêmio agora? Que bobo. Não há mais ninguém para ligar. Nenhuma revista, nenhuma Zelda Franklin, nenhuma *Família Dó-Ré-Mi*. Petra pega a revista que está no topo da pilha para olhar direito para o rosto da capa. Aqueles olhos. Piscinas verdes onde derramávamos todos os nossos desejos. Ele era fascinante, até hoje. Ele havia sido o mundo dela. E ela ganhou a oportunidade de lhe dizer isso. Aquele momento foi perdido para sempre, como milhões de outros momentos de uma vida humana. Passando pela mesa de vime do hall de entrada, a caminho da porta da frente, Petra coloca o dedo em um dos buracos do telefone verde, puxando o disco e o soltando, ouvindo o som familiar enquanto o disco retorna à posição. Mesmo se houvesse pessoas para ligar, o que pensariam dela?

13

Foi completamente por acaso que Marie atendeu a ligação da mulher maluca. Ela chegou cedo à revista essa manhã, com uma ressaca que a fazia se sentir como um ovo de avestruz. Grande, porém frágil, podendo se quebrar a qualquer momento. Ela transferiu com sucesso sua cabeça, do apartamento onde mora até seu carro, do estacionamento até o elevador, e depois até sua sala, perto da janela, como alguém equilibrando uma taça de cristal sobre uma carta de baralho. Agora ela está sentada à sua mesa com uma garrafa grande de Evian e um café expresso triplo, tomando goles alternados de cada um para suprimir a náusea. Marie precisa pensar. Mas seu crânio e a repentina e indesejável percepção de seu cérebro, ressecado e latejante dentro dele, faziam pensar ser quase impossível.

Hoje é o grande dia da reunião editorial do grupo, na qual tentará vender a história de sucesso de sua revista, *Teengirl*, contra os outros editores com seus pedidos idiotas de publicidade, todos empertigados em frente ao diretor editorial. Sasha Harper, a editora de *Babe*, estará lá com sua armadura: Prada dos pés à cabeça e sua lança de confiança, a caneta Mont Blanc. Ao pensar em Sasha, Marie geme suavemente e mergulha a mão dentro de sua gaveta, tateando em busca de uma aspirina. No interior da gaveta, seus dedos encontram algo mole e frio ao toque, e recuam. Abrindo um dos olhos com muito cuidado, Marie vê que é o preservativo que a revista *Babe* recentemente colocou como brinde na capa. Camisinhas sabor chocolate para as adolescentes.

Jesus. Está tudo tão errado.

Marie e Sasha deveriam ser colegas de trabalho da mesma equipe; as duas dominam o mercado de revistas adolescentes que está crescendo diariamente. A *Teengirl* de Marie foca mais em artistas pop, amor na adolescência e música, enquanto *Babe* se especializa em fofocas sobre celebridades, sexo e problemas relacionados a ele. Longe de se apoiarem, as duas tornaram-se rivais, provavelmente porque o diretor editorial do grupo é um conhecido guru deste mercado. Elas competem pela aprovação do chefe como irmãs brigando pelos elogios de um pai distante. Todos o chamam de chefe, com exceção de Barry, o diretor de marketing, que é um velho amigo e o chama pelo seu primeiro nome.

Marie não precisou de despertador essa manhã. Ela acordou sentindo-se bastante alarmada, às 4h da manhã, três horas depois de ter ido dormir. O subconsciente de Marie permitiu que ela admitisse o que nunca aceitaria à luz do dia: ela está perdendo a batalha para Sasha. A batalha com relação a preferência, sexo e dinheiro. As garotas de 14 anos de idade cada vez mais optam por se vestir como prostitutas, enquanto as de 40 se vestem como adolescentes. Não há dúvidas na cabeça de Marie de que as garotas estão desesperadas para crescer mais rápido. Até mesmo as meninas de 9 anos vestidas com miniblusas querem entrar de penetra nas festas. Onde antes procuravam conselhos sobre mordidas do namorado que precisam ser escondidas, agora as leitoras parecem devorar coisas sobre sexo oral, se é que devorar é a palavra que estão procurando.

Ela geme e puxa a garrafa de água na sua direção, pressionando a frieza do objeto contra a têmpora. As revistas ficaram mais sexy para acompanhar as meninas. Ou foram as revistas mais grosseiras que fizeram as meninas pensar que deveriam saber mais sobre sexo? Definitivamente algo muito estranho aconteceu com as mulheres desde que Marie era criança e tinha um pôster da banda Duran Duran sobre a cama e uma coleção premiada de *trolls* com cabelos luminosos, mas ela não tem energia ou curiosidade suficientes para pensar o que pode ser. Vamos deixar que outra pessoa pense sobre esse assunto.

Normalmente, Marie não atende o telefone. Katie, que fica do lado de fora da porta, sempre o atende instantaneamente. Então aquele toque chiado é novidade para ela. Ainda é tão cedo – não são nem 8h ainda – e Marie atende com cautela. A voz da mulher do outro lado da linha, engasgada com um tipo de tristeza ou emoção da qual não tinha controle ainda, alerta Marie que deveria ter deixado o telefone tocar. Tarde demais. Está presa com ela agora.

– Quantos anos você disse que tem? – Marie pergunta. – Aqui é da revista *Teengirl*. Sim, *TEENGIRL*. Não, nunca ouvi falar nessa revista, sinto muito.

Ela escuta pacientemente a história da mulher, murmura coisas educadas, ainda que sem comprometimento, e por fim anota rapidamente o nome da Mulher Maluca, seu telefone e endereço, que fica nas redondezas de Londres.

– Sim, alguém vai entrar em contato – Marie promete. – Claro, posso ver o quanto deve ter sido decepcionante. Não há de quê.

Meu Deus, isso está mais para uma ligação para os samaritanos do que para um pedido de uma leitora. Pelo menos a Mulher Maluca pareceu um pouco mais calma quando Marie desligou o telefone. Com sorte, essa será a última vez que escutam falar dela.

Marie remexe em sua bolsa e encontra sua maquiagem. Aos 29 anos e 11 meses, Marie O'Donnell ainda é jovem, mas é velha o suficiente para saber que a juventude não dura para sempre. E juventude é o que conta no seu negócio. O time mais jovem, que mal consegue escrever seu nome com um galho, está regularmente sendo promovido para as cadeiras dos editores, desde que os poderosos decidiram que não é o suficiente *atrair* leitores; o editor precisa *ser* o leitor – jovem, solteiro e sexy. Marie ainda é solteira. Ocupada demais trabalhando e divertindo-se com suas amigas, sempre que consegue escapar do escritório. Como outras mulheres da sua geração, Marie disse a si mesma que o amor poderia esperar. O amor estava ali, no modo de espera, voando em um céu azul, logo ali, até o dia em que ela passaria uma mensagem pelo rádio para dizer que há condições favoráveis para aterrissagem. (Essa é a ilusão mais cruel da sua geração, a ideia de que se pode ditar regras ao amor, programar suas chegadas e partidas. O amor tem seus próprios planos.)

Com mãos hábeis, Marie começa a espalhar a nova base Chanel usando as pontas dos dedos, com toques leves como os de uma pluma. Depois, seu batom coral favorito. Uma aplicação com o pincel, tirando o excesso com lenço de papel; depois a segunda aplicação para durar: o modo como as revistas a ensinaram quando tinha a idade que suas leitoras têm agora. Tão perto e tão longe, os anos vulcânicos da adolescência. Ela não voltaria a ter 13 anos novamente nem se lhe pagassem um milhão de libras.

A sala da diretoria da editora Nightingale fica no sétimo andar, com uma vista espetacular de 180° para o rio. O chefe está ao lado da janela, brigando com a persiana nova, quando vê Marie entrando. O rio Tâmisa, normalmente de um tom cinza pálido como o de um rato, está marrom esta manhã, um estranho marrom remexido, como se alguém tivesse jogado chocolate quente ali durante a noite. A rua que acompanha o outro lado do rio, sempre uma faixa contínua de metal de veículos lançando fumaça, está quase vazia. Os ônibus vermelhos movimentam-se como brinquedinhos sendo puxados por um fio. Mais adiante, em um espaço vazio entre os blocos de escritório, está a catedral. Incrível, o chefe pensa, que depois de todos esses anos trabalhando nesse prédio nunca tenha se cansado de olhar para a cúpula da catedral de St. Paul. Quando ouve no rádio um vigário falando sobre a graça de Deus, é sempre a cúpula da catedral que lhe vem à cabeça.

Ele se volta para ver sua equipe se sentando à comprida mesa de madeira. Recentemente alvo de uma grande reforma, a sala da diretoria da Nightingale agora é uma sinfonia de madeira de teca e vidro, com várias estatuetas rechonchudas dispostas no painel decorado na parede, em pequenos nichos iluminados. Provavelmente arrematados em alguma liquidação de fornecedores de Buda, o chefe suspeita. Desperdício total de dinheiro, mas os anunciantes esperam que você pareça moderno – e pagam por isso. Se as estatuetas tentavam passar a impressão de sabedoria divina e tranquilidade, então fracassavam, ele pensa. O que os Budas arrematados em liquidação mais parecem são aqueles Teletubbies que andam como patas-chocas na TV infantil.

O chefe coloca a caneta e o caderno sobre a mesa e examina sua equipe. O grupo de editores está todo ali, sentado em cadeiras tão pesadas quanto tronos. Greg Chisholm, cabeça do Departamento de Relações Públicas e sempre três anos atrás de Elton John na escolha dos óculos, está sentado ao lado de Declan Walsh, diretor de criação. Declan, que já fez parte de uma banda quando garoto, saiu de uma linha de produção de uma fábrica que produzia adoráveis ladinos irlandeses. Entre Declan e Sasha Harper está Wendy, cuja revista é endereçada às mães que lutam no mercado de trabalho. Wendy às vezes é um pouco prolixa, mas é uma profissional extraordinária.

Em frente a Wendy está a imaculada Louisa Becks, uma prima distante da rainha. Sua coluna *Você Melhor* está conquistando leitoras abastadas entre as mulheres que trabalham e podem se dar ao luxo de pagar por uma juventude estendida, abrangendo férias com yoga e o "tempo para mim", cujo pacote de beleza inclui o abraço caloroso de aplicação de lama no corpo inteiro. Sempre que o chefe fala com Louisa, tem a impressão de que é ela quem está lhe concedendo uma audiência, e não o contrário. Deve ser da classe social, ele acha. Apesar do terno Armani e do escritório com uma bela vista, ele ainda é o garoto de classe média baixa que só teria encontrado a família de Louisa lendo o jornal.

Ao lado de Louisa, ostentando o mesmo corte de cabelo bem curto, raspado à máquina, e calças de couro Gucci, estão Gavin e Matthew. O mercado dos homens é mais direto que o das mulheres. Há revistas para homens que gostam de esporte, bebidas, carros, eletrônicos, mulheres e sabem ler – uma minoria tão especializada quanto os cultivadores de orquídeas. Há também as revistas para os caras que gostam de esporte, bebidas, carros, eletrônicos e não sabem ler, mas simplesmente querem olhar para os peitos das mulheres. Gavin cuida dos primeiros e Matthew dos últimos. Apesar de o chefe saber que os meninos desejariam trocar suas posições, ele acha que ficarão mais motivados onde estão.

Marie, a editora favorita do chefe, parece cansada hoje. Sua palidez celta está mais aparente que de costume. Enquanto Marie lhe faz um aceno de cabeça e sorri, ele imagina se ela está grávida. Se estiver, qual dos dois venceria: seu catolicismo ou sua ambição? Ele detestaria perdê-la. Ela é a única que o faz lembrar dele próprio mais jovem.

De costas para a janela, com a catedral de St. Paul visível sobre seus ombros, o chefe pede à editora de *Babe* para dar o pontapé inicial. Usando um cigarro como pontuação para sua fala, Sasha começa um discurso apaixonado e contundente sobre como *Babe* tem total comando quando o assunto é sexo na adolescência.

– Nós temos o sexo adolescente da mesma forma que a revista *PowerPlay* comanda a testosterona.

Segundo Sasha, *Babe* está dominando o mercado de fofocas de celebridades *teen*, e com outro grande empurrão logo será líder de mercado.

– Temos uma notícia muito quente chegando dessa garota nova chamada Britney – ela promete.

– E até que ponto dominar o tema sexo na adolescência deixa de lado o velho e ultrapassado anseio romântico? – pergunta o chefe com um sorriso sarcástico, o que sempre deixa sua equipe em dúvida se ele está de brincadeira.

Essa é a dica de Marie e ela aproveita:

– Bem, pessoalmente, acho que as meninas sempre irão fantasiar sobre os garotos que consideram heróis e sempre vão querer saber minúcias de sua vida. A sociedade pode ter se tornado mais explícita com relação ao sexo, mas as cartas que recebo das garotas me dizem que suas preocupações não mudaram.

– Que tipo de preocupações? – o chefe pergunta.

– Eh, hum, estou desesperada para ser amada, meu namorado me acha feia, estou assustada porque meus mamilos são desiguais.

Marie é recompensada com boas gargalhadas ao redor da mesa, e até o chefe sorri.

– Estou detectando uma luta corajosa, ainda que solitária, contra a erotização precoce, srta. O'Donnell?

Ela fica vermelha.

– Só não tenho certeza de que as leitoras da *Teengirl* queiram informações específicas sobre um boquete antes mesmo de terem dado seu primeiro beijo.

Ela não tem certeza de que isso seja verdade, de fato teme que seja o oposto, mas Marie faz a afirmação de qualquer jeito porque quer que seja verdade. Se não for, o que aconteceu com as meninas? Elas começaram a agir como meninos quando lhes disseram que eram iguais, mas alguém esqueceu de dizer a elas que não foram projetadas para serem homens; elas nem teriam coração para isso. Ou teriam coração demais, talvez.

– Concordo com Marie – diz Gavin. – O primeiro amor ainda existe.

– E latindo adoidado – diz Declan.

– Para mim – Gavin continua –, a tendência forte do momento é a nostalgia pelo passado. É aquele maldito fim do século, sacou?

Ele cai apressadamente para um linguajar mais informal para afastar qualquer acusação de ser um babaca pretensioso. Para azar de Gavin, nesses tempos de igualdade em que vivem, ser o primeiro em história em Oxford é considerado uma desvantagem profissional, pior do que ser viciado em cocaína.

– *Fin de siècle* – acrescenta Louisa, quase que para si mesma.

– Temos visto muitas ações do passado acontecendo novamente – Gavin diz. – Há um apetite imenso por coisas do tipo "como éramos antigamente": na indústria da moda, da música, dos filmes, seja lá o que for.

Marie ri muito alto e os outros a olham com curiosidade.

– Nem me fale sobre nostalgia – ela diz. – Atendi a ligação de uma maluca hoje bem cedo. Ela disse que venceu um teste do David Cassidy e queria saber se podia receber o prêmio.

– Que prêmio? – pergunta Sasha, para garantir que a voz de Marie não seja a única a ser ouvida. Ela olha de relance para o chefe, mas ele tem o olhar distante e está franzindo as sobrancelhas para alguma coisa.

Marie pode sentir seu rosto ficando vermelho por baixo da base com cobertura de longa duração. É a dermatite de estresse recomeçando.

– Vocês não vão acreditar. O prêmio era uma viagem para duas pessoas, a maluca e uma amiga, para conhecer David Cassidy nos estúdios de *A Família Dó-Ré-Mi*, que terminou por volta de 600 a.C.

A sala explode em gargalhadas de prazer e zombaria.

– O que houve com Cassidy, por falar nisso? – Matthew pergunta.

– Ele ainda faz um show em Vegas, e aquele estranho show do reencontro.

– Ele era um menino lindo – diz Declan. – Vocês se lembram daquela foto dele nu na capa da *Rolling Stones*? Início dos anos 1970? O pobre coitado estava tentando se livrar da imagem de garoto certinho, mas não deixaram o ídolo *teen* se libertar porque ele valia muito do jeito que era. Qual a idade da nossa Mulher Maluca?

Marie não sabe.

– Bem – diz Louisa –, eu era fã do Donny Osmond e as garotas que gostavam do David Cassidy geralmente eram um pouco mais velhas. Portanto, meu palpite é que ela esteja por volta dos 37 ou 38 anos.

– Caraca, Louisa – Declan diz com apreço. – Você era fã do Donny?

Ela sorri como se estivesse sonhando.

– Ah, eu era completamente apaixonada por ele. Matava aula com um bando de amigas para ficar do lado de fora do Churchill Hotel onde os Osmonds se hospedavam. Era demais. Candida Hancock ficou com um dos lençóis dele.

Faz-se um silêncio educado, porém perplexo, que é quebrado por Greg.

– Donny não era aquele cheio de dentes que usava uma boina roxa?

– Ele ficava muito bem – Louisa o defende com lealdade. – Estava fantástico no programa de Terry Wogan.

– Eu era um pouco fã de David – Wendy diz com cautela. Ela está temerosa em revelar sua idade exata entre os colegas mais jovens, mas sente as antigas lembranças começando a remexer dentro dela, como um animal hibernando que percebe que a primavera está chegando novamente. Na verdade, Wendy Petrie de Margate, como se chamava na época, foi a dois shows de David Cassidy em Wembley, os picos gêmeos de sua adolescência, e, durante 18 meses de exaltação, ela ia dormir toda noite com o "Kit do Amor de David Cassidy" debaixo do travesseiro.

– Ele tinha as fãs mais leais – ela continua –, em maior número do que os fãs de Elvis ou até mesmo dos Beatles. Minha amiga Paula diz que se casou com um homem chamado David Connor porque ele era americano e tinha as mesmas iniciais.

Marie está olhando para o chefe. Ele é sempre muito difícil de decifrar. O que será que ele está pensando sobre essa merda toda? Ela não tem certeza de quantos anos ele tem. Quarenta e poucos? Ela sabe que ele se divorciou de uma carreirista ambiciosa e que fez muita grana, anos atrás, quando vendeu ao proprietário a ideia de uma nova revista sobre música direcionada às garotas adolescentes. Marie acha que seu chefe pode não ser bem o que parece. Alguns homens usam terno como se o terno definisse quem são; o chefe usava seu terno como se estivesse apenas emprestando sua constituição física elegante à roupa até que conseguisse uma oferta melhor. Ele lembra um ator, se seu pobre cérebro prejudicado apenas conseguisse pescar o nome. Daquele filme com Michelle Pfeiffer que ela adora, *Susie e os Baker Boys*. Mais tarde o nome viria.

– O que acontece com o ídolo adolescente – Louisa está dizendo –, é que ele se transforma com o tempo. Os rostos e os nomes mudam, mas a necessidade emocional que eles preenchem, isso nunca mudará.

– Eu acho... – o chefe diz por fim, tão baixo que todos têm de se calar e prestar atenção para conseguirem ouvi-lo, esse é um truque antigo dos professores – que somos capazes de fazer algo com isso. O potencial enorme de identificação das fãs de David Cassidy e quem mais se lembrar de seus sentimentos por um ídolo pop. Tenho a impressão de que isso é para os seus leitores, Wendy. Nossa mulher maluca tem nome, Marie?

– É um nome diferente, estrangeiro. Acho que é Petra.

Ele assente afirmativamente e rabisca uma anotação em seu caderno.

– Muito bem, o que acham de chamarmos Petra, fazermos uma sessão de maquiagem com ela e a levarmos para Las Vegas para um show de Cassidy, programando um encontro entre os dois? Veja isso com o pessoal de Cassidy, tudo bem, Greg? Isso é uma ordem, e não uma pergunta.

– Deixa comigo. Vou *adorar* isso – Greg diz, acenando com seus óculos no ar. A armação vermelho-cereja é do tamanho de uma tábua de queijo. – Isso está parecendo um daqueles soldados japoneses que saem da selva e não sabem que a guerra acabou há 40 anos. É como uma cápsula do tempo real. Os tabloides vão adorar. "Mãe Reivindica Prêmio de Ídolo Adolescente. Que Amor Duradouro!"

– Cinderela, você *vai* ao baile! – exclama Matthew.

– Sim, só que 25 anos depois e 12 quilos mais pesada – Marie diz, cuja fé no Príncipe Encantado está difícil de ser remendada.

– Grande interesse para a humanidade – ironiza Declan –, contanto que a Mulher Maluca não seja uma desequilibrada que acha que Daaay-vidd vai arrancar suas roupas e pular na cama com ela.

– Cala a boca – diz Marie, sentindo um ímpeto de proteger a Mulher Maluca. A voz da mulher demonstrara que ela estava à beira do desespero.

, – E a amiga – diz o chefe, que segue seu próprio trem de pensamentos, distante dos outros agora. – A amiga dos velhos tempos pode ser muito útil. Imagino se é possível desenterrar o teste de David Cassidy.

Seus subalternos, desconcertados, fazem ruídos respeitosos e começam a pegar seus arquivos e seus maços de cigarros.

Marie está agradecida agora por ter atendido o telefone. Declan estava certa, eles apenas têm de torcer para que a Maluca seja apresentável. As técnicas com *airbrushing* para melhorar fotos fazem maravilhas hoje em dia, mas têm seus limites. E David Cassidy, ela se esquecera dele. Será que está são e simpático, ou estará prejudicado como tantos pobres coitados que ficaram famosos muito jovens?

O chefe segura a porta da sala da diretoria para ela. Eles andam juntos pelo corredor em silêncios, até que, de repente, ele diz:

– Sabe, Marie, há muito o que dizer sobre a crise da meia-idade. As pessoas com frequência estão no seu melhor durante uma crise. Você vê como as pessoas realmente são.

Marie ri, sem ter certeza de que essa é a resposta correta. Se ela não desejasse tanto a admiração do chefe, poderia ser menos insegura.

Através da porta de vaivém à frente, eles veem o diretor de marketing se aproximando.

– Oi, Baz, posso falar com você na minha sala um minuto? – pergunta o chefe.

Barry dá a Marie um aceno irônico usando apenas as pontas dos dedos.

– É claro – responde. – Sem problema, Bill.

14

—É então, qual a pior opção possível? Ou você se encontrará com o cara que venerava e adorava, ou ele será tipo um Liberace, aquele pianista e apresentador de TV, só que chapado.

Carrie pesca os saquinhos de chá das canecas e os deixa cair dentro da pia.

– Quer leite?

– E açúcar, por favor.

– Leite no chá até posso suportar. Açúcar é contra minha religião, sou de San Francisco – Carrie diz, pegando a caixa de chá que está encharcada por ter ficado tanto tempo no escorredor de pratos. – Uma pedra ou duas de diabetes tipo 2?

Petra não responde. É o começo de uma semana de trabalho e ela está brincando com seu arco. Pega um pouco de resina e passa o arco por ela, sacudindo um pouco no início e no final. Puxa o violoncelo para si e produz o som mais alto que consegue. Ultimamente, por algum motivo, começou a tocar alguns compassos de Led Zeppelin para aquecer. Quando estava no sexto ano da escola, Led Zeppelin era o que todos os garotos que não sabiam tocar guitarra tocavam na guitarra. Não fica tão bem no violoncelo, mas ela acha a explosão de agressão estranhamente tranquilizante.

A chuva está batendo em ritmo furioso nas janelas do meio. Do lado de dentro, elas se sentem tão espremidas como se estivessem na cabine de um barco minúsculo iluminado por lamparinas a óleo. Quanto mais severas forem as condições lá fora, mais profundo é o contentamento delas. Carrie e Petra têm muitas indicações de clientes dos hospitais locais e dos serviços sociais;

crianças vindas de lares onde a brutalidade é inacreditável e que com frequência têm uma resposta furiosa à terapia, pelo menos no início.

– Cala a boca, mulher – um garoto lhe disse várias vezes.

Karl, com um corpo grande demais para a sua idade, estraçalhou um número impressionante de instrumentos de percussão, incluindo uma bateria que, literalmente, deveria ser indestrutível. Casos assim não a chocavam mais. Se você nunca soube o que é ter harmonia em sua curta vida, e se seus dias não têm nenhum ritmo porque seus pais viciados em drogas têm os horários mais estranhos, por que não destruir uma bateria? Muitas das crianças que Petra ajuda têm dificuldades severas de aprendizagem.

– Os *seus* doidos. – Era assim que Marcus os chamava. – Pelo amor de Deus, Petra, por que você está desperdiçando seu talento com esses loucos?

Deixe-me entrar, deixe-me entrar, a chuva bate com irritação na janela. A sala dos funcionários dava para um pequeno parque, um tapete de grama para um piquenique, que na realidade servia como banheiro para os cachorros da vizinhança. Quando as pessoas em Londres falam sobre espaços verdes, Petra tem vontade de rir. Se você é do País de Gales, a grama do vizinho inglês nunca é mais verdinha; é sempre amarela ou marrom, da cor de merda. Conforme vai ficando mais velha, Petra acha que sofre cada vez mais de *hiraeth*, uma palavra que poderia ser traduzida como saudades de casa. Ela já viveu mais tempo em Londres do que no País de Gales, mais da metade de sua vida; contudo, uma parte teimosa dela a impede de considerar Londres como sua casa. A *hiraeth* parece ser um músculo a mais do coração que se contrai de dor sempre que pensa nas colinas e na chuva caindo como uma cortina sobre o mar.

Deveria ser verão, mas o Sul da Inglaterra tem sido castigado por inundações incomuns. Em Londres tem chovido tanto que você só nota o dilúvio nas raras ocasiões em que ele para. O Parque de Cocô de Cachorro se tornou um lago de lama.

Carrie passa para Petra sua caneca de chá e um pacote de biscoitos com recheio de figo, que se tornou uma piada secreta entre as duas mulheres e seu vício público. Petra pega dois e quebra um na metade antes de morder o recheio de figo.

– Ei, desde que voltou do País de Gales você vem ingerindo doce à beça?

A fala pausada de Carrie sobe rapidamente no fim de cada frase, transformando toda afirmação em pergunta. É uma entonação que a galesa e a californiana têm em comum.

– Estresse – Petra responde com displicência. – Morte, divórcio, e qual é a terceira coisa que consideram como sendo uma das mais estressantes da vida?

– David? – pergunta Carrie.

– Você está com inveja!

– Inveja? Por você ir para Las Vegas conhecer *David Cassidy*? – Carrie sacode a cabeça grisalha e seus brincos de argola balançam com uma jovialidade prateada. – Para com isso, eu não daria a David nem uma lambida do meu sorvete. Eu era louca pelo Bobby Sherman.

– Quem é Bobby Sherman?

– Ah! Ele era só o mais fofo, com o sorriso mais sensacional e o mais sexy que já existiu na face da Terra, só isso.

– *Bobby Sherman?* – Petra pronuncia o nome com a condescendência que o crente fiel reserva para qualquer ídolo adolescente que não seja o dele próprio. – Quantos fãs ele tinha na época?

– Só 30 milhões, mais eu e a Marge Simpson – diz Carrie.

Petra coloca seu arco de lado e checa o relógio. Está quase no horário da sua próxima sessão. Ela precisa ir ao banheiro primeiro; nunca se deve sair de uma aula no meio, quebra o encanto.

– Marge Simpson era apaixonada por Bobby Sherman? Pensei que ela fosse um personagem de desenho animado.

– Todos eles são personagens de desenho animado, Petra querida, esse é o ponto. Bobby era minha terapia de bolso, como David era a sua.

– Bolso o quê?

Antes de se especializar em musicoterapia e vir com Don, seu marido, para a Inglaterra, primeiro para Oxford e depois para Londres, Carrie estudou para ser analista jungiana. Em geral, ela fala o inglês normal, mas às vezes deixa escapar um dos seus termos psicanalíticos na conversa. Petra observa sua amiga com carinho. Percebe que Carrie está para começar uma daquelas explicações melodiosas que saem de seus lábios como uma cachoeira. Alta, magra e atlética, Carrie parece ter nascido com um bronzeado dourado e tênis para caminhada. Com olhos azuis e sardas da cor de canela no nariz e nas bochechas, Carrie poderia ser irmã de Robert Redford. Abençoada com uma espessa cabeleira grisalha que de algum modo parece chique, em vez de deixá-la mais velha, ela parece não envelhecer e possui uma calma invejável. Nos fins de semana, adora escalar penhascos, e também é ágil para encontrar a força mental necessária para conduzir as pessoas por um caminho difícil. Carrie tem duas filhas crescidas, uma é médica residente e a outra está em permanente ano sabático. Carrie tem sido uma luz para Petra em sua tentativa de navegar entre as tempestades da adolescência de Molly. As meninas começam cedo hoje em dia. Ela sabe que estaria perdida sem as certezas relaxadas da amiga mais velha de que as fases amargas e os silêncios selvagens são igualmente e completamente normais. Ultimamente, uma ou duas vezes Molly fez Petra chorar.

– O que você esperava? Ela é adolescente. Faça o teste na prática sobre a teoria de que o amor materno consegue aguentar qualquer merda.

Petra inveja Carrie; ou melhor, ela deseja *ser* a amiga, saber como é viver em um corpo e mente com aquela certeza e verdade. Comparada a Carrie, Petra sente que ainda é uma aprendiz emocional. A morte de sua mãe foi um choque enorme. Não pelo fato de Greta morrer. Ficou óbvio durante meses que nem mesmo sua mãe poderia encarar o câncer, que migrou, sem perdão, de um órgão para outro como um exército avançando. Não, foi o fato de que Petra não esperava se sentir *órfã*. Não com 38 anos de idade. Ainda assim, é como ela se sente. A tristeza por seu pai ressurgiu da sepultura que ele agora divide com sua mãe. Ela tenta se contentar com o fato de nenhum de seus pais terem vivido para ver o rompimento de seu casamento. Desde que Marcus foi embora, Petra gosta de se sentar perto de Carrie na sala dos professores, do mesmo modo que os animais se deitam um ao lado do outro no estábulo.

– Terapia de bolso – Carrie elabora. – É aquele lugar onde você coloca todas as suas necessidades e desejos.

Petra franze as sobrancelhas.

– Isso não se chama amor?

– Não, isso é pura fantasia. Muito comum, mas também é incorrigível e inapropriado.

– Para mim, parece ser amor – Petra insiste, pegando seu violoncelo e o manejando dentro do estojo. – Incorrigível e inapropriada no amor. Eu me graduei nisso.

Na porta, ela se lembra de algo e volta-se para Carrie, que está ocupada polindo uma xícara com uma escova.

– Por que você teve de dizer aquilo sobre Liberace? Você sabe que só vou conseguir pensar nisso quando for ver David. Você deveria me apoiar. Como amiga.

– Como amiga – Carrie diz –, não estou aqui para fazer com que se sinta melhor. Estou aqui para sentir inveja, competir e sutilmente enfraquecê-la enquanto finjo ser solidária.

– Ah, obrigada. Sua, sua... – Petra gagueja – sua *terapeuta* – ela finalmente deixa sair. A risada faz com que se sinta melhor. Seu ombro tem doído ultimamente e ela se contrai quando ergue o violoncelo para passar pela entrada.

Sua sala de trabalho fica duas portas adiante no corredor. É vazia e tranquila, com um piso de madeira clara, barulhento, e janelas arredondadas no teto. Depois de retirar os instrumentos da parede e colocá-los sobre a mesa ao centro, Petra se senta ao teclado e começa a tocar alguns acordes. No telhado reto em cima dela, a chuva produz um chiado como o dos instrumentos de percussão; parece mais a estática no rádio do que água. Por que a chuva é tão reconfortante quando você está infeliz e tão irritante quando está feliz?

Conforme seus dedos caem sobre as teclas para formar os acordes em meio à estática, a voz de uma mulher chega até Petra, uma das vozes mais bonitas que já ouvira. Não é preciso nenhum esforço para recordar a música que a mulher está cantando, nenhum mesmo. Petra cantarola a introdução e ouve a mulher chegar a um impossível Si Bemol grave, uma nota para os homens, com toda certeza. As mulheres não são capazes de cantar graves tão bem assim:

– *Talking to myself and feeling old.*

Ela e Sharon costumavam cantar essa canção dos Carpenter juntas. As duas aprenderam a letra dessa música ainda muito novas, praticamente bebês. Não tinham como saber. Como poderiam? O que as meninas de 13 anos sabem sobre se sentir velha?

"Rainy Days and Mondays." Deleitando-se com a tristeza da canção, Petra se surpreende lançando-se com entusiasmo repentino ao solo do saxofone. Aquele disparo de metal em meio a uma melodia tão melancólica não deveria funcionar, mas de algum modo dá certo. Respeitosamente, ela tira seu chapéu musical para Richard Carpenter. Ela se lembra tão bem da capa marrom-chocolate do álbum e as letras em estilo rococó. Será que eram mesmo de ouro? Ela aprendeu bem depois, durante a faculdade, que os Carpenters eram considerados brega, um gosto duvidoso para você guardar para si, mas suas melodias sobreviveram a quase todos os contemporâneos considerados melhores. As harmonias eram bem mais complexas, com letras que pareciam brotar naturalmente da melodia.

Ela e Sharon adoravam cantar "Close to You". Petra pegava o tom e Sha fazia todas as partes do *waaaa-aah-ahhh*.

Karen Carpenter perdeu a vida para a anorexia com... o quê, 32 anos? Que desperdício. Petra vê aquele rosto bonito emoldurado por cachos castanhos radiantes. Os críticos diziam que o rosto de Karen era de querubim, então a pobre coitada resolveu passar fome. Suas bochechas eram apenas saudáveis, só isso. A voz de

Karen fluía sem esforço pelas notas, não se percebia a mudança de marcha. Sua voz ia do grave ao agudo como se viajasse pelo meio líquido, e não pelo ar. Quem mais poderia fazer isso? Ella Fitzgerald, Barbra Streisand. Não muitas cantoras pop, com certeza.

Ela desejara muito um vestido que viu Karen Carpenter usando na revista *Jackie*. Petra se lembra dele agora, melhor até do que da maioria das roupas que ela própria teve. Era longo, esvoaçante, de gaze de algodão na cor areia. Era o vestido que as irmãs da série de TV *Os Pioneiros* usavam nas cenas em que estavam sonhando. Katharine Ross não usava o mesmo vestido na bicicleta, com Paul Newman, em *Butch Cassidy*?

Usando um chapéu-coco. Paul Newman, não Katharine Ross. Agora ela está confusa. A memória faz dessas coisas com a gente. Ela não tem mais certeza se está lembrando das coisas como eram ou como gostaria que fossem.

Ela precisa contar a Carrie; é quase certo que ela irá detectar algum significado oculto naquele vestido longo cor de areia, com um traço de castidade nupcial. Quando se conheceram, Petra ficara silenciosamente atemorizada com o hábito americano de tratá-la como um quebra-cabeça que precisava ser resolvido. Ela era galesa demais para se sentir totalmente à vontade com a maneira como Carrie examinava meticulosamente até os mínimos detalhes de sua vida, procurando pistas. As dores de cabeça de Petra eram simplesmente enxaquecas, pelo amor de Deus, e não sinal de uma incapacidade paralisante de ser assertiva em seu casamento, como Carrie sugerira. Certo dia, durante o almoço na lanchonete do trabalho, Petra mencionou uma carta de agradecimento que sua mãe mandara naquela manhã. Vindo de Greta, estava mais para uma carta dizendo "não, obrigada". Só mesmo sua mãe conseguia expressar gratidão soando não estar nem um pouco agradecida. Lendo a carta pela segunda vez, Petra sentiu suas pequenas reservas de confiança sendo esvaziadas, como se houvesse um pequeno furo em sua alma.

– Bom, o que você esperava? Sua mãe é terrível – Carrie disse suavemente, espetando um pepino com o palito.

Foi como um tiro sendo disparado. O volume do mundo mudou. O garfo que uma mulher pousou na mesa ao lado reverberou como a seção de tímpanos de uma orquestra.

Quem ousou chamar sua mãe de terrível? Nunca lhe ocorrera que ela, Petra, podia julgar Greta. Era Greta quem julgava Petra e a achava carente, e não o contrário.

– O que você acha? Que precisa ser a menina boazinha para sempre? – Carrie questionou enquanto pagava a conta. Ela dava gorjetas tão generosas que os garçons a olhavam desconfiados. Petra não respondeu. Por alguns segundos, não mais que isso, ela permitiu que a sugestão de Carrie se acomodasse em seu cérebro, e depois a baniu, como um limpador de para-brisa limpando o vidro do carro.

Petra vira Karen Carpenter somente uma vez em um programa de entrevistas; deve ter sido poucos meses antes de ela morrer. A cantora riu da pergunta sobre sua perda de peso. Negou com charme, com aquele seu sorriso de "a mais simpática da escola". Depois da entrevista, ela atravessou o estúdio e cantou. Mesmo estando com o corpo frágil e os braços que mais pareciam galhos finos, sua voz era como leite sendo derramado de uma jarra. Sua voz não sabia que estava habitando o corpo de uma criança faminta, e talvez Karen Carpenter não soubesse também. Algumas coisas sobre nós mesmos não conseguimos saber até que seja tarde demais.

Petra pega o metalofone. Com seu som metálico e invernal, é o instrumento predileto de Sam. Com as baquetas, ele toca a música que sempre adotam como cumprimento na chegada.

Sam já deveria ter chegado. O garoto tem problemas com relação a pisar em poças ou em rachaduras no chão; suas pernas ficam rígidas e ele as levanta bem alto, como os soldados nazistas durante a Segunda Guerra Mundial. Petra suspira. Sua mãe deve estar tendo um trabalho dos diabos para trazê-lo nessa chuva.

Há tantos temores depois de colocar uma criança no mundo. Toda noite Petra dá um beijo em Molly quando ela já está dormindo e sente uma enorme gratidão e alívio por sua bebê ter sobrevivido. A anorexia, que matou Karen Carpenter, é o maior medo com relação a Molly. Petra não se lembra disso ser grande coisa quando estava na escola. Agora, a magreza extrema se tornou mais uma maneira de competirem umas com as outras. Pode apostar que, se pudessem, as garotas entrariam em um concurso para se fazerem sumir. Ela não quer que Molly desperdice sua vida odiando seu corpo. Muita energia feminina é colocada em ser menor, em vez de maior e mais corajosas. Petra desliga o teclado e massageia seu ombro inchado. Ela sempre foi cruelmente rigorosa com relação ao seu corpo, mesmo quando não havia defeito nenhum para ser encontrado. Agora que há muito com o que se desesperar, Petra relembra com sincero assombro a garota que se escondia debaixo de malhas de lã longas e folgadas, até mesmo quando os termômetros no verão marcavam 26ºC, pois achava que suas coxas eram gordas. Que droga, por que ela não andava pela rua acenando com uma placa, informando: "TENHO UMA CINTURA DE 60 CENTÍMETROS"? Era o que deveria ter feito.

Ouve-se o som de duas mãos espancando a porta e o latido animado do cachorrinho de Sam. Petra se vira para dar as boas-vindas ao seu cliente.

Ela quase não tem lembrança de ter ligado para a revista. É um pequeno consolo em um mar de constrangimentos. Culpar o álcool poderia ser sua melhor opção, mas eram apenas 8h da manhã quando ela fez a ligação. As coisas tinham ficado bastante ruins para Petra ultimamente, principalmente no terrível horário das 3h da madrugada, quando ela desperta e encontra todos os seus medos reunidos ao pé da cama, oferecendo-se para passar um trailer dos desastres que estão para acontecer. Talvez ela perca a casa. Talvez Molly adore a nova namorada do pai e ache a casa flutuante um lugar mais legal para ficar do que a casa com aquecimento central de sua mãe, no subúrbio. Ela sabe que Marcus, alegando estar quebrado demais para pagar sua pensão, de algum modo consegue dinheiro para pagar mimos luxuosos para Molly. O milkshake e bolo que pai e filha apreciaram na luxuosa loja Fortnum & Mason durante um feriado deve custar cerca de um terço de seu orçamento semanal com alimentação; esse pensamento provoca a mesma sensação de ter um dente quebrado. O mesmo acontece com o fato de que, como Mol deixou escapar, Marcus a faz jurar segredo, fazendo de Molly sua alegre coconspiradora contra a mãe malvada e avarenta. Apesar disso, Petra não tem desculpas para ligar para um lugar que não existe às 8h da manhã como uma maluca.

Dizer que foi uma atitude nem um pouco característica dela não explica bem a mudança de personalidade necessária para que Petra conseguisse ligar para a editora. Pelo computador, ela descobriu que, no final da década de 1980, a Nightingale comprou a editora Worldwind, que, quase um quarto de século atrás, declarou-a vencedora do Superteste sobre David Cassidy.

"Quantos anos você disse que tem?", a moça da editora perguntara.

Ela disse ser a editora de uma revista – *Teenworld*? – e fora educada, mais do que educada, na realidade, mas Petra pôde perceber o tom extremamente paciente com que falava, como se estivesse abordando alguém velha demais ou nova demais, provavelmente pensando que Petra fosse uma lunática passando o tempo. Uma visão com a qual Petra teve considerável solidariedade. Ainda assim, teimosa como uma criança, ela bateu o pé. "Eu venci", explicou.

Quando adolescente, ela não foi capaz de ver as coisas distantes. Recentemente, as coisas muito próximas também começaram a se transformar em um borrão. Os óculos perderam o estigma dos quatro olhos que tiveram quando era criança. Molly alega que óculos são sexy, chegam a ser maneiros. Petra não consegue acompanhar o que está na moda. No entanto, ela vem de uma geração que não consegue se livrar da impressão de que os óculos deixam as pessoas menos atraentes. Os óculos de leitura, mesmo com uma armação escura delicada que Carrie jura que faz Petra ficar parecida com Ali McGraw em *Love Story – Uma história de amor*, são a evidência indesejável de que o corpo está trabalhando para traí-la. Sendo bem honesta, existe também uma pequena preocupação com relação a uma vida que não entrou no foco, e talvez nunca entre.

– O que aconteceu com ela, então? – Sharon questionou sobre a menina dos velhos tempos quando elas se falaram depois do enterro de sua mãe.

O que aconteceu comigo?, Petra pensou, mas não disse nada. Ela tem pensado muito nisso ultimamente. Petra Williams, que diabos aconteceu com ela?

A sensação que tinha era de que a infância duraria para sempre. Um dia de descanso era como um mês repleto de domingos. Quando saiu de casa para estudar música em Londres, começou a tomar suas decisões, casou-se com Marcus, as coisas aceleraram. Os anos se passaram como água através de seus dedos, principalmente depois de ter uma filha e começar a viver para outra pessoa. Naquele tempo, outro Natal parecia chegar quando ela acabava de guardar a decoração do ano anterior no sótão. Seu pai morreu aos 64 anos; ela já havia passado da metade dessa idade e mal começara a viver. Se ela e Sharon tivessem feito aquela viagem para Los Angeles, em 1974, e conhecido David, a vida poderia ter tomado um rumo diferente. Havia outra pessoa por aí a quem ela estava destinada, e jamais conheceu essa pessoa porque sua mãe não lhe entregou o envelope rosa. Então Petra engoliu seu orgulho, ligou para a revista e educadamente pediu seu prêmio.

Agora ela fecha as mãos em punhos sobre os olhos, até que a tela escura da visão se encha de estrelinhas. Petra já fez muitas coisas embaraçosas antes, mas nunca tinha feito um papel ridículo assim. Seus sonhos de escape, e houve muitos, ficaram trancados a sete chaves dentro da sua cabeça. Ela já fora ao cinema e vira homens na tela pelos quais se apaixonou, e, algumas vezes, levou esses homens para sua cama. Era um consolo tão grande, quando seus problemas só aumentavam, ser capaz de largá-los todos nos braços de Jeff Bridges.

— Ei, não se preocupe, amor — Jeff diria com um movimento daquela cabeça leonina para depois mandar seus problemas embora com um beijo. Mas os Jeffs eram ilusões criadas pelo desejo. Você não iria querer realmente que Jeff Bridges a acompanhasse ao supermercado para escolher frutas e verduras, não é?

Agora ela iria conhecer David Cassidy, a ilusão das ilusões, repentinamente transformado em carne e osso, anos depois de ter aberto mão desse fantasma. Carrie disse que a morte e o sofrimento podem ter um efeito desinibidor. A perda fez com que você ficasse mais cara de pau.

Cara *de palhaça*, Petra pensa. O que a fez dar aquele telefonema? Será que era por Marcus finalmente estar indo embora, o que estava doendo como uma cólica menstrual? Ou era o fato de poder se esparramar como uma estrela-do-mar, deslumbrada, na sua cama de casal, em vez de se encolher na posição fetal que adotara toda noite, durante 15 anos, para dar ao marido o espaço de que precisava? Era medo de ninguém mais querer fazer sexo com ela novamente; ou, pior ainda, a ansiedade porque jamais suportaria se despir na frente de um homem que não fosse seu marido? Ela não poderia imaginar ser olhada sem a proteção indiferente da familiaridade. Um dia após o enterro de sua mãe, Petra foi até o mercado descendo a rua de seus pais e Gwennie, atrás da caixa registradora, espreitou-a pelo que pareceu serem longos dez minutos antes de dizer, reconhecendo-a depois de um estalo:

— Ah, é *você*. Você era a amiguinha de Gillian Edwards, não era?

Talvez ela tivesse sido "inha", mas ninguém ia chamá-la amiga de Gillian. Os anos haviam diminuído e suavizado muitas feridas, mas o nome Gillian — mesmo quando dito por uma mulher incrivelmente simpática — ainda fazia seu estômago revirar de desgosto. Era injusta a maneira como um nome não conseguia ficar completamente limpo da mancha de um ódio anterior. Por toda sua vida, Petra se aproximava de qualquer Gillian como se fosse uma especialista em desarmar bombas, preparada para o pior.

Ela foi tão bem-sucedida em reprimir a lembrança daquele telefonema bobo que ficou sinceramente surpresa quando uma moça chamada Wendy ligou da revista *Women's Lives* para dizer que queria fazer uma matéria com Petra indo conhecer seu ídolo da adolescência. Hoje em dia David Cassidy fazia shows em Las Vegas. A Nightingale levaria Petra de avião para lá, com todas as despesas pagas, e, finalmente, ela teria a oportunidade de conhecer seu herói. Ah, e sua amiga poderia ir também, aquela com a qual se inscreveu no concurso. Será que as duas se importariam em ir à editora para uma produção, antes da viagem? Corte de cabelo novo, maquiagem. Renovar sua imagem, Wendy disse. O visual de qualquer um torna-se cansativo, não é? A maioria das leitoras achava aquele um dia divertido e aprendiam muitas dicas úteis de beleza.

Petra, que parou de escutar depois da parte de "todas as despesas pagas", agradeceu, seria maravilhoso. Recolocando o fone no gancho sobre a tigela do gato, sentiu-se inundada por um sentimento de possibilidades.

Nem todos compartilharam de seu entusiasmo.

– Trágico – foi como Molly reagiu, retirando momentaneamente o fone de ouvido do Discman Sony ao qual estava ligada como a um cordão umbilical. Petra explicou com hesitação que a revista havia entrado em contato marcando a data para a "produção". Ela se viu segurando aquela palavra na ponta dos dedos, como se fosse uma pinça. Tinha apenas uma vaga ideia do que essa "produção" envolveria. Com o passar dos anos, ela vira milhares de fotos de "Antes e Depois" nas revistas e, às vezes, se perguntava como as mulheres se comportavam quando iam para casa encontrar os maridos com seus cabelos remodelados e brilhantes, seus pontos fortes ressaltados e as maçãs do rosto redescobertas. O que a "Nova Mulher" faz com o velho homem, e vice-versa?

– Isso é triste, mãe, triiiiste – disse Molly. – Você foi apaixonada por ele quando tinha a minha idade. A maioria das meninas não gosta do mesmo garoto depois de três semanas. E isso já foi, sei lá, há mais de 20 anos.

Em frente ao balcão da cozinha, preparando a massa favorita de Molly, Petra bate no ralador de queijo com a faca para que o parmesão caia no prato, como polens deslizando. Enquanto transfere o queijo ralado para uma tigela e o coloca na mesa, tenta explicar que não se trata de uma paixão adolescente. Provavelmente nem mesmo se trata de David Cassidy, não de verdade. A urgência em pedir seu prêmio bobo é tão intensa quanto engolir ou urinar. Ela quer desesperadamente encontrar um modo de dizer isso a Molly, mas a garota já colocou seu fone de volta, ouvindo Destiny's Child ou Robbie Williams, voltando ao universo musical particular onde é feliz e seus pais não estão se divorciando.

"Constrangedor e brega" foi o veredicto de seu marido quando veio buscar Molly. Eles estavam parados à porta da frente, Petra do lado de dentro da casa, revirando o trinco, Marcus rodeando sobre o tapete, querendo sair dali o mais rápido possível. Nessa nova Guerra Fria, a soleira da porta com seu capacho de sisal encardido se transformou no lugar onde Molly era entregue ao outro lado. Toda vez Petra sente a profunda artificialidade dessa troca e se pergunta quanto tempo levará para sentir que será normal dividir sua filha, repartindo-a como se faz com uma torta. O acordo civilizado, o sugerido pelas revistas reluzentes, é difícil de ser conciliado com o impulso primitivo que vem das entranhas dizendo-lhe para não entregar sua filha, além do desejo violento de arrancá-la do pai.

À menção do nome de David Cassidy, Marcus relinchou pesaroso, como um puro-sangue que percebe ter entrado por engano em uma corrida de jumentos. Mau gosto de qualquer tipo era fonte de um desconforto quase físico para ele. Marcus compartilhava do desprezo de Greta pela música pop e sua capacidade para estragar o cérebro. Secretamente, ele tinha lá suas suspeitas de que a viagem de Petra até a rua das memórias era uma tentativa de descontar nele o fato de ter ido morar no barco com Susie, um ato tão simultaneamente doloroso e destrutivo que alguém mais teria que ser punido.

– Minha nossa, Petra, você está passando por algum tipo de crise da meia-idade? – disse Marcus.

O sujo falando do mal lavado, pensou Petra. Quem está tendo crise da meia-idade, bonitão?

Sua mãe a havia impedido de conhecer David há quase um quarto de século. Agora seu marido a desdenhava por isso e sua filha dizia que ela era triste, o que queria dizer trágica, que significava patética ou cômica, e não triste, embora triste fosse o que na verdade Petra era.

– Então você vai, certo? – Carrie concluiu rapidamente durante um dos intervalos para o café. Carrie lhe entrega o último biscoito de figo do pacote e ressalta que a viagem para Las Vegas tem todos os ingredientes de uma rebelião muito promissora.

– Essas rebeliões não são coisa de adolescente? – Petra pergunta de maneira duvidosa.

Carrie balançou a cabeça.

– Escute, flor, as rebeliões são um desperdício nos jovens. Que malditos motivos eles têm para se rebelar? Você e eu, por outro lado, temos uma vasta gama de frustrações, decepções e ressentimentos acumulados cuidadosamente durante décadas. Em minha opinião, o mínimo que merecemos é uma pequena catarse.

Petra ri alto, porém sem convicção. Por que ela não se rebelou contra sua mãe? Por medo, é claro. Pavor. Mas era mais que isso; ela se sentira paralisada, incapaz de se impor. Incapaz de localizar um "eu" para impor, foi isso. Petra sentira algo como ódio pelo temperamento explosivo de sua mãe com seu pai, percebera a terrível injustiça de seu pai ser punido, não pelo que era, mas pelo que não era. E não havia nada que ela pudesse fazer para ajudá-lo, ou para ajudar a si própria, que não fizesse as coisas dez vezes pior. Então ela se recolheu em sua música, que abafava os sons distantes da batalha.

Hoje, em sua própria casa, quando Molly grita do topo das escadas exigindo algum item sumido da lavanderia ou diz à sua mãe que ela simplesmente não entende, Petra tenta ficar feliz.

Você tem uma filha que pode chamá-la de idiota e dizer que a odeia, segura por saber que ainda será amada, Petra diz a si mesma.

Parece um progresso, de certo modo.

Em seu casamento, Petra tinha um papel secundário em relação ao marido, o que é engraçado quando para para pensar a respeito. Era como se ela fosse o segundo violino de uma orquestra. Tecnicamente, como violoncelista, ela era igualmente boa. Na faculdade, competiam pelos mesmos prêmios, embora Marcus sempre fosse melhor com relação a impulso e ambição. De qualquer maneira, isso não tinha importância porque ela o venerava e ficava impressionada por ser correspondida em seu amor por um homem como aquele, um ótimo partido. Um genro que fez sua mãe praticamente desfalecer de aprovação. No casamento, foi Greta quem sussurrou "sim" primeiro.

Petra ouviu Marcus antes de o ver. Explorando o subsolo da faculdade, durante seu primeiro semestre, enquanto procurava pela máquina de café, ela se viu em um longo corredor cheio de salas para prática de instrumentos, que tinham pequenos orifícios, como janelinhas, na parte de cima das escuras portas de madeira. Enquanto esperava que o líquido fino, marrom-amarelado, enchesse o copo de plástico, o som de um violoncelo veio da sala em frente. Ela ficou paralisada, buscando localizá-lo. Sim. Chopin. Introdução e *Polonaise*, o início de Chopin. "Isso é coisa para sala de visitas, para entreter visitas", um colega arrogante dissera certa vez para ela, jogando o cabelo para o lado, e ela pensara: "Não na minha sala de visitas, amigo." Gostaria de ter dito na cara dele. Ele não teria entendido; ele não poderia imaginar um mundo onde não houvesse sala de vistas. Como o mundo dela.

Então ali estava a música novamente, sem o acompanhamento do piano, despida, naquela manhã úmida de terça-feira, com chuva no ar do lado de fora. O tipo perfeito de manhã, gritando para que Chopin viesse resgatá-la. Quem estaria tocando? Seus dedos formigaram. Reação estranha, não tão diferente de luxúria. Um acorde de sentimentos diferentes: admiração, curiosidade, um leve toque de inveja. Os melhores músicos respondem algo em você quando você nem ao menos sabe a pergunta. Petra não pôde resistir. Foi até a porta e, na ponta dos pés, espiou pelo orifício da porta como um passageiro de um navio procurando outro. Marcus estava sentado, parte dele voltado na direção de Petra, com a cabeça curvada, o arco se movimentando, os olhos semicerrados ou cerrados, ela não sabia dizer. Quando terminou, Marcus os abriu e olhou direto para ela, como se soubesse que ela estivera observando. Provavelmente sabia, o demônio. Seus lábios estavam levemente entreabertos e ele parecia estar sem fôlego. Quatro anos se passaram antes que ela sentisse os lábios dele nos seus. Quatro anos entre a introdução e a *Polonaise*. Dance comigo.

Nesse ínterim, Petra teve outros namorados. Todos ingleses, todos fora do alcance. Primeiríssima linha. Divertiam-se com seu sotaque e, no barzinho, faziam imitações à moda de desenhos animados de expressões que ela nunca ouvira falar.

– Bem, veja você, isso é demais, *boyo*.

Boyo? Ninguém falava assim no País de Gales.

Filha orgulhosa de um batalhador, que fez um juramento sob o livro "Vale a pena aumentar seu vocabulário", Petra nunca ouvira tal expressão e muito menos a dissera. Para seus ouvidos, essa mímica cantada não parecia galês, mas indiano; contudo, como pessoa de bom humor, ela ria mesmo assim e aceitava outra bebida. Aceitar o que outras pessoas pensavam de você parecia ser mais fácil do que explicar quem você realmente era. Quanto mais ingleses, cultos e exóticos fossem os homens, mais Petra os queria. Conseguir com que o emocionalmente indisponível aluno de escola pública se tornasse disponível para ela, a menina de Gower, dava-lhe um sentimento especial de animação, o sentimento que tanto almejava. Ela acumulava declarações de amor como outras garotas acumulavam joias. Qual era a graça de conquistar aqueles que a queriam? Ela não entendia. Dor e alegria estavam entrelaçadas fortemente, era isso o que Petra desejava. E ninguém tocava essa canção melhor que Marcus.

Ah, ele desafinara a dor de Petra com os dedos, e como. Matou-a com sua música.

– Bem, esse é um dos homens indisponíveis mais desejados – suspirou Jessica, a violinista em seu quarteto, quando Petra lhe mostrou o anel que Marcus lhe dera em Florença. Uma esmeralda protegida por dois ciumentos diamantes. A inveja das outras mulheres selava sua felicidade. Ela nunca havia sido objeto de inveja antes e notava como aquilo a preenchia, à maneira que as flores sedentas absorviam água. Como ela, Petra, conseguira ganhar o homem inatingível? Ela se sentia abençoada; melhor ainda, ela se sentia *escolhida*. O resto não importava. O segundo violoncelo foi o instrumento que ela fora destinada a tocar, alguma voz interna a dizia isso. Além do mais, era mais prático. Não era possível ter dois violoncelistas profissionais em uma casa. Então Marcus construiu sua carreira nas apresentações públicas e, depois de algumas aparições solo bem-recebidas, Petra começou a se virar por outros meios – concertos com o quarteto, gravações em estúdio, aulas. Ela fez várias apresentações lucrativas no acompanhamento musical para *Top of the Pops*, tocando, conforme solicitado, com uma minissaia preta para ficar mais sexy, mas acabou parecendo mais um exame ginecológico quando segurou seu instrumento entre os joelhos abertos como um leque.

Marcus fez um empréstimo bancário para pagar parte de um violoncelo muito valioso para ser usado em recitais, e precisavam do dinheiro dela para as contas do dia a dia. As revistas que ela raramente tinha tempo para ler naquele tempo tinham um termo chique para o que ela fazia – carreira portfólio –, mas Petra sabia o que ela era. Segundo violoncelo.

Tudo mudou quando Molly Isolde nasceu com 29 semanas de gestação. Sua filha era do tamanho de um sapato. Era junho e Petra teria de tocar no Wigmore Hall no horário do almoço. Borodin, Quarteto de Cordas nº 2. Ela estava cantarolando o *Nocturne* enquanto corria para recuperar o tempo perdido em um trem que atrasou na ponte de Londres. O calor pegara a capital de surpresa, assim como Londres era sempre pega de surpresa, todo verão, pelo sol e, todo inverno, pelo frio.

Estava quente demais, e ela tinha de respirar por dois. O ar se esforçava para chegar aos cantos mais longínquos dos pulmões. Os alvéolos. Ela não pensara mais nessa palavra desde suas aulas de biologia. Os pulmões tinham a mesma estrutura das árvores e os alvéolos eram como pequenos botões no fim dos galhos. Eles desempenhavam um papel-chave na produção de oxigênio, ela não conseguia lembrar o quê, mas eles não estavam fazendo isso agora, pelo menos não com a rapidez necessária. Petra sempre ficava surpresa como o presente e o passado conseguiam passar pela sua cabeça simultaneamente, como centenas de canais de TV atrás de seus olhos. Ali estava ela no centro pulsante de Londres, e também no laboratório de biologia do País de Gales, que fedia à serragem usada para forração na gaiola dos roedores e a jarros de formaldeído.

A Oxford Street estava abarrotada, os compradores moviam-se lentamente, lentos como carpas em um lago superlotado. Petra estava com pressa, então cortou caminho pela rua principal e pegou um atalho até a ruazinha em L ao lado do metrô onde sempre parava para comprar uma manga na barraca de frutas. Ela sempre pegava o caminho para a praça por trás da loja de departamentos John Lewis. Comer manga, ela acreditava com toda convicção, tinha de ser uma atividade solitária por causa do gotejamento e da incrível sujeira que causava. Petra subia lentamente a Regent Street, manobrando sua barriga e seu violoncelo como a caixa de ferramentas de um encanador, quando, subitamente, sentiu a água escorrendo por suas pernas. Não era um filete de água simplesmente, era o balde cheio que o palhaço joga no circo.

Em primeiro lugar veio o constrangimento – ela era galesa, no fim das contas. Depois, o pânico. O medo demorou um pouco mais para bater. Um segurança do lado de fora da Broadcasting House ficou com pena da mulher grávida agachando-se sobre uma poça d'água sobre o chão. Uma ambulância foi chamada e em poucos minutos Petra estava no hospital. Um dos melhores da cidade, felizmente, com uma unidade especializada em bebês prematuros. Quando foram admitidas – definitivamente eram *elas*, Petra já pensava no bebê como uma outra pessoa –, estavam cercadas por corpos quebrados, ensanguentados, cobertos de lágrimas.

O médico enfiou-lhe uma agulha, uma injeção de esteroide para estimular os pulmões do bebê a crescerem mais rapidamente. Pulmões não desenvolvidos poderiam ser um problema, ele estava dizendo. Alvéolos novamente. Mas a bebê já estava a caminho, não havia como impedi-la.

"Se o Senhor permitir que ela viva, Deus, se o Senhor, por favor, deixá-la viver, eu prometo..."

Petra começou aquela frase muitas vezes durante os primeiros dias de vida de Molly, mas nunca a completava. Parecia estar além do pronunciável, além de qualquer palavra que ela conhecia, o que e o quanto estava preparada para prometer se sua bebê conseguisse o milagre de sobreviver. Petra teria descartado sua própria vida em um instante para salvar aquela minúscula estranha.

Ela não sabia que havia um lugar chamado Unidade de Tratamento Intensivo Neonatal. Muitas pessoas têm sorte por jamais terem de conhecer algo assim. Quando você entra ali, o lugar se parece muito com um museu, com exceção de que o que está sendo exibido nos vidros está vivo, ou pelo menos sendo mantido vivo pelas máquinas, e pelas preces fervorosas de seus pais. Quando Petra chegou ali pela primeira vez, na cadeira de rodas, ainda debilitada e confusa, usando a camisola verde do hospital, viu uma caixa transparente após outra contendo esses esboços aflitivos de humanidade. Um deles era sua filha.

Encolhida, com olhos azuis do tamanho de moedas de cinco centavos, Molly não se parecia nem um pouco com um bebê. Sua cabeça não era maior que uma lâmpada e, para Petra, os filamentos do cérebro ali dentro pareciam frágeis como os de uma. O gorro que Greta tricotara para o lindo enxoval encobriu a bebê; por isso, no primeiro mês, Molly usava uma das meias de lã como gorro. (Petra ainda guarda aquela meia da sorte na gaveta do seu criado-mudo; um pouco amarelada com o passar dos anos e espantosamente pequena.)

Ela passou a morar na UTI, dia e noite. A música de fundo era fornecida pelo bipe e o suspirar das máquinas. Toda vez que a máquina respirava por ela, a garganta de Molly dava um pulinho, como a de um sapo. Petra descobriu que poderia aprender muito sobre si mesma estando tão próxima de tanta vulnerabilidade. Você aprende que quando está cansada demais consegue dormir sentada. Que o insuportável é perfeitamente suportável se você viver um minuto de cada vez, quando a perspectiva é talvez não ter mais minutos com sua preciosa filha.

Os membros de Molly foram colocados em um tipo de rosquinha de espuma para impedir que raspassem no colchão. Qualquer pressão na pele de um prematuro poderia ser doloroso, o enfermeiro disse. O enfermeiro era um garoto chamado Andy, mal saído da adolescência, de cabelos espetados com gel, que se movia como um dançarino em seus sapatos confortáveis. No início, Petra mal ousava tocar Molly. Contudo, se colocasse sua mão perto do rosto do bebê, parecia acalmá-la. Petra tinha um impulso avassalador de pegar seu violoncelo e tocar; a bebê ouvira o violoncelo todos os dias durante os sete meses em que esteve no ventre, portanto deveria estar sentindo falta dele, como sua mãe estava. Em vez disso, Petra cantava para ela, cantarolando peças que ambas conheciam de cor, ela e a bebê. As suítes de Bach, Elgar e Barodin, nas quais ela vinha trabalhando. Petra jurava que Molly tentava virar a cabeça.

Naquelas primeiras semanas, Marcus vinha duas vezes por dia, trazendo sanduíches gostosos e notícias, e, o melhor de tudo, o simples conforto animal. Lá fora no corredor, Petra esticava as pernas e recarregava as energias enterrando-se em seus braços, sentindo o cheiro de Marcus em seu casaco. Ela via que ele estava perdendo peso, seus olhos azuis saltavam de orifícios escuros como ameixas e ele não estava se barbeando, portanto começou a ficar com a aparência de um homem santo que tem visões no topo de uma montanha.

James, que havia sido padrinho de casamento deles, fez uma visita em um domingo e contou a Petra que Marcus dissera que as duas meninas da vida dele estavam sofrendo e ele não podia fazer absolutamente nada. O sentimento de impotência era terrível para um homem que sempre fora capaz de consertar tudo com suas mãos.

Em uma tarde de outubro, quando Molly havia atingido o peso normal de um recém-nascido, o médico levou Marcus e Petra até uma sala do hospital. Na mesa baixa de pinho à frente deles havia uma sinistra caixa de lenços de papel. O médico ofereceu água, que eles recusaram. Ele era um homem grande, mas com olhos afetuosos, gordinho, cabelos encaracolados e o nariz pontudo. Petra pensou instantaneamente em um daqueles ursinhos alemães que encantam milhares de pessoas nos leilões. Se alguém apertasse a barriga do doutor, ele poderia rosnar.

O médico disse que Molly estava indo bem. Estavam muito satisfeitos com ela. Os possíveis efeitos da privação de oxigênio, que causaram preocupação, não eram mais motivos de tanta inquietação. Somente o tempo diria com certeza. As pesquisas sugeriam que bebês prematuros como Molly, mesmo crescendo normalmente, poderiam sofrer com a falta de confiança na vida adulta. Parecia que o bebê guardava a lembrança do começo difícil. Marcus e Petra deveriam saber, ele explicou, que Molly poderia vivenciar dificuldades de aprendizado.

– Não esperamos que ela seja primeira-ministra – Marcus retrucou.

Até aquele momento, ela não sabia o quanto ele estava zangado.

Petra estudou musicoterapia porque teve uma filha prematura que poderia ter tido danos cerebrais? O que Petra sabia é que cantando para sua filha, uma recém-nascida que parecia ter mil anos de idade, ficou convencida de que tudo o que somos começa com música, e que talvez a música tenha o poder de consertar coisas que não possam ser consertadas de outra forma. Ela cantava para Molly e acreditava que a filha ouvia sua canção, é só.

***

Poucos dias depois de Petra e a bebê terem voltado do hospital, Marcus disse-lhe que tinha ido para a cama com outra pessoa enquanto ela estava no hospital. Ele passara por uma tensão terrível. Foi com uma garota de uma orquestra do Norte, quando teve que participar como solista de última hora. A garota se apaixonara e se tornara pegajosa. Não havia sido nada de mais. Ele implorou por perdão, e Petra o concedeu alegremente. Percebeu tarde demais que seu perdão fora muito rápido. Perdão é algo que precisa ser conquistado e, dali para frente, Marcus pensou que ficaria barato. Petra, por outro lado, conseguiu perdoar, mas não esquecer.

Na semana seguinte, sua mãe pegou o trem para ficar com ela. Ela tomava conta das mamadeiras, roupas de cama, compras e cozinha. A casa logo tomou ares de um hotel bem-organizado. Petra, ainda de camisola durante períodos longos do dia, vazando leite, ficou imensamente grata. Greta estava na pia, enxaguando as mamadeiras, quando Petra lhe contou sobre Marcus e o caso. Talvez a chegada de Molly fosse a oportunidade de abrir um novo capítulo de intimidade com sua mãe.

Greta ouviu atentamente e, por fim, disse:

– Você terá de agradá-lo.

– Agradá-lo – Petra repetiu.

Sua mãe começou a encaixar os bicos das mamadeiras nos plásticos arredondados com um estalo. Era um som desagradável, estranhamente punitivo.

– Um homem não gosta de se sentir errado, Petra. Isso o faz infeliz – Greta disse, trabalhando metodicamente. – Se você quer continuar sendo esposa dele, terá de ajudá-lo a se perdoar. Sim, é o único jeito.

Aquele conselho parecia ter vindo de outra época, a época das lamparinas a gás. Isso não era o tipo de coisa que as mulheres faziam em uma época em que não tinham escolha? Mas que escolha Petra realmente tinha? Tinha uma bebê pequena e não tinha renda, ela e Molly eram totalmente dependentes do sucesso de Marcus.

Aquilo não era amor, no entendimento de Petra, nem casamento, mas viu que o breve conselho de sua mãe não era simplesmente hipocrisia, era economia nua e crua. Ela teria que recompensar Marcus por tê-la traído.

Não seria a última vez. Em um momento inoportuno de *insight*, Petra percebeu que, para Marcus, seus casos realmente melhoravam o casamento. Ele chegava atrasado, com o suor de sua amante ainda no corpo, e inclinava-se carinhosamente para beijar sua filha fazendo a lição de casa à mesa da cozinha. Ele romantizava a vulnerabilidade de Molly e Petra, a impotência de ambas diante da situação; isso o impedia de se mudar, mas também não ficava de verdade.

Muitos anos depois da UTI neonatal, Petra pegou uma revista na sala de espera do dentista e encontrou um teste de múltipla escolha com o título: "Quais são seus objetivos como mãe?" Honestamente, nunca ocorrera a Petra ter algo ambicioso como um objetivo para sua filha. Ter boa saúde, estar próxima dela e permanecer viva, era isso o que vinha sendo com Molly desde o começo, e nunca mudou.

No geral, Molly derrubou todas as previsões obscuras dos médicos com relação a desenvolvimento atrasado, embora ela nunca tenha aprendido a arrumar seu quarto. Se tivesse algum objetivo para minha filha, Petra pensa, o que seria?

Gostar de seu próprio corpo e sentir prazer com isso. E não ficar passando calor e vergonha na praia, debaixo do guarda-sol, com uma toalha pinicando suas pernas. Ter bons amigos e um trabalho gratificante. Um homem gentil que a ame e a respeite, que seja um pai devotado para seus filhos. Não passar pela vida com o coração oprimido.

O amor pode levar muito tempo para morrer. Você acha que o amor está morto, acha que seu marido jogou fora todos os sentimentos que já teve por ele. Um dia, ele lhe entrega lençóis sujos para serem lavados porque sua casa flutuante só tem água fria, e você fica com pena e os está jogando na máquina de lavar quando vê que os lençóis têm o desenho de umas ilhas enferrujadas, um arquipélago de sangue, o sangue menstrual dela, meu Deus, e você sente tanto ódio, fica tão humilhada por ele não ter tido o cuidado de poupá-la de uma dor dessas que cai de joelhos e bate com a cabeça na porta da máquina de lavar. Melhor machucar a si mesma do que deixar que ele a machuque assim de novo.

Isso é o que se passa por lógica quando o amor não morreu. Você lacrou o cômodo do coração onde o amor que tinha por ele costumava viver, fechou-o como se faz com o lixo nuclear, mas ainda há outro cômodo, menor, onde o amor sobrevive. Teimoso, obstinado, porcaria de amor resistente.

Por que Petra acha tão difícil odiar Marcus quando odiá-lo a faria livre? É o saber amargo de que, se aceitar que Marcus é egoísta e cruel, o amor em si terá sido inútil. O amor que trouxe Molly ao mundo, o amor pelo qual abriu mão da vida profissional como música. Uma criança amada, uma estrutura de amigos em comum, obrigações, aniversários, feriados passados na costa de Pembrokeshire e nas ilhas gregas, tudo o que seu casamento significa se tornaria tolo, absurdo e feio.

Então, com teimosia, Petra mantém o amor, recusa-se a desistir dele, mesmo quando o homem que causava esse amor fizesse tudo o que estava ao seu alcance para apagá-lo.

A caminho do trabalho, acotovelada em um ônibus lotado cujo motor rangia e choramingava subindo a ladeira, a trilha sonora em sua cabeça era a de uma Joni Mitchell, ferida, cantando uma canção sobre um amor que acabou.

15

— Ah, Bill, esta é Petra, a vítima da produção de hoje. Petra, este é William Finn, nosso diretor editorial.
– Oi, Petra – ele diz, estendendo a mão e franzindo as sobrancelhas. – Petra, como a do cachorro do *Blue Peter*?
– Petra, como a terrorista da Facção do Exército Vermelho – ela responde.
– Ah. Percebi meu engano. Você se importa se eu me sentar?
– As cadeiras são suas – ela diz.
Ele se senta desconfortável na cadeira de maquiagem ao lado dela, uma poltrona reclinável preta com um descanso de cabeça. Faz Bill se lembrar de seu dentista; depois de um episódio recente de tratamento de canal, essa não é uma associação feliz. Com essa comovente lembrança, Bill começa a cruzar as pernas, depois muda de ideia, quando se vê começando a deslizar para trás. Antes que perceba, colocarão uma daquelas capas lilás em volta do seu pescoço e pedaços de papel alumínio em seu cabelo.
Ele se pergunta vagamente o que pode ter feito para ofender essa mulher que nunca vira antes. Até mesmo para seus padrões, é muita coisa levar um gelo tão grande depois de uma única frase. A frase sobre o cachorro de Blue Peter obviamente não foi tão divertida quanto ele esperava. Talvez ela já tenha ouvido isso antes.
Quando as leitoras chegam na revista para uma produção, a tendência é ficarem constrangedoramente agradecidas, gorgolejando de animação por estarem na matriz da revista que compram no supermercado, para aliviar o fardo de fazer as compras semanais. Algumas vezes, descendo o elevador, Bill encontrava por acaso algumas candidatas da seção Antes e Depois: alegres como

canarinhos com seus cabelos escovados, elas andam aos tropeços pela recepção, com suas malas de rodinhas cheias de amostras grátis e algumas fotos profissionais, banhadas em esplendor engenhoso para surpreender seus maridos em casa. Bill sempre ficava imaginando como exatamente o Homem Antigo responderá à Nova Mulher que as mulheres tanto querem ser hoje em dia. Quando os homens ficam mais velhos, tendem a ver mudanças com certa desconfiança, isso se eles chegarem a notar alguma coisa. Ruth costumava dizer que poderia mudar toda a mobília do apartamento deles e Bill não notaria, tão pouca era a atenção que prestava ao ambiente físico que o cercava. Aquilo não era totalmente verdadeiro, embora ele se lembrasse de um dia em que, arrastando-se para casa depois de 14 horas no escritório, ele serviu, misturou, ergueu e acabou com seu gim-tônica antes de perceber que o objeto no qual estava bebendo era, na verdade, um minúsculo vaso para plantas de vidro fosco. Em pânico, ele jogou o gelo e o limão na lixeira, secou o vaso e até que conseguiu disfarçar bem sua estupidez, embora Ruth, voltando dez minutos depois com alguns cravos, tenha se perguntado em voz alta, com certa perplexidade, por que o vaso estava tão gelado. Por sorte ele escapou; a idiotice do sexo masculino era um interminável assunto de pesquisa para as mulheres.

Naquele dia, a seção Antes e Depois tem um tipo diferente de cliente. A maioria das predecessoras ficava feliz em ser tratada como porquinho-da-índia, cobaias por um dia, contanto que fossem para casa mais chamativas do que chegaram. Essa não agia como porquinho-da-índia, agia mais como um gato. Misteriosa, contida e cautelosa. "A Mulher Maluca", Marie a chamou, mas não era verdade, a menos que a loucura estivesse escondida, enterrada bem lá no fundo. Não havia nada desengonçado em seus movimentos, nenhum gritinho de alegria ou queixume em sua voz. Difícil definir. Ela parece quase estar observando o processo de produção a distância, como se estivesse acontecendo com outra pessoa.

Bill quer perguntar sobre o teste – o teste *deles*, como prefere pensar. Ela vencera; ele o criara, apesar de ela não saber disso. Ainda. Ele tem certeza de que essa notícia será recebida com surpresa, mas precisa de mais tempo com Petra para descobrir se a surpresa será agradável ou não. Ele tem uma vaga lembrança, a sombra de uma lembrança, de Zelda lhe dizendo para fazer o teste, e rápido, para não perderem o prazo. O Superteste de David Cassidy.

– Seja duro, William querido! – Zelda gritara de sua sala, ou algo parecido, presumivelmente para provocar os risinhos dos homens em volta. Faça com que seja trabalhoso o suficiente; em outras palavras, para selecionar as fãs extremamente apaixonadas das meras diletantes que dividem seus sonhos entre Donny Osmond ou David Essex. E agora, ali estava, desenterrada, trazida à luz uma geração mais tarde, como o punho da espada do tesouro secreto de um anglo-saxão, difícil de ser decifrada. Marie não conseguiu achar o teste em si, mas conseguiu desenterrar um material antigo do arquivo de Cassidy, que Deus a abençoe, mas o que impressionou Bill foi o quanto o teste era absolutamente indecifrável, até para alguém que já havia se debruçado sobre as curiosidades de Cassidy. Mesmo para alguém que, por 18 meses, já havia sido o próprio David.

O tempo havia trazido diversão, mas não encantamento, para o período em que ficou na editora Worldwind. Tempo em que ficou na cola daquele velho e sórdido Roy Palmer. Tempo com a formidável Zelda. Sob sua prontidão gentil e, para ser honesto, seus padrões exigentes, Bill aprendera praticamente tudo o que precisava para administrar sua própria revista. Ela teria ficado eletrizada – verdadeiramente tocada, sem o menor traço de ironia – em pensar que ele está agora com uma leitora devota da revista *Tudo sobre David Cassidy*. Foi Zelda quem o alertou a jamais subestimar o poder primitivo que um ídolo exerce sobre as fãs, e ali, na cadeira ao lado, com os olhos firmemente fechados enquanto seus cabelos escuros e compridos são aparados, está a prova viva de que Zelda estivera certa.

Qual a idade de Petra? Bill é péssimo para adivinhar idade. Ela era criança em 1974, isso ele tem certeza, então... Mas isso não tem a ver com matemática. Enquanto ele a examina no espelho, Bill calmamente registra sem qualquer indício de desejo o fato de ela ser bonita. Bela estrutura física, belos olhos castanhos, com um ar sonolento mesmo quando bem abertos. Violoncelista, alguém comentou. Uma verdadeira profissional da música, não como ele.

Veja bem, ficar sentado ali olhando para ela não vai funcionar. Ele é o anfitrião, seu trabalho é dar as boas-vindas. Além disso, Bill acabou de decidir, está ali para estabelecer uma conexão, construir algum tipo de ligação; é preciso, se é que leva a sério o caráter de Cassidy que está tomando forma em sua cabeça como um avião de montar. Parte memória, parte reflexão sobre o fenômeno do ídolo pop adolescente. "Eu era o David Cassidy Verdadeiro", esse tipo de coisa. Poderia funcionar melhor na revista de Gavin, nunca se sabe, para os leitores do sexo masculino que gostam de ler. Ou seja, somente para eles três que trabalham na revista.

– Não me lembro da Facção Vermelha ter uma terrorista chamada Petra – Bill começa, inutilmente, cinco minutos depois do seu começo desastroso. Não é para menos que ela o está ignorando. – Sei que havia uma Ulrika.

– Ela tinha 19 anos. A Petra. Era cabeleireira – Petra diz, com os olhos fechados. As pálpebras estão sendo pintadas com um violeta vivo. – Saiu debaixo de uma saraivada de balas. Como Bonnie e Clyde.

– Ah, os cabelos dos anos 1970 com certeza eram motivo suficiente para levar uma cabeleireira a extremos – Bill diz.

Ouve-se uma risada, mas não de Petra. É um riso vigoroso e despudorado, da loira que está na cadeira ao lado dela.

– Nem me fale – a mulher diz. – Você se lembra daquele meu corte desfiado, Petra?

– Como se eu pudesse esquecer. – Petra sorri. – Você parecia um carneiro tosado por um bêbado.

A loira animada, seja quem for, tem um efeito positivo na amiga magra de cabelos escuros. Bill vê Petra relaxar enquanto elas conversam.

– Achava que o meu cabelo nunca mais iria crescer direito, para ser sincera. Você tinha o cabelo desfiado naquela época? – Sharon pergunta a Bill.

– Ah, desculpe – Petra diz. – Esta é minha amiga, Sharon Lewis. Desculpe, Sharon *Morgan*. Sharon, este é o sr. Finn, o chefe aqui, que veio dar umas risadas das mulheres trágicas que vão para Las Vegas conhecer seu ídolo justamente no período da perimenopausa.

– De jeito nenhum – Bill diz. Seus ouvidos ainda estão se habituando ao tom de Petra. Ela é rápida demais para ele. – Eu tive um corte de cabelo parecido com o de David Bowie. Meu objetivo era ficar parecido com Ziggy Stardust.

– E funcionou?

– Não ficou ruim. Na realidade, eu acabei ficando parecido com outro Ziggy. Só não era o Ziggy certo.

– Com quem você ficou parecido, então? – Sharon pergunta.

– Com o gato da vizinha.

Quando Petra anunciou que elas haviam vencido a competição, Sharon não perguntou "Que competição?" ou "Do que você está falando?", ou ainda "Depois desse tempo todo?", ou, pior, "E daí? Nós mal nos vimos nos últimos dez anos". Só Deus sabe que qualquer uma dessas teria sido uma resposta razoável. Mas quando o humor tomava conta de Sharon, ou quando a felicidade a roubava, ela prontamente perdia a razão. Nesse caso, ela gritou como se os anos não tivessem passado e ainda fosse 1974, e Petra tivesse acabado de abrir a porta do quarto:

– Você está brincando comigo. Nós vencemos? Nós *vencemos*!
– E então ela caiu na gargalhada.

Como Petra se lembrou instantaneamente, ninguém conhece bem a palavra *explosão* até ver Sharon dando uma gargalhada.

Parecia uma dúzia de sacolas de papel sendo infladas e estourando ao mesmo tempo. Um pouco mais alto e os vizinhos começariam a bater nas paredes. Só Deus sabe o que acontece quando ela e Mal fazem sexo; deve ser como em um daqueles grandes incidentes onde a polícia é forçada a evacuar a área.

Armada com o número de telefone que Sharon enviara em um cartão de Natal, Petra a rastreara até chegar em umas casas localizadas em uma rua sem saída. Conforme Sharon prometera, era um local encantador. O jardim dava vista para o mar prateado até Pembrokeshire, onde as montanhas se elevavam como fumaça. Aquele condomínio não existia quando elas eram garotas; se existisse, teriam dito que era esnobe ou muito acima de sua condição. Petra chegara até ali para levar a boa notícia; duas décadas depois, mas antes tarde do que nunca. E Sharon, quando parou de rir, rapidamente entrou em uma segunda explosão, não menos enérgica que a primeira – de lágrimas, desta vez, porque Mal não era confiável para cuidar dos dois meninos enquanto ela estivesse em Las Vegas.

– Eles terão febre tifoide ou algo do tipo – ela disse, amassando e rasgando um bolo de papel higiênico que Petra pegara no banheiro assim que a explosão começara. – Não posso, desculpe – Sharon repetia, e foi dizendo isso até Petra deixar claro que perder a viagem da vida delas para conhecer David Cassidy era até *mais* impossível do que deixar Mal ficar com as crianças.

As duas eram surpreendentemente tímidas. Cada uma tentava medir o que o tempo fizera com o rosto e o corpo da outra, sem dar qualquer sinal de que essa vistoria estava acontecendo.

Sharon, que sempre tivera o rosto rechonchudo, não tinha nenhuma ruga. Definitivamente, parece mais nova que eu, Petra pensou.

Petra tinha a aparência mais cansada, mas, por outro lado, quase não mudara; ainda era elegante, com a pele de Branca de Neve e cabelos escuros, sem um fio grisalho. Definitivamente, parece mais nova que eu, Sharon pensou.

Na cozinha grande em estilo rústico, com o balcão americano para café da manhã e banquetas altas, Petra admirou as fotos na parede enquanto Sharon fazia chá. As gravuras pareciam ser japonesas, até Petra encontrar seus óculos e ver que eram aquarelas em um tipo de pergaminho, a representação de paisagens que ela conhecia como a palma da mão.

– Essas gravuras são incríveis, Sha – Petra disse. – Esta é a Three Cliffs Bay. É possível atravessar essas ondas e nadar.

– Fui para Londres. Vi aquela exposição enorme de Hokusai na Royal Academy. *Lindo*. Entrei no curso de caligrafia, estou trabalhando com pincéis bem finos. No início era uma bagunça danada, mas agora estou pegando o jeito. Fiz o curso de arte e design na City & Guilds Art School. A graduação é o próximo passo. Tenho um pouco mais de tempo agora que os meninos estão na escola. Vou ser bacharel em artes, e não dona de casa. Um dia você ficará orgulhosa por me conhecer, Petra.

Petra sentiu o choque da surpresa por Sharon ter feito algo como ir à exposição de Hokusai sem ela. No mesmo instante ela se censurou. Que horror, era exatamente o tipo de atitude arrogante com a qual Marcus a infectara, descrevendo Sharon como "personagem colorido", como se ela fosse uma atriz em uma peça de Shakespeare que entretém o público da classe mais baixa enquanto os atores trágicos mais importantes trocavam de figurino para a próxima cena importante. Agora Petra compreendia por que estava ali. Não era porque precisava de companhia para a viagem ao passado para conhecer David. Ela estava ali para se desculpar com Sha pelos anos perdidos, por ter se tornado o tipo de mulher que pensava em Sharon Lewis como entretenimento.

– Você está ótima – Sharon elogiou, colocando sua mão em cima da mão de Petra e a deixando ficar. – Pelo que contou depois que Marcus terminou com você, pensei que fosse estar acabada.

Todos esses anos em Londres, Petra pensava em si mesma como a garotinha galesa meiga, a inocente morando no exterior. "Coitadinha de mim, uma garota dos vales na cidade grande e perigosa", essa era sua manha em meio ao novo círculo de amigos que a ensinaram a falar palavras como *manha*. No entanto, não era ela a meiga. Era Sharon. Aquele tipo de meiguice estava perdido nela para sempre; Marcus fora seu professor no intelectualismo enfadonho e ela fora uma aluna talentosa.

– O que você quer dizer com "emocionalmente ele ainda está com você"? – Sharon quis saber. – Ele está morando com aquela esnobe. Algumas vezes, para uma mulher inteligente, você é completamente pancada, Petra. Honestamente. Aquele babaca... – ela acrescentou, com mais rancor do que achou que conseguiria.

Estava tão quente que entraram no carro e foram até a praia. Sha colocou alguns sanduíches em um Tupperware, compraram um saco grande de batatas fritas em um posto de gasolina e uma garrafa das bebidas inglesas dandelion e burdock.

– Não pensava que ainda fabricassem isso – Petra disse.

– Não fabricam. Está extinto desde 1977. Essa aqui é a terra que o tempo esqueceu. Espero que você tenha trazido sua receita de bacalhau, a taramasalata.

Elas eram as únicas ali, com exceção de Jack Russell, que latia para cada onda que avançava, cumprimentando-a com fúria, como um árbitro pequeno e muito indignado. Depois de discutirem como as batatas Quavers dissolviam na língua, Sharon concentrou-se na séria tarefa de procurar seixos.

– Com exceção de David, Steven Williams e Marcus, que outros homens você amou, Pet?

Petra se deitou, pressionando o corpo sobre os seixos, deliciando-se com o calor que se infiltrava em seus ossos, atravessando suas roupas.

– Andrew Marvell. Romântico, espirituoso, brilhante nas preliminares. Uma incrível percepção sobre o que faz uma mulher se motivar.

– Fabuloso. O que houve de errado com ele, então? É casado?

– Morreu em 1678. Poeta. Também era membro do Parlamento de Hull.

– Um poeta morto? – Sharon soltou uma risada de descrença.

– O único tipo no qual se pode confiar – Petra disse com firmeza. – Um poeta vivo por perto não dá certo. São como gafanhotos. Eles a despem de tudo que você já sentiu e depois a usam como material para suas sensíveis narrativas em primeira pessoa.

– Legal. E quem mais?

Petra pensou um pouco.

– O moreno do seriado *Smith & Jones*. Pete Duel. Sempre tive uma queda por ele. O sorriso mais maravilhoso da história. Lembra que costumávamos assistir depois que vocês compraram a TV em cores para ver as Olimpíadas?

– 1972 – Sharon confirmou. – Ele se suicidou, não foi? Descanse em paz, Pete Duel. É sério, Petra, sei que você opta por caras emocionalmente indisponíveis, mas caras vivos já seria um bom começo.

– Não quero um começo – Petra afirma. – Acabou para mim.

– O quê? Amor, acabou? – Sharon pressionou um seixo na palma da mão de Petra. Petra abriu os olhos. A pedra era de um azul esverdeado bem claro, salpicado com pontinhos pretos.

– Perfeito. Você sempre encontra os melhores. Há muito mais seixos na praia. Não conseguiria, sabe. Não suportaria contar toda minha vida para outra pessoa de novo. Seria um grande *esforço* contar minha história para um estranho. – Ela se sentou e sacudiu os cabelos. – Já sei, poderíamos fazer um anúncio, então. "Mulher galesa danificada, romântica, violoncelista, procura..."

Nesse momento ela estava chorando e sua cabeça estava no colo de Sharon.

– Está tudo bem, acredite – Sharon disse. – Vai ficar tudo bem. Vamos para Las Vegas conhecer David e ele se casará com as duas, como um daqueles mongóis...

– Mórmons, Sha – corrigiu Petra, rindo lágrimas e chorando risos. – *Mórmons*.

Ao voltarem para casa, Sharon abriu uma garrafa de vinho, serviu uma taça grande para cada uma e rapidamente deu prosseguimento ao lanche dos meninos, descascando as batatas e cortando-as, enquanto as duas conversavam sobre os preparativos da viagem e – muito mais importante – o que cada uma iria usar quando chegasse o grande dia.

– Estilo retrô – disse Sharon com firmeza. – Calças de boca larga. Poncho. Para enlouquecer David. Como se ele tivesse entrado em uma máquina do tempo.

– Bem – Petra disse –, é uma ideia. Mas, escuta: – e aí a inspiração bateu – sem sutiã. Ninguém usava em 1970...

– Oh, *meu Deus!* – Sharon colocou as mãos em concha nos peitos. – Você só pode estar brincando. Dois filhos e 20 anos depois? Imagine tudo isso aqui balançando na frente do pobre coitado. Ele iria tentar cumprimentá-los com um aperto de mãos.

– Ah, eu acho que você não conseguiria passar pela alfândega – Petra brincou. – A segurança americana está muito meticulosa ultimamente. Seus peitos poderiam ser considerados arma ofensiva.

– Tudo bem, engraçadinha. Senhorita Atrevida. Olhe só para os seus, presentes e corretos. Olhe só para *você*. Está exatamente com o mesmo corpo de quando Steven Williams deixou você mal...

– Ele não fez nada... – Petra corou. Para ela, desenterrar o passado era parte agonia, parte arqueologia: muito esforço, desconforto e pouco alívio para suas dores. Tantas coisas reduzidas a pó. Para Sharon o passado era um tesouro para ser aberto e comentado, com arrependimentos misturados a recordações felizes, tudo à disposição.

Como se em resposta a esses pensamentos enterrados, Sharon de repente parou no meio da conversa e colocou os óculos.

– Meu baú do tesouro – ela disse. – Estou ficando louca. – E com isso ela subiu correndo as escadas. Ficou lá em cima um bom tempo. Houve ruídos, silêncio, duas pancadas e uma sequência de juramentos em galês. Ela retornou com uma caixa de papelão nos braços. A fita adesiva que fechava a tampa estava amassada e escurecida, há muito havia perdido seu poder de grudar. Sharon a arrancou e abriu a caixa.

Dentro estava o arquivo das duas, ou pelo menos a seleção do melhor que tinham daquela época: pôsteres, cartões, folhetos, recortes de jornais, revistas. Pilhas de revistas *Tudo sobre David Cassidy* presas com elásticos que endureceram e racharam, ou que arrebentaram. Havia álbuns de recortes de revistas com a cola evaporada e os recortes se desprendendo como pele de cobra.

Deus do céu. Aquele rosto. Petra estava atônita. Os olhos, com os cílios espessos. Os lábios entreabertos. O rosto para o qual olhara todos os dias e desejara beijar. Mesmo depois de passado tanto tempo, ela conhecia aquele rosto melhor do que qualquer uma das grandes pinturas do mundo.

– Oi, garoto maravilhoso – disse Sharon, cumprimentando um pôster de David em um cavalo. – Olhe para ele, Pet. Ele é um gato, não é? Quantos anos ele deve ter agora?

– Vinte e quatro – Petra respondeu imediatamente.

– Não, ele tinha 24 *naquela época*. Não é o mesmo que agora, não é? Então, quantos anos nós temos? Nós somos antigas. Ele é 11 anos mais velho que nós. Quando é o aniversário dele?

– Doze de abril – Petra respondeu de pronto.

Ela não havia pensado em David. Nem uma vez, não até aquele momento. Aquilo não tinha nada a ver com ele. De repente, a ideia de que estavam prestes a viajar para conhecê-lo – viajar no tempo, e não apenas atravessar o Atlântico – parecia improvável e estranha. Se o David que ela amara ainda tivesse 24 anos, mas David Cassidy era agora um homem de meia-idade, então quantos anos tinha a Petra que estava seguindo para Las Vegas?

Ela pensou na garota de 13 anos ("a amiguinha de Gillian", foi assim que Gwennie, do mercado, a chamara), que preenchera o Superteste de David Cassidy rastreando cada resposta como se estivesse buscando o Santo Graal. O prêmio não pertencia à Petra de agora, era esse o problema. Pertencia à garota que ela foi um dia. E Petra desejava que a garota tivesse aquilo. Ela gostaria tanto de poder dar a ela: passar de fininho por sua mãe de guarda, trabalhando sobre o tampo de mármore da cozinha, escalar as escadas e seguir na direção do quarto frio com a cama dura de solteiro com a colcha marrom e dizer: "Aqui está, querida. Você venceu."

Como Petra e Sharon, com seus filhos, seus corpos adultos, seus pais enterrados e seus casamentos, um saudável e o outro arruinado: como poderiam conhecer David? Era impossível, ela percebia isso agora. O David Cassidy que ela amara não estaria ali, muito menos a garota que o amara.

– E então, será que nosso quarto de hotel vai ter uma *jacuzzi*, Pet? Isso é bem americano, não é? *Petra?*

– Desculpe. Muitos quilômetros de distância.

– Nem me fale. Olhei no atlas de Mal. É no meio de um maldito deserto. Basicamente você voa sobre a areia por um tempo, depois olha para baixo, certo, e lá está David Cassidy, parado ali acenando para você. Como um oásis.

Oásis não é uma palavra muito usada no País de Gales. Do modo que Sharon a pronunciou, as vogais demoram meio minuto para sair.

– É típico – Petra disse.

– O quê?

– Bom, você acabou de dizer que eu procuro os homens emocionalmente indisponíveis.

– Não, não quis dizer isso.

– Bom – Petra suspirou –, não pode haver homem mais emocionalmente indisponível que um cantor pop que mora a oito mil quilômetros de distância. *E como se não bastasse*, você tem 30 milhões de rivais.

– É verdade – Sharon concordou. – Mas, sabe, talvez seja melhor assim. – Ela fez uma pausa, ouvindo o eco de suas palavras. Depois, começou a cantar. Sem qualquer aviso, Petra se viu sentada, tomando vinho, com a personificação de George Michael. Sharon parou e tomou outro gole. – Gosto um pouco do George. Sem nenhuma ofensa a David, é claro.

– Ele não se ofenderá, tenho certeza – Petra garantiu, pensando pela milésima vez na capacidade da amiga de se deixar levar pelo fluxo dos próprios pensamentos para ver aonde eles a levariam. Seria esse o segredo da felicidade da amiga, esse tempo todo? Cantar quando se está com vontade?

– Vou lhe dizer uma coisa – Sharon recomeçou, voltando ao passado. – Se David tivesse saltado daquele cavalo e saído do pôster para nossos quartos e quisesse ficar conosco, o que teríamos feito, hein? Não teríamos transado com ele, teríamos? Nós nunca tínhamos *beijado* ninguém.

– Você eu não sei – Petra disse. – Eu teria tocado meu violoncelo. Tinha ensaiado uma música especialmente para ele. Ele teria ficado impressionado, tenho certeza.

– Pelo que ouvi dizer, ele ficava muito animadinho quando estava impressionado – Sharon disse com sua gargalhada de bruxa. – O mais engraçado é que nunca vimos David pessoalmente – continuou –, a não ser em White City, quando ele estava a 800 metros de distância. Mas eu me lembro melhor dele do que a maioria dos garotos que conheci, sabe. Só porque ele não estava ao nosso alcance não significava que não estava *ali*. Certo?

– Certo – concordou Petra. Ela sentia a cabeça leve, com o riso borbulhando, como se o absurdo daquela coisa toda – esse apuro, essa oportunidade, essa piada antiga – estivesse começando a ficar claro para ela. Ela sabia que sua obsessão com David fora estranha, desbalanceada; um sinal de que algo estava faltando em sua infância. Molly adorava Leonardo DiCaprio, mas não da maneira desesperada e intensa com que Petra adorara David com a mesma idade. Molly era mais feliz, é isso. Havia mais em sua vida. Sua carência não era tão grande.

– Bom – Petra disse tentando parecer decidida –, tendo em vista que o sr. Cassidy não viria até nós, então vamos até ele, não vamos?

– Um pouco tarde, não acha? – Sharon perguntou, em uma rara centelha de dúvida. – Olhe só para mim, Pet. Estou ultrapassada.

– Para com isso, você é linda – Petra contestou. – De qualquer maneira, concordo com o que dizem. Quarenta agora são os novos 30.

Sharon fez uma careta.

– Tente dizer isso para o meu traseiro.

O que usar para uma produção? Petra decidiu usar sua saia estampada e o blazer de linho preto que comprara para o enterro de sua mãe, por cima de uma camisetinha de renda preta e sandálias pretas. Em volta do pescoço estava o elegante pingente de ouro que Marcus lhe comprara no Natal, com os brincos combinando. Vendo-o brilhar, ela imaginou quanta culpa contribuíra para aquela compra. Olhando-se no espelho do hall de entrada, antes de sair de casa, Petra notou que os sapatos, na moda dois anos antes, pareciam um pouco gastos agora. Tarde demais para fazer qualquer coisa. Ela se sentia como uma daquelas mulheres que correm para limpar a casa antes da faxineira chegar. Ninguém quer chegar para uma produção toda avacalhada, mas também não vá se enfeitar e se embelezar demais, fazendo com que a foto de "Depois" pareça pior do que a de "Antes".

Anos de comparação com sua mãe tinham levado Petra a nutrir o que as revistas identificam como "imagem corporal distorcida". Provavelmente ela não estava mal para sua idade, e o divórcio demonstrou ser a melhor dieta já inventada. Ainda assim, quando se tratava de beleza, sua mãe havia determinado o padrão. Toda sua vida, Petra se identificaria com as filhas comuns de mulheres bonitas. Como seria ser uma daquelas pobres garotas cuja mãe é uma supermodelo e o pai é um roqueiro famoso narigudo? Os astros do rock sempre deixavam um rastro de filhas sem queixo e narigudas atrás deles. Garotas que estavam fadadas a viver à sombra de suas mães maravilhosas. Às vezes Petra pensava se essas mães achavam difícil, como a sua claramente achara, não dar à luz uma menina semelhante à sua própria imagem.

Durante a lua de mel, no Egito, Petra e Marcus estavam vasculhando um bazar quando se depararam com um suporte giratório com cartões-postais, em um café. Em vez de cenas do Nilo ou das pirâmides, os cartões-postais tinham fileiras e mais fileiras de bebês perfeitos, loiros e de olhos azuis; exatamente o oposto fisicamente das crianças locais. Se sua mãe tivesse visitado o Cairo, teriam fundado uma religião com o nome dela.

– Até que você não é tão sem grraça, Petra – sua mãe dissera, virando o rosto da filha na direção da luz do banheiro. – Sabe, você realmente não é *tán* sem grraça.

– É *tão sem graça*, mãe. Eu não sou *tão sem graça*.

– É exatamente o que estou dizendo, Petra. Você não é tán sem grrraça para uma garota da sua idade.

Então, quando Petra, anos depois, se viu com a própria filha nessa idade, fez seu melhor para reverter o processo. Para cada palavra de elogio que lhe fora tirada quando criança, Petra encontrava cinco para gastar com Molly. No início, era difícil dominar esse novo vocabulário de encorajamento e admiração. Ela tinha que forçar sua boca a pronunciar as palavras, como forçar para baixo uma comida estranha.

– Você está linda – ela dizia experimentalmente. – Azul fica muito bem em você, amor.

– Para com isso, mãe – Molly dizia, rejeitando o elogio, mas, mesmo assim, satisfeita.

Petra estava tão aliviada por poder curtir sua filha: o frescor de sua pele e a surpreendente firmeza de seus membros elegantes dilaceravam seu coração. Ela se preocupara se a briga mãe-filha estaria fadada a se repetir por gerações, como as maldições de família nas tragédias gregas, mas parecia que talvez, apenas talvez, o padrão pudesse ser quebrado. Pelo menos Molly não ficaria presa, muda em seu próprio casulo, como Petra ficara aos 13 anos. Ela não seria *tán sem grraça*.

– Você poderia não mexer no comprimento, por favor? – Petra estava à mercê de Maxine, que fazia o cabelo e a maquiagem para as fotos de moda. Petra fora inflexível ao dizer que não queria cortar seus cabelos, mas, uma vez lavados, percebeu que Maxine começou a cortá-los. – Deixe-os no mesmo comprimento – Petra acrescentou, para se certificar. Maxine balançou a cabeça em concordância, e continuou cortando. Era um caso claro de audição seletiva de cabeleireiro. Só escutam o que querem.

Quando se chega à idade de Petra, as pessoas começam a sugerir o corte de cabelo de Annette Bening. Um corte bem curto tem o objetivo de ser mais atraente e, realmente, em Annette Bening, é muito atraente. Em qualquer outra com traços menos privilegiados, entretanto, que são todas as mulheres que já viveram, com exceção de Audrey Hepburn, o corte traz certa protuberância às bochechas. Petra não conseguia suportar ver seus cabelos caindo no chão. Ela fechou os olhos. Aquele lugar era assim, desde o momento em que passaram pela porta. Ela e Sharon se encontraram na Paddington Station e pegaram um táxi juntas. Se chegassem separadas, as duas concordaram, seria bem mais intimidador. Contudo, a intimidação acontecera de qualquer maneira, com força total.

Não ajudava ter o chefe da revista ali, observando. William sei lá o que, o diretor editorial, entrara e perguntara se seu nome era como o de Petra de *Blue Peter*. Depois de todos esses anos, ainda havia algum tapado rindo por conta do cão da TV. Quando ela respondeu secamente, ele ficou muito quieto e sentou-se ali olhando para o espaço até que Sharon o fez rir. William Finn, era isso. Bill.

– Olhos lindos – Maxine disse para Petra. – Precisamos destacá-los mais.

Uma lembrança se contorceu em Petra, como um nervo.

– Quando eu era adolescente, as revistas diziam que se você tivesse olhos afundados deveria usar sombra amarela – ela disse.

– Ah, diziam todo tipo de besteira naquela época. Ainda dizem. – Maxine mergulhou um pincel pequeno no seu kit de sombras, que mais parecia uma caixa de bombons. Sua voz se mantinha sempre no mesmo tom, portanto as falas de admiração e sarcasmo saíam do mesmo jeito.

– Você também enxaguou os cabelos com água da chuva, é? – perguntou.

– Nós duas enxaguamos com água da chuva – Sharon disse com orgulho –, mesmo tendo vivido em uma cidade de produção de aço com o ar cheio de partículas pretas.

Bill, Petra reparou, estava prestando muita atenção enquanto Maxine aplicava máscara nos seus cílios. Com seus cabelos fartos e despenteados e o visual levemente desleixado, Bill lembrava algum ator. Sharon saberia. Petra também notou Bill sorrindo sempre que Sharon falava. No início, Petra sentiu uma súbita raiva, pois pensou que estava rindo de sua amiga como Marcus costumava fazer. Depois ela se acalmou e percebeu, para sua grande surpresa, que ele simplesmente gostava de Sharon e tinha gostado logo de início. Eles gostaram um do outro, depois de, o quê, uns três ou quatro minutos? Sharon sempre fizera amigos com facilidade, diferente dela. Escutando-a em Londres e fora do País de Gales, Petra de repente notou como o sotaque galês de Sharon era forte, e sentiu a saudade de casa surgir rapidamente, agitando dentro dela como o balanço do mar. Foi assim que Petra falou durante mais da metade de sua vida, sem perceber. Que outras coisas sobre si mesma você não sabe?

Algo que ela sabia com toda certeza era o seguinte: quando alguém lhe dá a oportunidade de um encontro com um fantasma, o homem pelo qual estava apaixonada um quarto de século atrás, mais da metade de sua vida, há somente uma coisa inteligente a fazer. Simplesmente diga não. Sorria educadamente e diga: obrigada, mas não. Sou uma mulher adulta, nem um pouco parecida com a menina apaixonada por aquele garoto. Sou uma mulher bem-casada... Correção: logo serei uma mulher malcasada, com uma filha para criar. Nada pode ser mais embaraçoso do que remexer no passado; nada pode ser mais trágico, ou mais hilário.

E tem mais. O primeiro amor é o mais profundo. Você não se apaixona apenas, você entra de cabeça. É como se afogar, mas pensar sobre o resgate não é um pensamento bem-vindo. Outros amores podem vir depois, mas o primeiro continua respirando dentro de você. E as coisas que ainda sei sobre ele: a data de nascimento, o nome da madrasta, a paixão por cavalos, seu esconderijo na praia, o instrumento que aprendeu a tocar quando estava se sentindo sozinho. Bateria.

Durante dois anos, usei marrom porque era a cor favorita dele. Você acredita nisso? Eu fui uma adolescente pálida, ficava horrível de marrom. Ficava *amarela* de marrom. Mas aquilo era um sacrifício pequeno a se fazer. Por David seria um prazer. Graças a mim, ele nunca mais se sentiria só.

– Julia Roberts.

Petra acordou de suas reflexões com um pulo.

– O quê? – ela disse.

Sharon não estava falando com ninguém em particular, estava falando para qualquer um ouvir, ou seja, todos na sala.

– Estava dizendo para Maxine me deixar parecida com a Julia Roberts. Você sabe, basicamente fantástica. Com cachos até a cintura. Caso Richard Gere esteja em Las Vegas passando de carro pela rua principal, vai parar e gritar: "Ei, eu te conheço!"

– Sharon, meu amor – disse Petra –, a personagem que você está descrevendo é uma morena alta de Los Angeles com botas de saltos altos e cano longo. Ela também era uma prostituta. Você é uma galesa loira, dona de casa, tem 1,60m de altura e, que eu saiba, ninguém paga você para fazer sexo.

– Depende.

– Depende de quê? – Esse foi Bill, genuinamente intrigado.

– Bem, uma vez Mal me trouxe uma máquina de sorvete no Dia dos Namorados; isso foi uma sexta-feira. Eu dei uma olhada naquilo e mandei as crianças para a casa da avó até o almoço de domingo. – Ela deu a risada mais maliciosa que a Nightingale já ouvira em 20 anos. Depois acrescentou, fazendo graça: – Vocês deviam ter visto minhas bananas split.

Maxine deixou sua tesoura cair. Petra enterrou a cabeça nas mãos, sentindo seu corte de cabelo pela primeira vez, fios macios

entre os dedos. Levantou depois o olhar e encontrou o sorriso de Bill com o seu. Ele disse:
— Vocês me dão licença?
— Oh, Deus, desculpe — Petra disse. — Não queríamos parecer grosseiras...
— Não, não, por favor, fiquem à vontade. Quanto mais à vontade, melhor. Estava começando a aprender alguma coisa sobre sorvetes. Honestamente não há nada que eu prefira fazer do que ficar sentado aqui fingindo ser cabeleireiro e ouvindo as fantasias das mulheres. Metade das revistas que produzimos aqui é feita disso. Eu poderia literalmente anotar tudo o que Sharon diz e transcrever diretamente para a próxima edição...
— "Como uma Máquina de Sorvete Salvou Minha Vida Sexual", escrito pela Mãe de Dois Meninos — Sharon diz. — "Com ou sem Cereja? Você Decide."
— Exatamente. Você claramente é nossa leitora perfeita — disse Bill. — Quer um emprego?
Sharon sorriu para ele pelo espelho e torceu o nariz.
— Nem pensar. Tenho muito que fazer em casa. Obrigada pela oferta.
— Quando quiser — Bill respondeu, acrescentando: — Não, é que eu tenho uma teleconferência em... — Ele olhou para o relógio. — Noventa segundos. — Ele foi em direção à porta e depois olhou de volta para Petra.
— Hum...
— Petra, por favor.
— Petra. Quando você terminar, poderia dar uma passadinha no meu escritório? É no andar de baixo, à esquerda, saindo do elevador. Tenho de lhe entregar uma papelada chata antes da viagem.
— Entregar minha vida por escrito, assinando com sangue.
— Mais ou menos isso. Pode ser daqui a meia hora?
— Está mais para cinco horas com isso tudo no cabelo — Sharon disse. A porta se fechou. — Oh, Pet, o que você achou disso? Dê uma passadinha no meu escritório para me ver.

– Sha... – Petra olhou no espelho para sua cabeleireira, que sacudiu a cabeça, espantada, como se quisesse dizer: sua amiga é sempre assim?

– O que é uma teleconferência? – Sharon perguntou.

– Ah, você fala com várias pessoas ao mesmo tempo, de uma só vez. Mas na realidade não é bem isso – disse Petra. – Todos falam ao mesmo tempo e nada é resolvido.

– Ah, entendi – Sharon diz. – Ele deveria ir para Gower, em nosso País de Gales, não acha? Lá pode fazer isso de graça, perto de mim, sem custo nenhum. Mal não termina uma frase faz 20 anos. Pobrezinho – acrescentou com a voz cheia de amor.

– Como você vai querer?

– Ah, só leite, por favor.

– Algo para comer? Vocês devem estar exaustas depois de ficarem sentadas naquelas cadeiras a manhã inteira, cortando o cabelo.

– Não, obrigada. Sharon e eu vamos sair para almoçar em meia hora, e acho que ela está pensando em um banquete medieval ou algo parecido. Poderíamos até ir de barco até Hampton Court vendo os cisnes, ou algo assim. Acho que a ideia dela de Londres é bem...

– Baseada em história?

– Eu ia dizer maluca, mas, sim, isso soa melhor. Só chá, por favor.

Eles estão sentados a uma mesa redonda em um canto no fundo da pequena lanchonete. "O coração pulsante da editora Nightingale", Bill dissera, enquanto a levava ao andar de baixo; eles viram os detalhes da viagem em menos de dez minutos – tão rápido que ela imaginou, por um instante, por que ele se incomodara em chamá-la. Sua secretária poderia ter levado os papéis até a sala de maquiagem e feito isso lá. Depois ele a convidara para tomar um café. "Gostamos de pensar que é o café mais estranho de South Bank, e queremos que tenha algo para se lembrar desse dia", ele disse. Ela concordou, depois de uma pausa, esperando que ele não notasse a perturbação em sua expressão. Ela, então, acabara escolhendo chá.

– Bom, o que você esteve fazendo esse tempo todo? – pergunta ele.

– Como disse?

– Quero dizer, depois do concurso... em que ano foi?

– Em 1974.

– Antes ou depois de Cristo?

– Agora é você quem está sendo grosseiro.

– Me desculpe. É que, você sabe, já faz um bom tempo...

Petra resmunga:

– Nem me fale. Será que sou uma bruxa velha e maluca? Foi isso o que pensou quando lhe disseram que liguei?

– Sinceramente?

– Sinceramente.

– Bem, estava esperando uma bruxa, é claro. A Samantha do seriado *A Feiticeira*. Com o truque do nariz, os feitiços e tudo o mais.

– E quanto à maluca?

– Pode parecer estranho, mas não achei isso *tão* maluco. Lembre-se de que eu sou velho também. Na verdade, tenho o dobro da sua idade. – Petra abriu a boca para protestar, mas ele não parou: – Então eu me lembro de toda aquela coisa com Cassidy. Estava bem no meio de tudo aquilo.

– Você não poderia estar. Os meninos não podiam entrar.

– Você ficaria surpresa.

– Com o quê?

– Não importa. De qualquer maneira, eu me lembrava o bastante para saber que era uma loucura na época, e teria ficado um pouco desapontado se aquela loucura tivesse desaparecido completamente. Mesmo agora.

– Então você pensa *mesmo* que eu sou maluca. – Por algum motivo, ela descobre que está gostando disso.

– Não, acho que a loucura... amadureceu. Como vinho. Virou algo diferente, talvez. – Bill a observa de perto. Mãos incríveis. Dedos longos. Violoncelista, ele se lembra de repente. Ele tenta se lembrar de alguma peça da qual possa conversar de maneira inteligente. Borodin, Segundo Quarteto de Cordas. A que sua mãe mais gostava. Foi tocada como uma valsa lenta no enterro dela. É uma daquelas músicas tão belas que acalma as preocupações do mundo enquanto lhe diz que o mundo é belo demais para durar. Como a mãe de Bill. Petra com certeza conhece essa peça.

– Então sou uma maluca *vintage*. – Petra ri.

– Perfeito.

– Como esse chá.

– Nossa, espero que não. É mesmo tão ruim quanto parece?

– É pior. Parece a água do Tâmisa.

Ela pega uma colher e mexe. E então continua:

– Em resposta à sua pergunta, não passei os últimos 25 anos pensando em David Cassidy, se é isso o que está querendo dizer.

– Não pensei que tivesse.

– E isso significa?

– Significa que você parece... – Bill para.

– Cuidado.

– Estou sendo extremamente cuidadoso. – Ele toma um gole do café. – Significa que você é obviamente alguém que ampliou sua visão de mundo.

– E isso é tão incomum?

– Muito mais do que você pensa. Conheço um monte de pessoas que não querem saber nem um pouco mais do que sabiam aos 15 anos. Eu digo *saber* mesmo. Como se tivessem dado uma olhada para o mundo e pensado: *isso não é pra mim, cara*. A maioria homens.

– Bom, algumas vezes não se pode culpá-los – Petra diz. Ela está falando baixo agora, tão baixo que Bill se vê inclinado sobre a mesa.

— É verdade — ele diz. — Jamais subestime o desejo de não saber.

Ele olha para Petra enquanto ela desvia o olhar para seu chá.

— Ou o desejo de não ter descoberto — ela diz, depois de algum tempo.

— Ah, sim, as verdades repulsivas. A maior parte delas vem dos homens, de novo.

— Você quer dizer homens descobrindo verdades sobre as mulheres?

— O contrário — ele diz. — O que você vê nas folhas do seu chá, cigana que lê a sorte?

Petra mergulha a colher e mexe o chá.

— Seu futuro parece ser marrom — ela diz por fim.

— Minha cor favorita — ele responde, e é pego de surpresa quando Petra levanta o olhar, séria. Como ela não diz nada, Bill continua:

— E então, o que você *quis* saber? O que aprendeu durante todo esse tempo?

— Bom, eu estudei na Royal Academy. Violoncelo e um pouco de piano. Toquei profissionalmente e ganhei uma fortuna. Algumas vezes cheguei a ganhar 23 libras por noite. Agora trabalho com musicoterapia.

— Musicoterapia?

— Isso mesmo. Uso a música para ajudar na saúde mental e espiritual. — Ela sente como se estivesse lendo um roteiro.

— Para almas problemáticas, você quer dizer. A música tem encantos para serenar o coração mais selvagem — Bill declama, citando o poeta William Congreve.

— Tenho contato com muitos corações selvagens. Na maioria, crianças que sofreram maus-tratos. — Petra detesta falar sobre seu trabalho. As pessoas sempre tiram conclusões erradas. Com mais cautela, ela tenta novamente: — Quando ouvem sobre um trabalho como o meu, as pessoas sempre dizem que é "atraso de vida".

— E não é?

– Sinto que recebo mais das crianças, e da música, do que eles... Sinto que me preenche – ela foi baixando a voz.
Bill sorri.
– Então é verdade.
– O quê?
– Eu sabia.
– O que você sabia?
– Você *vem pensando* em David Cassidy todos esses anos.
Petra olha para ele e estreita os olhos.
– Nunca parei.
Bill se reclina na cadeira.
– Conte-me tudo – ele diz.

16

Getting to Know You: Musicoterapia com Ashley
Por Petra Williams, Bacharel em Música,
Musicoterapeuta Registrada

RESUMO
Esse estudo de caso descreve sessões semanais durante um período de mais de dois anos com uma menina de 10 anos de idade com problemas emocionais graves. Ashley foi indicada para a musicoterapia por causa de seu comportamento agressivo e dificuldades de aprendizado na escola. Sua mãe estava participando de um programa de reabilitação de drogas na época. Ashley tinha um senso rítmico excelente e as sessões semanais se tornaram um lugar onde ela se sentia segura. O estudo de caso também ilustra como as formas defensivas de expressão da criança foram trabalhadas musicalmente para ajudá-la a comunicar suas necessidades sem raiva e a modificar algumas de suas tendências destrutivas para que ela pudesse interagir com seus colegas e iniciar uma vida mais gratificante. Durante as sessões, um acordo inconsciente foi criado entre Ashley e a terapeuta com relação a não mencionar diretamente sua história pessoal, que era difícil e triste demais. Em vez disso, ficou decidido que a música contaria a história por ela.

HISTÓRICO

Ashley pensa em si própria como "a menina que ninguém ama". Ela foi o quarto filho de sua mãe, porém de pai diferente dos outros três irmãos. Ashley foi concebida durante um dos períodos em que seu padrasto estava ausente de casa, e parece que ele nunca a aceitou, dizendo-lhe com frequência que ela era "uma estranha no ninho". O pai de Ashley nunca morou com a mãe e desapareceu da vida da filha quando tinha 4 anos. Ele passou um período na prisão, embora ela afirmasse que "meu pai está no céu". Os assistentes sociais descreviam a família como "caótica" e as quatro crianças foram tiradas de casa em duas ocasiões, para sua própria segurança.

Ashley é uma criança graciosa e bonita, que lutou muito contra suas qualidades naturais para que ficasse tão desagradável quanto pensa que é. Ela demonstra deficits moderados nas áreas cognitiva e de linguagem, geralmente ficando entre 12 e 18 meses atrás da média da sua idade. Sua relação mais próxima foi com sua avó falecida, Nana, dona de um pub, que tocava piano e cantava para Ashley durante toda a sua infância. As favoritas eram canções de musicais de Richard Rodgers e Oscar Hammerstein. Embora sua fala seja sempre confusa, Ashley consegue incorporar letras de músicas com muita alegria e precisão em uma conversa. Seus professores ficam surpresos que uma criança tão "desafiadora" consiga demonstrar esses vislumbres de precocidade verbal.

A morte de sua Nana, seis meses antes da vinda de Ashley para a terapia, parecia ser o gatilho das explosões extremamente violentas na escola. O histórico que tive sobre ela veio de Rosemary, sua professora, que achava que a criança demonstrava sinais de depressão provenientes de cuidados maternais instáveis.

Algumas manhãs, ela aparecia na escola como se estivesse vestida para uma festa, com tênis novos e laços no cabelo; em outros, usava roupas sujas e era ridicularizada pelos colegas com respeito à higiene pessoal. "Ashley Fedorenta" é como ela geralmente descreve a si mesma em nossas dramatizações. Rosemary achou que a musicoterapia deveria ser tentada como última opção depois que a terapia ocupacional e aulas de natação não conseguiram proporcionar melhoras.

Petra salva o que fez, fecha o arquivo e o laptop. Está escuro no quarto, exceto pelo brilho alaranjado indistinto que é lançado pela lâmpada da rua. Pela janela saliente, salpicada pela poeira do fim do verão, ela olha para a casa do outro lado da rua, cópia exata da sua casa no estilo vitoriano, assistindo o jogo de sombras de outra família. Observar como a família das outras pessoas trabalha sempre a fascinou. Ela se move em direção à luminária, mas muda de ideia. Olá, escuridão, minha velha amiga.

Quando estava tocando com Ashley, sentia que sabia exatamente o que estava fazendo, o que era a diferença do resto de sua vida, mas agora acha que não consegue colocar isso por escrito. Um estudo de caso requer que ela imponha a linguagem técnica de sua profissão – deficits cognitivos, reações de transferência – em relação à criança de carne e osso que foi até sua sala em uma tarde congelante de fevereiro. Ashley se recusava a falar, mas ao mesmo tempo gritava sua aflição. Pequena para sua idade, a garota usava uma miniblusa com o desenho do coelhinho da Playboy e um short atoalhado branco encardido; a gordurinha que balançava entre as duas peças de roupa estava azulada pelo frio. Foi no meio da quarta sessão juntas, com Petra guiando a mão da menina sobre as teclas do piano, que Ashley tirou o chiclete e cantou "Getting to Know You".

A dicção perfeita de Debora Kerr como professora em *O rei e eu* viajara 40 anos ou mais através da avó de Ashley no piano de um pub, chegando até uma criança-mulher cujo vocabulário provavelmente não passava de duas mil palavras. Petra fazia questão de nunca se emocionar nas sessões. As emoções da criança eram sempre mais importantes do que qualquer coisa que ela pudesse estar sentindo no momento, mas naquele dia com Ashley foi difícil para Petra conseguir se recompor suficientemente para responder à música da criança, ao mesmo tempo que sentia a emoção de começar a gostar dela, esperando que Ashley gostasse de volta.

E depois o verso final, juntas, a voz da menina e da mulher entrelaçadas como em uma espiral prateada de som.

A música chega a lugares ocultos do nosso ser onde a linguagem geralmente não chega, conseguindo perfurar a armadura que um "eu" ferido constrói desde muito cedo para se proteger. É por isso que a terapia funciona, se é que realmente funciona, e talvez o mistério do processo, e o fato dele ultrapassar as barreiras da linguagem, é o que faz com que seja tão difícil descrevê-lo.

Bill Finn poderia colocar tudo isso em palavras, Petra subitamente tem certeza disso. Durante a produção, Bill perguntou sobre seu trabalho, perguntas que sugeriam que pudesse estar interessado nas respostas, o que seria impossível. Petra conhece esse tipo urbano, da metrópole. Na realidade, ela não os conhece, não pessoalmente, mas já leu sobre pessoas assim. Sempre pulando de um lançamento de livro a uma inauguração na noite, tudo é maravilhoso, incrível ou extremamente interessante, como se falar apenas de diversão o fizesse interessante aos olhos de outra pessoa. Talvez aquilo fosse injusto. Talvez Bill fosse mais do que a somatória de suas revistas glamourosas. Eles estavam sentados na lanchonete da Nightingale quando Petra se viu contando sobre a risada de Ashley, a mais alegre que já ouvira, e a mais impressionante, porque veio de uma pessoa sem registros prévios de alegria. Bill quis saber exatamente como a musicoterapia ajuda uma criança como Ashley a vencer dificuldades.

– Não é uma ciência exata – ela disse. – Existem muitas teorias sobre como ela funciona.

– E qual é a sua?

– Dizem que os homens primitivos se comunicavam através de canções, não dizem? Grunhidos com entonações. Talvez fôssemos como pássaros e perdemos essa característica. Na verdade, não a perdemos totalmente.

– O cantar dos pássaros é uma coisa muito estranha – Bill disse. – Você acha que eles cantam para marcar território e acasalar, mas eles cantam porque adoram cantar.

– Você quer dizer os pássaros.

– Um biólogo, ou algo do tipo, pega seu clarinete para tocar na floresta. Um bando de melros ficava em volta. No fim das contas, a única conclusão dele é que os pássaros estão fazendo milhares de sons a mais do que deveriam. Simplesmente pela alegria de cantar, improvisando enquanto cantam. Como Charlie Parker.

– Você está falando do Bird.

– Isso mesmo, o Bird, Charlie Parker – Bill disse. Ele fez uma pausa. – Pensei que você fosse fã dos clássicos, não do jazz.

– Sou fanática por todos os gêneros de música – respondeu ela. – Se você tiver danos cerebrais no seu lóbulo temporal direito, que controla o processamento auditivo de sons: a fala do lado esquerdo, a música do lado direito...

– Estou perdendo o interesse – ele disse.

– Não, você vai entender. O lóbulo temporal direito fica atrás da orelha, *aqui*. Acho que o seu é bastante desenvolvido. Se estiver danificado, os pacientes apresentam total dificuldade em reconhecer canções ouvidas recentemente, embora consigam reagir emocionalmente a elas. Isso se chama amusia.

– Amusia. Um ótimo título para um livro. Adorei. – Quando Bill sorria, parecia ser uma pessoa diferente.

– E se os humanos cantaram antes de falar? – ela disse. – Ou seja, a música pode ser profundamente instintiva para nós, talvez nossa forma mais verdadeira de comunicação.

– Você não me ouviu no chuveiro às 6h da manhã.

– É o que estava dizendo, homem primitivo.

– Ai! – Bill disse. – De onde você veio?

Enquanto Petra recordava, foi levada de volta à sua sala de estar por uma batida alta vinda do andar de cima. Molly. Ainda acordada e tocando teclado. Às 22:25. E o dia seguinte é dia de escola, pelo amor de Deus. Ela belisca a ponta do nariz, o local onde dizem que tira a dor de cabeça, ou pelo menos assim dizem as revistas. Suas piores brigas ultimamente têm sido sobre o horário de dormir. Não ir para a cama cedo o suficiente, não conseguir dormir, e depois não levantar no dia seguinte. Ter horário para ir dormir, sua filha anunciara com arrogância, é coisa de bebê. Petra relembra Molly bebê, no berço, encolhidinha como uma castanha de caju, suas mãos pequeninas se abrindo e fechando. Aquela parecia ser a pior fase: as noites amamentando, o relógio digital ao lado da cama lhe dizendo ser 3:15 da manhã. Naquela época parecia que sempre eram 3:15. A falta de sono faz você ficar zonza, ao mesmo tempo que seus pés parecem pesar como chumbo. Durante um concerto no Albert Hall, Petra apagou por alguns segundos, o que não teria sido um problema, se ela não fosse uma das artistas se apresentando. Petra sempre achou que poderia tocar violoncelo dormindo, mas somente a maternidade lhe dera a oportunidade de testar essa hipótese.

E então os anos de bebê se passaram como chuva de verão e a parte difícil passou a ser a mais fácil, mas ninguém sabe disso até que a fase termine. A maternidade é como estar em uma peça e só saber as falas da sua cena em cima da hora. Quando você descobre como desempenhar seu papel, as cortinas caem e começa o próximo ato. Alguns dias ela sentia muitas saudades daquele bebezinho.

– Ser pai ou mãe nunca se torna mais fácil – Carrie afirmou. – Apenas fica difícil de uma forma diferente.

Petra era a disciplinadora da família, um papel que Marcus ficava feliz em delegar. Não, feliz em abandonar, pensa, e fiscaliza a si própria. Ela não suporta se sentir amarga, a sensação é como a de usar um enxaguante bucal barato. Ao sair do escritório do advogado, depois de discutir uma separação amigável – sr. Amos era o advogado de *ambos*, mas de repente passou a ser de Marcus –, ela cuspiu a bile que acumulara no fundo da garganta dentro de uma lixeira verde.

Eu me tornei o tipo de mulher que cospe na rua e não carrega lenço, ela pensa. Se sua mãe estivesse viva, isso a teria matado.

Agora que Marcus não está mais com ela, Petra precisa ser a durona e a boazinha para Molly. Como Cagney *e* Lacey, as policiais do seriado americano da década de 1980.

Qual delas era o quê? Petra nunca conseguiu entender direito, mas a loira era definitivamente mais durona, a morena era mais cheinha e maternal. Não se veem muitas personificações de mulheres que gostam e dependem uma da outra como essas duas. De acordo com sua experiência, na vida real era a amizade feminina que mantinha a maioria das mulheres em movimento, principalmente depois que a rivalidade com relação aos homens perdeu a força.

Todos os dias da semana, às 6:50, Petra entra no quarto de Molly e tropeça ao passar pelo tapete. Com seus amontoados de entulhos, o quarto é como uma praia depois que a maré baixou. Ela liga o rádio – um DJ estúpido e irritante o suficiente para levantar os mortos. E então, 15 minutos depois, ela grita da escada para o andar de cima, horário que geralmente a filha está no chuveiro. Nessa manhã, entretanto, ela teve que literalmente sacudi-la para que acordasse. Molly, com o rosto escondido pelos cabelos dourados completamente bagunçados, surgiu como um marsupial saindo da toca. Isso não era dormir, era hibernar. Petra ficou brava. "Pirou", na acusação chorosa de Molly.

– E se você quer ter cabelos compridos, mocinha, vai ter de aprender a penteá-los toda noite ou vamos cortá-los.

Mocinha? De onde veio isso? Como eram caretas e previsíveis as palavras que se alojavam no gene acusativo das mães. Será que Darwin sabia que a sobrevivência dos mais evoluídos envolve escovar os cabelos? Não, mas as mães sabem. Greta costumava agarrar os cabelos de Petra e dizer: "Ach, estão oleosos demais." Muitas das frases de sua mãe começavam com aquele *ach* gutural de reprovação. Ela pensava que era porque Greta estava desapontada com a aparência da filha. Agora que também tem uma filha, Petra vê com uma clareza assustadora como o mundo julgará Molly, e não a julgarão por seu humor inteligente ou suas mãos habilidosas que tocam acordes complexos como pontes feitas de carne e osso.

Petra ama sua filha de uma forma apaixonada, mas é extremamente crítica com ela. Com um filho poderia ter sido diferente, ela sempre pensa sobre isso. Mas ela tem uma filha adolescente, uma criatura muito voluntariosa. Muito teimosa. Não, voluntariosa é melhor. O modo como Molly projeta seu queixo em formato de coração, determinada a dar a última palavra em qualquer discussão, sentindo-se mais confiante nos assuntos em que é mais ignorante. Dói quando Petra é acusada por Molly de não compreendê-la. Comparada à sua mãe, Petra se sente uma mestra da compreensão e compaixão. Greta poderia ter ensinado aos aiatolás no Irã algumas coisinhas sobre rigidez e intolerância. Pelo menos Molly não havia herdado o gosto pela melancolia e pela catástrofe. Petra foi educada para acreditar que tudo o que foi inventado depois de 1959 causaria câncer. Ainda acredita.

– Os velhos tempos de novo não – Molly suspira se Petra ousa sugerir que, em um tempo não muito distante, havia mães ainda mais rígidas e mais irritantes que ela.

– Isso foi há 25 anos – diz Molly.

Não para Petra. "Estou chegando à metade da minha vida", pensa. Sou adulta. Sou mãe. Tenho uma casa em um bairro agradável de Londres com uma faixa de sol no quintal voltado para o sul, onde planto tomates excelentes e manjericão, que espalho com as mãos sobre os tomates cortados para liberar o aroma, acrescentando um pouco de vinagre balsâmico. Tenho um trabalho que amo e que pode até fazer alguma diferença no mundo, preciso ser uma pessoa madura ancorada por todas as armadilhas de uma vida decente e um pouco entediante, ainda que progressivamente me sinta como uma criança que suspeita que o passado está dando voltas em um grande círculo para lhe fazer uma emboscada.

Ela tem apenas uma vaga ideia da teoria da relatividade de Einstein, mas sabe que algo estranho aconteceu com o tempo desde que achou a carta da revista de David Cassidy no armário de sua mãe. Seu cérebro, que geralmente gira de preocupação como um pião, começou a dar voltas impressionantes entre os anos e as décadas, como se um diretor invisível estivesse juntando cenas de destaque da vida de Petra para uma cerimônia de premiação. Enquanto ela estava lendo no banheira, certa noite, foi o pênis de Steven William que surgiu. Ela o viu pela primeira vez quando estava cuidando das filhas de seu professor de geografia, e Steven apareceu sem avisar. (Petra e ele estavam começando a sair depois que Gillian se cansara de Steven. Ela nunca gostou dele, só não queria que outras meninas o tivessem.) Petra se lembra, por exemplo, de quando ela abriu a porta, de como ele estava parado na entrada da casa revestida de seixos com uma garrafa de sidra e um sorriso esperançoso. Ela se lembrava do modo como ele tirou o casaco, jogando-o sobre o corrimão como se fosse uma sela, fazendo as fivelas do casaco tilintarem como estribos. O modo como os dois subiram as escadas pé ante pé para verificar se as duas meninas estavam dormindo, e como foi a sensação de experimentar a vida adulta pela primeira vez. Ela se lembra de ter examinado minuciosamente o rosto de Steven em meio ao brilho do abajur de cogumelo e percebeu, para sua surpresa, que estava olhando para ver que tipo de pai ele poderia ser. Petra tinha, no máximo, 15 anos na época.

Ela se surpreende recordando coisas que nem sabia que havia notado. Como quando eles estavam se beijando no sofá e ele se ergueu usando um dos cotovelos para impedir que seu peso a comprimisse. Ela se lembrou de como gostava de ser comprimida pelo peso dele. Seu coração batia como se ela tivesse corrido centenas de quilômetros. Quando os lábios dele encontravam seus seios, um sinal elétrico era enviado "lá pra baixo", um espasmo de desejo que criava novos atalhos enquanto ela estremecia. Ele desabotoou a calça jeans, ajustou-se com um único movimento, e lá estava ele. Enorme e indomavelmente vivo. Nenhuma conversa entre as meninas na sala de costura, nenhuma aula de biologia ou até mesmo a mímica de Carol com um *saucisson* na viagem do 7º ano para Paris poderia tê-la preparado para a coisa em si.

Ela não sabia se ria ou desmaiava, porém nenhuma das alternativas seria apropriada, porque, sem dúvida alguma, aquele era um momento solene. Sabendo que algo deveria ser feito em relação à ereção, como acabar com ela, para ser mais exata, e descobrir como justamente no momento em que o professor de geografia colocou a chave na porta da frente. Steven deu um pulo e ficou de pé, fechando o zíper e enfiando o sutiã dentro da bolsa dela com um único movimento. Os anos de treinamento no campo de rúgbi estavam sendo úteis nesse momento.

Petra disse que as meninas não deram trabalho. Nenhum trabalho mesmo. O professor sabia, e os dois sabiam que ele sabia, mas foram salvos pelo constrangimento mútuo.

Steven lhe deu carona na bicicleta pelo caminho da praia. Petra se sentia feliz simplesmente por estar viva. O vento salgado em seus lábios beijados, suas mãos envolvendo a cintura de Steven, seu corpo inclinando-se com o dele para virar cada esquina. Seu primeiro contato com o sexo a deixara entorpecida, guardando os segredos da condição de ser mulher para si mesma.

Uma parede inteira do quarto de Molly está tomada por um garoto. O mesmo garoto, pôster após pôster. Um garoto na proa de um barco, um garoto na praia. Ele tem olhos azuis e o queixo proeminente com uma covinha. Sua franja comprida é repartida para o lado e tem mechas loiras. Petra não acha o garoto grande coisa. Com seu nariz de botão e olhos redondos, ele parece o desenho de uma criança, não parece totalmente real. Ela não gosta do quarto de sua filha parecer uma capela renascentista dedicada ao culto do jovem, mas não diz nada. Em vez disso, com uma voz suplicante que ela própria detesta, diz: "Mol, já lhe disse antes, se você colocar fita adesiva para grudar pôsteres, a tinta vai sair quando você os tirar."

Molly não responde. Ela está na cama, ouvindo seu Discman embaixo da colcha como se fosse um monstro do mar.

– Sabe que não podemos gastar para pintar a casa.

Como acontece com frequência com sua filha, Petra percebe sua língua continuar falando quando o silêncio seria a opção mais inteligente. Não era isso o que queria dizer, pensa. Essa não sou eu.

– Mas não vou tirar os pôsteres, vou? Dãaa! – diz a forma debaixo da colcha.

– Não diga dãaa.

– Qual o problema em dizer dãaa? Sinceramente, mãe, não entendo você às vezes.

– Não precisa me entender. Sou sua mãe.

Petra se abaixa para apanhar uma pilha de calças.

– Esse é o menino de *Titanic*?

Molly se senta, incrédula.

– Leonardo DiCaprio, mãe. Ele é famoso no mundo todo.

– Como ele conseguiu esse nome?

– Sua mãe estava grávida dele, viajando pela Itália, e viu uma pintura de Leonardo da Vinci.

– Como é que você sabe disso?

– Li em uma revista.

Petra suspira, exasperada.

– Você não pode acreditar em tudo o que lê nas revistas, filha.

– Acontece que é sério. *Di Ver-da-di*.

Petra se inclina para frente para permitir que aquela linguagem artificial seja processada em sua cabeça.

– Sabe, quando eu tinha a sua idade, não podia colocar pôsteres no...

Molly não espera que ela termine:

– Aonde está querendo chegar?

O terrível sarcasmo com a mão na cintura que Molly aprendeu nos seriados americanos que assiste na TV.

– Molly, por favor, não fale comigo desse jeito.

– Que jeito?

Assim como o resto de sua geração, Molly acha chato aprender uma língua estrangeira, mas de alguma maneira consegue falar fluentemente o dialeto dos fedelhos de Beverly Hills. "Isso é tãaao tosco", ela diz, torcendo o nariz. Petra, que ainda acha que *tosco* é algo feito de um jeito rústico, sente-se velha e ultrapassada.

Tente sempre se lembrar de que você é a adulta. Foi o que uma vizinha com crianças disse a Molly quando ela começou a trabalhar como babá. Parecia algo tão estranho para se dizer – quem era o adulto, se não a mãe? Agora seu bebê já era uma adolescente e Petra sabe o quanto é difícil não ser provocado por uma manha infantil. "Bom, como você acha que eu me sinto?" é o que ela se vê pensando.

Molly não se importa com o que Petra sente. O papel de Petra é absorver o que Molly estiver sentindo.

– Mol?

– OK, vou usar o adesivo Blu-tack para não estragar as paredes.

– Ótimo.

– Está bem.

– Já é tão tarde. Esperava que você já estivesse dormindo, amor.

Petra sentou-se na beira da cama e acariciou a testa da filha com o dedo indicador. Nos últimos meses, as feições da menina cuidam da tarefa urgente de transformá-la em mulher; no momento, os olhos, nariz e lábios cheios estão levemente fora de escala, sutilmente grandes demais para seu rosto. Molly reclama que não é nem um pouco bonita, mas um dia ela será linda, sua mãe acha. A menina mais bonita da classe raramente cresce e continua linda. Surge uma súbita imagem de Gillian no encontro dos ex-alunos da escola, quatro anos antes. Dona de casa e mãe agora, morando em Berkshire ou Buckinghamshire, região próxima a Londres. Suas feições são agradáveis, acompanhadas de um corte de cabelo Chanel perfeito e reflexos cor de caramelo só um milímetro cheios demais. Gillian Edwards, agora adulta, falando da casa que tem em Algarve, com as palmas das mãos manchadas do bronzeamento artificial. Gillian. Toda aquela mágica atemorizante desapareceu.

– Não consigo dormir. Eu sempre lhe digo isso – Molly reclama. As bolsas debaixo dos olhos estão da cor de uma ameixa escura. Suas pálpebras estremecem como se uma traça estivesse presa debaixo delas.

Petra se inclina para beijá-la.

– Está tudo bem na escola?

– Está.

– Hannah está bem?

A pergunta foi feita em tom casual. Hannah Difícil, a mais volátil no grupo de Molly. Hannah, a garota que Petra há tempos viu como ameaça para a felicidade de sua filha, embora mantivesse esse pensamento guardado para não fazer com que Hannah se tornasse ainda mais interessante para sua filha. Hannah Difícil, a rainha que faz as outras meninas girarem ao seu redor. Todo grupo tem uma. Hannah com frequência exige ser a melhor amiga de Molly, só ela e mais ninguém. Mais exigente do que qualquer amante.

Elas são só adolescentes, Petra diz para si mesma, mas sabe o que as adolescentes podem fazer, por isso fica alerta. Petra aconselha Molly a manter um círculo grande de amigas. Não diz que quanto mais amigas tiver, em grupos diferentes, menos chance de ser abandonada. A adolescência é um período de preocupação para as mães, mas Petra sabe que se preocupa mais do que o razoável. Sua antena para a rejeição é superdesenvolvida; mesmo parecendo ter colocado no mundo uma garota popular e bem-ajustada, não consegue desligar esse botão.

– Manhê, isso não é um problema, tá?

Isso é o que Molly sempre diz quando Petra pergunta por que não foi incluída na ida ao shopping com as outras meninas ou, inexplicavelmente, foi deixada de fora da lista de alguma festa. Petra sente um frio na barriga diante de qualquer falta de atenção para com Molly, seja ela real ou imaginária. Simplesmente não consegue evitar. Molly detesta quando estão atrasadas para chegar à casa de uma amiga, grita com Petra quando ficam presas no trânsito, odeia que as outras meninas comecem sem ela. O medo de ficar de fora está atrelado ao medo de que ninguém sinta sua falta. Algumas coisas nunca mudam.

Petra ajusta sua posição na cama para se deitar ao lado de Molly, a cabeça das duas fica lado a lado no travesseiro. O amortecimento entre as duas são os seios de Molly, algo recente e que vem crescendo com rapidez. Petra fica feliz com os seios da filha, até mesmo orgulhosa. Isso é normal? Recentemente, Molly tem se recolhido bastante, banindo Petra do banheiro quando está no banho. Há pouco tempo elas costumavam conversar sobre o dia, com Petra sentada na beira do vaso sanitário e Molly deitada na água como a garota da pintura de Millais, com os cabelos flutuando como algas marinhas atrás de sua cabeça.

Agora ela pensa se algum dia verá o corpo de sua filha novamente, o corpo que cresceu dentro dela mesma. Provavelmente não. O próximo a vê-lo será um garoto, um garoto de verdade, e não o Leonardo dos pôsteres na parede.

Enquanto põe os braços em volta da filha, sente todos os combates deixarem Molly. Quando tinha pouco mais de um ano, Molly ficava toda rígida durante um acesso de mau humor, até que o demônio partia e ela se permitia ser aconchegada e tranquilizada por uma mamadeira. Ela gostava que segurassem a mamadeira para ela para que pudesse enrolar os cabelos com o dedinho de uma das mãos e agarrar o cobertor com a outra. Como era fácil naquela época, Petra pensa. Era possível consolá-la, fazer tudo de ruim passar, dizer que tudo ficaria bem. E ficava. Porque era possível controlar o mundo. Ela *era* seu mundo, praticamente.

Deixando-se levar, Molly chega mais perto. Para ser honesta, é disso que Petra sente falta com relação a Marcus. Não é o sexo. É outro corpo que possa, como se por osmose, drenar todas as tensões das suas células. Ela precisa dar o braço a torcer, Marcus era bom massagista; seus dedos de violoncelista eram poderosos e ágeis para encontrar os nós de tensão.

– Vou massageá-la – ele ofereceu, virando-a de bruços e pressionando cada vértebra da sua espinha até embaixo, movimentando cada uma como a lingueta de um trinco. Ele sempre foi excelente no vibrato.

No fim, ela não podia mais suportar que ele a tocasse. Tentou fazer sexo e terminar com tudo o mais rápido possível, odiando a si mesma por deixá-lo até mesmo chegar perto, ainda pensando que talvez ele ficasse, e odiando a si mesma por isso também. Ela lera em algum lugar que quanto mais agudo os gritos da mulher, mais rápido o homem chega ao clímax. Ora, ora, ora, parece que, às vezes, pode-se confiar no que se lê nas revistas. Foi tão fácil, e tão difícil.

– Quando você e Sharon estiverem nos Estados Unidos, vocês podem ir ver o Leo – Molly murmura.

– Que Leo?

– Leo DiCaprio.

– Ah. O garoto mais famoso do mundo.

– Um nome tão lindo. Eu o amo tanto, mãe.

– Eu sei, querida, eu sei.

Ela desce as escadas novamente, precisa voltar ao computador, mas o ar da sala de estar está abafado e pesado, então ela sai pela porta que dá para o quintal. O jardim escuro se agita com os aromas da horta. Mais cedo, ansiosa por alguma distração depois de ter escrito o caso de Ashley, Petra passou pelo menos uma hora ali fora regando as plantas, colhendo suas ervilhas-de-cheiro e alguns tomates, colocando-os no peitoril da janela para que amadurecessem. Ela gosta do cheiro que deixam nas mãos. Distraidamente, começa a tirar as folhas mortas da nicotiana, colocando-as no vaso de terracota ao lado da porta. As flores murchas dão a sensação de um paraquedas de seda ao toque. Com os dedos prontos para arrancar, Petra subitamente sente o poder terrível da vida e da morte. Ela hesita diante de uma flor murcha. Não, vamos dar mais um dia à pobrezinha.

As incarvíleas de cor creme só abrem no fim da tarde e liberam sua fragrância almiscarada durante a noite toda. Como é estranho pensar que a nicotiana, bela e inocente como uma camisola vitoriana, é a irmã caçula do tabaco, que mata milhões. Ajudou a matar seu pai, tomou o que restou de seus pulmões depois da pneumoconiose, e sua voz encantadora. Quando Petra se ajoelha perto do contêiner, pensa estar sentindo o cheiro do cachimbo de seu pai e ouvindo as batidinhas que dava com o cachimbo no degrau mais alto da escada, para soltar o sarro pegajoso acumulado no fundo do fornilho.

Várias vezes Petra tentou conversar com Molly sobre seu avô. *Ei tad-cu hi* significa avô em galês. Quando Molly já tinha idade suficiente para ter ciência dele, seu pai tinha metade do tamanho do homem que trabalhou na usina siderúrgica, um fiapo de homem debaixo de um lençol, que tremia, praticamente incapaz de fazer a barba, lutando para respirar, mas ainda abrindo os braços para sua neta.

– Venha aqui, minha linda, dê um abraço apertado no vovô.

Ela quer desesperadamente que Molly tenha consigo esse modelo de homem bom em seu coração, mas, quando Petra tenta descrever seu pai para sua filha, o que sai são apenas palavras. Ele era tão fascinante. Gentil. Bom. Um barítono maravilhoso. Bom dançarino. Dean Martin. Isso é *amore*.

Como definir o trabalho do ser humano que a protegeu o melhor que pôde de sua mãe, enquanto uma tempestade caía sobre ele? Risco ocupacional.

Pelo menos, Petra pensa, sua filha não sente que precisa esconder – não os pôsteres do seu Leonardo DiCaprio e nem seus sentimentos. Molly agora pode não gostar que sua mãe entre no banheiro, mas ela sabe que tem uma vagina, e não um lugar vergonhoso e indeterminado chamado "lá embaixo" e que é feio tocar. *Achafi!*

Petra fica feliz com isso. Ela raramente permitia que Greta visse seus sentimentos, sabendo que eles apenas dariam a chance para a desaprovação ou até para a alegria com a tristeza da filha.

Um dia ela estava andando ao lado da parede de blocos de cimento, em frente ao bangalô que estavam construindo, e caiu, cortando fundo o joelho e esfolando os sapatos novos. As ponteiras dos sapatos, brilhantes como uma castanha-da-índia, ficaram arranhadas com listras rosa. Ela entrou chorando por estar machucada e também por ter estragado seus pobres sapatos novos, enquanto o sangue escorria por uma perna até sua meia branca.

– Aí está, *viu*? – sua mãe disse.

A dor estava ali para lhe ensinar uma lição, mas qual lição ela nunca aprendera. O papel que Greta achava que tinha na vida era o de endurecer a filha.

– Controle suas emoções, por favor, Petra.

Quando Petra pensa em si mesma quando criança, vê uma menina muda, que não ousa falar. A música foi sua forma de falar, sua terapia também. William Finn, Bill, dissera isso para ela no dia da produção. Ela nunca havia pensado nisso antes.

"Tenho de mudar de casa", Petra pensa de repente, fechando as portas do jardim com o trinco. Foi nessa sala que ela teve sua última crise de angústia por causa do casamento, a única que o mundo ficou sabendo. Mas foi horrível, lançando-se aos pés de Marcus e entregando-se ao sofrimento. Petra lhe prometeu coisas, implorando. Ele se desvencilhou, querendo se livrar dela, ansioso para voltar àquela que o fisgou. Ele lhe contou que tentou desapontá-la gentilmente. É preciso ser cruel para ser gentil. Por quê? Por que não ser somente gentil?

Depois que ele foi embora, Petra ficou sentada no escuro, soluçando e falando sozinha. "Calma, calma, tudo vai ficar bem." Como se fosse sua própria mãe. Ainda assim, ela ficou esperando os passos dele na frente da casa, pensando que talvez ele voltasse, como sempre acontecia antes.

Agora, pela primeira vez desde que Marcus foi embora, ela sente algo se mexendo sutilmente dentro dela, a sensação de que poderá ter um futuro. Depois de amanhã, Molly vai ficar com Carrie, sua vizinha, e ela, Petra, vai para Las Vegas conhecer David. Petra, Sharon e David. Sharon e Petra. E Bill. Não parece mais ser um plano maluco. Ela se vê cantando. "Breaking Up Is Hard To Do", terminar um relacionamento é difícil. A letra dessa música ainda está fresquinha na sua memória. Ainda cantarolando, ela consulta seu notebook e começa a digitar; as palavras vêm com facilidade agora:

> Toda semana, durante os primeiros meses em que trabalhamos juntas, Ashley dizia: "Num quero contá minha história. Num tenho que fazê isso se eu num quisé."

Conforme o trabalho com Ashley foi evoluindo, com o uso da combinação de músicas famosas que ela conhecia muito bem e a improvisação livre no violoncelo, teclado e percussão, Ashley começou a falar de maneira diferente, demonstrando um sentimento de autoestima e sendo capaz de admitir seu desejo de se sentir segura. As estruturas familiares das músicas lhe ofereciam certa previsibilidade, e com isso ela começou a confiar no nosso relacionamento. Ashley começou a encontrar outro modo de se comunicar e perceber que seu comportamento poderia ser uma escolha consciente, e não apenas o reflexo de um impulso raivoso.

Imitando estruturas claras de frases em canções que eram compatíveis com seu humor, consegui "conter" seus sentimentos, musicalmente os transformando em animação e prazer normais.

CONCLUSÃO

A musicoterapia é uma atividade muito importante na vida de Ashley: o momento no qual ela pode liberar todos os seus sentimentos com segurança, incluindo a fúria e o sofrimento que ela vem guardando. A maioria dos adultos que conheceu a trataram com incompreensão, geralmente com agressividade, e tenho tido a posição privilegiada de lhe oferecer algo melhor. O ponto positivo que Ashley trouxe com ela foi um rico repertório musical de suas recordações. As canções famosas de musicais que aprendeu com sua querida avó proporcionaram a Ashley uma das poucas e confiáveis estruturas em sua experiência de vida. Dentre todas as crianças com as quais trabalhei, não sei de ninguém para quem a música tenha sido um escape tão vital.

Ashley teve muitas separações durante sua vida. Ao cantar "So Long, Farewell" (Até logo, adeus), de *A noviça rebelde*, fiquei com o papel dos vários adultos que a deixaram. Conforme ela começou a cantar a letra, no final de cada sessão, sua confiança foi aumentando cada vez mais, e meus olhos se enchiam de lágrimas. Ela obviamente aprendeu como fazer para não se machucar com o fato de dizer adeus.

17

Eu era o verdadeiro David Cassidy. Ah, claro, também havia aquele outro: o cara que cantava, por quem as garotas se apaixonavam, que usava aquelas camisas, que arrasava corações. Mas a história de David Cassidy teve pouco a ver com a música pop, ou a cultura pop, ou mesmo a cultura da fama. Era algo muito mais simples que isso. Era uma história de amor. E fui eu quem a escreveu.

Terminei a faculdade em 1973 com um diploma, uma namorada e metade de um Mini Cooper que dividia com um amigo. Acontece que eu só tinha metade da namorada também, e ela preferiu a outra metade, mas foi preciso que uma briga aos berros em uma ruela próxima de Bayswater, às 3h da madrugada, para que eu ficasse sabendo a verdade. Fiz minha graduação em inglês, com ênfase nos poetas do Romantismo. A prova de que havia me formado veio com um diploma enrolado por um veludo falsificado e um espaço em branco onde meu futuro aconteceria. O poeta John Keats *não* só não me ajudou a conseguir emprego: ele praticamente me garantiu que *ninguém* me daria um emprego. Os empregadores se sentavam com meu currículo de uma página, escrito com espaçamento duplo, entre nós na mesa e contorciam os lábios ao pronunciar as palavras "literatura inglesa" como se estivessem dizendo "acusação criminal" ou "perversões conhecidas". Com certeza pensavam que eu fosse chegar no primeiro dia com uma capa e uma pena para escrever, ao passo que o que mais queria era virar a página relacionada a John Keats: escapar da jaula de sua vida e amores para mergulhar em minha própria liberdade. E, se isso significasse fazer o café, tudo bem para mim. As meninas tomam café. Até aí eu sabia.

Bill fechou seu arquivo e o laptop. Essa simples ação, como sempre, disparava uma dupla reação dentro dele: a necessidade de fumar um cigarro e a necessidade mais profunda ainda de um drinque. O fato de não fumar há 20 anos e de não ter bebido muito nos últimos dez não propiciou melhora nenhuma. O importante é que fumar e beber eram o tipo de coisa que os escritores deveriam fazer – comportamentos condicionados que deveriam surgir ao pé de cada página, ou até mesmo ao completar um parágrafo. Eram símbolos da má conduta, presos à escrita para lhe dar um brilho extra. Quando você vê a foto de um romancista e ele está sentado em frente à máquina de escrever, respirando através de um Marlboro, com um copo de uísque ao lado do seu cotovelo e a luz da manhã às suas costas – bom, isso já prova 60 por cento, não é? O cara *adquiriu* seu estilo; seus livros têm de ser escritos com dificuldade, com base em um campo de batalha de bebedeira e corações bastante machucados. Como levar a sério os pensamentos de um escritor que sobrevive com chá e biscoitos?

Bill estava envergonhado de si próprio, pensando automaticamente no escritor do sexo *masculino*, mas não podia evitar; quando pensava na escrita, era a imagem de um homem que vinha à sua mente. Parte dele, Bill achava, ainda estava arraigada em 1973, quando um autor ainda era um cara que usava jeans ou, se estivesse morto, uma sobrecasaca com um tinteiro e tinta preta para corresponder ao uísque escocês. Imagine George Eliot, rosnando em frente ao seu café da manhã ainda intacto, tentando abrir o primeiro maço de Lucky Strike do dia, com uma das mãos esfregando a barba por fazer, tentando não sentir o cheiro da exalação do fumo da noite anterior, com sua atmosfera ruim...

As pessoas mais inteligentes que Bill conhecia eram mulheres. Pensou em Marie, do escritório. Apenas as mulheres pareciam manter o tráfego entre o cérebro e a boca fluindo suavemente, enquanto os homens ficam completamente engarrafados no trânsito, enfrentando desvios e ruas sem saída. Quando o assunto é comunicação, os homens são valas. E, nem é preciso dizer, os homens não leem; não leem os próprios homens e com certeza não leem as mulheres. Pouquíssimos homens ainda leem, como monges, mas não conversam com outros homens sobre os livros que leram e, se leem *bons* livros, escondem como pornografia. Imagine se o sexo masculino lê poemas: debaixo dos lençóis, com uma lanterna na mão, enquanto suas esposas dormem desconfortáveis ao lado deles.

Quando os homens pararam de ler? Quando os homens se voltaram contra a leitura ou a leitura se voltou contra os homens? Talvez tenham espalhado rumores, Bill pensou, de que os livros faziam bem, como frutas, ioga ou ir à igreja. Nutrindo e sustentando. Em outras palavras, os livros eram uma má ideia. Talvez o único modo de os homens lerem hoje seja através de uma ação do governo. O governo poderia começar a proibir os livros, começando pelos bons. Proibi-los e queimá-los, negá-los e picá-los em pedaços. Os homens iriam querê-los de volta. Um livro seria como crack, adultério ou traição; o livro seria ruim. E isso seria uma coisa boa.

E, apesar de tudo isso, lambendo o indicador e virando a página, as mulheres continuaram a ler. De todas as mulheres inteligentes que Bill conheceu, a maioria era de leitoras. E o que elas liam, na maior parte das vezes, eram outras mulheres. Quando não estão muito ocupadas com suas próprias vidas, o que ocorre boa parte do tempo, elas leem sobre a vida de outras mulheres, a maioria das quais, de acordo com o que Bill pôde perceber, eram mais ocupadas até do que as anteriores, mas se isso tinha o efeito de censurá-las ou consolá-las, ele não tinha ideia.

Seu apartamento ficava em um armazém convertido perto da Tower Bridge, apenas sete minutos a pé do escritório, com uma vista parcial do rio. Fora um bom lugar temporário; 11 anos mais tarde, às vezes ele se parecia com um lar. Bill olhou ao redor da sua sala de estar. Era limpa, ele achava, e acolhedora; não havia manchas no tapete, queimaduras não identificadas ou restos de comida. Era claramente o lugar onde um profissional adulto buscaria relaxar no fim do dia. Mas, obviamente, era também um lugar onde as mulheres não iam – ou não tinham ido nos últimos tempos, ou não tinham ido o suficiente. Havia livros, mas nenhum virado para baixo, suas lombadas já rachadas, com as abas das páginas amassadas e viradas. Havia outra coisa que ele jamais entenderia sobre as mulheres: como suportam ler na banheira; um romance apoiado na saboneteira, com vapor subindo e transformando o livro de ficção em revista barata.

Aqui, contudo, nessa sala, os livros estavam organizados como sentinelas, como um exército do conhecimento. Somente um estava faltando. Era possível ver seu lugar escuro na prateleira, um buraco escuro. O livro estava na mesa de centro com um marcador, ao lado da pilha de revistas, e Bill não conseguia ler o título de onde estava sentado, em sua mesa, mas o conhecia tão bem como seu próprio nome, e sabia de onde o autor o tirara, sob a cobertura da escuridão. Os pensamentos e sentimentos das outras pessoas, tempos atrás, transformavam-se em poemas, e partes desses poemas fluíam na mente dos romancistas, e os romances ficavam nas mesas de centro de homens cansados demais e preocupados com outras coisas, como lançar revistas, para pensar sobre os sentimentos que eles próprios podem ter tido um dia, há muito tempo. "Quando a juventude se torna pálida, magra como um espectro, e morre..."

Bill foi até a cozinha. No ano passado, ele fez uma nova aquisição. Alemã. Custou um pouco menos do que seu pai ganhou em dez anos enquanto tentava manter uma família de cinco pessoas. Ele correu sua mão sobre a mesa de granito e deu um sorriso amarelo para a torneira com misturador, como uma cobra píton feita de aço. A quem estava querendo enganar? Uma torneira que tinha pressão suficiente para apagar o Grande Incêndio de Londres só era usada para lavar o prato da torrada que Bill comia de manhã. Ele olhou para a prateleira de garrafas, algumas nunca abertas. Quem, no decorrer da história da humanidade, pediu um brandy de abricó? Todas aquelas bebidas para visitas, amantes, festeiros: pessoas que gostava de relembrar, outras ávidas para esquecer. Não havia cigarros na casa. Ele fez um chá, pegou dois biscoitos, sentou-se à mesa e começou a mergulhar o biscoito no chá. Não havia nada em sua cabeça. Quando terminou, jogou as migalhas na pia e fez uma pausa. Então saiu da cozinha, passou pela sala de estar como um sonâmbulo, abriu uma porta e apertou o interruptor.

A música circundou o ambiente, cruzando o espaço de um lado até outro, de cima até embaixo, como em uma pauta musical. LPs no final do cômodo, amontoados em pilhas, com as lombadas arranhadas e ilegíveis, mesmo de perto. Por todo lado havia centenas, milhares de CDs. E fora do campo de visão, em gavetas no nível do chão, fitas cassete empilhadas de seis em seis, algumas presas com elástico. Fitas cassete, que piada: caixinhas de plástico com os cantos quebrados que rangiam como ervilhas secas. Projetadas para serem derrubadas e ficar perdidas nas laterais dos assentos dos carros; e projetadas também para conter tudo o que você mais gostava em uma banda ou, melhor ainda, tudo o que você conseguisse inventar, misturando uma banda que você adorasse com uma dúzia de outras bandas, fazendo uma compilação que era passada para os amigos. Em meados de 1972, o que Bill sentia com relação à compilação de fitas cassete era a mesma coisa que outras pessoas sentiam sobre a National Gallery; de certo modo, ainda é assim. Ele abriu uma gaveta e tirou uma pilha de fitas cassete. Havia um cartão com o índex visível através da caixinha transparente, com uma música em cada linha. As primeiras palavras eram "Floyd, Pink". Bill riu baixinho e depois olhou rapidamente em volta, como se um intruso tivesse interrompido com o intuito de assistir um homem de meia-idade rindo do seu jovem eu presunçoso.

Caramba, será que ele tinha sido tão ruim assim? Isso não queria dizer muita coisa para a agitação do sr. Finn. Como a música poderia transportá-lo, transportar seu espírito para fora de si, em direção à estratosfera, se ele a arquivava como "Floyd, Pink"? Bill ficou pensando o que ele deve ter feito com o quarteto Crosby, Stills, Nash *e* Young: quatro catálogos separados, provavelmente, ou talvez quatro ao cubo. Sessenta e quatro arquivos. O que acontecia com sua coleção de discos quando um deles descascava e se transformava em Young, Neil? É uma surpresa que todo aquele sistema não tenha desmoronado.

Certa vez, há alguns anos, ele levou uma mulher para casa. Eles haviam se conhecido em uma festa um pouco antes do Natal, e conversaram, não sobre música, mas sobre muitas outras coisas menos controversas. Ele se lembrava, por algum motivo, de que ela usava um casaco de veludo preto com o mesmo corte de um smoking, uma camisa branca e um colar de pérolas com duas voltas. Alguém que passava levando bebidas disse que ela estava linda, e ela respondeu: "Estou me sentindo um homem", vendo Bill sorrir. Ela se ofereceu para dar carona a Bill e, assim que seu carro encostou no meio-fio, disse: "E então, você não vai me convidar para entrar? É Natal, sabia?" Confuso e não percebendo conexão entre eles, fez o que ela pediu. Com seu jeito alegre e seguro, ela andou pelo apartamento, inspecionando tudo antes de se comprometer, enquanto ele brigava com a máquina de café na cozinha: a conversa fiada de sempre, mais triste que divertida, de adultos que já decidiram ir para a cama e sabem disso, mas devem mesmo assim passar pelas etapas de um flerte apressado e cortês, mesmo que o café, com toda certeza, nem fosse ser bebido.

Ela fez comentários em sua breve excursão, parando para rir, conforme solicitado, dos acessórios espartanos de seu banheiro. Depois houve um silêncio completo. Ele a chamou. (Como *era* o nome dela? Bill estava assustado com sua memória ultimamente, cheia de remendos e buracos. Helen? Harriet? Ele conseguia ver as pérolas, mas o nome perdera seu brilho e desaparecera.) Ele desligou a máquina de café e foi à procura dela. Ela estava ao lado da porta da sala de música, olhando fixamente para a concentração de pilhas e para o aparelho de som, parecendo mais um fogão preto onde um dia havia sido uma lareira.

– Seus discos – ela dissera – estão todos em *ordem*.

– Sim – Bill respondeu. Foi nesse momento que ele falou o que não devia. Bill pensava que ordem era algo para se orgulhar. – Por ordem cronológica, por temas e também por ordem alfabética. Se pegarmos Bob Dylan, primeiro vamos para o D... – Ele parou. Ela olhou para ele de um jeito estranho, inclinando a cabeça como uma mãe examinando o filho estranho de outra pessoa, e disse:

– Acho melhor eu ir andando. – E se foi. Ele escutou o carro dela se afastando, depois fez café e ficou escutando Bob Dylan até de madrugada. Na fila da desolação, "Desolation Row", como já dizia o próprio Dylan.

Bill não pensava na mulher do colar de pérolas há muito tempo. Tinha certeza de que ela não havia pensado nele uma vez sequer depois daquela noite, a não ser para elevá-lo à espécie cômica, a piada semanal durante o almoço com outras mulheres: "Primeiro vamos para o D... não, meu caro. Você não vai chegar nem no A essa noite, pode acreditar..."

Não havia a menor chance de encontrá-la agora, para pedir desculpas e confessar que agora também entendia a piada. Antes tarde do que nunca. Como refazer seus passos de volta ao passado? Não relembrar ou reviver, mas encontrar verdadeiramente o velho caminho floresta adentro? Ele recolocou as fitas no lugar, desligou a luz e fechou a porta. Depois marchou de volta para o laptop. Sua tela reluzia para ele em meio à luz fraca do ambiente, como uma janela em uma cidade à noite.

> Respondi ao anúncio que estava no jornal. Não esperava conseguir o emprego; nem sabia se realmente o queria. Lembro-me de ter saído da entrevista, onde a exata

natureza do trabalho – e o nome do garoto bonito que estava no centro daquilo tudo – tinha pela primeira vez sido revelada. Eu poderia ter me levantado e declarado à entrevistadora: "Madame, cuspirei em sua oferta para esse árduo trabalho, pois ele jamais será bem remunerado. Desejo-lhe um bom dia." Em vez disso, disse sim, tudo bem. A música não significava nada, considerei, mas dinheiro seria bom.

Naquela noite, fui ver minha namorada. Vou chamá-la de Rachel. Sabendo que tinha ido para uma entrevista, ela perguntou como havia sido. Foi bem, eu disse. Consegui o emprego no ato. Dali em diante, ela poderia me apresentar como jornalista de música. Resultado: aquelas palavras a derreteram. O emprego dela era mais estável e mais bem-pago, mas esse – e lembre-se, estamos falando de 1974 – tinha a vantagem do glamour.

– Sobre quem você vai escrever?

– Ah, você sabe, Robert Plant, Jimmy Page, Clapton. Talvez Jimi Hendrix...

Tente imaginar a cena: eu não estava apenas mentindo sobre meu forte desejo de conhecer astros do rock decentes e cabeludos; estava mentindo com total ciência de que jamais os conheceria, pois estaria ocupado demais escrevendo sobre um duende que nem barba tinha ainda, e que esperava ardentemente nunca ter de conhecer. O garoto secreto, aquele de quem ela jamais deveria saber.

Duas semanas depois, estava sentado à minha mesa olhando para uma pilha de correspondência.

– Zoe – chamei minha chefe –, essas cartas são de meninas para David.

– O que elas querem? – ela perguntou.

– Ah, nada de mais. Promessas de amor eterno por elas e somente elas. Pedidos de casamento. Seu lenço. Seus cavalos no Havaí. Sua cor favorita. Esse tipo de coisa.

– Sim – Zoe respondeu –, o de sempre.
Perguntei o que fazer com as cartas.
– O que fazer? – ela respondeu. – Responda-as, é claro. Não de maneira pessoal. Faça um rascunho com algumas respostas gerais e me entregue. Vou pedir para fazerem o layout da página em um minuto. Vamos chamar simplesmente "Uma carta de David".
Olhei para ela como uma criança sendo empurrada para a peça de final de ano pela primeira vez. Depois disse baixinho:
– Mas eu não sou ele.
E Zoe sorriu de volta.
– Agora você é, querido.
E assim foi.
E quer saber? Foi fácil. Peguei a primeira carta. Era uma sobre a cor favorita de David. Obviamente teria de escavar um pouco para encontrar a resposta; tinha de haver uma, no fim das contas. Todo mundo tinha uma cor favorita. Fui até um colega e perguntei:
– Qual é a cor favorita de David? Onde posso procurar?
Ele sorriu para mim e disse algo como:
– Não procure, imbecil. INVENTE.
Mesmo assim, estava desconfortável. Aquilo era jornalismo, afinal, e não ficção. Não era? Para chegar a um acordo, dei a David minha própria cor favorita, esquecendo que poderia não ser a escolha mais convincente porque eu era daltônico. Voltei-me para minha máquina de escrever e comecei: "Oi, meninas! As pessoas sempre me perguntam qual é minha cor favorita. Então tenho que lhes contar que é o marrom."

Bill se sentou e pensou em Ruth. O que aconteceria se ela pegasse uma revista, dali a três meses, e visse um artigo seu? Bill não sabia se pensava nisso porque temia as consequências ou se era porque as desejava – queria que ela pensasse nele também, procurasse por ele, encontrasse o número, ligasse... "Bill, oi. É a... hummm... Ruth. A Ruth dos velhos tempos. Do tempo de David Cassidy. Li seu artigo e tinha que te ligar..."

Havia mais. Eu não apenas criava as escrituras sagradas de David Cassidy. Eu montava a Bíblia. Aprendi a montar uma página e fazer o layout do texto. Aprendi a recortar e colar, mas não sublinhando frases e dando um clique no mouse. Naqueles tempos, cortar significava tesoura, e colar significava um pote com algo tão branco, fedorento e grudento que nos convencíamos de que aquilo devia ter vindo da baleia cachalote. Para mim, a cola fedia a ossos cozidos, mas aquilo não era nojento o suficiente para meus amigos.

– Provavelmente é esperma – falou um deles. – O esperma da baleia cachalote.

A partir daquele dia, etiquetamos nosso pote de cola com o nome Moby Dick.

– Passe a Moby pra cá – dizíamos um para o outro, respirando pela boca. Quando milhões de humanos se lembram de David Cassidy, eles se lembram de uma voz, e depois de... sei lá, o cheiro de queimado dos secadores, talvez, da época em que elas se arrumavam para o pop star inatingível enquanto liam nossa revista. E eu? Bem, devo ser a única pessoa que, sempre que a palavra "Cassidy" surge em uma conversa, pensa em "Moby Dick". E vice-versa.

Bill sentiu uma chave virando em sua cabeça. Algo parecido com isso; algo se libertando. Ele não encontrara o cheiro de cola no fundo dos seus sentidos, debaixo de todo aquele outro lixo, por 25 anos, mas ali estava, libertado por algumas palavras fúteis. Bill não escreveu nos últimos tempos, a menos que fossem levados em conta recados em Post-its presos na lateral do computador ou na porta da geladeira. E e-mails, é claro: os rosários do século XX – um interminável clicar de dedos, únicos para cada alma, enviando reclamações, arrependimentos e súplicas para o desconhecido, esperando que encontrassem seu alvo. Mas aquilo não era escrever. Ele não havia escrito nada longo em anos, nem mesmo uma carta de pêsames; carta de qualquer tipo, com caneta, seria tão impensável ainda, tão fisicamente impossível quanto escrever o tipo de poema que ele tentava escrever na faculdade para garotas cujos nomes nunca pareciam rimar com nada. Que palavra faz uma boa sonorização com Bethany ou Jenny? Ou Pippa, a não ser tripa? Ou Amanda, tirando amêndoa. Ou Ruth, *tutti frutti*?

Ruth. Bill não tinha ideia de onde ela estava morando atualmente. Tentou não fazer uma sugestão ainda mais apavorante para si mesmo, do tipo que vinha à noite: e se ela não estivesse mais viva? Eles perderam contato logo depois de terminarem e, sem muitos amigos em comum, seria difícil retomar.

Um amor verdadeiro. Essa era a porção alocada para todos? Havia um velho mito, uma lenda grega maluca, que diz que cada pessoa tem uma metade, como a metade de um pote quebrado, e é preciso observar e esperar, vagando por aí, esperando que sua outra metade apareça, encaixando-se no seu lugar. Um par perfeito formando algo inteiro. Se for assim, Bill ainda estava esperando; se prestava atenção, aí já era outra questão. Ele havia parado de procurar. Ruth tinha chegado perto, mas os dois sabiam que as extremidades não haviam realmente se encaixado direito. Alguns cacos estavam faltando, alguma coisa não estava certa.

Bill lera muitas das suas próprias revistas femininas para saber que as coisas *nunca* são absolutamente perfeitas, *não existe* par perfeito, e nossa aposta é passar a vida com alguém, aparando arestas, fazendo consertos, acostumando-se às rachaduras. Então, com sorte, quando as extremidades se aproximam, é possível perceber, de repente, que o pote foi finalizado e que as duas partes se tornaram uma.

E aquelas garotas, as que liam seus pensamentos sobre David Cassidy toda semana? Elas tinham certeza do seu amor verdadeiro. O fato de que milhões delas tinham o mesmo amor verdadeiro não parecia incomodá-las. Obviamente, David era o par perfeito para todos os tamanhos. Aquela mulher que veio ao escritório no outro dia: "A galesa velha e estranha", uma das recepcionistas a chamara. Só que quando ela chegou não parecia nem um pouco estranha. Nem velha. Uma das pessoas menos malucas que Bill já conhecera, embora a parte galesa fosse verdade. Petra. E o modo como falava do seu passado, os tempos de David Cassidy, como se tivesse ciência do quanto deve ter parecido maluca naquela época e, contudo, não estava preparada para renegar tudo agora – recusando-se a fazer a opção adulta mais fácil e desprezar os anos que passaram. É melhor se agarrar a uma bobagem da juventude, com certeza, defendendo sua importância pelo lugar que ocupou em seu coração, em vez de fingir que nunca aconteceu... O amor fora verdadeiro para Petra, intensamente verdadeiro, mesmo que a verdade tenha sido inventada. Bill tentava imaginar o que aconteceria *quando* e *se* ela descobrisse que ele, um desajeitado aluno de literatura, inventou a maior parte daquilo tudo. Ele esperava que ela não arrancasse seus olhos. Ela não parecia ser desse tipo. Ela não parecia ser de tipo nenhum. Parecia ser ela mesma.

Então, onde foi que tudo deu errado? David e eu? Ele me deu um gelo, ou encontrou outra pessoa? Ou fui eu quem forçou a situação dizendo que precisava de mais espaço?

Eu realmente precisava de espaço; quando me vi comprimido dentro de White City, em maio de 1974, no último show de David, com garotas adolescentes em volta de mim, desmaiando, não pela emoção, mas porque a multidão estava quebrando seus ossos e, em um caso particular, espremendo a vida de seus corpos. Queria sair dali. Lembro de andar noite afora, afastando-me do estádio, sorvendo golfadas de ar.

Pouco tempo depois, David Cassidy parou. Pouco tempo depois, a revista *Tudo sobre David Cassidy* também fechou suas portas; a escolha certa, acho, tendo em vista que é difícil manter um templo quando o deus anunciou sua aposentadoria.

Para onde foi a congregação?, eu ficava pensando. Cuidar das suas vidas adultas: fazendo provas, trabalhando, arrumando maridos; em primeiro lugar, arquivando os pôsteres de David e os recortes de jornais e revistas, com as cópias da minha revista e, depois, em algum ponto da vida, perdendo-os nos porões e nas mudanças de casa. Como devem ter ficado horrorizadas, aos 13 anos de idade, em pensar que chegaria o dia em que não saberiam, ou não se importariam, onde suas posses mais valiosas estavam – aquele disco, aquela cópia arranhada de *Cherish*...

Na verdade, eu nunca tive esse álbum. Nunca comprei um disco de David Cassidy; para falar a verdade nua e crua, não posso jurar que já me sentei e ouvi uma música do David Cassidy – nunca até o fim, da introdução até o último acorde. Ah, eu sabia as músicas bem, mas era porque tinha cópias das letras grudadas com fita adesiva na parede acima da minha mesa. Sempre que a inspiração falhava, erguia os olhos para as letras na minha frente, roubava uma frase e a lançava no texto que estava escrevendo. "Amor é a palavra que uso para descrever os sentimentos que venho escondendo de você."

Quão difícil é trabalhar com isso em uma carta? Bom, pra começo de conversa, isso já é parecido com uma carta. O cara estava fazendo o meu trabalho por mim.

Bill parou e foi até o armário que ficava ao lado do banheiro, abrindo-o, e encontrou uma pilha de malas. Ele as puxou com força, uma por uma, surpreso com a própria afobação. No fundo, debaixo de um saco de dormir enrolado, havia uma caixa de papelão. Ele a carregou até a sala de estar e começou a escavar. Estava cheia de recortes de revistas, amarelados como uma pele envelhecida. Ele remexia nos papéis com rapidez, deixando alguns caídos pelo tapete. Por fim, parou com uma pequena revista nas mãos. Ele a levou para a mesa, alisou-a e começou a teclar novamente.

> *É tão fantástico sentir a água fria sobre meu corpo quente e urbanizado! E então fico ali deitado ao lado da piscina, me secando e olhando o vale. É uma vista magnífica...*
> Não eu me secando! O vale!

Somente agora, com essa distância, Bill conseguia compreender a completa estranheza do seu primeiro emprego. Petra o fez pensar nisso. Quem ele preferia ter sido, ele mesmo ou David Cassidy? Aos 24 anos, a carreira de Bill estava decolando. A carreira de Cassidy tinha voado mil vezes mais alto, estava terminada, ou em queda livre. Para ele, não era a curva normal de uma vida: um começo trôpego, seguindo na direção de um pico distante, que por fim foi atingido na meia-idade, muito embora o objetivo, uma vez atingido, pareça não ter valido a escalada.

Como seria ter seu melhor momento antes de chegar aos 30? Keats. Todos aqueles livros de poesia rabiscados com anotações durante a noite e guardados com vergonha na prateleira, quando Bill punha de lado coisas infantis para adentrar o mundo do trabalho, pareciam estar certos o tempo todo. E o astro pop, brilhando muito e rapidamente se apagando, acabou sendo pouco mais do que a reescrita do poeta romântico. Se Cassidy tivesse morrido em White City – se fosse ele, e não sua fã, que tivesse ficado sufocado no meio da multidão –, teria sido melhor? Será que ele não teria se tornado imortal, aprisionado na armadilha de seu momento de perfeição?

O destino do ídolo adolescente é o mesmo das garotas bonitas de todas as épocas. O ídolo precisa ser visto como uma pessoa casta, porém muito desejável. Desejável, mas intocado.

Veja só, Cassidy ainda está vivo, mais velho e mais esperto, com algumas coisas a dizer sobre sua condição, sorte dele. Ele se casou, até aí Bill sabia. Duas vezes, talvez três. A primeira deve ter sido quando ele ainda estava em sua câmara de descompressão, recuperando-se da fase em que era uma celebridade global. Kay alguma coisa. Uma loira baixinha com bochechas cor de pêssego. "Uma fofa", como a tia Rita de Bill costumava dizer, quando lhe perguntavam como ela era. Rita usava vestidos de verão durante quase o ano todo. Era casada com o tio Douglas, que costumava se inclinar como se tivesse uma articulação na cintura, presenteando Bill com uma nota de cinco pratas em seu aniversário. Um ano a nota sacudiu um pouquinho enquanto ele a colocava na mão agradecida do garoto. Um ano depois, o farfalhar se transformou em tremor, o papel tremia e chacoalhava contra a palma da mão de Bill, e depois Douglas não estava mais ali; sua compleição alta ficou confinada a uma cadeira, por fim a uma cama, com os espasmos – assim Bill ouviu de um primo, aos cochichos – ficando incontroláveis. Rita, a essa altura, era o espectro de uma mulher, com olheiras, exaurida pelo amor que doou ao seu homem, outrora imponente, agora tremendo e atordoado. Mesmo assim, no Natal, ela estava usando amarelo ou azul mediterrâneo, sorrindo enquanto distribuía os pratos. "Um fofo, obrigada, Bill", dizia.

Quem Bill amou? De quem ele quis cuidar, depois que Ruth desapareceu? Ele *fez* amor, Deus sabe, algumas vezes não durante semanas, meses, para depois entrar em um turbilhão de confusões de pouca duração. Vestindo-se silenciosamente na madrugada, em um hotel em Edimburgo, enquanto uma mulher dormia, para pegar o trem para Londres e no horário do almoço encontrar com outra, que esperava na sala de estar, quando ele chegava, usando sapatos altos e mais nada, recebendo-o ali e puxando-o para ela, contra seu casaco molhado de chuva. Depois, jantar com uma velha amiga, infeliz agora, precisando de consolo. Bill foi dormir sozinho naquela noite, sentindo-se como um poço de petróleo exaurido, e dormiu durante 13 horas.

Ou aquela italiana incrível, bonita demais para ele, sem nome; talvez ela não o tenha visto direito, talvez aquela bruma em seus olhos cor de violeta fosse um borrão de miopia. Se esbarraram na frente de uma pintura em... onde era? Milão talvez, quando ele teve 90 minutos para uma passadinha rápida em um museu, no intervalo entre uma reunião e outra. Falando em voz baixa sobre a pintura, como se costuma fazer na igreja, ela com seu inglês hesitante, Bill com seu italiano relutante; depois uma pausa, um olhar passado de um lado para outro, depois no andar de baixo, sem pressa, corredores de mármore silenciosos, saltos estrepitando. Por fim, uma sala destrancada foi descoberta, aberta e trancada pelo lado de dentro, Bill derrubando um esfregão ou vassoura, a bela tentando não rir muito alto, depois virando o rosto para a parede e levantando, de um modo quase recatado, a barra do seu vestido. Quando foi isso, sete, oito anos atrás? Não parecia real agora, depois de tanto tempo.

Essa é a questão sobre fazer amor; com o tempo, fica a sensação de uma história terminada, ou o lampejo de um filme, como algo que aconteceu a outra pessoa. (Com o amor em si, o amor verdadeiro, acontece o oposto: conforme ele cresce, você não se imagina mais sem ele. O amor faz você.) O sexo abria uma fissura no mundo, deixando-o redundante por um minuto, ou um mês. Certa vez, em Londres, em 1981, ficou ocupado durante três dias, perdeu completamente o casamento de Charles e Diana. Saía da cama apenas para fazer xixi no vaso sanitário, faminto como um leão, sem tempo para comer: quem havia sido aquela devoradora? Mary, era isso, a virtuosa Mary, com o corte de cabelo de um menino, como Peter Pan, ficou com ele durante seis semanas ao todo, e nunca conheceu nenhum de seus amigos.

E Melody também. Que Deus a ajude, Melody. Bill ainda sorria quando pensava em seu colega, Pete Espinhento, que foi informado, enquanto tomava sua cerveja, de que Bill conhecera uma garota chamada Melody.

– Você *só pode* estar me zoando – Pete duvidou. – Bill, isso não é uma garota. Isso é o nome de uma gravadora. Um xampu. Isso é a metade da merda do nome daquele jornal *sobre música*, o *Melody Maker*.

Naquela época, todo mundo, mas todo mundo mesmo, lia o *Melody Maker* e seu concorrente, o *New Musical Express*, e é óbvio, a partir daquele dia no pub até o final do namoro, Pete e seus amigos chamavam Melody de "NME". Na *cara* dela.

– Tudo bem, NME? – Eles faziam coro enquanto ela caminhava lentamente, com sua saia longa encostando no chão, tomando sua cerveja. Certa vez, ela foi para um jogo de futebol carregando uma flauta. Melody acreditava que em uma vida anterior ela tinha sido um gato egípcio, e seu jeito de fazer amor era com toda certeza felino, todo sensual, uma comodidade egoísta misturada com uma voracidade louca. "Dormindo com iNMEgo" era a observação de Pete. Bill, desesperado para encontrar um emprego para ela, forçara-a a preencher um questionário sobre carreira. Três horas depois, descobriu que debaixo da pergunta "Onde você se vê em dez anos?" ela escrevera somente a palavra "Cachoeira".

Melody evaporara como uma nuvem, e o alívio tinha sido tão grande que só duas semanas mais tarde Bill percebeu, checando sua conta bancária, que ela havia levado o que havia.

Naqueles tempos, Bill estava ocupado trabalhando na *Puzzle Time*, revista que vendia de forma consistente e trazia mais dinheiro para a editora Nightingale do que quase todos os outros títulos, com exceção de três. Ele ficou nessa revista por seis meses, antes de fazer uma mudança lateral para outro jornal e, um ano depois, para outro, mas sempre dentro da mesma empresa. Estava se tornando cria da empresa. Ainda assim, nas noites úmidas de sexta-feira, sem tempo nem para tomar um banho, ele puxava sua guitarra de trás do sofá, ou debaixo do aspirador de pó, e corria para Kentish Town ou para os intermináveis salões de festa de igreja em Tooting Broadway para tocar em bandas que pareciam mudar de nome, identidade ou objetivo com mais frequência do que ele mudava de emprego.

A que mais durou, de 1975 a 1978, e a mais injustificável, foi a Green's Leaf, a primeira e única investida de Bill no rock progressivo. Ele ficara sem banda e desconfortável durante um ano, sem Ruth e com seu outro amor, o Spirit Level, lançado aos ventos. O Spirit Level havia durado tanto, vencido tantas dificuldades e colocado tanto esforço em nunca melhorar, apesar de sua mudança incessante de integrantes, que Bill achava que a banda nunca morreria. Para ele, era como jogar no gol de um time de futebol incorrigível, mas respeitável, que nunca sairia da quarta divisão. E então veio a notícia: não apenas um, mas dois integrantes da banda resolveram em segredo e independentemente prestar exames de contabilidade, e de fato se encontraram, cara a cara, na porta do salão municipal de esportes onde os exames estavam sendo feitos. Os dois usavam terno. O horror dessa coincidência fez, naturalmente, com que a banda acabasse.

Então Bill foi levando, tocando os discos de Hendrix, até que um dia foi apresentado a um trio de garotos de escola pública. É claro que eram de escola pública: esse era o trato no rock progressivo. Era mais fácil fantasiar sobre uma Inglaterra mítica se você pudesse olhar pela janela do seu quarto no dormitório de estudantes e visse a pequena cidade de Glastonbury. Ou de Wenlock Edge. A escola de Bill no ensino médio ficava bem em frente a uma loja de comida de animais chamada Rruff Trade.

Os garotos da escola pública eram da mesma idade dele, porém ainda garotos. Ainda olhando, por trás das jubas acanhadas, como se estivessem esperando que alguém lhes mandasse cortar o cabelo. Quando tinham só 15 anos e as vozes começando a engrossar, dois deles, Roger e Miles, formaram um dueto de música *folk* chamado Pendragon. Depois, um terceiro, Piers, entrara no

9º ano com bateria própria, e eles cresceram – ou "amadureceram", como Miles gostava de dizer – para Stone Circle. Agora, com Bill no baixo, eram o Green's Leaf, e nenhuma de suas músicas durava menos de nove minutos. Às vezes, Miles saía no meio de um dos solos de guitarra uivantes e intermináveis de Roger, e mudava de roupa, reaparecendo para o final vestido de árvore. Na música "Golden Bole", ele cantarolava com uma lâmpada dentro da boca, acesa. Bill ficava na lateral do palco, provocativamente usando jeans e camiseta, beliscando as cordas do baixo, com a mente a quilômetros de distância. "David Cassidy era melhor que isso", dizia a si mesmo em voz alta para o espelho do banheiro atrás do palco, e baixava a cabeça, envergonhado, porque era verdade.

Em primeiro lugar, Cassidy fazia músicas curtas. Nem sempre românticas, mas curtas. Digamos que o que gostávamos em "Cherish" estava dentro de dois minutos e meio. Não é para menos que uma música pop tinha um número. Green's Leaf não tinha números, tinha equações; e a soma dessas equações era, como Pete Espinhento dizia, "zero tesão".

A essa altura, a sala já estava completamente às escuras. Bill procurou seu computador em meio às sombras.

> A vida pode ser cruel para o ídolo adolescente que tenta crescer. Seu trabalho é lembrar aos fãs a inocência perdida, e não os anos que avançam.
>
> Donny Osmond recorda que, uma vez que os pôsteres foram destruídos e "Puppy Love" perdera a força, ele foi ridicularizado por estar ultrapassado. Desesperado para se ver livre da imagem do bonzinho, Donny contratou um publicitário que sugeriu simular uma apreensão de drogas pela polícia para criar credibilidade nas ruas. O problema é que Donny não usava drogas, cafeína e nem mesmo fazia sexo antes do casamento.
>
> – Será que preciso fazer coisas erradas para que me achem interessante? – perguntou. – Na minha mente, já

estive nos lugares mais sombrios que você possa imaginar, mas fisicamente não quero ir lá.

Os ídolos *teen* ainda fazem show aos 30, 40 e até aos 50 anos, enquanto as entradas no cabelo aumentam e a cintura alarga e os locais dos shows diminuem em grandeza, do estádio para uma casa de shows, para um ginásio de escola e, por fim, para um pub.

Seria um erro achar que David Cassidy era algo novo. Ele era como um batimento cardíaco ou uma força vital, o maior do mundo, mas, quando parou de pulsar, outros o substituíram, assim como ele havia seguido pulsações anteriores. Quando milhões de garotas gritavam por Cassidy – e pode crer, aquilo era gritaria de verdade –, elas pensavam que jamais houve ou haveria alguém assim, pois o desejo delas por ele era singular e impossível de se repetir, o grito e o choro de cada garota era tão particular para ela quanto seu próprio espirro ou – ainda por vir – seu grito de orgasmo.

Enquanto isso, é claro, o pobre coitado estava empoleirado com certa insegurança, vestindo seu macacão cintilante, nos ombros de gigantes. Antes dele houve – para pegar somente exemplos não embaraçosos, e deixando de lado os Monkeys e Johnnie Ray – os Beatles, Elvis e Sinatra.

As garotas de meia-soquete que esperavam na fila pelo jovem Sinatra sentiam que o planeta se inclinava a seu favor na presença dele. Certa vez, durante a guerra, outubro em Nova York, deixaram as fãs entrar e pegar seus lugares para uma sessão de um dia inteiro com Sinatra na tela e ao vivo, contanto que elas continuassem a ocupar seus lugares. Essa não foi uma regra inteligente; a maioria das garotas teria ficado feliz da vida em seus lugares, reclinando-se, dando à luz, criando mini-Frank Sinatras e morrendo ali mesmo. Portanto, das 3.600 que começaram o dia ali, somente 250 saíram. Não se abandona Frank

Sinatra assim. Aos olhos delas, e com base nas provas de seus ouvidos, ele foi posto na Terra para lançar seus galanteios a elas, e elas nasceram com a missão de pegá-lo, abraçá-lo apertado e gritar para ele que sim, sim, elas eram todas dele.

E David Cassidy? A mesma coisa – com apenas uma fração da voz de Sinatra, mas com o mesmo apelo. Os gritos continuaram os mesmos. E se David tivesse parado e se virado, durante o coro, e apontado um dedo para uma moça e dissese: "Tudo bem, então. Se você é minha, posso ficar com você?" O que ela teria feito, além de desmaiar? Na verdade, sabemos a resposta.

Fui um dos únicos homens, acredito, que comprou a autobiografia de Cassidy, *C'mon Get Happy*, quando o livro foi lançado em 1994. Isso faz de mim, acho, um dos poucos leitores que não estava afobado. Parece seguro presumir que a maioria das pessoas que correu para comprar o livro eram fãs do artista, anteriormente conhecido como David. Elas não queriam saber especificamente sobre seu casamento, ou se ele ia voltar (o que elas avidamente acolheriam, em qualquer cidade, a qualquer hora); não estavam interessadas no agora. Queriam os velhos tempos. Queriam relatórios da linha de frente de 1973, quando a batalha por David estava bombando. Queriam se certificar de que seu amor tinha valido, apesar de platônico, cada lágrima derramada, cada noite sem dormir debaixo do pôster gigante, e cada grito.

E o que leram? Coisas do tipo: como David ficou fascinado com mulheres que realmente apreciavam a arte do sexo oral. Que ele raramente teve qualquer ligação emocional com as garotas com quem transou, chegando a compará-las com masturbação.

Esqueça o amor platônico. O cara estava mandando bala em todo lugar. Atrás do palco, na suíte do hotel, do jeito que desse. E o que eu desejava saber era o seguinte:

como era para aquelas mulheres que cruzavam o limiar? Ficaram decepcionadas, devastadas pela breve realidade, ou perceberam que aquilo era, logicamente, onde todas as ilusões que ele cantava estavam predestinadas a terminar?

É importante saber, a essa altura, qual a faixa etária dessas mulheres. Cassidy confessa que a maior parte, se não todas, foi de pessoas ajoelhadas aos seus pés, como adoradoras; mas também admite que houve fãs mais velhas – mulheres do mundo, e não só jovens garotas sem experiência de vida. Ele se lembra de ter rejeitado uma linda menina de 14 anos que queria que sua primeira vez fosse com David Cassidy. Para uma divindade, ele era incrivelmente gentil e atencioso. Então, talvez o mistério estivesse condenado a não ser resolvido; jamais poderemos saber o que as fãs adolescentes, as leitoras das minhas revistas, teriam feito se apresentadas em carne e osso ao verdadeiro romance, coisa a que elas nunca tiveram acesso. Eram livres, em outras palavras, para gritar seu desejo, pois ele nunca seria satisfeito. Seus gritos eram sonhos.

A partir desse ponto, estou na escuridão. Nenhum homem jamais conheceu os pensamentos de uma mulher...

Bill parou. Uma vez que você se percebe admitindo a derrota em uma transa, é hora de parar. Caso contrário, pensou, com sua mente cansada e se contorcendo, acontece uma Clare em sua vida. Clare, luz da minha vida, meu fogo; "sua perda de tempo", como Pete preferiu definir depois que tudo já tinha acabado.

Rápida e revigorante, como uma caminhada em um dia de geada. Clare, com seu portfólio de clientes internacionais e sua regra de três orgasmos, um antes, obrigado, um durante, e outro para terminar, juntos, se possível. Com os cabelos presos para cima em um coque, sem necessidade do espelho enquanto se arrumava com esmero de manhã, pegando o metrô para o banco onde trabalhava antes mesmo de Bill acordar. Um caso, sim; a extensão de um prazer eficiente, nas mãos capazes de Clare; mas *casado, por dez anos...* Como isso foi acontecer? Como Bill permitiu que isso acontecesse? Ainda hoje ele mal conseguia evocar aquele período, recriar seus contornos em sua cabeça; não chegou a ser um evento, foi mais uma ausência, um deserto onde duas pessoas compatíveis o suficiente estiveram juntas, de forma alguma infelizes, mas pareciam não ter deixado pegadas.

Qual era mesmo o nome daquela história de Fitzgerald? O último conto do livro, onde um cara encontra outro, um antigo conhecido, e tenta entender onde ele esteve por tanto tempo, fora do circuito. Fora do país, doente ou simplesmente afastado? Acaba descobrindo que ele esteve bêbado. Como era mesmo a frase? "Jesus. Bêbado por dez anos." Bom, era assim que Bill se sentia às vezes; não sentia raiva, quanto a isso estava tranquilo, mas triste e perplexo, entretanto. *Jesus. Casado por dez anos.* "A Década Perdida", era assim que o conto se chamava.

Clare fora bem firme com relação a não querer filhos. E ele concordara, não querendo forçar a situação, enquanto notava, de relance, o quanto gostava de ser o Tio Bill para suas seis sobrinhas. De fora, Clare e Bill tinham o brilho do sucesso. Eles subiram profissionalmente; ela, a um alto cargo no templo do investimento, uma sacerdotisa cujos ritos ele nunca pretendeu conhecer. Ele, "O Homem das Revistas", como Clare costumava dizer com um terço de sorriso, folheando seu caminho de páginas sempre reluzentes de um título após o outro, até se tornar sênior o suficiente – "suficientemente debilitado", nas palavras de Pete, quando eles se encontraram perto do trabalho – para deixar de lado a camisa e a gravata e, no lugar, vestir uma malha preta abotoada até o pescoço por baixo do terno.

Ele vira a galesa, Petra, olhando para ele outro dia, analisando-o, reparando em suas roupas, sapatos (sem barulho, no tapete do escritório), e até a laca de sua caneta-tinteiro. Até esse dia ele nunca havia sentido a força da expressão "medir de cima a baixo". Como um entomologista com um besouro ainda vivo. Ela teria dado uma batidinha na sua carapaça para descobrir se havia alguma coisa dentro. Havia algo no olhar dela que Bill não conseguia localizar. Ela era o oposto total de uma tiete, isso era certo. Seja o que for que as mulheres mais velhas tenham feito para David Cassidy, desejando-o sem saber o porquê, era o oposto do que Petra procurava, com seu crachá de visitante e sua carta de 25 anos.

Ela não estava de joelhos; a galesa tinha uma postura ereta e olhava para o "Homem das Revistas". Ela não gostava totalmente do que via, isso ele sabia. Mas nem Bill sempre gostava do que via quando se olhava de relance em um espelho, no escuro. Ele colocara de lado coisas infantis, temendo – e também meio que esperando – que essas coisas reaparecessem. Flashes e erupções do jovem William, no rosto flácido do sr. Finn. Será que Petra tinha esses pensamentos? Será que duas pessoas podem pensar a mesma coisa sem saber?

Era estranho ele imaginar coisas sobre ela. Ele a conheceu faz, sei lá, uma hora ou duas, no máximo. Ainda assim, ela o tocara, como se faz com um gongo ou um acorde – e o som não se extinguia. Ele conseguia vê-la com detalhes agora, evocando-a com mais exatidão nesses poucos minutos do que conseguia com Clare, sua outra metade, com quem passou uma década. Clare estava esvaecendo, e essa estranha – essa *outra* outra – estava ficando cada vez mais clara a cada hora. Petra. Perdida e encontrada. Suave é a Noite. Ruth, Melody e Clare. A Mulher de Pérolas. Spirit Level e Green's Leaf. David Cassisy e Puzzle Time. Petra. Quero meu prêmio.

18

— Você está sozinho? – Petra perguntou. – É só você? Pensei que fosse haver mais pessoas.
– Eu também – disse Bill.
Eles estavam de pé em frente à máquina de café no saguão da British Airways. Já fazia um bom tempo que Petra não viajava de avião e tinha se esquecido da quantidade de viajantes nos balcões do check-in, das longas filas de ansiedade trêmula, todos prestes a reclamar. Abrindo caminho, ela descobriu que o desejo por um café, aqui do outro lado, era praticamente incontrolável. Café e um lugar para se sentar. Sharon, por outro lado, que havia viajado de avião só duas vezes e nunca tinha estado em uma sala de espera de aeroporto, estava no céu. Estava comendo uma fatia de queijo cremoso em um biscoito cream cracker, estudando com devoção os rótulos de três marcas diferentes, como uma historiadora da arte examinando litografias. Eram nove horas da manhã.
Bill esperou até estarem sentados. Mexeu seu chá, bebeu e dirigiu-se a Petra enquanto ela erguia sua xícara até os lábios:
– Sim, eu ia mandar um dos nossos escritores para cobri-la.
Petra quase engasgou, e uma parte do café respingou no pires.
– Desculpe – Bill disse. – Vou começar de novo. O que estava tentando dizer é que pedi a um escritor da nossa equipe, um cara muito inteligente chamado Jake, para vir com você e escrever a história. É o cara ideal, fez uma cobertura muito boa para nós no mês passado sobre Emmylou Harris.
– A mulher mais bonita do mundo – disse Petra.
– Oh, sim. A maior parte das musas sobreviventes daquela época parece, como posso colocar... um pouco acabada. E ela pare-

ce ter passado pela vida sem nenhum arranhão. E sua voz também. Incrível. Bom, mas, quando eu falei sobre você, e, e... toda aquela coisa com David Cassidy, ele aceitou na hora. Disse que era uma ideia brilhante.

– Então onde ele está?

– Ele acabou pulando fora. Eu mencionei que estava pensando em fazer, bom... o aprofundamento por trás da matéria. Com o ponto de vista do mais velho. Ele disse: então vai fundo, chefe, faça a matéria toda.

– Eles chamam mesmo você de chefe?

Bill fez uma careta. Ele quebrou um biscoito em dois e mergulhou metade no seu chá. Petra ficou feliz por sua mãe não estar ali para ver isso.

– Infelizmente, sim, e isso sempre me faz sentir como se fosse rugir para eles a qualquer minuto. Porque na realidade sou o chefe menos... mandão que existe. Sei que é um pesadelo trabalhar comigo, mas eu não grito, atiro coisas ou ameaço. Eu só faço muitos rabiscos enquanto penso, e mudo de ideia. Se bem que grampeei meu polegar em um bloco de folhas A4 na semana passada.

– Ai!

– Doeu mesmo. E você?

– Eu o quê?

– Você é do tipo mandona? Você não parece, mas...

– Bom, eu sou organizada.

– Não é a mesma coisa. Quem você organiza?

– Minha filha – disse Petra. – E eu. Quero dizer, meus dias. Eu costumava organizar meu marido, mas ele se organizou em encontrar outra pessoa.

– Idiota. – Bill deixou escapar.

– Quem, eu?

– Não, ele.

– Nem todos os homens são idiotas, sabe, só porque deixam as mulheres. – Petra se serviu de mais café.

– Bom, eu deixei – Bill confessou. – Porque não sabia pelo que ficar. Ou por quem, para falar a verdade.

– Pelo menos você não saiu para morar em um barco com uma pessoa que tem a metade da sua idade.
– Caramba, foi isso que ele fez? Ele é mesmo um idiota.
– Então não teve barco para você.
– Não, e não tinha outra pessoa também. Eu simplesmente fui. Minha habilidade em organizar a louça na máquina estava se tornando a coisa mais interessante em mim. Pensei em me profissionalizar.
– Eu também.
– Em máquina de lavar louça?
– Não, violoncelo.
– Ah, violoncelo, muito mais fácil. Você não precisa de sabão.
Petra sorriu.
– Não, usamos resina. – Ela olhou para Sharon, que estava mais adiante, ocupada colocando um chocolate KitKat em sua bolsa.
– Por que desistiu?
– Oh, por causa do meu marido, eu acho.
– Não, ele não obrigou você a fazer isso, né? Ninguém faz isso hoje. Não estamos em 1913.
– Não, mas ele é violoncelista também. E é melhor que eu.
Bill suspirou:
– A modéstia não vai levá-la a lugar algum.
– Mas é verdade. Ele é um astro, e eu... Quer dizer, ele é como um planeta e eu sou a lua, girando em volta. Então desisti e fui para musicoterapia, onde ainda uso, você sabe...
– Seus dons.
– Eu ia dizer habilidades. Ele tem um dom, eu tenho habilidade. De qualquer maneira, não é possível ter dois solistas em uma casa. As pessoas pensavam que nós fazíamos dueto o tempo todo, tocando músicas lindas e tal, mas não é assim. Quer dizer, não era. Era mais como... como... – Petra, não querendo continuar, ficou aliviada de ver Sharon se aproximando, puxando sua bagagem de mão. Ela estava acenando com um folheto.

– Pet, podemos fazer uma massagem no voo. De graça. – Ela afundou em uma das cadeiras e bufou, como se estivesse no fim de um longo dia, e não no começo. – Não consigo decidir se faço uma massagem no pescoço ou a facial com ervas aromáticas. Olha só, aqui diz: "limpa e refresca com óleos sutis de lavanda e sálvia para rejune, renuj..."
– Rejuvenescer?
– Isso, brilhante, "rejuvenescer e iluminar sua aparência, permitindo que você chegue no seu destino pronta para curtir". É perfeito para nós, não é? Não sei você, mas eu não dou um trato na minha aparência desde 1981. No casamento real. Só que na época eu fiz um maldito tratamento para o rosto apenas para assistir à TV. – Ela olhou para Petra, depois para Bill. – Sobre o que vocês dois tanto conversam, hein?
– Música – disse Bill.
– Que música, a de David?
– Não, a de Petra. Ela estava dizendo que não tem talento.
– Eu... – Petra começou.
– Ah, não dê ouvidos a ela. Ou melhor, dê ouvidos a ela quando ela estiver tocando, mas quando ela começa a falar como se fosse pouca coisa... Você não muda, não é, Pet? Ela nunca faz propaganda de si mesma.
– Então ela é tão boa como penso que é?
– Ela é brilhante, é mesmo. Melhor do que o maldito marido, isso eu garanto.

Petra ficou sentada, o rubor subindo por seu rosto. Ela detestava ser o assunto da conversa, mesmo sendo elogiada, principalmente quando estava presente. Quem gosta disso? Artistas, talvez, mas não uma pessoa normal.

Anunciaram o voo deles. Sharon e Petra se levantaram na mesma hora e começaram a juntar seus pertences. Bill ficou onde estava.

– Eu esperaria alguns minutos se fosse vocês – ele disse. – Estão tentando nos arrebanhar. Só vão abrir os portões daqui a uns 25 minutos.

– Não quero perder o avião – disse Sharon, seriamente preocupada.

– Não vamos perder, prometo. De qualquer maneira, estamos perto do portão.

– Bom, a comida aqui é de primeira – Sharon concordou, sentando-se novamente.

– Tudo incluso, madame – Bill brincou, com seu sotaque americano ruim. Petra se sentou também, incerta.

– Você sempre viaja de avião? – Sharon perguntou. Se outra pessoa tivesse feito a mesma pergunta, Petra pensou, haveria uma ponta de ressentimento, como uma mancha, mas Sha não tinha ressentimento na alma. Não agora, nem 25 anos antes. Ela levava o mundo à sua própria maneira, rindo alto do que lhe parecia estupidez, esperando pacientemente pelas alegrias que pudessem surgir. Sempre, em qualquer fase da vida, que Petra ouvia a expressão "ver o lado bom das coisas", pensava em Sharon com 13 anos, ajoelhada no tapete da sala de casa, esvaziando um pacote de balas sobre uma página da *TV Times*, fazendo a divisão: uma pra você, uma pra mim...

– Eu viajo bastante de avião, sim, a trabalho.

– Você deve ficar entediado, não fica?

Petra observou Bill. Ele sorriu para Sharon e disse:

– Sabe de uma coisa? Não. Algumas pessoas ficam, e é claro que não é tão bom ficar confinado em uma lata de metal, mas ainda sou um pouco garoto para achar que entrar em uma lata de um lado e sair do outro, em Nova York, oito horas depois, é meio que um truque de mágica.

"Quando você decola, é muito, sei lá, libertador, deixar toda a rotina para trás. Você sabe que nas próximas horas ninguém vai bater à sua porta, perguntar sobre o esboço da capa da revista ou te chatear por não ter feito uma ligação. A única coisa chata, acho, é não compartilhar essa libertação. Normalmente, sou só eu. Uma vez tive de ir a Hong Kong, esqueci meu livro no trem e tive de correr para pegar o avião. Passei 15 horas lendo a revista de compras do voo. Agora não sei nada sobre Raymond Carver,

mas sei tudo o que é preciso saber sobre almofadas do 747 e qual a diferença entre Diorissimo e Miss Dior.
— E então, qual é a diferença?
— Humm, um vem com um vaporizador fácil de usar, uma borrifada já é o suficiente...
Sharon caiu na risada, pegando a metade do biscoito de Bill que não fora mergulhada no chá.
— Bom, agora você tem a nós, certo? Então não vai ficar entediado.
— Exatamente.
— Aí vai sua libertação.
— Exatamente. Muito obrigado.
Petra observava os dois se divertindo. Parecia tão fácil quanto um jogo de pingue-pongue: indo e vindo, fácil, sem rancores, quase sem sentimentos... Por que era sempre mais difícil para ela — cautelosa, forçada, e com dificuldade para fazer uma boa conversa fluir? Por que ela nunca conseguia jogar o jogo? E não havia passado despercebido para Petra a habilidade com que Bill evitara o perigo. Se ele tivesse admitido que sim, ficava entediado com as viagens (e devia ficar, como todos os executivos), teria interferido no prazer que Sharon estava tendo nesse dia. Não que Sha fosse se importar, ou mesmo notar, mas para ela a viagem era algo especial, um acontecimento único e hilário. A coisa certa a fazer, o melhor, seria respeitar seus sentimentos e fingir que estava tudo perfeito. Foi o que Bill fizera e, pela segunda vez nas últimas semanas, Petra se viu pensando: gosto dele.
— Qual era o livro que você esqueceu no trem? Carver alguma coisa — ela perguntou.
— Raymond Carver. Contos. O melhor. Perfeito para ser esquecido no trem.
— Acho que li alguns contos dele em uma coletânea. Sou tão inútil, se gosto de alguma coisa lembro da história, dos personagens e de detalhes bobos, como a cor do batom de alguém, mas esqueço quem escreveu.
— É o que menos importa. Batons são muito mais importantes.

– Qual era o título? Do livro que você perdeu.

– Iniciantes. Mas o nome original é *What We Talk About When We Talk About Love* [Sobre o que falamos quando falamos sobre amor].

– Ah, isso eu posso dizer – Sharon afirmou, pegando uma maçã de uma tigela sobre a mesa e esfregando-a na manga da sua blusa. – As pessoas apaixonadas não ficam por aí conversando sobre o amor, tipo "oooh, estamos tão apaixonados", ficam? Isso é perda de tempo. Conheci um garoto uma vez, e tudo o que conversávamos era sobre o que ele detestava na escola e que tipo de sorvete combinava com que refeição; por exemplo, se você come frango assado, tem que tomar sorvete de rum com uva-passa, certo?

Bill gostava de ouvir o modo como a voz de Sharon subia ao fim de cada frase.

– Uma vez passamos a tarde toda falando sobre como poderíamos viver no espaço. Eu perguntava como faríamos para fazer a agulha ficar no disco em um lugar onde não havia gravidade, se quiséssemos ouvir uma música. Ele estava preocupado sobre como dar a descarga, sabe o que isso significa, não é? Todo o xixi flutuando. – Bill e Petra se entreolharam, tentando não rir. – Então terminamos, certo, e só depois pensei, um dia, quando estava no correio: "ooh, ele era maravilhoso, aquele Gareth." Acho que eu o amava e nunca disse isso. Nunca soube. Nem ele, pobrezinho. Tudo o que fazíamos era conversar. Não sei o que aconteceu com ele. Provavelmente está fazendo xixi no espaço. Quem sabe o encontramos hoje se olharmos pela janela, hein, Pet? Vamos dar um tchauzinho.

Petra sacudiu a cabeça, admirada.

– Seu cérebro, Sharon *fach*...

– Essa é a última chamada para os passageiros do voo BA174...

– Somos nós. – Sharon deu um pulo e ficou de pé.

– Não se preocupe – Bill a tranquilizou, levantando-se. – Não é preciso correr, a menos que a chamem pelo nome. – Ele pegou a bagagem de mão de Sharon.

– Caramba. O que você colocou aqui dentro? *Quem* você colocou aqui dentro?
– Gareth – Petra disse. – Todo amarrado.
– Engraçadinha – Sharon brincou. – E então, não havia outra pessoa vindo conosco? – Eles deixaram o saguão e começaram a andar em direção ao portão.
– Foi o que eu pensei – Petra comentou. – Mas o outro cara caiu fora. Somos apenas nós três. Bill fará a matéria agora.
– E como é isso para você? – Sharon ia perguntando, mas Petra respondeu primeiro:
– É a área dele. Sabe, Professor sobre Estudos de Cassidy. Especialista mundial em senhoras malucas que querem ter 14 anos de novo.
– Isso não é justo – Bill disse.
– Para quem?
– Humm... espere, à esquerda aqui. Portão 26. – Ele havia apressado o passo novamente, fazendo Petra quase correr para acompanhá-lo, mas depois diminuiu o ritmo outra vez. – Eu disse. Ainda falta muito. – Havia uma pequena multidão em volta do portão, gradualmente afunilando em uma fila única. – Vamos esperar até essas pessoas entrarem.
Ficaram ali enquanto Sharon procurava o cartão de embarque.
– Estava aqui em algum lugar. – Ela por fim o encontrou preso ao KitKat. – Está aqui. Então – ela prosseguiu, abordando Bill –, o que faz de você um especialista?
– No quê, em senhoras malucas?
– Não, em David.
– Ah, você quer dizer jovens malucas. Bom, acredite ou não, eu escrevia, há 100 anos ou mais, para uma revista chamada *Tudo sobre David Cassidy*. E meu...
– Nãaaaaaaao – Sharon e Petra gritaram juntas. Bill olhou espantado.
– Essa era nossa Bíblia! – Petra o fitou com uma intensidade que ele não tinha visto antes, apesar de não ter sido inesperada ou mesmo inadequada. Sharon ainda estava de boca aberta.

– O que isso quer dizer?
– Nós acreditávamos nela.
– Não em tudo.
– Cada palavra.
– Ainda acredito – Sharon confessou, recobrando o poder da palavra.
– Mas – Bill disse, ainda espantado com as últimas revelações –, mas se é como a Bíblia... Nem tudo o que está na Bíblia é verdadeiro. Não literalmente.
– É verdadeiro para seus seguidores – Petra retrucou.
– Sim, mas...
– Para eles – disse Sharon –, os fundi... como eles se chamam? Fundimentais.
– Fundamentalistas.
– Sim, são esses caras. Somos isso.
– Você quer dizer que vocês *foram*, quando crianças – Bill disse. – Não podem acreditar nisso ainda. Não hoje. Se lessem aquilo agora, veriam que era tudo inventado.
– Olha só isso! – disse Sharon. A multidão estava ficando menor agora, e eles estavam sendo chamados para passar pelo portão. – Se você acredita em algo, precisa continuar acreditando, não é?
– Como o quê?
– Sei lá. – Sharon entregou seu cartão de embarque e apresentou o passaporte. – Olhe só para isso – ela disse, mostrando sua fotografia para Bill. – Pareço uma criminosa procurada pela polícia ou algo do tipo.
Petra veio em seguida. Estava calada.
– E então – Sharon continuou enquanto percorriam o túnel que levava ao avião –, as cartas que ele escrevia. David. Você sabe, aquelas assinadas por ele todo mês. Você não vai dizer que elas eram inventadas, vai? Nós sabíamos que aquelas cartas eram escritas por ele. Pareciam muito ser dele. Nós sentíamos.
Bill parou.
– Mas era eu.

— O quê? — As duas mulheres pararam. Os últimos passageiros passaram por eles. À frente, a tripulação da cabine mantinha a porta do avião aberta e sorria.

— Era o meu trabalho. Eu escrevia aquelas cartas. Eu era David Cassidy.

Sem hesitar, Petra deu meia-volta e começou a andar pelo caminho que tinham vindo.

— Pet? — chamou Sharon.

— Petra, volte! — disse Bill.

— Não vou mais! — gritou Petra sobre o ombro, e continuou andando.

Sharon cutucou Bill com o cotovelo.

— Acho que ela gosta de você.

Lá fora, o azul era tão puro que parecia efeito especial. Um pano de fundo falso, com certeza, Bill pensou, e não um céu de verdade. Petra, sentada ao seu lado, não olhou muito. Não queria estar ali. A tripulação da cabine a chamara de lado e explicara por que ela tinha de entrar, conversando calmamente com ela sobre bagagem, segurança e horários de chegada e partida. Ainda assim ela poderia ter ido, deixado o aeroporto e voltado para casa. De certa forma quis, mas o absurdo do que estava fazendo de repente se abateu sobre ela. Não era ela, Petra, a mulher de 38 anos, que estava decepcionada com a bomba que Bill acabara de contar, mas a garota que havia dentro dela, a que ainda queria conhecer David, estava chocada. Toda sua vida ela tinha sido enganada com relação ao amor, e o homem sentado ao lado dela, digitando em seu laptop, tinha começado isso.

— Por que fez isso? — perguntou ela, olhando para baixo.

— Alguém tinha que fazer.

— Mas por quê?

— Porque... porque havia milhares de pessoas como você; quer dizer, não exatamente como você, mas milhares com o mesmo tipo de... não sei, o mesmo tipo de amor. A mesma loucura. E não sabíamos o que fazer com vocês.

– O que você quer dizer com fazer conosco?

– Bom... nós chamávamos isso de alimentar as leoas. O apetite de vocês era, sei lá, não tinha fim. Vocês queriam mais dele, toda semana, sobre todos os assuntos imagináveis, não havia como dar conta. Já era muito difícil para nós produzir tanto, então imaginar que David poderia ter escrito as cartas ele mesmo... Era impossível.

"E, como é que se chamam mesmo... as sindicações? Ele escreve uma carta na Califórnia, ou onde quer que seja, e a carta é impressa em diferentes revistas no mundo todo. Não precisaria ter sido apenas na nossa revista, mas pelo menos teria sido verdadeira."

– Não é uma má ideia. Deve mencionar isso a ele quando encontrá-lo na quarta-feira.

Petra não disse nada. Ela sabia que estava sendo ridícula, como uma criança. Mas, no fim das contas, era isso o que estava em jogo ali – o direito de defender a criança que se costumava ser. A criança que estava experimentando o amor, o amor verdadeiro, pela primeira vez. Ser traído no amor mais tarde, bem, podia acontecer, acontecia com a melhor das pessoas; aconteceu com ela há pouco tempo, no ano passado, e seu coração estava dilacerado. Mas ser traída na sua primeira tentativa, por alguém tentando se fazer passar pela pessoa que você ama: que tipo de traição era essa?

A aeromoça passou com o carrinho de bebidas pela segunda vez. Petra havia recusado da primeira. Agora pediu uma vodca com tônica, algo que nunca havia bebido na vida. Por que agora, então? Parecia uma ocasião tão boa quanto qualquer outra. A aeromoça lhe deu duas garrafas pequenas de vodca e duas latinhas de tônica. Petra as abriu e misturou, meio a meio. Bill estava tomando suco de tomate. Ela imaginou como ficaria se caísse sobre sua camisa de linho branca.

Ele estava olhando fixamente para seu copo de plástico, calado. Então disse:

– Desculpe. – Ele olhou para Petra com consideração e firmeza, admitindo sua culpa, esperando ver uma chama de humor misericordioso nos olhos dela. Os olhos de Petra eram de um castanho profundo.

Ele inspirou e prosseguiu:

– Mas o que você iria preferir, honestamente? Ler as cartas de David, todo mês, acreditar nelas e, sei lá, retirar forças daquelas cartas de algum modo, ou nunca saber nada dele? Sentar-se no seu quarto, rir com suas amigas e ter uma síncope com as bobeiras que escrevi, e eram bobeiras, acredite, ou ficar sentada olhando para um espaço em branco na revista, com talvez algumas palavras de Zelda dizendo: "Sentimos profundamente, mas o sr. Cassidy não teve tempo, vontade ou capacidade linguística para escrever a mensagem que vocês queriam ouvir agora. Ele tampouco terá tempo no futuro imediato. Não até pararmos de amá-lo, quando então ele subitamente terá todo o tempo do mundo." Pense nisso, Petra. Você é uma mulher brilhante, então me diga. O que seria? A mentira feliz ou a triste realidade?

Petra tomou metade da sua bebida com um longo gole. Ela podia sentir a bebida subindo direto à cabeça, absorvida diretamente pelo seu estômago. Ela estava piscando de maneira estranha também; olhos efervescentes, uma de suas amigas disse quando saíram à noite pela primeira vez.

– Quem é Zelda? – ela por fim perguntou. As consoantes soavam efervescentes agora também.

– Ah, céus, ela era minha chefe. Uma mulher extraordinária, de certa forma. Era parecia um navio de guerra antigo. Todos se irritavam, mas eu gostava muito dela. Ela me ensinou a ser detalhista, entre outras coisas.

– Detalhista?

– Exigente com relação a ortografia, padronização, paginação, letras capitulares, índice de acordo com os conteúdos reais, créditos nas fotos. O trabalho chato. Fazer as citações direito.

– A menos que você as tenha inventado – ela disse.

– Sim, e mesmo assim elas precisam fazer sentido, estar de acordo com o texto. Acredite ou não.

– Então ser detalhista é bom.

– É sempre bom. Os poetas mais loucos eram completamente meticulosos. Quanto mais louco, melhor. Byron, Baudelaire, todos os que começam com B, os garotos extravagantes. Saindo com prostitutas e bebendo, depois voltando às correções, pontos e vírgulas. Olha quem fala, você é violoncelista. Se não for detalhista, não há esperança, sabe disso.

– Sim – Petra concordou com tristeza. – Sei disso. – Ela pensou em sua mãe, a Rainha do Detalhismo, e na srta. Fairfax, sua professora particular em detalhismo. O mundo parecia menos seguro e rigoroso sem Jane Fairfax. O único consolo é que você poderia passar sua exigência adiante para os que viveriam depois de você para que eles, por sua vez, a passassem adiante. "Bach nunca perdeu uma única nota, Petra. Você *tem* que tocar todas as notas conscientemente."

Eles ficaram em silêncio durante algum tempo.

– O que aconteceu com ela?

– Quem?

– Zelda. Vocês mantiveram contato?

– Ah, foi péssimo.

– O que aconteceu?

– Bom, nós perdemos contato depois que eu deixei o emprego. Você sabe como são essas coisas. Quanto mais prometemos ficar em contato, maior a certeza de que nunca mais iremos ouvir falar um do outro. Fiquei esperando que ela ligasse, e ela provavelmente esperava o mesmo de mim. Então, há uns dois anos, por mero acaso, eu estava em Stratford. Não a de Shakespeare, a outra Stratford. Um cara franzino se aproxima na rua, dá um tapinha no meu braço e eu me afasto um pouco. Ele tinha uma aparência estranha e cheirava mal. Ele diz: "Oi, Bill." Olhei para ele, e jurava que não o conhecia. No fim das contas, ele era um sujeito chamado Chas, que era nosso office-boy nos tempos do Cassidy. Eu sempre fui um pouco rude com Chas e tenho certeza de que ele me odiava, achava que eu era esnobe, um mauricinho com diploma de faculdade.

— E você era?

— Totalmente. E o que acabou acontecendo foi que Chas foi quem manteve contato com Zelda. Não eu, o garoto que prometia, com uma grande carreira pela frente. Que bela porcaria eu era. Mas o office-boy que não tinha carreira nenhuma a seguir, a vida toda fazendo coisas tediosas para os outros, foi ele a alma boa. Encontrava com Zelda três, quatro vezes por ano; durante um almoço, no pub, para conversar sobre os velhos tempos. Que obviamente foram os melhores anos da vida dela, segundo ela dizia. Então ela ficou doente e se recusava a deixar seu apartamento. Era Chas quem fazia as compras no mercado, esquentava a sopa, esse tipo de coisa.

"Eu perguntei: 'Como ela está agora? Ainda está viva?' Ele olhou para mim e disse: 'Ah, não, morreu há dez anos.' Ele saiu de férias, sua primeira viagem na vida, vinha economizando para isso. Enquanto ele esteve fora, ela tomou comprimidos para dormir. Ele voltou da Espanha e a encontrou na cama. Ela já estava assim há duas semanas. Que coisa terrível. Imagine como me senti.

— Imagine como *ele* se sentiu — corrigiu Petra. — Imagine como *ela* deve ter se sentido.

— Sim. — Bill baixou o olhar para sua bebida. Essa mulher parecia estar desnudando sua alma. Era como estar em um confessionário.

— O que Zelda diria — perguntou Petra, alguns minutos depois — se soubesse que você estava indo encontrar David Cassidy? E que você estava levando duas das suas leitoras junto?

— Ah, ela ficaria completamente alucinada, não tenho dúvida. Isso seria o paraíso para ela. Ter arranjado tudo isso para que outras pessoas ficassem felizes.

— Mesmo se ela não estivesse.

— Bom, ela estava feliz, à sua própria maneira. É que em qualquer outro lugar ela parecia, não sei, abandonada.

– Não como nossa garota ali – disse Petra, cutucando-o e olhando para Sharon. A aeromoça veio para perguntar o que ela ia querer de almoço, e Sharon estava em uma conversa profunda. A aeromoça foi forçada a se ajoelhar ao seu lado e dar cada detalhe para que Sharon, que estava lendo o menu do voo desde que decolaram, pudesse saborear todas as possibilidades antes de aterrissar na opção certa.

– Isso é creme de verdade com o bolo de abacaxi? – ela estava dizendo.

– Tenho de lhe dizer uma coisa, Petra – Bill disse, solenemente. – Estou apaixonado.

– Oh, por favor, sr. Finn. Nós acabamos de nos conhecer. Isso é muito repentino.

– Pela sua amiga. Sinceramente, acho que Sharon é a pessoa mais adorável que já conheci, qualquer um se apaixona por ela. É como se essa fosse a vocação dela, ou algo do tipo. Tudo bem que a maioria das pessoas com quem eu trabalho é babaca, então ela já está em vantagem, mas mesmo assim.

– Bom, eu me apaixonei por ela primeiro, então sai fora – Petra brincou. – Mas você tem razão.

– Ela sempre foi assim?

– Sempre. Desde quando ela era... bem, ela nunca foi exatamente uma coisinha pequena, mas é assim desde que a conheço. Sempre fiquei feliz por ela me aguentar; ela é muito melhor que eu.

– Besteira. Como pode saber isso?

– É verdade. Ela é melhor e mais feliz. – Petra tomou um gole da sua vodca. – Melhor porque é mais feliz.

– É assim que funciona?

– Ah, claro. As pessoas dizem "faça o bem e isso o fará feliz", mas é o contrário, não acha? Pessoas felizes são mais propensas a fazerem o bem, são mais... equipadas para isso. Elas não precisam se esforçar para fazer o bem, acontece naturalmente. Olhe só para ela. Olhe para eles.

A aeromoça fora embora, profundamente confusa pela discussão exaustiva sobre canapés de salmão, e Sharon conversava, toda animada, com um casal do outro lado do corredor. O casal combinava: maiores que o normal, porém alegres, com seus volumes ultrapassando os limites dos assentos, mesmo os assentos mais largos da classe executiva. Ambos usavam camisas chamativas, como se já estivessem em Las Vegas, e não a nove horas de lá. Os dois estavam tomando pequenas garrafas de champanhe, a segunda garrafa de cada. As mãos livres, que não estavam segurando o copo, estavam entrelaçadas no braço da poltrona.

– Acho que são casados – Bill disse.

– Nãaaao! – a mulher falou para Sharon. Ela se virou para o marido. – Você ouviu isso, sr. J?

– Não disse? – Bill disse baixinho. – Ela é a sra. J. – Petra reprimiu uma risada.

– Adivinhe o que ela vai fazer em Las Vegas. Você nunca vai adivinhar.

– Vai jogar – disse o sr. J, e balançou a cabeça, feliz com sua esperteza.

– Não, bobo, muito melhor que isso. Adivinhe quem ela vai conhecer, ela e seus amigos aqui.

– Desisto – disse o marido.

– Apenas David Cassidy, não é? David Cassidy! Adoro esse cara!

– Número 53 – disse o sr. J.

– É mesmo? Cinquenta e três? Bom, ele está subindo novamente.

Petra se inclinou para entrar na conversa.

– Desculpe, mas não pude deixar de ouvir. Quem é o número 53?

– David. Desculpe, amor, isso soa um pouco misterioso, não é? – A mulher tinha uma plateia agora. Metade da cabine ouvia atentamente, e a outra metade não tinha opção. – Meu marido, bom, ele trabalha no setor de toques. Para celulares, entende? "O Rei dos Toques", como o jornal da cidade disse. E existe uma tabela com as canções que as pessoas estão escolhendo na semana para colocar em seus celulares. E o sr. J estava dizendo que o seu

David Cassidy subiu para o 53º lugar esta semana. Nada mau, hein? Levando em conta a idade que ele deve ter. Ele está envelhecendo bem, não acha?

– Espero que esteja envelhecendo muito bem – disse Sharon, abrindo um pacote de *pretzels*. – Não estamos fazendo essa viagem longa para ver alguém que se parece com meu avô, estamos?

– Qual é a música? – Petra perguntou. – Na sua tabela.

– *I Think I Love You*. É óbvio – disse o sr. J.

– Com certeza – Petra concordou. – É ótima. Nunca envelhece.

– Olha só – ele continuou –, alguém me contou essa no escritório semana passada. Aconteceu com uma amiga da esposa. Ela era uma fã de David Cassidy desde os velhos tempos. Bom, ela estava no médico, OK? Não um médico qualquer, Gine qualquer coisa.

– Sr. J!

– Então ela tira sua roupa, põe sua bolsa no chão, com o celular dentro, sem desligar, e o gine pega seu, como se chama aquilo? Especulação?

– Espéculo – corrigiu Petra, que conhecia bem o objeto.

– Isso mesmo. Bom, ele pegou seu espéculo, certo, e o está colocando, como se faz... Não, Marjorie, eles têm de ouvir isso, deixa eu terminar. E ele pergunta: "Está doendo? Espero que não esteja doendo", todo educado, e nesse momento... – Sr. J fez uma pausa para enxugar os olhos, já cheios de lágrimas. – Nesse exato momento o celular, o que está na bolsa dela, começa "I think I love you"... – Sr. J cantou para eles com sua voz grave e forte. – E essa moça, ela ouve o toque, certo, número 53, e é tão inapropriada para o lugar onde está que ela começa a rir muito, muito alto. E o pobre médico é lançado para trás, como uma rolha para fora da garrafa, seu espéculo sai voando também, e ele bate com a cabeça na porta. A moça diz, rápida como um relâmpago: "Espero... – Sr. J estava descontrolado agora, sacudindo-se todo, e sua esposa ao seu lado fazendo o mesmo – "Espero que não esteja doendo." Não dá, só rindo!

Sharon estava derrubando os *pretzels* no corredor. Petra voltou à posição normal.

– Não sei se algum dia vou conseguir ouvir essa música da mesma maneira de novo.

Bill olhou para ela e comentou:

– Considerando tudo, acho que não devíamos contar a David o que aconteceu com sua canção.

– Ah, não sei. Ele poderia ficar impressionado. Ele sempre quis estar perto das fãs. Só não dentro delas. – Petra terminou sua bebida, as duas garrafas. Sua língua estava solta. Ela chacoalhou o gelo. – Então, qual é a programação quando chegarmos?

– Hoje à noite, assim como seu corpo vai querer dormir, seu espírito vai querer levantar e ver David cantar.

– Ah, acho que consigo dar um jeito nisso.

– E amanhã de manhã, às 11:30, se conseguirmos arrancar Sharon de sua noitada jogando *blackjack*, veremos David. Será encontrar, cumprimentar, tirar algumas fotos, autógrafos, esse tipo de coisa. Não teremos muito tempo com ele, creio, mas ainda assim. A boa notícia é que ele ficará no mesmo hotel que nós.

Petra fecha os olhos. Há um quarto de século, a notícia de que ela passaria a noite no mesmo hotel de David Cassidy a teria feito cair para trás, desmaiada.

– Hoje será um show especial – Bill continuou. – Um show de um homem só, eu acho; só ele no palco cantando as mais antigas e melhores.

– Você quer dizer cantando *para* as mais antigas e melhores.

– Isso mesmo. Na maioria das noites ele faz um show chamado EFX.

– *Effects?*

– Não, E-F-X. Muito gelo seco, laser e músicas novas. Foi por isso que marcamos a viagem para coincidir com o show que ele fará hoje. Tem mais a ver com vocês.

– Muito gentil da sua parte.

– Ah, não, foi puro egoísmo. Terei mais sobre o que escrever.

Os pratos chegaram. Sharon já tinha engolido metade de um pãozinho e estava tentando abrir o sachê do molho da salada.

– Proteja-se – disse Petra para Bill.

Do outro lado do corredor, o sr. e a sra. J estavam unindo suas taças e propondo um brinde ao grupo.

– Para David Cassidy.

– Para David Cassidy – Petra repetiu, erguendo seu copo vazio. – Bill?

Bill deu um longo suspiro, como se sofrendo de uma velha ferida, e ergueu seu suco de tomate.

– Para David Cassidy – disse. – E Zelda, que descansa no Paraíso.

Petra sorriu e encostou seu copo no dele.

– À Zelda.

19

Ele está cinco minutos atrasado. Cinco minutos e 24 anos. As galesas, pela segunda vez na vida, estão rodeadas pelas rivais no amor de David. Não é uma multidão como a de White City, talvez por volta de 200 ou 300 pessoas, e não há gritos dessa vez, só algum guincho ocasional, como se alguém tivesse visto um rato, seguido por ondas de risos femininos. Olhando a plateia, Petra está surpresa por se sentir tão emocionada. A diferença de fuso horário pode estar fazendo com que se sinta um pouco chorosa, porém é mais que isso. Muitas das mulheres ali parecem ser sobreviventes. Ela pôde ver pelo menos duas mulheres cuja calvície mostra que tiveram câncer, e provavelmente ainda têm. Todas as fãs de Cassidy entraram na idade da dor, quando as perdas da vida começam a empilhar. Poucas serão poupadas. Considere-se sortuda se você chegou aos 35 sem conhecer a morte, o divórcio ou outras formas de sofrimento.

Algumas fãs trouxeram suas filhas, e Petra subitamente desejou que Molly estivesse ao seu lado. Quando falaram ao telefone mais cedo, Mol contou feliz da vida que Carrie fizera waffles e xarope de maple para ela de café da manhã. Ela gosta de qualquer coisa americana, pois a aproxima de Leonardo DiCaprio.

– Eu te amo, mãe – Molly disse. Valeu a pena viajar milhares de quilômetros só para ouvir isso. Petra pensa nas emoções relembradas com tranquilidade, de todas as mulheres nesse auditório, como ela, que estão olhando para trás e vendo a si próprias com 13 anos de idade, com a pressão de todo aquele desejo. De querer demais ser amada. Aquele era o grande motor da vida naquela época, acelerando. Se elas apenas soubessem disso. E quantas estão pensando no que aconteceu, e no que não aconteceu, nos anos entre aqueles tempos e agora? Por acaso, é um álbum de David. Bom título. *Then and Now*, Naquele Tempo e Agora.

– Onde ele está? – ela pergunta. – Por que ainda não entrou?

– Ele vai entrar – Sharon assegura. – Não se preocupe.

– Não estou preocupada. Ele é adulto, pode tomar conta de si mesmo. Você acha que *algum* dos homens é realmente adulto?

Sharon pensa um pouco.

– Bom, eu achava que meu pai era, mas eu o peguei jogando PlayStation com David...

– *Seu* David. Não este.

– Meu David, sim. David Cassidy não aparece com muita frequência para jogar Donkey Kong. Engraçado isso.

– Marcus nunca foi a nenhum dos meus recitais. O que ele estava fazendo da vida? O que tanto fazia que não podia ouvir uma galesa de 30 anos de idade tocando Debussy em uma terça-feira, no horário do almoço? Estava em uma caverna subterrânea?

– Ocupado demais com seu Donkey Kong, foi o que ouvi. – Uma das melhores coisas em Sharon, Petra sempre achou, era que ela sinceramente achava suas piadas mais engraçadas que as piadas dos outros. Não havia nenhuma má intenção com relação à outra pessoa, nenhum traço de egoísmo; aos seus olhos, ela era simplesmente mais engraçada. Ela ria agora, e o som de sua risada – nítida como um sino e maliciosa como um jogo de rúgbi – fazia cabeças se virarem ao longo de toda a fileira.

– Shh, estão todos olhando para nós – Petra pediu.

– Pet, isso aqui é Las Vegas. Há leões no lobby. Leões de verdade. Ninguém vai olhar para nós, vai?

– Os leões não estão *dentro do* lobby. Pelo menos não conversando com o *concierge*.

– Não, mas você os viu naquele lugar com o telhado de vidro? Foi o maior choque da minha vida quando olhei para cima. Parecia aquele programa da TV com animais, o *Daktari*.

– É porque é MGM.

– O quê?

– Como o leão que ruge no começo dos filmes, sabe? É por isso que há leões aqui.
– Ah, você tem razão – Sharon disse. – Vou lhe dizer uma coisa: temos sorte de não ser J. Arthur Rank, o dono daquela empresa que tinha o Homem-Gongo como símbolo, lembra? Ao olhar para cima, veríamos um cara seminu tocando o gongo.
– Tenho certeza de que isso pode ser arranjado, madame.
– Senhoras e senhores, o MGM Grand Las Vegas tem o prazer de apresentar... – Assim que a voz ressoou, as luzes diminuíram.
– Onde ele está? – Petra perguntou novamente
– Está vindo, não está? Deve estar vestindo seu macacão. Provavelmente deve estar um pouco apertado atualmente. Precisa de uma calçadeira.
– Não ele. Onde está Bill?
Sharon observou sua amiga através da escuridão.
– Entendi.

Bill estava perdido. Isso o deixava um degrau abaixo da maioria das pessoas ao seu redor, que estavam meramente perdendo. Alguns estavam perdendo suas economias, suas hipotecas e planos para o futuro; outros estavam perdendo 20 dólares e encerrando a noite, embora noite e dia não tivessem diferença nesse lugar, nenhum significado. Alguns estavam apenas perdendo a camisa, e era preciso dizer que a maioria das camisas poderia ser perdida sem dó.

"Do tamanho de quatro campos de futebol", dizia o folheto, e, realmente, o gramado de feltro verde das mesas do cassino se estendia a um horizonte fora do alcance da visão; será que em algum lugar por ali haveria um cara solitário jogando dados pacificamente contra uma parede? Pelo menos no futebol havia a restrição do tempo, mas ali não havia fim de jogo; não havia meio de campo nem defesa, nada mais que a ilusão de uma vitória, apenas uma maldita derrota após a outra. Todos estavam se divertindo.

Para aumentar a confusão, Bill havia deixado seu relógio no quarto. Ele marcara de encontrar Petra e Sharon às 19:30, horário do início do show. Elas fizeram o check-in, deixaram as malas no quarto e saíram logo em seguida. Sharon anunciou que comeria fora o bastante, nos dois dias seguintes, para o resto da vida, e que, coberta de razão, não desperdiçaria um segundo do seu tempo, com certeza não em coisas chatas e sem sentido, como dormir. Bill, enquanto isso, caiu na cama e ficou deitado ali, com os braços ao lado do corpo e os olhos fechados, como se estivesse em um necrotério de luxo.

O voo o deixara exaurido, mas era mais que isso. Ele não entendera exatamente que motivos o levaram a embarcar nessa viagem; não havia necessidade de estar ali, ele não *tinha* de escrever a matéria, já havia um escritor apropriado para isso. Agora ele sabia os motivos. Você é levado, disse a si mesmo, para a estagnação dos quarenta e poucos anos, com um emprego que gosta, mas que jamais amará; com um casamento detestável e perturbador no seu passado, um casamento que se desgastava; um caderninho de endereços de namoradas antigas para quem ocasionalmente pensa em ligar, mas que, sendo bem honesto, dificilmente pensam em você (preste atenção nas vozes delas quando ouvem a sua: surpresas, mas sem animação); com tudo para continuar a viver, mas poucas coisas de valor pelo que viver; com mais da vida, em resumo, do que milhões têm, e dizer o contrário seria ingratidão, mas ainda... não era a vida, não acha, pela qual esperou e sobre a qual as velhas canções cantavam? E então, do nada...

– Com licença, senhor. Passando! – Uma garçonete avançou com uma bandeja de bebidas. Bill a parou:

– Desculpe, por acaso você tem horas?

– O senhor é britânico? O senhor é *muito britânico*. – Ela disse com bom humor, sem tom de gozação, apesar de tê-lo identificado como uma piada. E a Inglaterra *era* uma piada, não era? Esportes que duravam cinco dias sem um resultado, torneiras sem misturador, hotéis sem leões...

– São 20:15 – disse, apontando para o relógio grande que estava a uns nove metros de distância, acima da cabeça do carteador. Ela não entendeu como Bill não o notara; esse britânico estava tentando cantá-la? Ele até que era bonito. Tipo Jeff Bridges antes de esconder aquele rosto lindo atrás de barbas estranhas. Outra época. Bill agradeceu a ela, ela agradeceu de volta, e prosseguiu.

Minha nossa, estava atrasado. Para onde o tempo foi? Era possível comprar muitas coisas nessa cidade; talvez fosse possível comprar o tempo de volta ali, arriscando tudo o que se tem para recuperar aqueles 20 minutos importantes... Você podia se casar em 20 minutos ali, e ficar arrependido pelos próximos 20 anos. Ou nunca se arrepender. Ele se virou e correu, não muito rápido, não queria ser pego pelo colarinho por roubar batatas fritas. Um segurança bloqueou sua passagem:

– Senhor? Posso ajudá-lo?

– Sim, desculpe. O show de Cassidy, estou atrasado. Vou encontrar minha, minhas amigas lá. É longe?

– Certo, o senhor vai passar pelo *Kà*.

– Passar pelo carro?

– *Kà*, senhor. Nossa famosa apresentação do Cirque du Soleil, exclusiva para o MGM Grand.

– Ótimo, onde é o... carro? – Bill achava difícil falar em momentos como esse.

– Vire à esquerda depois daquelas portas, depois desça uns 100 metros, passando o *Kà*, como eu disse, e depois é só seguir as placas. Nosso caminho automático o ajudará...

– Obrigadotchau – Bill agradeceu com uma única respiração, e decolou. Encontrou a entrada do show, mas lhe disseram para esperar até o próximo intervalo entre as músicas. Depois do brilho ofuscante do andar dos jogos e da luz permanente do meio-dia nos corredores do hotel, ali dentro parecia meia-noite, e Bill ficou feliz com o resto, sem querer sair tateando pelo escuro como se tivesse acabado de ficar cego. David estava no palco, debaixo de dois holofotes, com uma banda semiescondida atrás dele. Ele estava cantando uma música que Bill, intencionalmente, não escutara nos últimos 24 anos:

*"You don't know how many times I wished that I could hold you.
You don't know how many times I wished that I could mould you..."*
(Você não sabe quantas vezes desejei poder abraçá-la.
Você não sabe quantas vezes desejei poder moldá-la...)

Nada mal. A voz estava em boa forma. Baixou um ou dois tons na melodia, talvez, para não arriscar um esforço no pico de "hold you, mould you". Jamais será a melhor rima do mundo: fazia com que as garotas parecessem vasos de barro. Bill olhou para a plateia de David. Quantos homens havia ali? Cerca de duas dúzias, entre centenas de mulheres? Que bando era aquele que aterrissara em uma ilha habitada apenas por mulheres? Em algum recanto escondido da memória de Bill, a palavra "Argonautas" irrompeu. Era isso: segundo a lenda grega, Jasão e seus companheiros aportaram na ilha de Lemnos; superados em número pelo sexo oposto e sem condições de ficar por ali, tiveram de seguir adiante. Havia um velo de ouro para encontrar... Quantos caras já haviam acompanhado mulheres para ver David Cassidy, durante todos esses anos, com a leve esperança de que um pouco daquele amor poderia sobrar para eles? Migalhas caídas da mesa do deus. Não há problema algum em esperar por migalhas, se você estiver faminto.

Onde ela estava? Ele não conseguia achar Petra. Petra e Sharon, melhor dizendo. Elas deviam estar ali em algum lugar. Elas não se atrasariam como ele, não depois de esperarem tanto tempo. Por fim, ele as viu ao lado de cinco senhoras grandes vestindo camisetas verdes. Ele desceu alguns metros pelo corredor lateral para conseguir um ângulo melhor, assim poderia ver Petra de lado. Ela olhava fixamente para o palco com um brilho nos olhos, as mãos no colo, balançando sutilmente. Ele não conseguia ver seus pés, mas imaginou que acompanhavam o ritmo da música. Muito provavelmente os de Sharon também, mas ela estava inclinada para a frente, metade dela para fora do assento, com as mãos juntas no peito, como uma menina na sua primeira comunhão. Tinha um sorriso de êxtase no rosto. Quando a música terminou, as duas e o resto da multidão ficaram de pé, como se molas as tivessem impulsionado para cima – com as mãos sobre a cabeça, um som indistinto de palmas por todo o auditório. O cantor as recebia bem, com uma gratidão espontânea, sem ansiedade; como a expressão de David estava naquele exato momento? Era parecida com a de Sharon.

A funcionária do auditório fez um aceno de cabeça e Bill seguiu na direção do seu assento. Passou por aplausos, avançando com dificuldade pelo corredor, entre ondas de mulheres apaixonadas; nenhuma delas olhava para ele ou sequer percebiam que ele estava passando; ainda assim, por uma fração de segundo, ele teve uma breve sensação de como deveria ser – como seria estar entre as pessoas mais desejadas do mundo. As únicas pessoas que desprezam esse entusiasmo, ele achava, são as que já o tiveram e o perderam, ou ficaram velhas demais e cansadas para apreciá-lo; ou ainda almas tímidas que se encolhem com o pensamento de serem conhecidas por mais pessoas do que conhecem. Aqueles de quem você nunca ouviu falar eram os que estavam no centro dos aplausos, as que poderiam ter lhe dito, não com o olhar no passado ou com esperança, mas cara a cara, com os fãs indo à loucura: olhe para mim sendo amado. Seja honesto: diga que não gostaria de ter essa loucura direcionada a você.

Ele encontrou a fileira e foi avançando, passando pelas senhoras grandes, alinhadas como garrafas verdes. "FÃ-CLUBE OFICIAL DE DAVID CASSIDY NA IRLANDA", diziam as camisetas.

– Com licença, com licença.

Petra ainda não o tinha visto, apesar de ele estar a poucos metros de distância; o olhar dela ainda estava fixo no palco. As luzes foram acesas para os aplausos, mas agora diminuíram mais uma vez, enquanto a plateia voltava a se sentar, e Bill ficou confuso por um instante por causa da escuridão. Ele tropeçou nas pernas de alguém e começou a cambalear, tentando parar e se equilibrar, prestes a cair. A mão de alguém pegou a sua com precisão e encaixe perfeitos, puxando-o para cima, como dançarinos puxam um ao outro para perto. Ele não caiu, apenas deslizou para seu assento, com uma coordenação que jamais teve antes na vida. Petra sorriu para ele e não o soltou, mesmo já estando a salvo em seu lugar.

– Obrigado – ele sussurrou.

Sharon inclinou-se para frente, cumprimentando-o com um aceno exagerado, como se estivesse a 50 metros de distância.

De cima do palco, David se desculpava. Sabia que todos queriam as músicas de antes, mas, uma vez apenas, ele queria tentar algo mais novo, um pouco mais atual, uma música que explicasse como ele estava se sentindo *agora*, nesse momento fantástico de sua vida, com todas aquelas pessoas excelentes ao seu redor. As pessoas excelentes se deslocaram um pouco; era possível senti-las cheias de boa vontade (não tinha como culpar o cara por querer se libertar um pouco do passado; vamos lhe dar uma chance, né?), mas também cientes de que qualquer entusiasmo que tentassem mostrar com essa música desconhecida seria um pouco forçado – haveria reconhecimento pelo esforço, não exatamente vindo do coração. O ídolo no palco respirou e cantou suavemente no microfone:

– *How can I be sure...*

Obviamente, o lugar veio abaixo... As mais antigas *eram realmente* as melhores, essa era a questão! O passado *nunca* morre! Não enquanto elas estiverem vivas. David, o David *delas*, estava dizendo isso para elas! Sharon estava tremendo, rindo, mas se alguém tivesse tirado uma foto dela naquele momento e a olhasse na manhã seguinte, poderia jurar que ela estava chorando. Ela se virou para Petra e Bill, e gritou:

– Ah, ele é um maldito *sedutooooor*, é isso o que ele é!

Petra riu de volta e gritou algo para Sharon que Bill não conseguiu escutar. Por fim o tumulto acalmou e a música prosseguiu. Petra olhou para Bill e começou a cantar. Não era preciso forçar a memória para se lembrar da letra; as palavras eram derramadas por ela de onde ficaram guardadas por um quarto de século.

> "*Together we'll see it much better.*
> *I love you I love you forev-vah...*"
> (Juntos veremos tudo bem melhor.
> Eu te amo, eu te amo para sempre...)

Bill indicou para o palco.
– Ele não sabe a letra.
– Eu sei a letra – ela disse. Sua mão ainda estava na dele.

Estavam sentados em um banco, os três tomando sorvete para aplacar o calor da noite. Bill pediu um misto de chocolate e baunilha. Petra tomou um de morango com uma cobertura marrom-alaranjada, que não havia pedido e não conseguia identificar, mesmo depois de ter experimentado. Sharon tomou um *Atomic Test*, uma especialidade da sorveteria que ela realmente *pedira*; era preciso as duas mãos para tomar esse sorvete, pois vinha com casquinhas gêmeas e dois montes de sabor artificial, salpicados com minúsculas bolinhas prateadas. Uma vela acesa de estrelinha acompanhava aquilo tudo, mas a vela já se fora há tempos. Agora ela estava sentada ali, segurando-o com firmeza, produzindo uns estalos estranhos.

– São balas explosivas – ela explicou para Bill. – E quando estiver quase terminando, você separa as duas casquinhas. Tem algo a ver com *frisson*, o moço da sorveteria que disse.
– Fissão, eu acho. Fissão atômica. Havia testes por aqui antigamente.
– Do quê, de sorvetes?
– Bombas atômicas.
– É a mesma coisa, Bill *bach*, aqui do meu lugar.

Por um minuto eles ficaram em silêncio, felizes apenas com os sorvetes e as casquinhas. As ruas estavam superlotadas. Algumas pessoas estavam com crianças, mesmo já sendo 22:50, e nenhuma criança pudesse chegar perto dos cassinos.

– É como a Oxford Street – Petra comentou. – Durante o período de liquidações.

– Sim, mas da última vez em que estive lá – Bill disse –, a Oxford Street não tinha um vulcão ativo. Sempre achei que faltava alguma coisa.

– Então onde está o vulcão? – Sharon perguntou, falando de boca cheia.

– Bom, estamos do lado de fora do Caesar Palace, dá para ver pelos jardins com irrigação na frente. E o vulcão está no Mirage, acho, então deve estar em algum lugar... *ali*. – Bill apontou. – Fique por aqui e espere pelos filetes de vapor. Eles começam a sair quando ela está perto de explodir.

– Não fale assim da minha amiga – Sharon disse.

– E não ligue para a *minha* amiga – Petra brincou. – Ela não consegue evitar, pobre criatura. Confinada em uma cidade pequena do País de Gales por décadas. Ficam doidinhas quando saem de lá. – Ela lambeu seus dedos cor-de-rosa. – É chamar encrenca trazê-la para um lugar como este.

– Sai dessa, estou querendo ficar por aqui – Sharon anunciou. – Vi um anúncio no folheto do programa do show de David. Dizia que você pode fazer um treinamento para distribuir cartas em jogos, o treinamento tem a duração de um mês, e depois você começa. A grana é boa, pode crer. Ou posso também servir bebidas no hotel. E ainda usar aquela roupa de deusa romana, veja só, com meus peitos em uma armadura.

– Você acha que eles estão procurando por galesas loiras e baixinhas de 38 anos? – perguntou Petra.

– Trinta e sete, se não se importa – Sharon retrucou. – Até a próxima sexta-feira.

– O que vocês vão fazer no seu aniversário?

– Risólis, batatinhas, e escolho um filme na Blockbuster.

– Mal vai levá-la para jantar em algum lugar legal, não vai?

– Que nada, estamos economizando uns trocados – disse Sharon. – David precisa de uma bicicleta nova.

Ela parecia ser capaz de trafegar de um lado para outro, pensou Bill, entre sua vida e suas fantasias, sem mudar de marcha, sem *se importar* demais. Se mais pessoas no mundo fossem como Sharon...

– E então, quando você se tornar uma gladiadora romana garçonete de bebidas – Bill perguntou –, o que seu marido fará? Mal, não é? E seus meninos?

– Ah, eles vão ficar bem. Você sabe como os meninos são. Contanto que lavem suas meias e penteiem os cabelos. – Isso parecia resolver a questão. Bill sabia que Sharon preferiria morrer 100 vezes a deixar sua família, mas ela não precisava dizer isso.

– Então, chefe – ela quis saber –, o que você achou?

– De que parte?

– Do show.

– Ah, gostei muito. Muito profissional. Uma boa plateia. Só uma coisa realmente me deixou com a pulga atrás da orelha.

– O quê? – Petra perguntou.

Bill ficou em silêncio.

– Não sei como colocar isso... – Ele levantou o olhar para elas e franziu a testa. – Qual deles era David Cassidy?

– Ah, para com isso – Sharon disse, empurrando-o para fora do banco.

– Está muito cansado do voo? – Petra perguntou a Bill.

– Não consigo sentir nada abaixo dos joelhos, e acho que minha cabeça pode estar virada para o lado errado, mas, tirando isso, tudo bem. E você?

– Não sei, é estranho. Não sei se durmo ou se vou tomar o café da manhã.

– Não seja burra – Sharon disse. – Vamos nessa, garota. A cidade nunca dorme e tudo mais.

– Isso é em Nova York – Bill disse.

– Bom, isso aqui é tudo Estados Unidos, não é?

Era tudo Estados Unidos. Depois da insistência de Sharon, caminharam até o Harra's Hotel e ficaram assistindo aos barmen preparando os drinques.

– São como malabaristas, olhem só para isso. – Sharon tentou encorajá-los. Ela lera o guia de viagem de Petra e tentou resumir suas descobertas: – Eles sacodem os coquetéis, mas com aquelas coisas pegando fogo, passando por cima de suas cabeças.

Até que a descrição não fora ruim. Bill ficou de pé observando o malabarismo e se pegou pensando no Dog & Cart, em Turnham Green. Ali, anos antes, depois que o Spirit Level tocou não tão mal, ele tentou oferecer um martíni para uma menina chamada Serena Tombs, a garota mais sofisticada que ele conheceu. O velho barman, zangado, ficou olhando para Bill por muito tempo e, então, cuspiu nele. Agora ele estava ali, no deserto, e os barmen estavam em chamas.

– Outro mundo – ele disse.

– Como? – Petra estava de pé ao seu lado.

– Só estou pensando. Desculpe.

– Não consigo ouvi-lo.

A música e os gritos os encurralavam. Uma tremenda algazarra, como diriam os pais de Bill. Não dá nem para ouvir seus pensamentos. Era assim que ele pensava também, hoje, para seu constrangimento; será que a meia-idade se reduzia a isso – um pedido irritado por paz? Ali na frente dos dois, americanos com metade da idade deles dançavam com um contorcionismo superaquecido, como bactérias sob um microscópio.

– Vamos sair daqui? – ele sugeriu a Petra. Bill tinha que se inclinar para ser ouvido, e sua boca quase encostava na orelha dela. Ele a sentia perto do seu rosto. Ela cheirava a laranjas.

Petra concordou.

– Vou avisar Sha. – Ela se inclinou para perto do ouvido da amiga e falou com ela, apontando para fora; Sharon assentiu com a cabeça. Pelo menos foi o que pareceu, pois ela também estava pulando, como se estivesse em um trampolim invisível.

Eles ficaram na calçada, do lado de fora do Harra's. O ar estava quente e pesado, como se estivessem dentro de uma lavanderia, mas ainda assim parecia refrescante se comparado com o bar pegando fogo. Aquilo era como estar em cima de uma churrasqueira.

– Não podemos sair daqui. Ela vai entrar em pânico.

– Com certeza. Só Deus sabe onde ela iria parar se não estivéssemos aqui.

– Ah, ela ficaria bem. Provavelmente se divertiria mais, sem os velhos aqui.

– Fale por você – Petra disse.

– Contanto que ela não descubra aquele escorregador que passa direto por uma piscina com tubarões.

– Meu Deus! Mas ela não trouxe roupa de banho – Petra disse.

– Se ela decidir que não se importa em não ter maiô, então nossos problemas vão começar *de verdade*.

– Os americanos são pessoas muito educadas e que não suportam vulgaridade – Petra afirmou. Ela jamais pensaria que acabaria citando uma frase de sua mãe, muito menos que concordaria com ela.

Eles se sentaram em frente ao Mirage. A cidade parecia oscilar dentro da cabeça de Petra. Droga de jet lag.

– Alguma coisa que você queira fazer? – ela perguntou.

– Muitas.

– Quis dizer aqui.

– Eu também.

Petra tirou uma garrafa de água da bolsa, bebeu um pouco, limpou a garrafa em sua camisa e ofereceu a Bill. Ele a pegou e bebeu.

– É trágico, mas na verdade eu queria muito ir a um lugar chamado Auto Collections.

– Para alugar um carro? No meio da noite?

– Não, para olhar os carros. São carros muito antigos. Ouvi dizer que é a melhor coleção dos Estados Unidos. É uma fraqueza minha, mas em se tratando de fraquezas, até que não é das piores, pois nunca pude comprar nenhum desses carros.

– Mas você é um cara importante.
– Nem tanto. Não sou dono da empresa, apenas toco o negócio. Não quero dirigir um Lamborghini Espada ou nenhum desses; na verdade, só gosto de admirá-los. Quando eu era pequeno, queria dirigir um carro desses mais do que tudo na vida. Levou algum tempo para perceber que o que importava não era dirigir – não com todos aqueles idiotas nas ruas –, era o querer.
– Como eu e David.
– Ah, minha cara leitora, isso não é justo. Você realmente *acreditava* que ele era seu. Quer dizer, que ele estava no seu destino. Foi por isso que ficou tão zangada comigo ontem, no aeroporto. Porque parte dele não era ele.
– Sinto muito por isso. Eu fui uma idiota.
Bill sorriu e olhou para ela. Alguma coisa balançou dentro dele. Ele decidiu não analisar o sentimento, pelo menos dessa vez, mas se deixar levar por ele.
– O que você achou dele, falando sério? – ela perguntou depois de algum tempo.
– Sinceramente?
– Ahã.
– Para ser sincero, eu fiquei pensando... – Ele fez uma pausa. – Fiquei me perguntando o que *você* estava achando. Dele.
Agora foi a vez de Petra sorrir.
– Bem, obviamente eu estava apreensiva. Não pude evitar ficar preocupada por ele. Não queria que todas aquelas mulheres o vissem e ficassem desapontadas. Eu estava com pena dele, sabe. Então ele entrou e começou a cantar, antes de você aparecer, e tudo meio que se encaixou. Como posso...
– Ter certeza?
– Não, é que ele... era ele e não era. A voz estava ali, mesmo ele estando mais velho, a voz ainda é fantástica. Aquele sorriso lindo. Mas a aura, ou sei lá como se chama, não estava mais lá.
– Mas era *você* quem criava aquela aura, e não ele – Bill afirmou. – Era uma coisa *sua*, nos idos de 1974. Eu plagiava uma

versão na revista, mas você fez algo real. Contava a história para si mesma sobre um garoto que todas amavam, e fez isso de maneira brilhante, de todo o coração, não se importando se um dia se tornaria realidade. Tudo aquilo *parecia* verdade. – Bill tomou um gole da água e passou a garrafa para ela. Ela tomou um longo gole. – Desculpe, estou colocando de um modo ruim – Bill prosseguiu.

– Não, eu nunca conseguiria colocar de um jeito melhor – disse Petra. – É por isso que quando vi David hoje não senti vontade de sumir, não me senti ridícula ou desapontada. Gostei de verdade de ouvir as músicas de novo, e David parecia bonito, sabe, equilibrado, considerando...

– Foi o que pensei.

– ... mas disse a mim mesma: é isso aí, jovem Petra, a história acabou, garota. E o mais engraçado é que eu não me importei.

– E que história interessante essa.

– Sim. – Petra repetiu a frase, ouvindo o eco longínquo de uma canção que seu pai cantou durante tantos anos. – É de uma música do Sinatra.

– Ah. Agora *sim*, desculpe, esse é um cantor *de verdade*. Foi por ele que vim até Las Vegas.

– Ele não está aqui?

– Infelizmente não. Está mais ou menos vivo, mas não aqui. Imagine ter vindo aqui quando ele esteve. Você poderia ter se vestido como Ava Gardner.

– A versão galesa com um vestido de liquidação.

– Nada disso. Seria exatamente como ela.

– E como você teria vindo?

– Eu seria um criminoso de uma gangue malsucedida. Com uma arma na cintura. Perderia todo o meu dinheiro em questão de minutos.

– Não seria o chefe?

– Não seria o chefe.

Petra olhou em volta, para a porta do Harra's.

– Falando em perder dinheiro, onde está Sha?
– Quer que eu vá procurá-la?
– Não, podemos nos separar e será um desastre. Vamos esperar mais alguns minutos e depois voltamos para dentro juntos.
– Eles têm um bar com um caraoquê lá dentro, sabia?
– Céus!
– Provavelmente ela está cantando "I Am a Clown" nesse momento.
– Com maquiagem de palhaço. Se alguma amiga minha consegue um nariz vermelho de palhaço, à meia-noite, em um país estrangeiro, é ela.
– É meia-noite? Que horas deve ser na Inglaterra agora?
Petra olhou para seu relógio.
– Sete da manhã.
– Isso significa que estou acordado há exatamente 24 horas. Acho que preciso ir para a cama.
– Acho que sim.
Houve uma pausa. Bill, como sempre fazia quando ficava desconcertado, procurou refúgio brincando de ser formal:
– Sendo assim, minha cara, obrigado pela adorável noite.
Ele fez uma mesura de cavalheiro.
– Senhor, foi uma grande honra.
Bill olhou para ela e disse:
– Voltando ao hotel, quando você o estava vendo. David. Quando você disse aquilo sobre ser ele e não ser ele...
– Desculpe, soa ridículo...
– Não, faz todo sentido. Da sua maneira ridícula.
Ela riu.
– O que eu quero saber é – ele continuou –, foi o mesmo com você? Você se sentiu como Petra Um e Petra Dois, antes e depois? O que aqueles gritos de adolescente têm a dizer para essa musicoterapeuta fascinante, perfeita, adulta, com um pouco de sorvete de morango na bochecha?
Petra levou a mão ao rosto.
Bill perguntou:

– E então, para quem estou olhando agora: você ou não?

Petra, pela primeira vez na vida, não teve dúvida.

– Para mim, com certeza – ela respondeu. – Só para uma de mim.

Bill se inclinou na direção dela. Ela inspirou e fechou os olhos.

Houve um som estrondoso. Um rugido percorreu a avenida principal de Los Angeles.

– Ah, *não acredito* – disse Bill, e apoiou a cabeça no ombro dela. Do outro lado, o vulcão explodira do lado de fora do hotel Mirage. Fumaça e fogos irrompiam da cratera. Uma falsa lava desceu pelas laterais.

Bill e Petra se inclinaram um contra o outro e riram, esperando não parar nunca mais.

– *Caraca!* – Era Sharon, que saiu como um rojão das portas do Harra's. Ela carregava um buquê de flores em uma das mãos e uma ficha de pôquer na outra. – *Fogos!*

20

Quando Petra e Sharon tinham 13 anos, fizeram uma promessa. Se ainda não tivessem se casado quando fossem mais velhas e tivessem ficado pra titia – digamos, lá pelos 29 ou 30 –, prometeram que iriam morar juntas para nunca ficarem sozinhas.

– Como aquelas duas senhoras de Llangollen, que fugiram juntas da Irlanda, em 1778, para não terem que fazer casamentos arranjados – Sharon disse. Ela estava em frente ao espelho do banheiro, maquiando os olhos. Depois de todos aqueles anos, ela ainda tinha preferência por máscara azul nos cílios.

– Achava que era comum, até um dia ver Lady Diana usando. Você acha que Lady Di leu na revista *Jackie* a dica de como aumentar os olhos usando máscara azul nos cílios?

– Claro que sim – Petra concordou.

– Inclusive as mulheres sofisticadas?

– Todas as mulheres. – Petra colocou sua camisa por dentro da saia depois de tentá-la solta por fora. Em 20 minutos elas iriam se encontrar com David, e as garotas, ou melhor, as mulheres, estavam ansiosas por causar uma boa impressão.

– Blusa maravilhosa – Sharon elogiou.

– Era da minha mãe. Deve ter uns 20 anos de idade. Não ficou ultrapassada, ficou? – Ela decidira usar a blusa de seda branca e as pérolas de Greta. Parecia certo. Nas semanas após ter encontrado a carta da revista *Tudo sobre David Cassidy* no guarda-roupa, sua atitude em relação à sua mãe se alterara. Não estava mais zangada com ela. Como muitas mães de sua geração, Greta possuía uma dureza que parecia pertencer a uma época perdida e mais brutal. Era como se partículas de aço, flutuando no ar de sua cidade galesa, tivessem entrado em sua corrente sanguínea. Greta vinha tentando preparar a filha para uma vida melhor, uma vida que oferecia mais do que a existência limitada e feia que ela tanto odiava. Petra via isso agora. Querer impedir sua filha de cometer os mesmos erros que você cometeu. Da mesma forma que fazia com Molly.

– Meu Deus, Pet, não se olhe nesse espelho.

– O quê?

– Ele aumenta e ilumina. – Sharon se inclinou para frente. – Tenho mais poros abertos do que Marte. Se eu entrar em coma, por favor, vá me ver com uma pinça e tire esses pelos do meu queixo.

– Só se você tirar os meus.

– É claro que sim – Sharon concordou, feliz. – Não quero que Mal veja minha barba. Tem de haver algum *mistério* em um relacionamento, é o que dizem.

– Vamos lá – Petra disse –, está na hora.

– Vou descer em um minuto. Preciso fazer xixi, ou você sabe o que pode acontecer quando eu der de cara com David, não sabe?

– Vou descer para encontrar com Bill e vejo você lá embaixo.

No elevador que descia para o saguão do hotel, ela contou dez Petras nas paredes espelhadas.

– Até que você não está mal para uma mulher da sua idade – ela disse para seus reflexos. O passado e o presente estavam tão próximos agora que praticamente respiravam o mesmo ar. O que as outras meninas do grupo de Gillian pensariam se soubessem que Petra e Sharon estavam a um passo de conhecer David Cassidy?

Na noite passada, depois do sorvete, do vulcão, e Bill, Sharon já bastante sonolenta mencionara que Carol já era avó. Ryan, um garoto lindo. Um pouco difícil, como a *mangu* dele. Carol o trazia sempre que ela e Sharon se encontravam para tomar um café no lugar novo, onde antes era o Kardomah. Agora elas tomavam chá de ervas lá. Carol ficou grávida aos 16 anos e acabou atrás da caixa registradora no mercado.

– Ela tem tanto orgulho de você, Pet. Bom, todas nós temos. Você é nossa estrela, não é?

Angela voltara para a Inglaterra, ninguém sabia exatamente onde. Olga se saiu de forma brilhante em ciências da computação e estava trabalhando nos Estados Unidos, no Vale do Silício. Acabou se casando com um engenheiro de software chamado Todd e tem dois filhos. Os dois são autistas. Uma tragédia, realmente, mas Olga os ama demais. Agora estava grávida novamente e estavam rezando para que o terceiro fosse uma menina.

E Gillian? A última coisa que Sharon e Carol ficaram sabendo é que havia se separado do marido e montado uma agência de relacionamentos em Maidenhead. A agência não era para qualquer coração solitário simplesmente. A pessoa tinha de ter boa aparência e uma boa rede de relacionamentos. Gillian é que julgava.

Só porque ela podia.

– A cor favorita dele era marrom.

– Como é? – Bill levantou os olhos das vitrines que havia no saguão do hotel. Ele estava inspecionando as joias e fazendo contas. Você poderia pegar um avião até aqui, tirar a sorte grande, ganhar 150 mil dólares nas roletas, dar uma chegadinha até o saguão para comprar um relógio de ouro branco e platina com o mostrador incrustado com tantos diamantes que mal dava para discernir os ponteiros – na realidade, não dava para saber as horas, o que mais ou menos roubava o objetivo do relógio – e ainda ficar com dois dólares e cinquenta centavos de troco, o suficiente para dois sucos de fruta de caixinha para levar para casa. Nem mais rico nem mais pobre. Seria um fim de semana legal e bem-balanceado.

– Eu falei que a cor preferida dele é marrom. A de David. – Petra olhou enquanto ele se endireitava. Então ela viu a expressão em seu rosto. – Ah, meu Deus, não me diga que você inventou isso também.

– Infelizmente, sim. Pelo menos *acho* que sim. – Para profundo alívio de Bill, Petra balançou a cabeça e riu. A essa hora, ontem, ele pensou, ela teria me dado um chute. Ou deveria.

– Existe alguma coisa sobre ele que é verdadeira? Alguma coisa que não tenha sido inventada por você? Estou começando a acreditar que ele não existe. Nunca existiu. Você inventou o garoto que eu amava. É todo seu.

– Não, não. – Agora era Bill quem balançava a cabeça. – Não, isso já é exagero. Para começo de conversa, você o viu ontem.

– Holograma.

– E o ouviu.

– CD.

– E você chorou. Ou Sharon chorou.

– Fraqueza. Mulher galesa.

Bill parou um pouco para pensar.

– Certo, e aquele cara que eu vi em 1974 na coletiva de imprensa? Aquele que...

– Você o *viu*? – Petra voltou a ter 13 anos novamente, em um instante; os anos foram voltando e lá estava ela.

– Eu o conheci. Fui até seu quarto no hotel também, e nós nos sentamos e...

– Você foi até o *quarto* dele? – Ela estava com a boca aberta, como um peixinho-dourado. – Só um de nós pôde ir ao quarto dele, e foi *você*? Por que não eu? Eu o conhecia melhor que você. – Petra teve que se acalmar, ela estava perdendo o espírito esportivo. Bill percebeu, e gentilmente a socorreu.

– Bom, isso é verdade – ele cedeu. – Minha coleção de pôsteres de David era de dar pena. Você beijava os seus pôsteres na parede?

– Bom, fazia isso na casa de Sharon. Minha mãe, fã radical de Wagner e de música clássica, não gostava de artistas pop. Sendo assim, pôsteres não entravam na nossa casa. Mas Sharon tinha um santuário para David e nós nos ajoelhávamos e o beijávamos.

– Veja bem, como regra, os meninos não saem beijando paredes. Nós as derrubamos, com um tanque de guerra, se tivermos algum, mas beijar, nunca. Era como acontecia com as músicas. Só ouvia os discos quando queria roubar um trecho para a revista. – Ele fez uma pausa. – E quem vai saber? Talvez a cor favorita dele seja marrom. – Ele deu de ombros e acrescentou: – Isso eu não posso saber.

– O que você quer dizer? – Petra perguntou.

– Bom... – Bill percebeu que havia armado uma cilada para si mesmo e agora estava enfiado nela até os joelhos. – É que eu sou daltônico.

– Não.

– Sim.

– Então você nem sabe como é o marrom.

– Bom, para mim é verde.

– Você quer dizer que o mundo é cheio de vacas comendo grama marrom.

– A grama tão marrom de casa – Bill respondeu. – Acho que sim.

– Isso é a coisa mais triste que já ouvi. – Petra parecia triste por ele, mais do que ele poderia esperar. Ela perguntou: – De que cor são meus olhos?

Bill se aproximou e olhou dentro deles. Ela não piscou.

– Eles são perfeitos.

– Você está falando igual à Cachinhos Dourados.

– E são dois. Eles combinam.

– Obrigada. – Ela manteve o olhar sob o dele. Com certo esforço, pareceu, ela levantou o olhar sobre os ombros dele e disse: – Lá vem encrenca.

Sharon vinha na direção deles na ponta dos pés, como se o lobby estivesse cheio de pessoas dormindo que ela tentava não acordar.

– Meus saltos estão me matando de dor de cabeça – ela disse, sem preâmbulos. – Eles fazem muito barulho. – Ela estava usando os maiores óculos que Petra já vira. Jacqueline Onassis poderia ter vivido atrás de um desses, incógnita, durante meses.

– Sha, o que é isso? Parece que você tem duas telas de TV amarradas no rosto. E a etiqueta ainda está pendurada aqui do lado.
– São lindos, não são? – Sharon disse, saboreando os elogios. – Georgie Versace. – Ela se virou para Bill. – Bom-dia, David.
– Eu...
– Para com isso, sabemos que você é ele, na verdade.
Petra entrou na conversa:
– Foi o que acabei de dizer. E ele não pode provar o contrário. Vamos subir até a suíte de David em um minuto, quando seu agente, ou seja lá quem for, vier aqui nos buscar, e não vai haver David Cassidy coisa nenhuma. Será ele. – Ela olhou para Bill. – Melhor ir andando. Por que você não pega o elevador de serviço e chega um pouco na frente? Precisa vestir seu macacão branco antes de chegarmos. – Ela franziu a testa para ele. – Não vamos aceitar nada menos que isso, entendeu?
– Isso mesmo – Sharon concordou. – Ou talvez o fraque vermelho que ele usou em White City. Ficaria bem em você.
– É possível – Bill admitiu. – Quer dizer, eu o coloquei na mala, mas por fim pensei: "Não, é um pouco simples para a ocasião, não tem o brilho suficiente para o tipo de impacto que quero causar." Além disso – completou com tristeza –, esqueci a gravata-borboleta.
– Bem, é claro que não tem graça sem a gravata cintilante – Petra concordou. Sharon, ao seu lado, sacudiu a cabeça afirmativamente, como se estivesse convencida de que aquilo iria acontecer. – De qualquer maneira, você fez uma boa pesquisa.
– Como assim?
– Lembrar da gravata-borboleta. Temos as fotos para provar isso. Você tinha de recortar as fotos e colocá-las na sua revista, não é?
– Ah, não – Bill disse. – Eu fui no show.
– O quê? – Petra e Sharon falaram juntas, em coro.
– Eu estive em White City. A noite terrível em que a garota foi esmagada. Eu estava lá. Vi a gravata brilhante e tudo o mais. Foi uma loucura, como uma guerra.

– Mas nós estávamos lá – Petra afirmou. – Nós duas estávamos. Fomos com Gillian e Carol. E Olga e Angela.

– Elas eram legais?

– Carol era muito adorá-vel – essa foi Sharon, seu sotaque ficava mais forte com a memória voltando à cabeça –, mas Gillian era uma maldita vaca, não era, Pet?

– Mas era bonita – disse Petra, distante. Ela olhou para Bill novamente. – Você estava mesmo lá? Você ficou até a parte onde tudo aquilo entrou em colapso?

– Minha nossa, sim, estava na área reservada para a imprensa, ao lado da barreira. Tive de ajudar umas meninas a passar. Algumas pareciam muito machucadas, lembro bem disso. Engraçado, grande parte do que aconteceu é um borrão agora. Deve ser minha idade avançada.

– É claro.

– Uma coisa que me lembro é de um sapato. Não sei por quê. Só aquele sapato pesado, marrom-avermelhado. Fiquei dando voltas com ele na mão, tentando descobrir quem o perdera. Como se aquilo importasse, quando havia garotas sendo esmagadas. Imagine o idiota aqui, tentando encontrar um pé para calçar um sapato.

– O príncipe da Cinderela – Sharon brincou. Seus óculos escuros estavam escorregando.

Petra estava muito rígida, olhando fixamente para o passado. Passando as imagens uma a uma, congelando-as e tentando dar um zoom. A sensação da mão de Sharon escorregando da sua. A destruição causada pela multidão monstruosa, ela descendo entre milhares de pernas, finalmente avistando a amiga. Um bracelete de cabelos brilhantes. Agarrando o cabelo, puxando-a com toda sua força. E Carol empurrando a multidão para trás como uma pilar campeã no rúgbi. Então ela disse:

– Eu perdi um sapato.

Ela e Bill eram como mergulhadores agora, tateando as profundezas; ambos acenando na escuridão, esperando se encontrar. Um garoto com um sapato e uma menina sem: poderia ser uma cena de um conto de fadas. Eles estiveram tão perto uma vez, e agora estavam próximos de novo. A razão lhes dizia que era pura coincidência; não *tão* surpreendente, se fosse verdade – um artista pop os colocara no mesmo estádio, então por que ele não esperaria 20 anos ou mais e os colocaria no mesmo hotel? Mas a razão se acovarda diante do romance. Para o romance, não havia coincidências. Isso era o que os não amantes falavam, almas tristes no mundo banal, para explicar as manobras do destino.

Nós tínhamos de estar aqui, Petra e Bill pensaram ao mesmo tempo. Somos dois. E combinamos.

– Eu lhe disse – afirmou Sharon, que havia deixado a razão lá na cidade de Gower, com seu marido e filhos, e não tinha pressa em voltar. – Príncipe Bill. – Ela empurrou seus óculos enormes acima do nariz. – Isso é mágica!

– Sr. Finn?

Um jovem extremamente alegre veio saltitando na direção deles, com a mão estendida. Seu sorriso era tão brilhante que competia com a vitrine de joias.

– Oi, sou Edouard. – Ele pronunciou seu nome com sotaque francês, Edou-arrrd, embora nem Petra nem Bill jamais tivessem visto um americano mais completo.

– E você deve ser Petra – ele disse a Sharon, que chacoalhou sua mão com uma gargalhada vinda diretamente dos vales.

– Vou te dar só mais uma grande e gorda chance – ela respondeu graciosamente, e por meio segundo Bill achou que o sorriso de Edouard iria se desfazer. Duas das primeiras palavras de Sharon fizeram disparar o alarme na cabeça do rapaz. Talvez nada grande, e certamente nada gordo, havia cruzado o caminho dele em muitos, muitos anos. Mas, com profissionalismo, ele se saiu bem.

– Então você deve ser Sha-*ron*! – exclamou, enfatizando a segunda sílaba como se ela fizesse parte da Terra Santa, ou fosse um general israelense. Sharon gritou. Sua alegria foi liberada.

– Sha-*ron*-ron-ron-ron – ela cantou de volta.

O anfitrião, derrotado sem saber pelo que, virou-se para Petra.

– Estamos muito honrados de tê-la aqui – disse, não arriscando dizer seu nome e segurando muito forte sua mão, como se buscasse proteção da maluca ao seu lado. – David está muito animado. Ele está lá em cima agora e, se estiverem prontos, podemos subir.

Eles foram andando na direção dos elevadores. Petra educadamente perguntou:

– O sr. Cassidy... humm... sabe por que estamos...?

– Claro, totalmente – Edouard confirmou, sempre feliz quando solicitado a confirmar algo que sabia, ou acreditava, ser verdade. – Ele adorou a história de vocês. Uma história *sensacional*. Das duas – continuou, com um sorriso nervoso para Sharon. – Ele adora vocês.

Sharon começou a cantar novamente. Bill e Petra estavam ao lado um do outro, esperando, olhando silenciosamente para seus sapatos.

Sharon estava ajoelhada no chão do quarto. David estava sorrindo para ela.

– Não, é melhor assim – ela disse. – Encaixa melhor. O que você acha, Pet?

Petra refletiu:

– Não, melhor no meio. Assim ele fica com nós duas, juntas.

Elas estavam com um maço de fotos e Sharon quis fazer o álbum naquela hora, antes mesmo de entrarem no avião. Havia um fotógrafo profissional lá, quando foram com Bill para conhecer David. Um homem forte e sorridente de uma empresa local chamada Cyclone Images, com a foto de um tornado nas costas da camiseta.

– Como vai? – Sharon cumprimentou, dando-lhe a mão.

– Oi, meu nome é Ci – ele disse.

– Meu Deus, como o clone! – ela gritou. Ci ficou confuso. Ele foi ao trabalho, arrumando o tripé e as luzes; assim, quando David viesse, eles estariam, como ele disse, preparados para deixar rolar.

Quando terminaram as fotos e David estava conversando com Petra e Bill em um canto, Sharon perguntou a Ci – que atrevida, veja só, sendo ele um profissional – se ele poderia tirar umas fotos extras com a câmera nova dela. Para sua coleção. E, por fim, tudo correu como o planejado: Ci fez o que lhe foi pedido, e David posou mais algumas vezes com cada uma delas. Sharon beijou o fotógrafo quando ele estava saindo, dizendo "Obrigada, Ci" o mais alto que podia para ver se conseguia arrancar uma risadinha de Petra. E assim que se despediram de David, que precisava fazer a passagem de som para o show da noite, Sharon saiu – não, ela correu – do hotel até a loja de câmeras fotográficas do outro lado da rua. Eles poderiam revelar as fotos em uma hora, mas era mais caro. Ela pagou mais, recusando a oferta de Petra para rachar as despesas. Parecia que se Sharon não pegasse as fotos naquele momento a lembrança daquela manhã iria se apagar de sua memória, e com ela a prova de que aquilo realmente tinha acontecido. Ela não teria nada para mostrar que esteve aqui, com ele, frente a frente. Ele lhe dera um abraço. Três décadas esperando por um abraço.

– Meu Deus, ele é incrível, não é? Brilhante. Tudo foi incrível.
– Sharon se sentou e admirou sua obra.

– Sim – Petra concordou. Ela foi tomada, por um segundo, por uma vertigem. Não uma vertigem pela altura, embora o quarto fosse de número 2.147, vigésimo andar, com vista para a Las Vegas Boulevard, a famosa Strip; foi mais uma vertigem pelo tempo. Petra sentiu uma queda súbita, que não estava esperando e com a qual não conseguia lidar muito bem; de volta no tempo, quase que violentamente, para algo... parecido com o lugar onde estavam agora. Onde havia sido, e quando? Tem alguma coisa a ver com o carpete debaixo de seus dedos, agora, felpudo e áspero, enquanto ela se ajoelhava ao lado de Sharon. No ar – não nesse ar seco de Las Vegas com ar-condicionado, mas flutuando gentilmente no ar do passado –, o cheiro mais estranho. O cheiro de cabelo queimado, de um secador de cabelos barato; um cheiro tão penetrante que fazia arder os olhos e o nariz, permanecendo por um tempo, e tudo em você cambaleava.

– O que você disse? – ela perguntou para Sharon, que havia falado enquanto Petra estava sonhando.

– Hellooo, doidinha, eu disse que poderia morrer feliz.

Petra sorriu.

– Viva feliz. É melhor pra você, *bach*.

– É, você tem razão. E é mais barato. E as batatinhas são melhores. Não se conseguem batatas decentes quando se está morto. Como eles chamam aqui? Fritas.

Elas se inclinaram sobre as fotos novamente.

– Gosto desta de nós duas – Sharon disse. – Olha só como parecemos jovens.

– A câmera nunca mente.

– Eu gostei desta minha com David e Bill, apesar de Bill estar com esse olhar meio abobalhado. Nessa ele está melhor, ao lado de David. Ah, essa está melhor ainda. Você e Bill. Essa é a melhor de todas.

Petra ficou em silêncio.

– Sabe o que David me falou quando você e Bill estavam posando para o sr. Clone?

– Não fale.

– Ele disse... olhando para vocês dois... ele disse para mim...

– O quê?

– Ele disse: "Acho que ela o ama."

Petra riu.

– David Cassidy não disse isso.

Sharon hesitou, depois torceu o nariz e riu também.

– Não, mas poderia ter dito, não poderia? Só porque eu inventei, não quer dizer que não seja verdade, não é?

– Bom....

– E *é* verdade, olha aí. Você o ama.

– Quem? Quem eu amo?

– E David Cassidy juntou vocês dois. Isso é o... como é que se diz? É o destino dele.

– De quem? Agora estou confusa. Desculpe, tem muito amor rolando por aqui.

Por fim, Sharon começou a cantar:
– *There's a whole lotta lovin' going on in my heart...* (Tem muito amor rolando no meu coração...) – Sharon deu um abraço em Petra. – Sobra mais para mim – ela afirmou.
Petra se afastou para olhar para a amiga.
– O que você quer dizer?
– Bom, agora que você tem o Bill...
– Desculpe, eu não tenho ninguém...
– Agora que você tem, Pet, tem sim. David é todo meu, não é? É justo. Ele é todo meu.
Petra abraçou a amiga, e enquanto o cabelo loiro e fino da mulher menor flutuou até encostar em sua blusa, ela sentiu um choque familiar.
– Ele é todo seu.

21

Petra estava sentada à mesa da cozinha, imóvel, segurando uma caneca de café com as duas mãos. Ela observava o vapor subindo à luz da manhã. O dia ainda estava começando; o avião aterrissara de madrugada.

Tomou um gole e depois franziu a testa. Sua mala estava no corredor da entrada, com as etiquetas da companhia aérea grudadas. Na espera de que Molly entrasse e tropeçasse nela.

Petra se levantou e carregou a mala para cima, batendo-a em cada degrau, e depois a jogou com esforço sobre a cama. Ela expirou e já estava saindo do quarto para descer e terminar seu café. Parou e achou melhor pendurar seu novo blazer de linho antes que ficasse amarrotado demais. Voltou até a cama e abriu os dois fechos da mala.

A mala abriu, ela empurrou a parte de cima para trás e, mais uma vez, ficou parada. Seu primeiro pensamento foi de que pegara a mala errada no aeroporto. Mas não, seu blazer estava ali, dobrado cuidadosamente, e a ponta da blusa de sua mãe estava por baixo. No entanto, por cima, havia algo que não era dela. Mas era para ela, pois seu nome estava na frente.

Petra pegou o envelope e o examinou. A aba não estava colada, apenas enfiada para dentro. Ela abriu o envelope e tirou a carta. Leu-a uma primeira vez e depois leu novamente para ter certeza:

Cara Petra,

Como posso ter certeza, nesse mundo que está sempre mudando, em que pé estou com você?

Estou começando a pensar que nunca encontrei as palavras certas para fazer você gostar de mim.
Entretanto, amor é a palavra que uso para descrever o sentimento que venho escondendo dentro de mim pra você.
Como alguém certa vez cantou, esqueci o nome dele: a vida é bela demais para se viver completamente sozinho.
Acredite em mim, você não precisa se preocupar com nada. Eu só quero te fazer feliz e se você disser "ei, vá embora", eu irei. Mas acho que é melhor ficar por aqui e te amar. Você acha que tenho alguma chance? Vou te perguntar da forma mais direta: você acha que... etc. etc.
Acho que você sabe o resto.

Sempre seu,
Bill

Petra colocou a carta no bolso e desceu as escadas. Passando pela mesa da entrada, notou um jarro com ervilhas-de-cheiro. O aroma era muito forte, inebriante. Encontrou um bilhete escrito em um post-it grudado na parede com a caligrafia arredondada e cheia de voltas de Molly: "Eu as peguei. Eu te disse!!!"
Petra sorriu. A filha, ao contrário da mãe, levaria uma vida cheia de pontos de exclamação. Ela pensou em Molly, obedecendo o pedido para pegar as ervilhas-de-cheiro enquanto Petra estava em Las Vegas, para que as flores continuassem a brotar, uma instrução que a *mamgu* de Molly dera há mais de 30 anos à própria Petra e, quem sabe, talvez Greta tenha escutado isso de sua mãe na Alemanha. Coisas sendo passadas; hábitos, aromas, melodias, queixo em formato de coração: maternidade e memória forjando um estreito corrimão para unir gerações.
Ela ficou pensando o que Greta e Molly achariam de Bill. Levou um segundo para se lembrar que um desses encontros não seria mais possível agora. Cedo demais, pensou. É *cedo demais*. Mesmo assim, não podemos escolher o momento em que duas pessoas estão abertas e o menor olhar tem o poder de consolar ou curar.
Nos anos que se seguiriam, a única coisa em que achariam difícil concordar era se eles realmente haviam se encontrado em

White City. Petra dizia que tinham se encontrado porque amava a perfeita simetria desse fato. Bill foi o primeiro homem a pegá-la nos braços e, se a vida fosse boa com eles, seria o último.

Bill, que inventara a história que aproximara Petra dele, estava feliz que sua querida esposa escrevesse qualquer final que gostasse mais. *Cariad* era a palavra galesa para dizer *querida*. Isso Petra o ensinou, junto com tantas coisas que ele nunca conhecera antes.

Ela estava tão cansada naquela manhã em que acabara de chegar de viagem, mas o velho hábito e o novo desejo a mandaram para a sala. Ela se inclinou e abriu as travas do estojo do violoncelo. A carta de Bill estava em seu bolso. Puxando o violoncelo para si, ela a respondeu. Incitando a música com ardor. Cada nota como uma pérola. Cada compasso como um colar de pérolas. Uma só frase, e tantas maneiras de dizê-la.

Epílogo

Em 2004, a revista do *Daily Telegraph* me pediu que entrevistasse David Cassidy. Enquanto me preparava para viajar para a Flórida para conhecer o ídolo da minha adolescência, várias emoções inesperadas foram se acumulando. Pânico sobre o que vestir estava no topo da lista. Deveria ir vestida como a fã que o tinha venerado de forma tão ardente nos velhos tempos, ou como a mãe de dois filhos que era agora? Senti como se estivesse fazendo uma viagem no tempo. Se David ainda tinha 24 anos no meu coração, quantos anos eu teria?

Enquanto eu fazia e desfazia a mala, meu marido se sentou na cama e cantou uma versão totalmente desafinada de "Could It Be Forever".

– Por que é que você queria conhecê-lo? – ele perguntou. – David Cassidy era desafinado e, sem brincadeira, parecia uma menina.

Defendi David, exatamente como fazia 30 anos antes, das gozações dos meninos da escola. Sempre o defenderia.

David morava em Fort Lauderdale com a esposa, Sue, e o filho, Beau. No táxi até sua casa, tudo o que vinha sentindo se resumiu em um único pensamento: "Por favor, não deixe que eu sinta pena dele."

Percebi que suportaria qualquer tipo de estranheza, constrangimento ou decepção, mas nunca, jamais queria sentir pena do homem que tempos atrás transpôs meu mundo como um colosso, vestido com um macacão branco com tachinhas prateadas.

David Cassidy estava perto de fazer 54 anos. Ele parecia pelo menos dez anos mais jovem, e mesmo assim ainda era 20 anos mais velho do que aquele garoto por quem milhões de meninas, como eu, acreditavam estar apaixonadas. A comparação era claramente um motivo de desconforto para ele. Ele que outrora mexeu com metade do mundo, agora estava destinado a decepcionar. Ele não era Peter Pan, nem queria ser. David estava prestes a embarcar em outra turnê de despedida pelo Reino Unido. As fãs, agora já na faixa dos 40 e 50 anos, e com filhos, ainda se reuniam para vê-lo em números impressionantes, mas percebi nele um grande desgaste por precisar explorar, por causa do dinheiro, um período de sua vida que, de diferentes maneiras, tinha lhe custado caro. Sua amargura com as gravadoras e o pessoal de publicidade, que deram um jeito de fazer desaparecer os milhões de dólares que seus discos e sua imagem geraram, era totalmente justificada.

Enquanto David posava para o fotógrafo, disse a ele para ter cuidado para a câmera não pegar sua alma.

– Minha alma foi roubada há muito tempo – ele respondeu. Como ator e filho de atores, ele pode ter certa tendência a frases dramáticas; ainda assim, se alguém nesse planeta pode alegar ter tido a alma roubada, essa pessoa é David Bruce Cassidy.

A entrevista acabou sendo mais fascinante e emocionante do que eu poderia imaginar. David foi atencioso, inteligente e extremamente honesto nas suas respostas. Em alguns momentos ele ficou com raiva, em outros esteve perto de chorar. Rimos muito quando recordamos a experiência estranha e cativante que compartilhamos, embora separados pela idade, gênero e milhares de quilômetros. Ele foi generoso o suficiente para gritar por mim, da mesma maneira como eu havia gritado por ele naquele tempo, o que provou que é um verdadeiro cavalheiro. Poder lembrar David da letra de uma de suas músicas, que eu sabia melhor que ele (naturalmente), foi um momento de paraíso para um fã.

O David Cassidy que milhões de nós amávamos não existiu, não de verdade; ele foi uma brilhante criação de marketing. Entretanto, o homem que teve o prazer e o martírio de carregar seu nome não decepcionou. Pelo contrário.

Quero agradecer a David por me conceder essa fantástica entrevista e por me ajudar a recapturar como éramos. Nenhuma garota poderia querer um ídolo melhor. Aí vai a transcrição:

Allison Pearson: David, seu agente me contou que alguns dos fãs mais agressivos ainda se aproximam de você como se fosse um prato de comida. Como você se sente com relação às fãs agora?

David Cassidy: É um privilégio as fãs ainda se importarem comigo. Nunca pensei de outra forma.

AP: Sério, quer dizer que não tem sido um fardo para você?

DC: Ah, sim, tem sido um fardo, mas também nunca pensei que não era uma bênção ou lisonjeiro. Sim, em muitos aspectos tem sido extremamente difícil lidar com isso. Se alterou minha vida? Radicalmente. Mudou meu jeito de ser? Sim, muito. Mas é extraordinário se você olhar para isso de forma objetiva.

AP: Sua última turnê, de despedida, foi em 1974.

DC: Sim, e eu disse: chega. As pessoas falaram: "Ah, ele vai voltar no ano que vem." Antes de começar a turnê, anunciei para o mundo: "Essa vai ser a última." Minha última turnê. Em estádios do mundo todo. Comecei na Nova Zelândia, Austrália, Japão, Europa, Reino Unido (ele ronca de brincadeira, fingindo estar entediado) – nove meses ao todo.

AP: Alguém foi morto no seu último show em Londres, não foi?

DC: Perto do último show. Uma garota morreu, não foi morta. Ela *morreu*. Esclareça isso. Não houve nenhuma violência, havia um incrível empurra-empurra. Ela estava bem no fundo. Tinha um problema no coração. Morreu. Foi muito triste, mas, é claro, a imprensa fez com que parecesse, sabe – isso vende jornal, certo? Liguei para os pais dela, falei com eles e disse que, por causa da mídia que atraio aonde quer que eu vá, por respeito à sua filha, não iria ao enterro. Mandei flores. Você sabe que não tive responsabilidade. Havia 45 mil pessoas ali, não sabia onde ela estava. Ela estava a uns 800 metros de distância. Não tinha ideia de que havia morrido.

AP: Deve ter sido chocante.

DC: Foi muito triste porque, para mim, era uma celebração e estava perto do último dia, que foi na cidade de Manchester, eu me lembro.

AP: Alguma vez ficou com medo?

DC: Por elas?

AP: Por você.

DC: Não posso dizer que nunca fiquei com medo. Aconteceu tantas vezes naqueles cinco anos. Quando eu estava no carro, as garotas subiam nele. Ficava tudo preto. Uma escuridão... sufocante. Era preciso garantir que o motorista fosse muito bom, porque era uma multidão. Uma multidão. Tem sua própria consciência, sua própria mente. Em vez de uma, duas ou três, são 50, 100, e elas começam a se empilhar uma em cima da outra, a coisa vira uma loucura.

AP: Você se lembra da primeira vez que isso aconteceu?

DC: Foi em 1970, logo depois que *A Família Dó-Ré-Mi* foi ao ar nos Estados Unidos. Fui para Cleveland – o programa tinha ido ao ar dez vezes. Eu seria homenageado no Desfile Militar de Cleveland. Estava em um carro do Corpo de Bombeiros, de 1950 mais ou menos. Os repórteres disseram que nunca tinham visto nada como aquilo antes. Havia 40 mil crianças me seguindo pelas ruas de Cleveland e estava frio. Frio como em Glasgow. Para descer e entrar em algum lugar seguro, havia um segurança comigo. Nunca tinha tido um segurança antes. Isso foi só o começo. Fui do topo do carro do Corpo de Bombeiros para dentro de um carro. A polícia não tinha o controle da situação. O carro foi instantaneamente encoberto. Foi caótico. Elas agarraram meu cabelo e minhas roupas. Não foi agradável.

AP: Se conseguissem pegá-lo, o que acha que elas fariam?

DC: Bem, acho que elas queriam tirar um pedaço de mim para ter ao lado da cama ou algo do tipo. Como um escalpo para ser colocado na parede.

AP: Aquilo lhe pareceu primitivo?

DC: *É* muito primitivo. Tive bastante tempo para pensar sobre isso. Tenho observado jovens em eventos desde então, como eventos de líderes de torcida; quando elas ficam empolgadas, a voz delas atinge um agudo alto, junto com as emoções. Isso se torna, bem, imagine o nível de intensidade no auge daquilo que é mais emocionante para elas, a coisa mais excitante, e que também é o auge de 40 ou 50 mil pessoas. Qual é a sensação de ter tudo isso vocalmente direcionado a você – é uma arma *poderosa*, uma experiência *muito, muito* poderosa. Lembro de dizer que gostaria que todos pudessem estar no meu lugar por apenas cinco segundos para saber como é essa sensação, pois é a expressão máxima do amor. Mas falado desse modo, aos gritos – EU TE AMO –, intensifica dez mil vezes mais. Imagine como é isso. É avassalador.

AP: Mas isso era algo que as fãs projetavam nessa figura chamada David Cassidy, porque não conheciam você. Eu era uma das que gritavam, por falar nisso.

DC [risos]: Se você estava gritando, Allison, então sabe como eram esses agudos para você. Para mim era tipo uau! Era simplesmente fantástico sentir as pessoas liberando emoções e me deixando saber que toquei suas vidas de uma maneira especial, que sou importante para elas. É o maior elogio que alguém que faz o que eu faço pode receber.

AP: OK, como já gritei por você, David Cassidy, é justo que você também grite por mim.

DC [risos e gritos]: EU AMO você – desculpe, não consigo alcançar o mesmo agudo.

AP: Não, está muito bom, obrigada. Deu para ver por que você logo se acostumou a isso. É como se as fãs estivessem perto de um sentimento pré-sexual. O sexo está implícito nisso, mas talvez não seja sexual, não é?

DC: É completamente sexual, mas porque é ingênuo, extremamente romântico e lida com a fantasia, é sexo antes de se tornar abertamente sexual. Você pode defini-lo melhor que eu porque eu nunca estive em um corpo feminino. Intelectualmente, agora entendo, mas na época não conseguia perceber.

AP: O que você pensava na época?

DC: Pensava que era simplesmente histeria. Como se elas estivessem me vendo como um semideus. Eu era apenas um cara que tocava guitarra.

AP: Você se sentia como um semideus?

DC: Não, nunca.

AP: Ah, nem quando tinha todas aquelas garotas gritando por você?

DC: Você acredita em mim ou acha que estou inventando?

AP: Apenas acho que não seria humano se não se sentisse muito satisfeito consigo mesmo com tantas garotas se atirando em cima de você.

DC: Não posso dizer que não me sentia feliz comigo mesmo. Também não seria honesto dizer que não sabia que as pessoas me achavam atraente. Mas nunca me senti um ídolo sexual. Quer dizer, eu era um cara sexual, mas nunca pensei em mim mesmo como sendo sexy, entende?

AP: Sim, mas acho que em parte era porque você era atraente, mas não era...

DC: Ameaçador?

AP: Não havia nada de ameaçador ou agressivamente masculino em você.

DC: Viu? Mas acho que você não sabia disso naquela época. Eu também não sabia.

AP: Com certeza eu não pensava "Ei, lá vem David Cassidy, meu objeto de transição no amor".

DC: Certo, é um fenômeno. Eu era muito masculino, mas havia uma parte andrógina. Quando vejo fotos minhas, eu era magrelo, meu cabelo era comprido, eu parecia meio feminino. Não era o tipo de cara que intimidava. Garotas entre 7 e 17 anos iam aos meus shows. Nos Estados Unidos, a plateia era 80 por cento de meninas e 20 por cento de meninos. Acho que no Reino Unido não era legal para os meninos admitir que gostavam de mim.

AP: Não, você era uma fada.

DC: Uma fada? [Ele ri, um pouco incerto.] Sabia que os meninos tinham ciúmes. Sabia o que diziam. Sabia que eles desenhavam bigodes nas minhas fotos e pintavam meus dentes de preto. Eu entendia. Eu teria me sentido da mesma maneira.

AP: Se eu tivesse conhecido você 30 anos atrás...

DC: Você não teria conseguido falar. Isso aconteceu comigo várias vezes. Era carinhoso da parte delas. Elas ficavam ali paradas, começavam a chorar, era emocionante. Duas semanas atrás eu estava fazendo um show beneficente em um estúdio de TV. Atrás do palco, uma das diretoras do departamento, que deveria ter uns 37 anos, entrou no camarim, segurou minha mão e começou a chorar. Ela disse: "Você não entende." E eu respondi: "Claro que eu entendo. Acredite, entendo e agradeço. Fico feliz por ainda significar alguma coisa para você."

AP: Mas houve um vácuo, não foi? O David Cassidy pelo qual estava apaixonada não era você, era?

DC: Se você lia as revistas e comprava as lembranças, aquele não era eu. Era um personagem com um roteiro. Em *A Família Dó-Ré-Mi*, não me deixaram tocar [do Jimi Hendrix] "Voodoo Chile". Pode acreditar, era o que eu tocava em casa. Tocava B.B. King.

AP: Alguma vez você se sentiu desconfortável com aquela roupa de veludo que tinha de usar?

DC: Era terrível. Terrível. Eu era muito mais velho e mais descolado que Keith Partridge. Estava saindo com mulheres que já tinham bem mais de 20 anos.

AP [rindo]: Oh, *que velho*!

DC [rindo também]: É, muuuuito velho...

AP: Lembro de quando fiquei sabendo que você já estava com vinte e poucos anos... para mim, era muito adulto.

DC: Quando fiz a turnê em 1974, eu tinha 24 anos. Imagine alguém que já havia vivido três vidas aos 24 anos. Que tipo de cara eu era, comparado a qualquer ideia preconcebida que você tivesse? A linha era muito obscura. Para mim, não estava atuando no palco. Eu estava fazendo o papel do músico. Sempre me importei com isso, mesmo que ninguém escutasse. Aquele era eu. Era a única parte do dia que eu gostava.

AP: Acho que para as fãs havia o aspecto de saber algo sobre seu passado; havia o sentimento de você ter sofrido na infância que o diferenciava dos outros ídolos *teen*.

DC: Bem, eu sofri. Não tinha pensado nisso. Essa é nova. Você está dissecando o motivo da minha existência, Allison. Acho que você está certa. Acho que preciso sofrer muito de novo. Se quer que as garotas gostem de você, sofra, imbecil!

AP: Não é a história de Michael Jackson?

DC: Você não imagina quanto talento foi destruído e desperdiçado ali. Estou falando de *Off the Wall*, o melhor álbum já feito. Encontrei Michael Jackson algumas vezes. Tudo deu imensamente errado.

AP: Isso o faz sentir arrepio?

DC: Faz e não faz, vou lhe dizer por quê. Ele não tinha uma perspectiva interna que o fizesse optar por parar. "Até mais, fui!" Eu apertei o botão de ejetar. Ele comprou o sonho de Elvis, com o cinturão sobre a cama. Eu disse isso há dez anos sobre Michael Jackson: "Você não tem ideia da tragédia que isso vai ser." Tive a chance de dizer "chega, não quero comprar esse sonho, é um sonho infeliz". É uma existência triste, vazia, solitária, superficial, egocêntrica e narcisista. Se Michael Jackson não é o ponto máximo do narcisismo – é só olhar para o rosto dele, parece anoréxico –, ele quis continuar como uma criança. Fazer plástica para ficar como a Diana Ross? Isso é muito trágico, e é uma escolha difícil de ser feita. Vamos ver: fama, dinheiro, bajulação, ser Deus ou ser feliz. Hummm. Essa coisa de ser Deus, isso é muito sedutor. Eu pensei: tenho que tentar pegar a estrada da felicidade.

AP: Mas você não sabia que seria feliz.

DC: Ah, sabia. Sabia que a única maneira de sobreviver e voltar a ser humano novamente era não vivendo mais daquele jeito. Vivi em um vácuo, como Elvis, John, Paul, George e Ringo, por cinco anos.

AP: Adoro aquela história em que você canta as músicas de John Lennon para ele porque ele estava bêbado e não conseguia lembrá-las.

DC: Estava relembrando John e as letras dos Beatles. Seria mais ou menos como você tocar minhas músicas para mim.

AP: Eu provavelmente sei as letras das suas músicas melhor que você.

DC: Provavelmente sim, eu esqueço as letras o tempo todo. Na verdade, em algumas eu ficava confuso.

AP: Você poderia, por favor, cantar "I Am a Clown", como um favor especial para mim?

DC [Confuso]: "I Am a Clown"? Nunca consigo me lembrar... são todas parecidas.

AP: Você disse que caiu fora, mas o sucesso de um ídolo *teen* não termina em um piscar de olhos?

DC: Bom, o meu durou muito mais do que isso e poderia ter continuado por um tempo indefinido. Não para sempre. Eu vi que poderia sair no auge. Não havia nada mais para ser vivido. Tive o maior fã-clube da história. O que mais podia fazer? Não estava feliz. Estava solitário e...

AP: Em entrevistas naquela época, você disse...

DC [ficando bravo agora]: Essas entrevistas não eram confiáveis. Li coisas que nunca disse.

AP: Então quer dizer que muitas das coisas que li sobre você eram inventadas por outras pessoas?

DC: Tudo. Praticamente tudo. Eles escrevem 10 mil histórias em 100 revistas criadas para o mercado de jovens adolescentes; então, no começo do ano, costumavam vir para me fazer perguntas durante mais ou menos uma hora. Eles me faziam um monte de perguntas muito bobas, tipo: qual é a sua cor favorita? Qual é a sua bebida favorita? Depois de algum tempo, comecei a inventar coisas. O que você come no café da manhã? "Ah, ketchup e sorvete." Você pode imaginar não conseguia mais fazer esse tipo de baboseira.

AP: É difícil se recuperar disso?

DC: Você não se recupera. O ponto é como você compreende a situação, enfrenta e segue adiante. Sempre fica uma cicatriz, mas, quando a pressiono, não dói tanto. Se você trabalha em uma empresa, normalmente sobe posições e chega à diretoria. Na minha profissão, ninguém ganha relógio de ouro. Você é um deus que ninguém mais quer empregar porque ficou velho demais. Isso é a coisa que acho mais triste quando assisto à premiação do Oscar e vejo pessoas que idolatramos serem tratadas dessa forma porque estão velhas.

AP: Como foi depois que parou?

DC: Eu disse que não gravaria mais para a TV. É muito sombrio. É como se eu tivesse caído em um abismo, é muito estranho. Fiquei muito dentro de casa, no meu pequeno condomínio. Eu não era um campista muito feliz na época e estava meio perdido.

AP: Quando venho aqui para conhecê-lo depois desse tempo todo...

DC: Sou um cara cinquentão. Você não está nem aí.

AP: Pelo contrário. Todos estamos ficando mais velhos. Um dia, daqui a muitos anos, vou estar na cozinha de casa, vou ligar o rádio e vão dizer que David Cassidy, o ídolo dos anos 1970, morreu. Será um momento totalmente comovente e relevante para mim e milhões de outras mulheres no mundo todo. Você é uma das referências de nossas vidas.

DC: Uma parte pequena de você morre comigo?

AP: Acredito que sim.

DC: É por isso que nunca fazia as coisas de forma leviana. Acho que tem significado.

AP: Você se sente parado no tempo? Deve haver momentos em que as pessoas o incomodam com as músicas antigas. Você não seria humano se não quisesse seguir em frente.

DC: Eu passei dez anos falando: não, não, não vou fazer isso porque não quero que as pessoas pensem que ainda estou vivendo o passado. Não estou lá. Não quero ficar lá só para fazer com que *você* se sinta bem. Tenho que viver o presente, caso contrário, eu seria apenas uma relíquia. E jamais serei uma relíquia. É por isso que não estarei em um show de artistas antigos, nunca farei isso. Cantarei meus sucessos? Gostaria de cantá-los, são músicas ótimas, mas não conseguiria cantá-las se não estivesse vivendo meu presente, entende? Para mim, isso significa o que faço agora, essa apresentação que pode não ter o mesmo impacto do que eu fazia antes, mas jamais vai causar aquele impacto porque você jamais vai ter 13 anos de novo. Eu não vou ter mais 20 anos de novo.

AP: Se você cantar "Could It Be Forever" agora, estará se reconectando com o David Cassidy jovem ou estará cantando com a sensibilidade de um adulto?

DC: Entre 1974 e 1985, eu não toquei em momento algum nenhum dos sucessos. Tive de reaprendê-los. É sério. Dois anos atrás, regravei todos os meus sucessos do álbum *Then and Now* – indo para o estúdio e cantando músicas que não cantava havia 25 anos. O mesmo estúdio, o mesmo microfone, os mesmos músicos – foi emocionante. Canto essas músicas como um cara diferente. Eu não poderia nunca soar como soava aos 23 ou 24 anos de idade. Tenho que parecer ter 50, 52 anos.

AP: Na verdade, sua voz não mudou tanto.

DC: Não, mas é impossível ter 19 anos de novo, ser inocente como naquela época, tão aberto à dor, ao sofrimento e aos relacionamentos. Tenho voz demais agora para conseguir encontrar essa pureza, como sua pele aos 19 anos, você nunca mais a terá de volta. Tentei ser verdadeiro ao material, tentei ser mais gentil.

AP: Que músicas do período você realmente gosta?

DC: "How Can I Be Sure", "Cherish", "I Think I Love You".

AP: Por que você não ganhou zilhões de dólares com todas as vendas de discos e produtos?

DC: As gravadoras roubam. E fazem isso em todas as fases, da embalagem à promoção. É um negócio corrupto, sempre foi. No histórico das gravadoras, elas jamais cometeram um erro a favor do artista.

Elas lhe dizem: OK, pode nos auditar. Vai lhe custar de 150 a 200 mil dólares fazer essa auditoria. Isso se você tiver sorte. Então vamos chegar a um acordo de um montante X, em vez de prosseguirmos nesse pesadelo. Por fim, eles têm formas de roubar que você nem conhece. Estão ganhando dinheiro em tudo e você nunca sabe quanto foram as vendas reais...

AP: Eles tinham os direitos da sua imagem.

DC: Eu deveria ter ganho 100 milhões de dólares com a venda de produtos. Se as empresas tivessem consciência, fariam um cheque para mim hoje, mas não recebi um centavo. Eu disse: "Tenho 11 álbuns compilados aqui, e vocês tinham a permissão de quatro no meu contrato original."

AP: Você pode processá-los?

DC [lastimando, triste]: Como conseguir provar? Essa gravadora foi comprada por outra gravadora... Eu estava com três processos ao mesmo tempo. Eu só quero o que está escrito no papel. Não façam isso comigo...

AP: Você acha que ficar mais velho é difícil porque as pessoas têm a lembrança do David Cassidy perfeito?

DC: Com certeza, acho que é mais difícil. Não é "coitado de mim por causa do que possuo ou do que tenho que fazer..." [Ele começa a mexer na guitarra, infeliz.] Sim, é difícil.

AP: As pessoas o julgam?

DC: "Ei, você não vai deixar seu cabelo crescer? Nunca pensou em deixar seu cabelo crescer?" [Ele contrai o rosto.] Ouço isso o tempo todo. Acontece o mesmo com Farrah Fawcett, ícone da nossa geração. Esse é o problema. As pessoas dizem: "Ah, vi uma foto dela recentemente, é tãaao triste." Não suporto a ideia de ouvir isso sobre mim. Ei, as pessoas ficam mais velhas. As pessoas têm uma conexão com Robert Redford pelo modo como ele era em certa idade, quando jovem. É a isso que ele é constantemente comparado. Os 60 chegam. As pessoas fazem comentários maldosos, e isso é cruel, é má-fé. As pessoas adoram ficar chocadas e ver outras pessoas decaírem. "Você viu, ele não está mais tão bonito [como era]!"

AP: Acontece de conhecer pessoas e achar que elas ficaram desapontadas com você?

DC: Sim. "Por que você não parece mais com o que me lembrava de você aos 19 anos?" Bem, eu *tento*. Atrevo-me a perguntar: quantos anos você tem? Tenho fãs com fotos minhas com elas nos anos 1970 – aquelas garotas meigas e inocentes, 25 anos se passaram e elas não se parecem nem um pouco com o que eram. NADA. Eu já me tornei um adulto completo, amadurecido. Será que podemos ter a aparência que tivemos aos 20 com 50 anos?

AP: Tudo bem, só mais uma coisa que preciso checar com você antes de ir embora. É muito importante. David Cassidy, sua cor favorita algum dia foi marrom?

DC: Marrom? Nunca. Não.

AP: Durante 18 meses não usei nada que não fosse marrom porque li em uma revista que era sua cor favorita.

DC [cai na risada]: Allison, foi tudo inventado!

AP [rindo também]: Aquela pobre garota ingênua do País de Gales... eu ficava horrível de marrom. Deus me ajude, eu ficava *amarela* de marrom.

DC: Nunca foi uma cor que me favorecesse também. Você me imagina de marrom? Eu pareço uma pessoa que gosta de *marrom*?

Agradecimentos

Escrever um romance é uma tarefa longa e solitária. Certas pessoas conseguem torná-la menos solitária. Joanna Lewis foi uma inspiração cômica constante e uma lembrança do país onde ambas tivemos a sorte de nascer. Enquanto eu estava no País de Gales, venerando David Cassidy, Sharon Dizenhuz beijava sua foto em Cincinnati, Ohio. A perspectiva americana de Sharon e sua incrível perspicácia e sabedoria foram essenciais para me ajudar a dar o pontapé inicial. Quando parecia que eu nunca mais ia parar, Louise Swarbrick me mostrou a linha de chegada com absoluta firmeza de caráter.

Caroline Michel, da PFD, teve uma paciência incrível e nunca deixou de acreditar. Não sei *como* ela consegue. Jordan Pavlin, da Knopf, exercitou sua mágica editorial e transformou esse livro no melhor que poderia ser. O mesmo aconteceu com Clara Farmer, da Chatto & Windus, que conteve seus nervos – e os meus.

Quero agradecer a David Cassidy por seu gentil encorajamento. Sua autobiografia, *C'mon Get Happy*, foi uma inestimável fonte de informação. Também agradeço aos fãs de Cassidy que compartilharam suas memórias, particularmente Judith Frame. Adoraria receber notícias de mais fãs pelo mundo. Vocês podem entrar em contato comigo pela página Allison Pearson, no Facebook, no Twitter @allisonpearson, ou enviando e-mail para allison.pearson@virgin.net.

Minha gratidão especial a Barry McCann, uma enciclopédia ambulante da cultura popular. O e-mail de Barry, "Swearing in the Seventies", merece um livro por si só. Tim de Lisle, outro especialista da área, levou-me até Bill. Muitos outros ofereceram apoio e sugestões valorosas: minha agente americana, Joy Harris, Cara Stein, Alison Samuel, Miranda Richards, Emma Robarts, Catherine Humphries, Jane Bird, Christobel Kent, Naomi Benson, Belinda Bamber, David Bamber, Julia Bamber, Lisa Collins, Caroline Dunn, Mary Hitch, Carolina Gonzalez-Carvajal, Philippa Lowthorpe, Laura Morris, Daniel Newell, Ysenda Maxtone Graham, Jane McCann, Anne McElvoy, Isolde Ivens, professor Jon Parry, Anne Polhill Walton, Hilary Rosen, Christine Ford, Jeffrey Carton e Natasha Walter. No País de Gales, preciso agradecer a minha mãe, que fez esse livro se tornar possível, e saudar a memória de sua amiga, Jean Thomas, excelente artista e mulher maravilhosa. Também sou muito grata a Eiry Ewans e Edna e Dafydd Jenkins. *Cymru am byth!*

Nicola Jeal propiciou uma visão fascinante sobre o mundo das revistas. No *Daily Mail*, Tobyn Andreae e Maureen O'Donnell ofereceram um serviço cinco estrelas a essa autora, em meio aos seus percalços.

O caso de Ashley, escrito por Petra, foi puramente ficcional, mas me baseei no notável *Case Studies in Music Therapy* (Estudo de casos na musicoterapia), editado por Kenneth E. Bruscia (Barcelona), e, do mesmo editor, *Psychodynamic Music Therapy*, editado por Susan Hadley.

Com relação ao ensino e à arte de tocar violoncelo, devo tudo à grande violoncelista Natalie Clein. Trevor Robbins, professor de neurociência cognitiva em Cambridge, compartilhou ideias estimulantes sobre música e o cérebro. O incrível Centro Nordoff Robbins, em Londres, me ajudou a entender o poder de transformação da musicoterapia.

Em casa, minha musicoterapia era fornecida pelos pássaros cantantes, Evie e Thomas Lane. "Você já terminou seu livro, mãe?" Agora sim, e sou toda de vocês.

Enquanto passava por dificuldades para escrever esse romance, Pat Kavanagh morreu inesperadamente. Pat teria sido uma mulher notável em qualquer século. Não apenas porque ela era linda, embora fosse realmente linda, mas porque não temia a verdade e a dizia constantemente. Senti falta do seu julgamento imparcial, seus elogios, mais preciosos ainda por serem difíceis de conseguir, e o eco de diversão naquela agradável voz baixa.

Por fim, tenho sorte de ter acesso a um dos maiores críticos do mundo. Sorte e azar. Anthony Lane tem padrões altos. Jamais poderei retribuir seu amor, encorajamento e as anotações furiosas nas margens.

Ser exigente é sempre bom.

Allison Pearson
Cambridge, Páscoa de 2010

Permissões de uso

Todos os esforços têm sido feitos para rastrear ou contatar os detentores de direitos autorais, e os editores terão o maior prazer em corrigir quaisquer omissões que forem levadas ao seu conhecimento o mais breve possível.

A letra de "Daydreamer" foi usada com a gentil permissão do compositor Terry Dempsey e da editora Angela Music Publishing Co (Pty) Ltd; "I Think I Love You", letra e música de Tony Romeo © 1970. Reproduzida com autorização da Screen-Gems EMI Music Inc, London W8 5SW; "Cherish", letra e música de Terry Kirkman © 1965. Reproduzida com autorização da Beechwood Music Corporation, London W8 5SW; letra e música de "How Can I Be Sure", de autoria de Edward J. Brigati e Felix Cavaliere © 1967. Reproduzida com permissão da EMI Entertainment World Inc, London W8 5SW; "(I Never Promised You a) Rose Garden" © 1971 Sony/ATV Music Publishing LLC. Todos os direitos administrados por Sony/ATV Music Publishing LLC. Todos os direitos reservados. Utilizado sob autorização. Trecho de *Four Quartets*, de T.S. Eliot © the Estate of T.S. Eliot, reproduzido com autorização de Faber and Faber Ltd.

Este livro foi impresso na Editora JPA Ltda.,
Av. Brasil, 10.600 – Rio de Janeiro – RJ,
para a Editora Rocco Ltda.